GUT, ABER TOT

Eva Rossmann

GUT, ABER TOT

Ein Mira-Valensky-Krimi

Unkorrigiertes Leseexemplar

Erstverkaufstag 30. August 2016

Gebunden
268 Seiten, 13,5 × 21 cm
ca. € [D/A/I] 20,–
ISBN 978-3-85256-698-6

E-Book
€ 16,99
ISBN 978-3-99037-059-9

Folio Verlag
Wien • Bozen

Lektorat: Joe Rabl

Coverbild © Literaturhaus Salzburg, mit freundlicher Genehmigung
Grafische Gestaltung: Dall'O & Freunde
Druckvorbereitung: Typoplus, Frangart
Printed in Europe

ISBN 978-3-85256-698-6
E-Book ISBN 978-3-99037-059-9

www.folioverlag.com

[1.]

MÖRDERIN!

Rote Blockbuchstaben auf dem weißen Tor. Das R etwas verronnen, wie eine Blutspur, die sich nicht stoppen ließ. Ein Feme-Zeichen, eine Drohung.

Da passiert noch was. Ich denke es, ärgere mich darüber und sage zu Martina: „Immerhin haben sie die weibliche Form verwendet."

Martina starrt mich empört an. „Weil sie ja so korrekt sind! Die wirklich Guten! Nur seltsam, dass sie dann mit Blut schreiben! Wo sie nicht einmal Milch trinken, um den armen Tieren nichts wegzunehmen!"

„Vielleicht ist es Menschenblut?" Es sollte nach einem Witz klingen, nach etwas, das dem Ganzen diese eigenartige Dramatik nimmt. Es gelingt mir nicht. „V.A. – was bedeutet das?" Ich deute auf die beiden Buchstaben unter der Anklage.

„Die sind so feig, dass sie nicht einmal sagen, was es heißen soll. Vegane Anarchie, angeblich, oder Victory Animal oder sonst irgendwas. Vegane Arschlöcher, sagt Viktor. Wir lassen uns das nicht mehr länger gefallen! Jetzt ist Schluss! Die können nicht einfach hergehen und das Tor anschmieren und …"

„Wo ist Eva?"

„Große Weinpräsentation in Brüssel. Ich wollte selbst fahren, aber wir haben zwei neue Arbeiter, ich muss ihnen eine Menge zeigen. Wir haben Trockenschäden und da bin ich lieber dabei, wenn wir Trauben reduzieren. Außerdem ist Mama bei so etwas großartig. Bei mir tun einige Kunden noch immer, als wär ich zu jung, um guten Wein zu machen."

„Du solltest es einfach abwaschen." Ich kratze am Punkt des Rufzeichens. „Das wird Farbe sein, geht ziemlich leicht runter."

„Es riecht nicht nach Farbe. Und es sieht auch nicht wie Farbe aus."

„Und ... warum schreiben sie MÖRDERIN! auf euer Tor?"

„Weil für sie alle Mörder sind, die Tiere essen."

„Müsste da nicht auf fast jedem Tor in Treberndorf MÖRDER! stehen?"

„Was soll das? Das klingt, als würdest du zu ihnen halten! Ich hab dich geholt, damit du etwas darüber schreibst. Wäre doch eine spannende Geschichte fürs ‚Magazin'. Damit klar wird, was das für Leute sind. Die werden immer radikaler. Letzte Woche haben sich Aktivisten in San Daniele in Käfige gesperrt, um gegen die Prosciutto-Produktion zu protestieren. Und in Süditalien sind welche aufgetaucht, die haben Transparente mit *Weiße Scheiße* vor einer Büffelmozzarella-Produktion entrollt. Vor den Zoos in Schönbrunn und in Berlin haben sie Flugblätter verteilt: *Keine Gefängnisse für Tiere!*, *Warum hat die Giraffe lebenslänglich?*, *Was hat der König der Tiere verbrochen?* – All so was. Auf den Essbaren Tiergarten vom Zotter haben sie gesprüht: *Wer Tiere isst, ist selbst ein Schwein!* Blöder geht's nicht. Weil, ist Schwein jetzt doch ein Schimpfwort? Wo sie alle Tiere lieben? Abgesehen davon, dass der sogar vegane Schokolade im Programm hat. Und alles bio-öko-fair produziert. Und dann die radikalen Veganer- und Tierschützerseiten im Internet. Sie missbrauchen Gräuelfotos, um uns Bauern anzugreifen!"

„Du bist Winzerin. Ihr haltet keine Tiere."

„Eben. Und trotzdem schmieren sie MÖRDERIN! auf unser Tor!"

„Warum gerade auf eures?"

„Weil sie so sind. Unser Wein ist eigentlich sogar vegan. Weil wir nicht mit Eiweißschönung arbeiten. Die Gelatine, die wir beim Flotieren verwenden, wird abgeseiht. Ich lass mir nicht gefallen, dass wir Bauern niedergemacht werden."

„Bist du in die Politik gegangen? Als Bauernvertreterin? Eva hat mir nichts davon erzählt."

Martina sieht mich an. „Bin ich nicht. Die tun doch ohnehin nichts für uns. Also müssen wir es selbst machen. Deswegen haben wir die ‚Landsleute' gegründet."

„Und was ist das?"

„Ein Zusammenschluss junger Bäuerinnen und Bauern. Ich bin so was wie ihre Sprecherin. Wir haben vor kurzem Jahrgangstreffen der Fachschule gehabt. Da haben wir über die Veganer und ihre Aktionen geredet. Gegen Viktor haben sie einen regelrechten Shitstorm im Netz gemacht, gemeinsam mit ein paar Idioten aus seinem Dorf, die aufs Land gezogen sind und sich jetzt darüber aufregen, dass Schweinemist stinkt. Und da hab ich gesagt, dass wir uns wehren müssen. Was die können, können wir schon lange."

Ich seufze. „‚Landsleute': Klingt … nach Heimat, Blut und Boden. Irgendwie ziemlich re…"

„Retro?"

„Rechts."

„Sicher nicht. Wir sind weder blöd noch dumpf."

„Die anderen kenne ich nicht. Du bist jedenfalls nicht blöd. Umso mehr frage ich mich …"

„‚Landsleute' ist super. Wir sind Leute vom Land. Und wir lassen uns nicht dumm anreden. Wir stehen dazu, Bauern zu sein, und wir stehen zu unserem Land. Was ist dran schlecht?"

„Gar nichts."

„Also. Es wird Zeit, dass man den ganzen Mief vergisst."

„Die Geschichte ist ein Teil von uns. Das, was Väter und Großmütter getan und erlebt haben, kann man nicht einfach vergessen."

Martina verdreht die Augen. „Ja eh. Und weil wir eine Geschichte haben, heißen wir ‚Landsleute'. Anders als die Veganen Analphabeten oder Alkoholiker oder Anarchisten oder Animalisten oder was auch immer, die nicht einmal sagen, wie sie wirklich heißen. Die haben keine Vergangenheit und keine Zukunft. Das machen wir ihnen klar."

„Wie nennen sie sich auf ihrer Homepage?"

„Die haben keine. Zumindest haben wir keine gefunden. Auch nichts auf Facebook. Aber sie sind verbunden mit diversen veganen

Vereinsmeiern und Tierrechtlerinnen und so weiter. Einzelpersonen, oft mit Nicknames, die dann auch mit V.A. unterschreiben. Viktor war völlig fertig, sie haben irgendwie rausgefunden, dass ihn seine Freundin verlassen hat, sie haben ihn auf Facebook verspottet: *Wahrscheinlich hat sie von seinem Sauschädl genug gehabt*, und: *Wenn einer so riecht, sucht man sich lieber jemand, der nicht nach Tierleid stinkt.* Echt tief. Noch dazu, wo ihn das mit seiner Freundin sehr getroffen hat. Besonders attraktiv ist er nämlich nicht und auch sonst eher ein Stiller. Hat lange gedauert, bis er eine gefunden hat."

„Und die ist jetzt mit einem Veganer unterwegs?"

„Ach wo, ich glaube, ihr neuer Freund ist Baggerfahrer, Viktor wollte nicht darüber reden. Dem geht's dreckig genug, sein Vater ist gestorben und hat ihm jede Menge Schulden hinterlassen. Die Schweinemast bringt nicht mehr viel ein, die einzige Chance ist zu wachsen und die Effizienz zu steigern, sagen die Berater. Das heißt natürlich investieren. Er ist einer von den Bauern, deren Grund eigentlich den Banken gehört. Aber das ist den superguten Tierfreunden egal, ist ja nur ein Mensch."

„So richtig toll finde ich Massentierhaltung auch nicht."

„Glaubst du, ich? Aber von heute auf morgen aussteigen ist schwer. Ganz abgesehen davon: Bernhard haben sie auch bedroht, und der ist Biobauer. Mit Mangalitza-Schweinen, die jede Menge Platz im Freien haben. Es reicht, dass er sie irgendwann schlachtet."

„Schick mir den Link, ich sehe mir den Shitstorm an."

Martina deutet auf die großen dunkelroten Buchstaben auf dem Tor. „Blut. Ich sage dir, das ist Blut."

„Ich halte es nicht für klug, euren Streit weiter aufzuschaukeln."

„Wer schaukelt da auf? Wohl die! Ich hab keine Tore beschmiert!"

Ich sehe die junge Weinbäuerin an. Ich kenne die Bertholds seit mehr als zehn Jahren. Damals war Martina sechzehn. Und wild entschlossen, Winzerin zu werden. Ihr Vater war auf dem Weg in die erste Liga der Weinmacher. Und kurz darauf tot, von einem Hochstand aus erschossen. Gemeinsam mit ihrer Mutter Eva hat Martina weitergemacht. Sie haben es geschafft. Das Weingut Berthold steht besser da denn je. Das ist keine, die klein beigibt. – Da war etwas, das sie gesagt hat … der Essbare Tiergarten … ein sympathisches Projekt. Aber darum geht es nicht … „Karl Simatschek. Ich werde ihn fragen."

Martina sieht mich erstaunt an.

„Rechtsmediziner. Früher in der Steiermark. Wir haben uns kennengelernt, als ich bei der Schönheitsklinik im steirischen Vulkanland recherchiert habe, eine Zeit später ist er nach Wien gegangen. Leider hab ich schon länger nichts mehr von ihm gehört. Er könnte analysieren, ob es sich um Blut handelt."

„Sehr gut. Viel besser, als wenn wir die Polizei einschalten. Wir machen das selbst."

Das klingt auch nicht eben nach Deeskalation. Irgendwas kratzt an der Innenseite des Tores.

„Reblaus. Er hat gelernt, beim Tor nicht zu bellen. Sonst verschreckt er die Kunden. Und Wachhund ist er sowieso keiner."

Auch Reblaus kenne ich seit mehr als zehn Jahren. Er hüpft im Innenhof herum wie ein Junger. Dann beschnüffelt er mich ausgiebig. „Er riecht Vui", lächle ich.

„Die Sache mit Gismo hat mir so leidgetan. Aber zumindest ist sie einen Heldinnentod gestorben. Und sie liegt am schönsten Platz, den ich mir denken kann."

Ich nicke. „Ich schau nachher rauf zu ihr." Sie fehlt mir immer noch. Dabei ist es schon mehr als ein Jahr her, dass meine Katze tot ist. Die Täter wurden wegen Mord und Mordversuch verurteilt. Allerdings nicht für den Mord an Gismo. So etwas gilt nur als Sachbeschädigung.

„Keiner kann behaupten, dass wir Tiere nicht mögen", sagt Martina und streichelt den Schäferhund. Seine Schnauze ist grau geworden.

„Er ist zwölf, oder?"

„Ja, und zum Glück sehr fit für sein Alter."

Ich suche nach der Mobilnummer von Karl Simatschek. Ich drücke die Verbindungstaste. Zehn, zwölf Signaltöne. Vielleicht stimmt die Nummer nicht mehr.

„Mira! Dich gibt es auch noch!"

„Wie geht es dir?“

„Hervorragend. – Lass mich raten. A: Du willst mich zum Essen einladen. B: Du bist an einem Fall dran und stehst neben einer Leiche. C: Du hast dich in einen Italiener verliebt und brauchst mich als Dolmetscher. – Ich bin für A. Aber natürlich auch für alles andere zu haben!“

„Also das mit dem Essen ist eine großartige Idee. Und ich bin immer noch bei meinem Oskar. Ich hab auch keine Leiche, aber ein Tor, auf das jemand MÖRDERIN! geschmiert hat. Eventuell mit Blut. Und das würde ich gerne genau wissen.“

„Klingt interessant. Was sagt die Mörderin?“

„Sie ist keine Mörderin.“

„Kann auch bloß eine Behauptung sein, sei vorsichtig!“

„Die Frau, auf deren Tor man das geschrieben hat, hält es für Blut. Ich weiß nicht …“

„Ihr werdet doch wohl Blut und Farbe auseinanderkennen.“

„Es ist jedenfalls keine Lackfarbe. Und es ist zu dick für Wasserfarben. Die Buchstaben wurden mit einem groben Pinsel aufgetragen.“

„Blut schmeckt metallisch. Das kommt vom Eisengehalt.“

„Du erwartest nicht, dass ich an dem Tor lecke.“

„Wenn es nicht mehr sehr frisch ist, kann man es ohnehin nicht mehr so gut schmecken.“

„Mein Vorschlag: Du kommst vorbei, es gibt wunderbaren Wein, weil das Tor zu einem Weingut gehört, und danach lade ich dich zum Essen ein.“

„Klingt gut. Nur dass ich nicht in Wien bin, sondern im Ötscherland.“

„Haben sie einen Bären ermordet?“

„Die Ötscherbären haben sich schon vor Jahren verloren, wahrscheinlich wegen der neugierigen Journalisten. Oder es waren überhaupt nur aufgemotzte Zeitungsenten. Ich mache momentan etwas ganz anderes. Müsste dir eigentlich gefallen, mit deiner Kochleidenschaft. Das Ganze heißt ‚Zurück zu den Wurzeln – Genuss im Wald‘.“

„Wie bitte?"

„Wir bereiten gerade die nächsten Erlebnistage vor. Wir suchen im Wald nach allem, was man essen kann. Und bereiten das dann auch im Wald zu. In großen Gruben mit Feuer."

„Und wer ist ‚wir'?"

„Mein neuer Freund. Du würdest ihn lieben. Aber er hat zum Glück nichts für Frauen übrig. Er ist Koch. Sagt dir das Gut Bamberg etwas? Das hat er jahrelang geführt. Zwei Hauben, kurz vor dem Michelin-Stern."

„Und deine Arbeit als Rechtsmediziner?"

„Ich bin freiberuflich, momentan kümmere ich mich eben mehr um Moose und essbare Insekten als um die Stadien der Maden bei reiferen Leichen."

„Also nicht vegan?"

„Warum? Es gibt Sonderexkursionen für Veganer, da lassen wir das mit den Insekten weg. Und das mit dem Reh in der Feuergrube auch."

„Wann bist du wieder in Wien?"

„In circa einer Woche. Aber komm doch einfach zu uns. Ich habe meinen Chemiebaukasten mit. Etwas Auszeit kann dir nicht schaden, das schadet niemandem. Zurück zu den Wurzeln."

„Ist mir irgendwie zu wörtlich. Und würde ich dich finden?"

„Das ist ganz einfach."

Jedes Mal wieder bin ich von diesem Blick überwältigt. Hochhäuser und Kirchturmspitzen, verschmolzen durch Dunst und Entfernung, Wien durch einen Weichzeichner. Und ich auf diesem Hügel, auf dem Wein wächst. Der Rebstock neben mir soll hundert Jahre alt sein, Generationen von Winzern haben ihn stehen lassen. Damit etwas bleibt. Die Anlagen neben ihm sind jünger, praktische Betonbacksteine, gerade gezogene Drähte, üppiges Grün und dazwischen noch unreife, aber kräftige Trauben.

Beim hundertjährigen Rebstock liegt Gismo begraben. Begleiterin durch so viele Jahre. Ich habe mit ihr geredet, als sie gelebt hat. Warum soll ich nicht mit ihr reden, wenn sie tot ist? Ich erzähle ihr von Vui, dem weißen jungen Kater. Kein Ersatz, sondern ein ganz anderer Mitbewohner. Liebe ist nie vergleichbar. Wie er am liebsten auf meinem Laptop schläft, als würde er Buchstaben oder gar Gedanken ausbrüten wollen. Wie er sich im Bett versteckt, wo er eigentlich nicht hindürfte. Dass er keine schwarzen Oliven mag, obwohl ich es natürlich probiert habe. Ich erzähle ihr auch von den Veganern und den „Landsleuten" und ich frage sie, ob es okay ist, Tiere zu essen. Sie antwortet nicht. Aber das hat sie auch nicht getan, als sie gelebt hat. Sie hätte mich wohl mit großen Augen verwundert angesehen und ich hätte mir gedacht, dass sie mir sagen will: *Ich esse Tiere. Aber wehe, du isst mich.* Tiere jagen, sie sperren ihr Futter nicht ein. Ich frage Gismo nicht, ob Tiere Gefühle haben. Ich weiß, dass das so ist. Ich frage sie auch nicht, ob Tiere eine Seele haben. Haben Menschen eine? Oder nennen wir das Unbegreifliche, das uns über die anderen Tiere erheben soll, bloß so?

Wien im Dunstschleier. Fast zwei Millionen Menschen. Und wie viele Tiere? Haustiere und Tiere in Teilen auf Styroportassen im Sonderangebot. Hunde, die den ganzen Tag in einer Wohnung verbringen müssen. Hamster, die im Rad rennen. Schlaf gut, Gismo. Und wenn bei dem vielen, das wir nicht wissen, auch ein Jenseits dabei ist, dann bist du dort. Das helle Sonnenlicht brennt in den Augen. Ich blinzle. Ich wische mir mit dem Handrücken über das Gesicht und sehe auf die Uhr.

Wenn ich wirklich noch ins Ötscherland will, sollte ich los. Ich habe etwas Farbe abgekratzt und in ein sauberes Plastiksäckchen gegeben. Zum Glück bin ich mit Oskars Wagen unterwegs, in die Berge und wieder zurück würde mein wunderbares Elektroauto nicht kommen, ohne dazwischen zu laden. Warum gibt es noch immer so wenige Schnellladestationen? Warum bauen sie keine Batterien mit mehr Reichweite ein? Dass es sie gibt, ist klar. Darum sollten sich diese veganen Weltverbesserer kümmern, statt das Tor zu einem Weingut zu beschmieren. – Ob es sich wirklich um Blut handelt?

Ich gehe die Rebzeile bergab Richtung Auto. Telefon. Die Sonne scheint direkt aufs Display. „Ja?", sage ich.

„Mira. Du klingst, als laufst du davon. Oder machst sonst etwas für dich Anstrengendes."

Meine Freundin Vesna. Die offenbar darauf anspielt, dass für sie nicht so schnell etwas anstrengend ist.

„Ich gehe einen Hügel hinunter."

„Hinunter. Du solltest mehr trainieren. Du warst schon ganz gut beim Joggen."

„Ich habe Gismo besucht."

„Oh." Dann Schweigen. Ich war mit Vesna und Oskar in Vietnam, als Gismo erschossen wurde. Vesnas Zwillinge und Hans haben sie gemeinsam unter dem alten Rebstock der Bertholds begraben.

Inzwischen stehe ich neben dem Auto und hole so lautlos wie möglich Luft. Vesna muss nicht mitbekommen, dass ich schnaufe. Sie ist topfit. Früher dachte ich, das hat mit ihrem Job zu tun. Weil anderer Leute Dreck wegzumachen, wie sie das nennt, ist auch eine körperliche Herausforderung. Inzwischen putzen andere für sie, und ihr Unternehmen „Sauber – Reinigungsarbeiten aller Art" floriert. So bleibt ihr mehr Zeit für ihre Lieblings-Nebenbeschäftigung. Nachforschungen, Detektivarbeit – quasi Reinigung im weitesten Sinn. „Warum rufst du an?"

„Braucht es Grund? Du bist meine Freundin."

Ich lächle gerührt.

„Und außerdem scheint Martina etwas außer sich. Sie will, dass ich wilde Veganer suche."

So viel zum Thema, dass unsere Freundschaft Grund genug für den Anruf sei. Romantik ist eher meine als Vesnas Sache. „Ich war gerade bei ihr, davon hat sie gar nichts gesagt."

„Sie hat gemeint, dass du noch trauerst über Gismo und daher bist anfällig für veganes Gerede über Tiere und so."

„So ein Quatsch. Aber gegen die Auswüchse der Massentierhaltung bin ich trotzdem."

„Wer findet das schon gut? Allerdings Leute brauchen zu essen und nicht alle haben Gehalt von einer Chefreporterin und einem Anwalt zusammen."

„Trotzdem wäre es besser, wir würden weniger und dafür unter freundlicheren Bedingungen erzeugtes Fleisch essen."

„Da hast du schon recht. – Und ist die Farbe wirklich Blut?"

„Ich bin erst auf dem Weg zu Karl Simatschek."

„Oh, lass ihn schön grüßen."

„Er ist im Ötscherland. Er scheint einen neuen Freund zu haben und mit ihm Wurzeln zu sammeln."

„Wo die Liebe hinfallt."

„Hoffentlich fällt er nicht."

[2.]

Ihr habt recht, zumindest fast“, murmelt Karl über sein Mikroskop gebeugt.

Wir sind in einer Wanderhütte. Hier haben er und sein Freund Helge ihr Hauptquartier aufgeschlagen. Samt Ausrüstung für chemische Analysen. Wenigstens ist mir eine Bergtour erspart geblieben. Neben der Sesselliftstation gibt's einen großen Parkplatz. Und von oben waren es dann nur mehr ein paar hundert Meter. Wobei mir das mulmige Gefühl reicht, das mich bei Sesselliftfahrten regelmäßig überfällt. Hoch über dem Boden zu schweben ist nicht mein Ding. Was weiß man, ob nicht eines der Tragseile brüchig ist oder aus den Rollen springt oder der Bügel des Liftsessels aufgeht. Ich habe mich jedenfalls nicht auf die wunderschöne Berglandschaft konzentrieren können. Gemäßigte Hügel sind mir lieber. So wie im Weinviertel rund um Treberndorf.

„Was heißt fast?“

„Es ist wie Blut.“

„Wie?“

„Theaterblut. Eisenthiocyanat. $Fe(SCN)_3$.“

Ich bin erleichtert. „‚Wie‘ passt hervorragend. Sozusagen Sojaschnitzel wie Fleisch, Getreidemaische wie Würste, Glutenlaibchen wie Burger. – Und wo bekommt man Theaterblut?“

„Keine Ahnung, ich nehme an, überall, wo man Zeug kaufen kann, das man zum Theaterspielen braucht. Und Laientheatergruppen gibt's in fast jedem Dorf. Ganz abgesehen davon, dass man es ziemlich einfach selbst herstellen kann.“

Scheint nicht so, als würde uns das Theaterblut direkt zu dem Idioten führen, der das Tor der Bertholds beschmiert hat. Vielleicht ohnehin besser. „Warum hast du eigentlich dein Chemielabor mit?", frage ich.

Karl sieht mich an und lächelt. „Erstens ist es nur ein kleiner Teil davon und zweitens ist es doch ganz gut, wenn ich das eine oder andere, was wir finden, analysiere."

„Bevor alle davon essen."

„Tja, immer kann man sich nicht sicher sein. Und trotz aller Zurück-zu-den-Wurzeln-Begeisterung: Wenn jemandem übel wird, hast du heute schnell eine Klage am Hals."

„Gibt's wirklich viele, die im Wald nach Essbarem suchen wollen?"

„Mira, wo lebst du? Das ist der neue Trend schlechthin. Seit Redzepi mit seinen hochdekorierten Kochkumpels regelmäßig in die skandinavische Wildnis zieht, um dort den puren Geschmack zu finden, boomt das. Und was das Beste ist: Helge macht solche Touren schon seit vielen Jahren, noch bevor die nordischen Spitzenköche damit angefangen haben. Vielleicht war er sogar der Allererste."

„Einmal abgesehen von den Neandertalern."

„Und meiner Oma. Die hat auch alles Mögliche aus dem Wald angeschleppt. Dafür hat sie in der Gegend aber auch als Hexe gegolten. – Kann es sein, dass du unser Projekt nicht ganz ernst nimmst?"

„Du bist ein hervorragender Rechtsmediziner. Und assistierst einem Koch, damit der mit irgendwelchen Freaks im Wald Dinge zubereitet, die sonst Rehe essen."

„Wir essen auch Rehe."

„Nur, wenn es keine Veganer-Tour ist."

„Ich hab nichts gegen Veganer. Wahrscheinlich hat deine Freundin sie provoziert und dann haben sie eben MÖRDERIN! mit Theaterblut auf ihr Tor geschrieben. Ich kenne welche, die sind wirklich nett. Und schon gar nicht gewalttätig. Im Gegenteil, ihnen geht's ja um eine möglichst gewaltfreie Welt."

„Seid ihr etwa auch …"

„Helge zeitweise, ich nicht."

„Zeitweise vegan ist aber schon so wie ein bisschen schwanger."

„Man kann das auch entspannt sehen."

„Und deine Arbeit als Rechtsmediziner?"

„Sie machen immer weniger Obduktionen, es wird überall gespart. Es geht immer mehr um Effizienz, und die ist bei uns ja eigentlich gleich null. Der Tote ist ohnehin tot und wenn der eine oder andere Mord unentdeckt bleibt, muss man weder Verfahren noch Gefängniskosten zahlen. – Außerdem braucht mich Helge. Ich koche gern, ich kann das eine oder andere analysieren und ich spreche ein paar Sprachen."

„Er ist dir wichtig."

„Ich bin glücklich mit ihm."

„Wie viel sollte man für eine Beziehung tun?"

„Eine Menge, finde ich. – Was tust du für deine Beziehung mit Oskar?"

Ich sehe aus dem Fenster. Berghang in sattem Grün. Was tue ich für unsere Beziehung? Ich bin da. Zumindest meistens. Reicht das? „Ich koche. Wir reden miteinander."

„Tust du auch irgendwas nur wegen ihm? Einfach, weil er es möchte?"

„Sicher." Nur dass mir momentan nichts einfällt. „Wir wollen sowieso dasselbe."

Karl sieht mich amüsiert an.

„Na ja. Zumindest meistens. Wenn es wichtig ist. Aber Freiraum ist auch wichtig. – Wo ist dein Helge eigentlich?"

„Er fixiert mit dem Förster Plätze, wo wir unsere Kochgruben ausheben können. Du kannst nicht einfach in den Wald gehen und graben."

„Und eure Gäste kommen dann, sammeln Zeug, heben eine Grube aus, machen Feuer …"

„Nicht ganz so. Wir lassen sie riechen, sehen, fühlen, suchen … Vieles kann man roh essen, Pilze, Farne, Moose. Wir haben ein paar Öle mit, hervorragendes handgepresstes Sonnenblumenöl, Nussöl, Essig aus Elsbeeren, mit Salz getrocknete Paradeiser … Helge ist großartig."

„Der Haubenkoch, der in den Wald ging. Warum kocht er nicht mehr auf diesem Gut?"

„Sie sind bankrottgegangen. Küche auf hohem Niveau rechnet sich nicht mehr, sagt er. Da brauchst du Geldgeber, die damit etwas anderes bewerben. Produkte oder ein Hotel oder Seminare oder sich selbst."

Ich nicke. „Meine Freundin Billy macht jetzt Burger – allerdings auf höchstem Niveau. Und Manninger vom ‚Apfelbaum' weigert sich, den Kriterien der Testesser zu entsprechen. Kein Silberbesteck, keine Gänseleber, keine sieben Tüpfelchen und keine wichtigtuerischen Punkte zwischen den Zutaten eines Gerichts. Wenige und fröhliche Kellner statt dem traditionellen Ballett um die Gäste."

„Reich wird er damit auch nicht."

„Muss er? Besser, als durch den Wald zu stolpern."

Karl lächelt. „Sagst du. Ich mag das wirklich."

„Die Leute, die dafür zahlen, die magst du auch?"

„Die meisten. Für manche ist Helge ein Halbgott, wenn er auf einer Lichtung frische Pilze schneidet und sie auf einem großen Stein antrocknen lässt."

„Und was bist du?"

„Der Assistent des Halbgotts – gar nicht übel, oder? Ganz abgesehen davon, dass ihnen egal zu sein scheint, dass wir schwul sind. Das ist angenehm."

Martina ist nicht beruhigt. Sie findet Theaterblut kaum besser als echtes. „Man sollte sie wegen übler Nachrede verklagen", sagt sie. Wir sitzen beim Türken gleich neben dem Redaktionsgebäude. In einer Viertelstunde beginnt die Wochensitzung. Martina hat Wein ausgeliefert, bei den wichtigen Lokalen macht sie das am liebsten selbst. Der direkte Kontakt sei wichtig, ein Unterschied zu den großen Weingütern, die nur noch über Händler verkaufen.

„Wen willst du verklagen? Die Veganer an sich? Die V.A., die es offiziell nicht gibt und die nicht einmal einen fixen Namen hat?"

„Es gibt eine Person, die das getan hat."

„Und selbst falls die Polizei nachforscht und falls sie ihn oder sie findet und es kommt zu einem Prozess: Willst du dann beweisen, dass du keine Mörderin bist, während sie behaupten, jeder, der Tiere isst, sei ein Mörder? Willst du ihnen diese Bühne geben?"

Martina trinkt ihren Kaffee aus. „Dann werden wir uns anders wehren."

„Hast du nicht genug zu tun mit dem Weingut?"

„Weißt du, dass es im Netz eine Diskussion darüber gibt, ob Backpulver aus Weinstein vegan ist? Weil nämlich der Wein mit einem Eiweißmittel geschönt worden sein könnte. Und selbst wenn man dafür, wie wir, Bentonit nimmt, reicht es nicht. Weil um den Wein klar zu kriegen, flotiert man ihn üblicherweise mit Gelatine. Die bleibt zwar nicht im Wein, aus dem sich der Weinstein abscheidet, aber allein die Vorstellung, dass sich irgendwo ein Eiweißmolekül verfangen haben könnte, treibt ein paar schon zum Wahnsinn. Ich meine: Haben die keine anderen Sorgen? Was würde ihnen passieren, wenn sie theoretisch ein Eiweißmolekül essen? Holt sie dann der Teufel? Und was tun sie, wenn sie eine Mücke verschlucken? Sich den Magen auspumpen lassen und sie begraben?"

Ich hetze durch das Foyer, winke unserer Rezeptionistin zu. Sie ist, wie ihre beiden Kolleginnen auch, schlank, groß, blond, hat lackierte Fingernägel, trägt ein anliegendes Kleid und könnte im italienischen Privatfernsehen auftreten. Der Geschäftsführer sucht sie aus und stellt sie ein.

Ein paar meiner Kollegen haben bereits im Sitzungszimmer Platz genommen. Ich sehe mich nach Droch um und denke erst Sekunden später daran, dass er seit vier Monaten im Ruhestand ist. Er schreibt weiter politische Kolumnen, aber er ist nur mehr selten in der Redaktion. Wenn ich meinen alten Freund treffen will, müssen wir uns verabreden. Ich hatte den Eindruck, dass das „Magazin" nicht eben traurig über seinen Rückzug war. Er hatte viele Dienstjahre und ein entsprechend gutes Gehalt. Das Einsparungspotenzial scheint der Geschäftsführung wichtiger gewesen zu sein als journalistische Qualität. Kann sein, es war ihnen gar nicht so recht, dass er ohne Rücksicht auf Seilschaften und geschäftliche Interessen Kritik geübt hat. An Politikern, Unternehmern, aber genauso intern. Unser Chefredakteur kriegt immer mehr weiße Haare, dabei ist Klaus um einige Jahre jünger als ich. Aber besser, als sich die Haare und den Bart zu färben, wie es der Leiter des Chronikressorts seit einiger Zeit tut.

Mein Vorschlag, etwas über Veganer zu schreiben, löst eine heftige Diskussion aus. Nicht etwa darüber, ob wir die Story machen, sondern über Veganer an sich, Fleischesserinnen, Tierschützer.

„Es ist ein Thema, zu dem alle etwas zu sagen haben", fasse ich zufrieden zusammen.

„Wir können uns eine Werbung für die Fleischlosen nicht leisten", mischt sich der Chronikchef ein.

„Ich hatte keine Werbung im Sinn. Und was heißt ‚leisten' in diesem Zusammenhang?"

„Ich weiß, dass Sie gerne die ökonomische Seite des Journalismus ausblenden, Frau Valensky. Aber wenn wir weiter Qualität produzieren und unser Blatt konkurrenzfähig halten wollen, müssen wir daran denken."

„Wo bin ich? In einer Aufsichtsratssitzung? In einer Besprechung der Geschäftsführung? Die haben sich ums Finanzielle zu kümmern, die redaktionelle Berichterstattung ist davon aus guten Gründen getrennt. Steht schwarz auf weiß im Redaktionsstatut."

Klaus räuspert sich. „Natürlich werden wir nicht nach ökonomischen Kriterien entscheiden, worüber wir wie berichten."

„Wir haben eine Anzeigenserie der Agrarmarkt Austria. Für Qualitätsfleisch aus heimischer Produktion", wirft der Chronikchef ein.

„Qualität? Die haben für McDonald's geworben. – Dummerweise können Veganer oder Tierschützerinnen nicht so viel zahlen. Und überhaupt: Woher wissen Sie das mit der Anzeigenserie?", erwidere ich. Es gibt seit längerem das Gerücht, dass der Chronikchef einen Wechsel in die Geschäftsführung anpeilt. Ich könnte gut damit leben, auch wenn dann einer mehr dort sitzt, dem Inhalte egal sind.

Klaus seufzt. „Bitte keine Privatfehden. Die Reportage für diese Woche ist fixiert. Wir nehmen die Vegan-Story für nächste Woche. Es werden beide Seiten zu Wort kommen. Wir werden nicht werten, sondern berichten."

Ich lächle ihn an. „Genau das habe ich vor."

So vieles ändert sich, denke ich, als ich über den Karmelitermarkt schlendere. Keine Katze mehr, der man schwarze Oliven mitbringen muss. Kein Droch in der Redaktion, mit dem man Blicke tauschen, sich verständigen, vielleicht sogar Allianzen schmieden, aber jedenfalls auf einen Kaffee gehen kann. Wobei: Man kann nicht sagen, dass er mich häufig lautstark unterstützt hat. Er war der Ansicht, so etwas hätte ich ohnehin nicht nötig. Und außerdem hat er zu vielem andere, manchmal schrecklich konservative Ansichten. Auch wenn er mich damit bisweilen nur provozieren wollte. Allein dass ich an ihn in der Mitvergangenheit denke. Dabei lebt er. Und wird mein Freund bleiben. Aber er ist in Pension. Und ich bin, abgesehen vom Chronikchef und dem Leiter der Sportredaktion, inzwischen die Älteste in der Ressortleiter-Sitzung. Ich fühle mich um nichts älter als vor zehn Jahren, bestenfalls erfahrener. Macht es klug, schon länger zu leben? Wahrscheinlich hat sich immer gleich viel geändert, aber ich habe weniger darüber nachgedacht. Eigentlich habe ich Veränderungen immer gemocht. Jetzt bin ich mir da nicht mehr so sicher.

Ich sehe mich am Karmelitermarkt um. Stände mit Obst und Gemüse, gerade im Sommer ausgesprochen bunt und vielfältig. Wie muss es sein, ganz ohne tierische Nahrungsmittel zu leben? Wird man dadurch reiner, besser, sauberer? Oder fehlen einem in erster Linie gewisse Spurenelemente, die wir Allesfresser brauchen? Und was ist mit dem Genuss? Ich gehe an einem Stand mit Lammfleisch vorbei. Der Verkäufer winkt. Ich kenne ihn, er stammt aus Syrien und ist eigentlich technischer Zeichner. Jetzt arbeitet er bei Avci. Seine Frau ist mit den Kindern in einem syrischen Dorf geblieben, er hofft, dass sich sein Vater zwischen Regierungssoldaten, Rebellen und dem IS durchlavieren kann. Und dass keine Bomben auf ihr Haus fallen. Er hofft, dass er sie nachholen kann. Aber unsere Regierung hat die Bestimmungen verschärft. Ist es unseren Politikern egal, dass seine Familie sterben könnte? Ist das weniger wichtig, als ein paar Stimmen zu verlieren? Das sind Veränderungen, die das Leben prägen. Nicht, ob die neue Katze Oliven frisst oder ob ein Freund in Pension geht. Die Lammkoteletts sehen großartig aus. Ich kaufe sechs Stück und gehe weiter zu meinem Lieblingsgemüsehändler.

Mir ist nach einem Experiment. Nicht, dass wir andauernd und Unmengen Fleisch essen. Aber auf alles Tierische zu verzichten ist doch eine Herausforderung.

Vui sieht mich ungläubig an, als ich Gemüse und eine Packung rote Spaltlinsen auf die Arbeitsfläche lege und nicht das kleinste Stückchen Fleisch oder Fisch oder zumindest etwas Käse. Dabei hat er ohnehin eine ordentliche Portion Hühnerherzen bekommen. Sogar von wahrscheinlich halbwegs glücklichen Hühnern, von einem Bauernhof im Burgenland. Zumindest hat mir das die Verkäuferin versichert. Eine Slowakin, die dort arbeitet und zum Markt fährt. „Gute Leute. Gute Hühner, wie Kinder für sie." Kann sein, sie hat doch ein wenig übertrieben. Oder aber ich möchte dort nicht Kind sein.

Ich werde Oskar nichts sagen. Mich interessiert, ab wann er merkt, dass wir heute vegan essen. Die Lammkoteletts soll es danach geben. Wir haben ohnehin nur ein-, zweimal in der Woche die Chance, in Ruhe gemeinsam und daheim zu essen. Da muss ich ihn nicht unnötig sekkieren. – Vielleicht ist das meine Antwort auf Karls Frage, was ich für Oskar tue. Ich versuche ihn nicht unnötig zu ärgern.

Ich brate die gewürfelten Melanzani mit viel Knoblauch und Thymianzweigen an und gieße mit etwas Wein und Wasser auf. Jetzt soll das Ganze langsam köcheln, bis die Melanzani ganz weich sind und die Flüssigkeit verkocht ist. Die Tomatensauce aus dem Tetra Pak stelle ich in den Gefrierschrank. Ich habe nachgelesen: Da sind nur Paradeiser drin und sonst nichts. Ich schütte einen Becher Mehl, etwas Olivenöl, Trockenhefe, Salz, eine Prise Zucker und einen halben Becher lauwarmes Wasser in die Küchenmaschine und lasse den Teighaken für mich kneten. Keine Ahnung, ob das, was ich vorhabe, funktioniert. Stellt sich zudem die Frage, ob Hefe vegan ist. Hefepilz, Hefebakterien. Sind doch auch Lebewesen, oder? Bevor ich im Internet nachsehe, sollte ich freilich die Fülle vorbereiten. Fein geschnittene Zwiebeln in Öl kurz anschwitzen, in ganz dünne Streifen geschnittenes Kraut dazu und rösten, bis beides Farbe bekommt. Einen Teelöffel vom gemahlenen Bio-Kurkuma, einen

Hauch Cayennepfeffer, vielleicht noch etwas Neugewürz. Umrühren und mit einem Schluck Kokosrum aufgießen. Wenn schon vegan, warum dann nicht exotisch? Es gibt ja genug Länder, wo deutlich weniger tierische Produkte verwendet werden. Können sich viele Menschen einfach nicht leisten. Ich stelle meine Induktionsplatte auf hundert Grad, das Kraut blubbert und ich streue ein paar Esslöffel von den roten Spaltlinsen ein. *Masoor Dal* steht auf der Verpackung. Ich habe gelesen, dass in Indien vierzig Prozent der Bevölkerung vegetarisch leben. Der Kaste der Brahmanen ist der Verzehr von tierischen Produkten generell verboten. Auf der anderen Seite gibt es eine neue Mittelschicht, der Religion und Tradition lange nicht so wichtig sind wie die westliche Lebensart. Also steigt der Fleischkonsum in Indien. Während bei uns immer mehr auf Fleisch verzichten. Ich rühre um, salze, gebe einen Deckel drauf und gehe zum Laptop.

Auf meinem Computer sitzt Vui. Er sieht mich ohne jedes Schuldgefühl an. Ein Auge blau, das andere bernsteinfarben. Vui ist ein Maine-Coon-Kater. Er ist ein Jahr alt und wiegt bereits sechs Kilo. Ich habe wieder einmal vergessen, das Gerät zuzuklappen. Gar nicht gut für den Fall, dass ich eine Datei offen gelassen habe. Vor einiger Zeit ist es unserem Kater sogar gelungen, ein Programm zu starten. Es ist abgestürzt ist und hat den gesamten Laptop lahmgelegt. Der Touchscreen war ein weiterer schwerer Fehler. Ich versuche unseren Kater vorsichtig von der Tastatur zu pflücken, aber sechs Kilo Katze, die auf der angenehm warmen Elektronik dösen wollen, bewegt man nicht so leicht. Vui macht sich noch schwerer, als er ist, und versucht sich in die Enter-Taste zu krallen.

Sdtzzeffgzfffffffffffsch
Vgvvggggggggg
VVAAA

Wenn er damit etwas sagen will, dann muss er noch üben. VVAAA. V.A. Diese seltsame vegane Aktionsgruppe. Vui hat so unterschrieben und gehört trotzdem sicher nicht dazu. Jede und jeder kann so unterschreiben. Ich stelle ihn auf den Boden und ignoriere seinen beleidigten Blick. Er setzt sich und beginnt sein prächtiges weißes Fell zu putzen.

Hefe ist doch vegan, sagen die Veganer. Weil einzellige Lebewesen nicht unter ihr Gebot fallen, Tiere nicht zu essen oder ihnen sonst Leid zuzufügen. Ich bin beruhigt. Vui maunzt und sieht zu seinem Lieblingsplatz. Ich schüttle den Kopf und will den Laptop schließen.

Vegetarierbund und Tierrechtspartei unterstützen die vegane Ernährung von Haustieren! Eine Werbeseite. Klar, ich habe mich auf Veganer-Homepages herumgetrieben.

Für eine gewaltfreie Zukunft: Vegan zu leben tut auch Hund und Katze wohl!

Ich lese es Vụi vor, ein blaues und ein bernsteinfarbenes Auge sehen mich gelassen an.

„Die Nährwert-Bedürfnisse von Hunden und Katzen können durch eine vegane Ernährung und bestimmte Ergänzungen leicht befriedigt werden. James Peden, der Autor von ‚Vegetarische Hunde- und Katzenernährung', hat Vegepet-Zusätze entwickelt, mit denen vegetarische und vegane Rezepte für Hund und Katze angereichert werden können. Sie sind ausgeglichen in ihren Nährwerten, und es gibt sie auch in speziellen Ausführungen für Katzenkinder und Welpen sowie für säugende Katzen und Hündinnen. Darüber hinaus gibt es mittlerweile zahlreiche Futtermittelfirmen, die vegetarisches Alleinfutter – ob als Trocken- oder Nassfutter – anbieten.

Hunde und Katzen, die vegetarisch oder vegan leben, genießen sowohl ihr Futter als auch ihre gute Gesundheit. Auch aus ethischer Sicht entspricht ein vegetarisches Futter der Tierrechts-Philosophie."

Hunde seien ohnehin Allesfresser, aber die Zusätze von Peden täten auch ihnen gut. Katzen seien aber *gewöhnlich wählerischer und ihre Bedürfnisse sind komplizierter.*

„Katzen sind Fleischfresser", knurre ich.

Und tatsächlich lerne ich, dass Katzen unbedingt Taurin brauchen, das käme leider in pflanzlicher Nahrung nicht vor. Umso segensreicher seien die Zusatzmittel von Peden, die man über den Versandhandel aus Amerika beziehen könne. Ich klicke auf die Seite von diesem Peden. Und sehe blonde Amerikanerinnen mit entrücktem Lächeln Peden und seine Produkte preisen. Ihr *Harbingers of a New Age* habe jetzt die Ehre, seine Zusatzstoffe für Hund und Katze zu vertreiben. Was über eine der Glücklichen erzählt wird, muss ich zweimal lesen. Dann übersetze ich es für Vui:

„Als sie den Verlust eines geliebten tierischen Begleiters betrauerte, begann Kim unerwartet Zeichen und Botschaften von der ‚Anderen Seite' zu empfangen. Das brachte sie zu einer unglaublichen Reise zu den Tieren und dem Jenseits. Diese Reise führte zu dem preisgekrönten Buch ‚Tiere und das Jenseits: Wahre Geschichten über die Reise unserer besten Freunde über den Tod hinaus'."

Ich klappe den Laptop zu. Tiere sollen also vegan leben. Und irgendwelche esoterischen Amerikanerinnen machen damit ein Geschäft. Österreichische und deutsche Veganer-Verbände empfehlen das. Wie jenseitig ist das? Ich frage es Vui. Er gähnt, beginnt dann zu schnurren und mir seinen dicken Kopf gegen die Wade zu wummern. Nein, ich setze dich sicher nicht auf den Schreibtisch. Zumindest springen musst du schon selbst. Ich kraule ihn hinter seinen hübschen Ohren und bewundere wieder einmal die luchsartigen Haarbüschel. „Ich verspreche dir, du kriegst Fleisch. Du stammst von Wildkatzen ab. Deine Vorfahren waren großartige Jäger."

Vui gähnt wieder, streckt sich und schnurrt weiter. Ich habe die Tierärztin gefragt, ob es normal sei, dass ein einjähriger Kater derart ruhig ist. Katzen hätten eben sehr verschiedene Temperamente, hat sie gemeint. Und Vui entwickle sich prächtig. Er könne noch ein ganzes Jahr lang weiterwachsen.

Eine Stunde später ist das vegane Abendessen mehr oder weniger vorbereitet. Als Vorspeise gibt es Zucchini-Carpaccio mit gefüllter Zucchiniblüte. Ich habe kleine Zucchini hauchdünn der Länge nach geschnitten und damit große Teller belegt. Danach habe ich Zitronensaft, Salz, Zucker und schwarzen Pfeffer verrührt und unter ständigem Stabmixen langsam gutes Olivenöl eingetropft. Die cremige Emulsion verteile ich großzügig auf den Zucchini. Die Zucchiniblüten werde ich erst braten, wenn Oskar schon da ist. Sie sind mit klein geschnittenem Tofu, etwas süß-scharfer Chilisauce und Basilikum gefüllt. Üblicherweise nehme ich Ricotta oder einen anderen Frischkäse, und dazu manchmal noch eingelegte Sardinenfilets.

Ich sehe auf die Uhr. Eigentlich sollte er schon da sein, aber Anwälte haben eben keinen Dienstschluss wie Beamte. Kein Problem. Kann die Tomatensauce noch kälter werden. Und wenn sie anfriert, umso besser. Ich werde sie mit Olivenöl, Salz, einigen Tropfen karibischer Hot Sauce und einem Spritzer Balsamico-Essig mixen und in tiefen Tellern servieren. In die Mitte kommt die lauwarme Melanzani-Zwiebel-Creme. Wer sagt, dass vegane Küche aus Fleischersatzprodukten bestehen muss?

Oskar lobt das Carpaccio und ist von der kalt-warmen Suppe begeistert. Seinen Fragen, ob ich Neues über die Schmiererei auf dem Tor der Bertholds habe, weiche ich geschickt aus. Ich möchte wissen, ob er ohne weitere Zusammenhänge bemerkt, dass unser heutiges Essen vegan ist. Was ich mir davon verspreche? Keine Ahnung. Aber gewisse Experimente in der Grundlagenforschung macht man ja auch, ohne zu wissen, was dabei herauskommt und wofür man es im Alltag brauchen kann. Und hat so bahnbrechende Erkenntnisse gewonnen.

Vui liegt auf dem Sessel neben mir und schläft. Vegane Küche interessiert ihn jedenfalls nicht und damit ist klar, welche seiner Lieblingsbeschäftigungen angesagt ist. Oskar erzählt von einem Unternehmer, der ganz offen Unterstützung beim Umsatzsteuerbetrug wollte. Als er abgelehnt habe, sei der Mann wütend geworden und habe ihm gedroht.

„‚Anwälte sind verpflichtet, alles für ihre Klienten zu tun', hat er zu mir gesagt. Da muss er noch ein wenig warten, habe ich geantwortet. Nämlich bis er auffliegt und es zu einem Strafverfahren kommt, und auch dann nur, wenn ich ihn als Klienten akzeptiere. Was ich nicht machen würde. Er hat mir gedroht, die Anwaltskammer einzuschalten." Oskar sieht müde aus. „Es wird immer komplizierter: jeden Tag neue Vorschriften, noch mehr Auflagen. Nur die Großen können es sich richten." Die Falten um seine Augen wirken tiefer als sonst.

„Und keine interessanten Fälle in Sicht?"

„Wie man es nimmt. Diese Fusion der Elektromärkte ist eher anstrengend, es geht um unendlich viele Details. Dafür bringt sie ziemlich viel Geld. Und ich muss deswegen wieder auf ein paar Tage zu meiner Partnerkanzlei in Frankfurt."

„Willst du, dass ich mitfahre?"

Oskar sieht mich erstaunt an. „Du hast doch keine Zeit."

„Würdest du dich freuen, wenn ich mitfahre?"

„Ja, sicher, aber ..."

So sicher scheint er sich nicht zu sein. Da war einmal etwas. Es ist viele Jahre her. Eine Affäre mit einer Kollegin. In Frankfurt. Ich bin ganz dumm dazugekommen. Weil ich ihn überraschen wollte. Besser, wir rühren nicht daran. Lange vorbei. Und auch ich war nicht immer treu.

„Karl assistiert seinem Freund bei diesen kulinarischen Waldausflügen. Er sagt, es gefällt ihm. Und er tue es für Helge."

Oskar sieht mich zärtlich an. „Du musst deswegen nicht mit nach Frankfurt. Ich hab ohnehin wenig Zeit und den Kopf voll."

„Tue ich genug für dich?", frage ich.

„Du könntest den nächsten Gang bringen. Ich rieche schon die ganze Zeit, dass da was im Ofen ist."

Was das ist, darauf bin ich allerdings selbst gespannt. Ich habe den Brotteig ausgerollt, mit schwarzem Sesam und grobem Salz bestreut und damit eine kleine Springform ausgelegt. Der Teig ist jetzt zwanzig Minuten bei zweihundertzwanzig Grad im Ofen, er ist etwas unregelmäßig aufgegangen, aber er hat so weit seine Form gehalten, dass ich etwas einfüllen kann. Goldgelb ist er auch schon. Vui hat einen Fehler gemacht. Er ist aufgestanden und hat mich begleitet. Wahrscheinlich hat er geglaubt, dass aus dem Ofen immer Fleisch kommt. Jetzt sitzt er enttäuscht neben mir und schnuppert an seiner leeren Katzenschüssel. Ich nehme das Brot aus dem Ofen und schütte das gewärmte Linsenkraut hinein.

Ich sehe meine Kreation an. Eier haben schon etwas für sich. Unter anderem binden sie. Wenn ich das Brot teile, wird die Fülle herausquellen. Ich hätte zwei kleine Brotgefäße backen sollen. Ich entferne vorsichtig die Springform. Das geht überraschend einfach. Kurz überlege ich, das Ganze mit etwas Schinken zu verzieren oder wenigstens Käse darüber zu reiben. Auch die Burrata, die wir im Kühlschrank haben, wäre fein dazu. Sie würde auf der heißen Oberfläche köstlich zerrinnen. Ein paar Blätter frisches Basilikum darauf, wirkt auch nicht schlecht. Ich trage das gefüllte Brot im Ganzen zum Tisch. Dann schneide ich es entzwei und versuche die Hälften halbwegs elegant auf unsere Teller zu verfrachten. Oskar sieht zuerst das Ding auf seinem Teller und dann mich an. Ich versuche mich in einem möglichst neutralen Blick. Er schnuppert. „Riecht gut, was ist das? Hast du noch nie gemacht."

„Gefülltes Brot."

„Die vorherigen Gänge … sie waren auch anders als sonst …"

Ich nehme einen Bissen. Schmeckt eigentlich sehr fein. Mein Gefühl, dass etwas fehlt, hat wohl bloß mit dem zu tun, was wir üblicherweise essen.

„Du …", fährt Oskar langsam fort, „du kochst jetzt aber nicht auf Dauer vegan, oder?"

Ich zucke mit den Schultern, lächle und esse weiter.

„Ich hab nichts übrig für Massentierhaltung. Und große Steaks habe ich früher viel lieber gegessen als jetzt. Vegetarisch scheint ja ganz vernünftig zu sein, aber …"

„Vielleicht brauchen wir hin und wieder eine Veränderung. Damit nicht alles immer gleich läuft und uninteressant wird."

„Ich finde unser bisheriges Leben eigentlich interessant genug und deine Küche sowieso", murmelt Oskar.

„Weißt du, dass sie Kälber, die nicht einmal einen Monat alt sind, durch halb Europa transportieren? Die Mutter muss so viel Milch geben wie sie kann. Und ihre Söhne werden irgendwo schnell gemästet, von ihnen kommt dann dieses weiße Kalbfleisch, das so wässrig schmeckt. Die schwächeren Kälber werden gleich umgebracht."

„Ich mag sowieso kein Kalbfleisch."

„Tiere haben Gefühle. Sieh Vui an. Denk an Gismo. An Reblaus. An die kleinen Lämmer."

Oskar ächzt. „Jetzt weiß ich, was dem gefüllten Brot fehlt. Ein Lammkotelett." Er sieht so verzweifelt drein, dass ich nicht mehr anders kann. Ich lache los. Er sieht mich irritiert und gleichzeitig hoffnungsvoll an.

Ich stehe auf und umarme meinen Mann von hinten. „Ich hab Lammkoteletts für dich."

„Nur für mich?"

„Für mich auch, obwohl die kleinen Lämmer wirklich schrecklich süß sind."

„Und für welchen Test wurde ich da gerade verwendet?"

„Wann merken Fleischesser, dass ihr Essen vegan ist? Wie reagieren sie darauf? Sehen sie Veganertum als Bedrohung?"

Oskar dreht sich zu mir um und sieht mich an. „*Du* bist eine Bedrohung. Ich hab für einige Momente tatsächlich gedacht, du willst uns auf tierfrei umstellen."

„Du traust mir so etwas zu?"

„Ich traue dir grundsätzlich alles zu."

„Dann hat unsere Beziehung Zukunft."

„Hat sie schon seit fünfzehn Jahren. Von ihrer großartigen Vergangenheit gar nicht zu reden."

„Schön, dass du das verklärst." Ich küsse ihn auf die Schläfe. „Soll ich uns die Lammkoteletts braten?"

„Wenn du etwas für mich tun willst."

„Ich will", antworte ich, stelle eine schwere Pfanne auf den Induktionsherd und stelle den Schalter aufs Maximum.

[3.]

MitTier. Man hat mir geraten, möglichst zeitig zum Gnadenhof zu fahren. Weil erstens müsse Vanessa Frey um neun zu einem Fotoshooting und zweitens sei da noch nicht so viel los. Wenn es auf die Schulferien zugehe, unternähmen viele Klassen einen Ausflug zum Löwenthal-Hof. Ich bin kein Morgenmensch. Ich finde den Sonnenaufgang dann am schönsten, wenn ich nach einer langen Nacht heimkomme. Ich finde es unnötig, schon in der Früh zu sprechen. Zum Glück sieht Oskar das ähnlich. So haben wir in stummem Einvernehmen um halb sieben einen Kaffee getrunken und sind dann unserer Wege gegangen. Er hat Gerichtstag und ich habe mich ins Auto gesetzt.

Es ist unglaublich, wie viele Menschen um diese Zeit unterwegs sind. Stau auf der Südosttangente. Die meisten meiner Mitstauer sind auch nicht freiwillig aufgestanden, tröste ich mich. Ich habe einen Job, wo mich das nur selten trifft. Die müssen jeden Tag so zeitig raus. Oder machen sie es doch freiwillig? Wie viele Masochisten gibt's in der Stadt, in der Sacher-Masoch gelebt hat? Fröhlich sehen die Menschen in den Autos jedenfalls nicht aus. Dabei scheint die Sonne. Wenn auch etwas blass. Als hätte sie eine anstrengende Nacht gehabt und müsste sich erst wieder erholen.

Vanessa Frey ist die Heldin der armen, alten und kranken Tiere. Sie ist quasi die Tierliebe in Person. Zumindest wenn man den Boulevardmedien, den Society-Berichten im Fernsehen, aber auch der umsatzstärksten Supermarktkette glauben will. Von dem ganzen unnötigen Müll, den man dort einkauft, geht momentan ein Prozent direkt an MitTier.

„Aus Liebe zu allem, was lebt", lautet der Slogan. Man kauft Billigfleisch und unterstützt damit alte Kühe. Wobei es ziemlich unwahrscheinlich ist, dass Vanessa Frey alle Kühe, die man nicht mehr als Kälber- oder Milchmaschine brauchen kann, rettet. Jedenfalls hat sie es geschafft, dass selbst die Bauernverbände freundlich zu ihr sind. Obwohl sie Veganerin ist. Aber erstens gibt's auch genug Bauern und Bäuerinnen, die Boulevardzeitungen lesen, und zweitens hat sie ein raffiniertes Konzept: Die Betreiber ihrer Gnadenhöfe sind ehemalige Landwirte. Wer von der Landwirtschaft nicht mehr leben kann und einen Hof mit ausreichend Grund hat, der irgendwo nett in den Alpen oder an einem See oder sonst in einer Gegend liegt, die Menschen mit angenehmen Urlaubsgefühlen verbinden, den nimmt MitTier unter Vertrag.

Ich gähne und wechsle die Fahrbahn. Sofort stockt der Verkehr. Warum bin ich immer in der langsamsten Spur? Wenigstens verliert mein Elektroauto nur ganz wenig an Reichweite, wenn wir auf Stop-and-go dahinzuckeln. Wunderding. Vanessa Frey kenne ich, seit ich fürs „Magazin" arbeite. Sie war Model, eigentlich das einzige in Deutschland, das in der Weltliga mitspielen durfte. Am „Vogue"-Cover und auf Millionärspartys. In Österreich hat man gerne so getan, als wäre sie Wienerin. Dabei hat sie bloß eine Wohnung in Wien gekauft. Für ihre Mutter, nach der Scheidung. Ihre Mutter ist tatsächlich eine gebürtige Wienerin. Noch dazu aus Döbling, einem der Nobelbezirke. Auch wenn sie hier bloß den Würstelstand auf der Hohen Warte betrieben hat. Beim Fußballklub Vienna. Den es schon seit achtzehnhundertirgendwas gibt und der Fußballer hervorgebracht hat wie Hans Menasse, den Vater von Eva und Robert Menasse, die beide schreiben. Jetzt spielt die Vienna allerdings nur mehr in der Regionalliga. In der Früh kann ich einfach nicht an Wichtiges denken, da sammelt sich der Müll in meinem Hirn und treibt an die Oberfläche. Genau wie die Meldung, dass es vor kurzem einen Rettungshubschrauber-Einsatz im Fußballstadion gegeben hat, weil sich ein Fan vor Spielanpfiff an einer Käsekrainer verschluckt hat. Vanessa

Freys Mutter war daran sicher nicht beteiligt. Ihre jetzige Wohnung liegt im ersten Bezirk, in einem der revitalisierten Ringstraßengebäude. Und natürlich ist sie längst im Ruhestand. Das alles kann man relativ einfach im Internet finden. Was ich nicht gefunden habe: Wie alt ist Vanessa Frey? Man kann bestenfalls versuchen, es hochzurechnen.

Ich blinke, endlich darf ich runter von der Tangente. Allerdings geht auch das langsam, sehr langsam. Ich schätze Vanessa Frey auf fünfzig. Ein paar Jahre auf oder ab. Die ersten Model-Fotos, die ich gefunden habe, stammen von 1981. Sie trägt eine Jacke mit enormen Schulterpolstern und Pelzbesatz, die Beine stecken in engen Pagenhosen. Sie sieht aus wie ein verkleidetes Reh. War sie siebzehn? Fünfzehn? Einundzwanzig?

Zum Glück habe ich ein zuverlässiges Navi. Mich in der Früh auf die Verkehrsschilder zu konzentrieren, wäre wirklich zu viel. Ich mache einfach, was das Ding sagt. Abbiegen, wieder abbiegen. Jetzt stauen sich die Autos auf der Gegenfahrbahn. Deutsch-Wagram, Strasshof. Hier irgendwo hat dieser Typ Natascha Kampusch festgehalten. Im Keller. Ihre ganze Jugend über. Ein Dorf ohne erkennbares Zentrum, das auch im amerikanischen Mittelwesten stehen könnte. Entlang der Durchzugsstraße geschichtslose gesichtslose Häuser aus billigem Material, Steppe, niedrige Betonhallen, in denen irgendwas verkauft wird, Reklametafeln. Die Frage ist nicht, wie konnte der Fall Kampusch passieren, sondern: Warum passiert das nicht häufiger? Hier reden die Nachbarn nicht viel miteinander. Da fällt nichts so schnell auf. Und hat man etwas bemerkt, vergisst man es lieber wieder. Ich fahre das Fenster herunter. Ich brauche frische Luft. Nur weil ich nicht ausgeschlafen bin und das nicht eben Sissi-Land in Schönbrunn ist, gibt es noch keinen Grund, allen alles zu unterstellen. Es leben sicher auch reizende Leute hier. Man sieht sie bloß nicht. Vielleicht aber ist das Gute überhaupt schon ausgestorben und geistert nur mehr als Zombie durch die Werbung. Nichts wie weiter, bevor ich noch depressiv werde. Dass eine Ortsdurchfahrt derart lange dauern kann.

Wenig später biege ich ab und wundere mich. Auch hier ist das Land noch flach, aber ausgedehnte Weizenfelder wechseln mit Sonnenblumen und Mais, dazwischen Windschutzgürtel, darüber blauer Himmel. Die Straße ist von Pappeln gesäumt. Plötzlich Landidylle. Und ein großes Hinweisschild: *MitTier – Löwenthal-Hof.* Daneben ein plüschiger Tierkopf mit putzigen Ohren. Ich kann nicht erkennen, um welches Tier es sich handeln soll, jedenfalls lächelt es. Dann ein Wegweiser nach links: *Gesellschaft für Veganes Leben und Philosophie.* Ein Nebengeschäft der Frau Frey? Ich fahre geradeaus und nehme mir vor, sie danach zu fragen. Philosophiegeneigt hat sie mir bisher nicht gewirkt. Aber das Klischee vom dummen Model ist ohnehin Blödsinn. Erfunden von solchen, die sich damit trösten wollen, dass schöne Frauen wenigstens dumm sind. Wer so etwas wie MitTier auf die Beine stellt, muss etwas im Kopf haben. Oder stecken andere hinter dem Konzept und sie ist bloß das Aushängeschild?

Vanessa Freys Assistent trägt einen Button, auf dem *Reiner* steht. Daneben der nicht identifizierbare Tierkopf. Heißt er Reiner? Im Vor- oder im Nachnamen? Oder ist er reiner? Veganer? Er vertröstet mich in einem derart neutralen Deutsch, dass ich nicht feststellen kann, ob er Österreicher oder Deutscher ist. Im Zweifelsfall dann wohl Deutscher. Frau Frey sei leider noch beschäftigt, noch habe man nicht geöffnet, aber wenn ich Lust hätte, dann könne ich mich gerne auf dem Gelände umsehen. Ich spähe hinüber zu dem Plakat, auf dem Vanessa ein Kalb umarmt. *Kinder sollen nicht sterben!* steht daneben. Und darunter: *MitTier – Mit Dir!* Der Assistent bemerkt meinen Blick. „Unsere neue Spendenaktion. Die dankenswerterweise von Megakauf unterstützt wird. Das Kalb gibt es auch als Kuscheltier. Junge Hunde, Katzen und Lämmer ebenfalls. Der Reinerlös jedes Plüschtiers geht direkt an einen Gnadenhof." Er deutet auf einen Ständer mit Zeitschriften. „Die neue Ausgabe unseres MitTier-Magazins. Selbstverständlich zur freien Entnahme."

Daneben ein hellgrünes Plakat, das mit pinken Lettern für WORLDLOVE wirbt. Auch ein Tierschutz-Projekt? Weltumspannend? Jedenfalls schwebt rundum viel poppiges Obst und Gemüse.

„Hervorragende vegane Produkte", erklärt Reiner. „Das ist die Zukunft. Es gibt sie in veganen Läden, aber auch in Supermärkten und natürlich im Internet. Mit einer eigenen App, die einen erinnert, nachzukaufen. WORLDLOVE hat von Anfang an MitTier unterstützt."

„Wann wird Frau Frey denn da sein?"

„Sie ist erst in der Nacht von einer Fernsehaufzeichnung zurückgekommen. Sie wissen ja, sie hat eine eigene Fernsehshow. An sich ist sie ein Morgenmensch. Aber es ist ihr wichtig, sich in der Früh zu sammeln, bevor sie ihre Arbeit beginnt."

Ich frage ihn nicht, wie ich mir das vorstellen soll. Vegan töpfern bei Sonnenaufgang? Meditation mit Marchfelder Paradeisern? Oder dauert es einfach länger im Bad und vor dem Spiegel, bis sie präsentabel ist?

„Ich begleite Sie gerne. Ich kann Ihnen auf unserem Rundgang einiges über die Entwicklung von MitTier und über seine wichtigsten Partner erzählen. Frau Frey hatte sozusagen ein Erweckungserlebnis. Sie war bei einem Fotoshooting für …"

Ich versuche ein Lächeln. „Sehr interessant. Aber ich sehe mich ganz gerne allein um, wenn ich darf. Danach kann ich auch besser Fragen stellen." Wer weiß, was passiert, wenn mich Assistent Reiner eine halbe Stunde lang beschwatzt. Entweder werde ich vegan oder zum Tier. Ich sehe auf die Uhr. Es ist kurz nach acht. Da stehe ich üblicherweise auf. Wenn ich nicht spät schlafen gegangen bin.

Ich bekomme einen Sticker, auf dem der undefinierbare Tierkopf lächelt, und einen Plan. Man kann an alten Pferden vorbei und zu einem Affenhaus, in dem ehemalige Versuchstiere leben. In einem Streichelgehege gibt es Zwergtierrassen, dann kommt noch eine Kuhweide und eine Koppel für Schafe und Ziegen, ein Platz für einige Kängurus und ganz an der Grenze des Areals ein teilweise bewaldeter Bereich für Füchse, die man aus Pelztierfarmen freigekauft hat.

„Keine Katzen und Hunde?", frage ich.

„Unser Hort für Straßenhunde und andere gerettete Hunde ist auf dem Wiesengrund-Hof im Wienerwald. Wir vermitteln übrigens auch Hunde an neue Besitzer. Es kommen ja dauernd welche nach."

„Besitzer oder Hunde?"

Der Assistent sieht mich irritiert an. „Zum Glück beide. Wir haben sehr viel Zuspruch. Natürlich noch mehr, seit Vanessa ihre Tiershow auf RTL hat. Das ist unsere Chance, direkt Tiere zu zeigen, die einen guten Platz brauchen. Und für unser Lebenskonzept zu werben."

Ich nicke. „Samt Spendenticker für alle, die sich kein altes Pony in die Wohnung stellen wollen."

„Ein ruhiger kleiner Hund kann in einer Wohnung ohne Probleme leben. Wenn für den notwendigen Auslauf gesorgt wird." Besonders humorbegabt scheint Assistent Reiner nicht zu sein. Ich verabschiede mich und folge dem Pfeil Richtung Pferdekoppel.

Friedlicher kann es kaum wo sein. Im Hintergrund Stallgebäude, zwei junge Frauen, die offenbar ausmisten. Umzäunte Wiesen, auf denen Pferde weiden. Es ist außergewöhnlich warm für die Uhrzeit. Wobei: Eigentlich habe ich da wenig Vergleichsmöglichkeiten. Südföhn. Wir sind noch nach Mitternacht auf unserer wunderbaren Dachterrasse gesessen. Ein Pferd wiehert leise. Man sollte nur die diversen Schilder ignorieren. Mir gelingt es nicht.

Igor, Araberhengst. Nach einer kurzen Karriere als Rennpferd Probleme mit den Sehnen, angeblich nicht geeignet für die Zucht – Willst Du sein Pate sein?

Susi, 18 Jahre. War ein geduldiges Schulreitpferd, bis sie schlechte Erfahrungen gemacht hat. Wir haben sie vor einem Transport zum Schlachthof gerettet – Sie braucht Dich!

Und so weiter. Wenn Tiere nicht mehr nützlich sind, dann kommen sie weg. Ist das hier der Weg, um etwas dagegen zu tun? Zu viel Plüsch und Tränendrüse. Zumindest für mich. Vorbei am Affenhaus. Davor ist ein hoher Zaun mit großen Bäumen. Kein Affe zu sehen. Vielleicht schlafen die klugen Tiere noch. Sind ja angeblich ziemlich nah mit mir verwandt. Unangenehmere Alternative: Sie sind nach ihrem Leben als Versuchstiere zu krank, um in den Bäumen zu schaukeln.

Auf einem Weg zwischen den Gehegen ein Traktor mit Anhänger. Er tuckert im Schritttempo dahin. Ponys und Schafe und ein Ziegenbock, der mich neugierig beäugt. Dann einige braune Tiere, die zu grasen scheinen. Ich kneife die Augen zusammen. An sich habe ich mich seit Jahrzehnten gut an meine Kurzsichtigkeit gewöhnt, aber hin und wieder wäre ich schon neugierig auf das, was sich etwas weiter entfernt abspielt. Eines der braunen Dinger macht einen Sprung in meine Richtung, dann noch einen. Was hier weidet, sind Kängurus. Sie kauern auf ihren muskulösen Hinterbeinen und fressen Gras.

Clair, Jack, Veronika und Umberto sollten die Pioniere einer Kängurufleischzucht in Pommern werden. Dank unserer Patinnen und Paten konnten wir die Tiere erwerben und ihnen hier ein friedliches Leben ermöglichen. Veronika und Clair sind schwanger – gebt ihren Kindern eine Zukunft!

Vor mir eine eingezäunte Wiese mit einem lang gestreckten niedrigen Holzhaus, dahinter Bäume. Durch die Bäume sehe ich ein weißes großes Gebäude. Dass der Löwenthal-Hof keine bäuerliche Landwirtschaft war, habe ich mir schon aufgrund der Dimension der Wiesen gedacht. Lebt Vanessa Frey dort? Im Netz ist gestanden, sie fühle sich überall zu Hause, wo ihre Tiere seien. Der Stammhof von MitTier steht in Bayern, nicht weit von München entfernt. Gut Engelberg. Sieht aus, als handle es sich beim Gebäude hinter den Bäumen wohl auch um einen alten Gutshof. Er ist weitläufig, zweigeschossig und, soviel ich erkennen kann, wunderbar in Schuss. Zur Eingangstür führen einige Stufen. Auf einem Platz mit Kies parken mehrere Autos.

Ich gehe am Gehege entlang. Die Tafeln stehen gleich bei den Bäumen. Vögel zwitschern. Sie jedenfalls sind ganz frei.

Polarfuchs Alexis konnten wir mit seinen Freunden aus einer illegalen Pelztierfarm retten. Hier haben die scheuen Tiere Platz und Liebe gefunden.

Einen Paten scheinen die Füchse schon zu haben. Hoffentlich niemanden aus Vanessas Promi-Umgebung, sonst könnte womöglich Fuchspelz auf Fuchs im Pelz treffen. Wäre peinlich. Dort drüben beim Gebüsch sitzt einer. Ein ziemlich großer sogar. Ich hätte das Fernglas mitnehmen sollen. Der Traktor tuckert näher. Irgendwo muht eine Kuh. Ich reibe mir die Augen. Das Ding ist zu groß für einen Fuchs. Ist da womöglich etwas eingedrungen, das auf Füchse lauert? Ein großer Hund? Killer-Känguru? Mörderschwein? Schon dumm, wenn in dieser friedlichen Spendenwelt das eine gerettete Tier das andere gerettete Tier äße. Ich grinse. Aber gleichzeitig kriecht eine Gänsehaut meine Unterarme hinauf. Das Ding bewegt sich nicht. Es sieht aus, als hätte es eine Jacke drüber. Da ist eine Tür im Zaun. Sie wird versperrt sein. Das Tuckern des Traktors wird leiser. Ich blicke mich um. Niemand da. Ich schlucke und drücke die Türklinke. Sie geht auf. Müsste hier nicht zugesperrt sein? Was, wenn irregeleitete Tierliebhaber Füchse streicheln wollen? Demnächst kaufe ich mir eine Brille. Das Ding bei den Büschen bewegt sich immer noch nicht. Was, wenn sich ein Wolf eingeschlichen hat? Es gibt sicher auch arme Wölfe, die gerettet werden müssen. Aber ich will ihnen nicht begegnen. Ich öffne die Tür und bewege mich ganz langsam vorwärts. Ich sollte den Assistenten holen. Warum nur wollte ich nicht, dass er mich begleitet?

Das braune Ding ist eine Jacke. Unten dran könnten Beine sein, allerdings sind sie im hohen Gras nicht gut zu sehen. Vielleicht handelt es sich um einen Schaufelstiel. Der Hügel auf der anderen Seite der Jacke ist möglicherweise ein Kopf. Oder ein Fuchspelz. Noch einige Schritte näher. Kein Vogel mehr, der singt. So, als würde alles die Luft anhalten. Ich sehe mich nach der Tür im Zaun um. Sie ist bloß sieben, acht Meter von mir entfernt. Bin ich schnell genug, wenn mich das Ding anfällt? Welches jagende Tier trägt eine Jacke? Ein Mensch. Rascheln. Ich zucke zusammen, ducke mich. Mein Herz rast. Ich habe Angst, man könnte es hören. Aber sehen kann man mich ohnehin. Das Geräusch ist von den Büschen neben mir gekommen. Der Mensch ist das gefährlichste Tier, sagt man. Ich starre in die Zweige. Und aus den Zweigen starren mich schwarze Knopfaugen an. Spitze helle Pelzschnauze. Fuchskopf. Neugierig beobachtet der Fuchs, was ich tue. Ich sehe wieder hinüber zur Jacke mit Anhang, mache wieder ein paar Schritte. Es lässt sich nicht mehr anders deuten. Da liegt jemand im Gras. Jemand, der sich nicht bewegt. Die Jacke halb über den Kopf gezogen, das Hosenbein zerfetzt. Mir ist, als könnte ich Blut riechen. Blut schmeckt nach Eisen, hat Karl gesagt. Theaterblut. Vielleicht ist auch das Theaterblut. Bluttheater hier auf dem Gnadenhof? Wie ferngesteuert mache ich die nächsten Schritte. Das Hosenbein ist rot verklebt. Ich kann nicht anders, ich sehe hin: Dort, wo einmal ein Oberschenkel war, sind blutige Fleischfetzen, darunter eine weißliche Substanz, die ich für Knochen halte. Auch an den dichten grauen Haaren klebt Blut. Tot, tot, hämmert es in mir. Aber kann ich es wissen? Ich darf den Mann nicht berühren, ich muss um ihn herum, ihm ins Gesicht sehen. Telefon. Die Nummer der Rettung. Die der Polizei. Ich mache einen Bogen um die Gestalt am Boden. Ich starre ihr ins Gesicht. Und sehe keines. Da ist eine Fleischmasse, keine Nase, keine Wange, keine Lippe. Rot und braun verkrustetes Fleisch. Und ein gelblicher Backenknochen. Alles beginnt sich um mich zu drehen. Nur nicht auf den Toten fallen, nur nicht auf den Toten fallen. Ich gehe in die Hocke, starre an der verstümmelten Leiche vorbei ins Gebüsch. Der Fuchs sitzt immer noch da und beobachtet mich. Er hat ein silbergraues Fell, seine Schnauze steht halb offen. Viele spitze Zähne.

Der Traktor. Er kommt näher. Ich will weg, einfach nur weg. Ins Gebüsch, zu den Bäumen. Und dann renne ich. Ich weiß nicht, wie ich aufgestanden bin, ich weiß nicht, wer mir den Befehl dazu gegeben hat. Ich renne auf den Traktor zu, ich rudere mit den Armen, ich schreie irgendwas. Er stoppt und ein älterer Mann mit Baseballkappe starrt mich an. „Was gibt's?“, fragt er misstrauisch.

Ich deute und keuche und hole noch einmal Luft: „Ein Toter. Bei den Füchsen. Sein Gesicht ist … zerfleischt.“

„Füchse reißen keine Menschen“, sagt der Traktorfahrer.

Ich blitze ihn an und habe auf einmal einen Riesenzorn. „Ich weiß! Ich bin keine Idiotin! Auf jeden Fall ist der Mann tot und sein Bein und sein Gesicht sind mehr oder weniger weg.“

„Sind Sie sicher?“

„Ich bin keine von den bescheuerten Tierfreaks! Ich bin Journalistin!“

„Oje.“ Damit fährt er an mir vorbei zum Fuchsgehege. Lässt mich einfach stehen. Nicht mit mir. Ich renne hinter ihm drein. Ich bin schnell, Vesna wäre stolz auf mich. Ich ziehe mein Handy heraus, mache einige Fotos. Aus sicherer Entfernung. Von hier aus sieht man bloß einen undefinierbaren braunen Hügel. Ich merke, wie mir der Schweiß den Rücken herunterrinnt. Plötzlich Bewegung. Ein elektrischer Golf-Caddy rast den Weg entlang. Weit entfernt höre ich, wie ein Motor gestartet wird. Rufe, Befehle, die ich leider nicht verstehe.

Der Caddy und ein schwarzer SUV kommen auf mich zu, ich drücke mich an den Zaun. Wollen sie mich umbringen? Jetzt mich? Beide Fahrzeuge halten. Eine schlanke Frau in dunklen Hosen springt aus dem Caddy, rennt Richtung Traktor. Der Assistent und zwei weitere Männer steigen aus dem Auto. Auch sie beachten mich nicht. Ein Schrei. Er kommt von der Frau. Vanessa Frey. Sie wird von einem der Männer gestützt. Und wer stützt mich? Ich gehe langsam auf die Gruppe zu.

„Wir müssen das Gelände sofort sperren. Die Schüler kommen", sagt Mann eins.

„Wir müssen überhaupt schließen", erwidert Mann zwei.

„Das geht nicht so einfach. Sie dürfen bloß nicht her", befindet die Tierliebe in Person.

„Der Landespolizeidirektor ist Känguru-Pate. Ich habe seine Nummer", sagt Assistent Reiner.

Vanessa Frey sieht Richtung Wald. „Ruf ihn an. Auch wenn wir ihn nicht brauchen werden. Antal war herzleidend, das wissen alle."

„Den Rest haben die Füchse besorgt." Das kommt vom Traktorfahrer. Sie starren ihn an. Und sehen dann zu mir. Ihnen ist plötzlich klar geworden, dass da noch jemand ist. Jemand von außen. Flucht. Ich versuche klar zu denken. Die werden mir nichts tun, nur damit ich nichts Negatives über ihre Füchse erzählen kann. – Werden sie nicht?

„Sie haben ihn gefunden", sagt Vanessa Frey. Ihre blonden Locken hängen wirr ins Gesicht. Sie ist sorgfältig, aber dezent geschminkt. Eine schöne Frau, auch jetzt.

Ich nicke.

„Es ist unser Geschäftsführer. Er wollte sich hier ein wenig erholen. Er war schwer herzleidend. Er muss ... einen Infarkt gehabt haben."

Der Assistent telefoniert, einer der beiden anderen Männer gibt dem Traktorfahrer einen Befehl. Er nickt und fährt davon. Dann telefonieren alle drei.

„Mira Valensky. Vom ‚Magazin'. Wir haben einen Termin", sage ich zur Gründerin von MitTier.

„Wer hat ihn so zugerichtet?", fragt sie und reißt ihre großen blauen Augen auf. Filmreif.

Ich möchte nicht wissen, wie ich selbst momentan aussehe. Unwichtig. Da liegt ein zerfressener Toter. „Ihr Traktorfahrer sagt, das waren die Füchse."

„Die Leute vom Land behaupten alles Mögliche. Kein Fuchs reißt einen Menschen."

„Hat er auch nicht gesagt. Aber wenn einer schon daliegt, ist er eine einfache Beute."

„Wir füttern die Tiere." Vanessa Frey sieht mich bittend an. „Sie schreiben nichts darüber, oder? Sonst kommt es wieder einmal zu Missverständnissen. Füchse haben ohnehin einen schlechten Ruf."

Als ob es jetzt um den Ruf der Füchse ginge. „Das lässt sich nicht geheim halten."

„Warum waren Sie so früh da?"

„Es ist nicht meine Schuld, dass Ihr Geschäftsführer tot ist."

„Nein, natürlich nicht. Aber … wir öffnen ja erst."

„Ihr Assistent hat mir geraten, früh zu kommen. Weil Sie danach ein Fotoshooting haben."

„Um Gottes willen! Darauf habe ich komplett vergessen! Ich weiß nicht, ob ich das heute schaffe. Aber es ist so wichtig. Fiona ist nur heute da. Und sie soll sich mit Jade Jagger treffen. Es ist so wichtig, dass wir uns um die vielen armen alten Pferde kümmern."

„Wahrscheinlich besser, die sehen nicht, was Tiere anstellen können."

„Das gibt uns noch lange nicht das Recht, etwas mit Tieren anzustellen!" Sie blitzt mich an.

Mehrere Wagen. Der Assistent und seine Begleiter sehen auf.

„Ich hab gleich gesagt, den Deppen kannst du nicht schicken", ruft Mann eins.

„Gehen Sie bitte ins Besucherzentrum", sagt Vanessa Frey zu mir. „Ich komme so rasch ich kann."

Ich schüttle den Kopf. „Ich habe ihn gefunden. Es wird gut sein, wenn ich hierbleibe, bis die Polizei da ist."

„Das war ein krankheitsbedingter Todesfall."

„Und woher wollen Sie das wissen?"

„Antal Zumtobel. Der Name wird Ihnen etwas sagen. Er hatte die größte deutsche Agentur für Public Relations und Social Advertising. Ein Star in der Branche. Er hat in Harvard gelehrt. Er hat Gastvorträge auf der ganzen Welt gehalten. Er war es, der das Geld für die ganz großen Aktionen zusammenbekommen hat. Gegen Hungersnöte in Afrika oder damals, als Ebola gewütet hat."

„Es soll noch immer Hunger in Afrika geben."

„Aber er hat etwas dagegen getan. Und er hat uns von Anfang an unterstützt. Er hat Kampagnen gemacht, die waren hinreißend. Er ist ein ganz enger Freund der Frau des deutschen Bundespräsidenten. Und von Bill Clinton, er hat seine Speakers-Tour in Europa organisiert."

„Und jetzt haben ihn die Füchse gefressen."

Die Meute kommt näher.

„Ich lasse nicht zu, dass Sie so über ihn reden. Oder gar schreiben. Er hat sich aufgeopfert. Er hatte einen Herzinfarkt und einige Operationen. Er hat seine Agentur übergeben und wollte leiser treten. Er hat die Geschäftsführung von MitTier übernommen. Ehrenamtlich. Aber es war wohl doch zu viel für ihn. Ich hätte ihn schonen müssen. Ich habe ihm immer gesagt, er soll die Leute arbeiten lassen und sich nur um die großen Linien kümmern. Er war so engagiert." Vanessa Frey schüttelt den Kopf. „Es ist … fürchterlich."

Die da auf uns zukommen, gehören wohl nicht zu MitTier. Zwei haben Fotoapparate und sie sehen auch sonst wie Reporter von Lokalzeitungen aus. Ein paar frühe Besucher scheinen auch dabei zu sein. Zum Glück sieht man von hier aus bloß die Rückseite des ehemaligen PR-Stars. Der größere der beiden Männer aus dem SUV breitet die Arme aus. „Ende! Stopp! Keiner darf weiter! Es gibt hier nichts zu sehen! Ich bitte um Pietät! Antal Zumtobel ist seinem Herzleiden erlegen."

Nur dass man da üblicherweise anders aussieht. Vom Gutshof her kommt ein Mann gelaufen. Im Rennen starrt er auf den Toten, eine Schrecksekunde, dann ist er wieder in Bewegung, eilt auf Vanessa Frey zu und schließt sie in die Arme.

[4.]

Sie müssen die Fotos löschen", sagt Vanessa Freys Assistent jetzt schon zum zweiten Mal zu mir.

Ich habe einen zerfleischten Toten gefunden. Ich habe eine polizeiliche Einvernahme hinter mir. Ich bin nahezu seit dem Morgengrauen auf diesem Gnadenhof. Ich konnte das Misstrauen der Leute von MitTier spüren. Und da war niemand, der mich gefragt hat, wie es mir geht.

„Ich muss gar nichts", erwidere ich. „Es waren zwanzig, dreißig Leute beim Fuchsgehege. Glauben Sie, dass Sie die Sache unter den Teppich kehren können?"

„Darum geht es nicht. Es geht um die Bilder. Die Reporter konnten nicht nah genug hin. Sie waren ganz nah."

„Was nun wirklich nicht meine Absicht war. Ich habe Ihnen die Aufnahmen gezeigt. Ich habe nicht fotografiert, als ich ihn gefunden habe. Ich habe erst nachher fotografiert. Und da war ich nicht näher als die anderen."

„Wir leben vom guten Ruf unserer Einrichtung."

„Und Sie meinen, der könnte durch einen angeknabberten Geschäftsführer gestört werden?"

„Kennen Sie gar keine Pietät?"

Vanessa Frey und der Mann, der sie beim Fuchsgehege in die Arme genommen hat, sehen auf.

„Ich glaube nicht, dass du mit Frau Valensky so reden solltest", sagt die Gründerin von MitTier.

„Sie hat kein Recht, eine Sensationsgeschichte aus der Tragödie zu machen."

„Und wer sagt, dass ich das vorhabe?", brülle ich. Ich wollte nicht so laut werden. Aber irgendwann bin ich mit den Nerven am Ende.

„Ich rede mit ihr", sagt Vanessas Beschützer. Ich weiß inzwischen, dass er Michael Maier-Löwenthal heißt. Und dass MitTier sein Gut gepachtet hat. Bis auf den Gutshof und ein bisschen Land drum herum. Dort betreibt er die Gesellschaft für Veganes Leben und Philosophie.

„Geht's?", sagt er zu Vanessa Frey. „Du solltest dich ein bisschen ausruhen. Reiner soll dich in dein Appartement bringen."

„Ich weiß nicht. Ich müsste wohl … Es ist so viel zu tun."

„Du kannst jetzt nichts machen, meine Liebe."

Folgsam steht sie auf. Der Assistent weiß nicht, ob er sie stützen soll.

„Lass nur", sagt sie, als er zögerlich ihren Arm nimmt. „Wenn irgendwas ist, musst du mich sofort anrufen. Bitte." Das ist an Maier-Löwenthal gerichtet.

„Natürlich."

Und dann sitzen wir allein im Chefbüro des Löwenthal-Hofs. An den Wänden die Fotos von Tieren, daneben ihre strahlenden Paten. Einige von ihnen kenne ich: Erzbischof, Bundeskanzlergattin, Pop-Sternchen, Schauspieler. Sogar Bill Clinton ist dabei. Aber den soll Antal Zumtobel ja gut gekannt haben. Wie Bilder von Jagdtrophäen. Nur dass die Tiere noch leben. Allemal sympathischer. Auch wenn sie trotzdem irgendwie Beute zu sein scheinen. Beute für gutes Image.

„Wie schrecklich, dass Sie Zumtobel finden mussten", sagt Maier-Löwenthal und sieht mich mitleidig an. Er hat helle Augen, irgendwo zwischen blau und grau. Markantes Gesicht. Ich schätze ihn auf Mitte vierzig. Vanessa Frey dürfte einige Jahre älter sein als er. Beinahe beginne ich zu weinen. Der Erste unter all den Tierlieben, der mich als Mensch sieht.

„Er hat … grauenvoll ausgesehen. Waren das wirklich die Füchse?"

Maier-Löwenthal zuckt mit den Schultern. „Ich bin kein Wildbiologe. Aber es könnte schon sein. Es ist ihnen nicht vorzuwerfen. Es ist ihre Natur. Sie fressen totes Fleisch."

Vorzuwerfen – eigenartiger Ausdruck im Zusammenhang mit Tieren. „Antal Zumtobel war herzleidend, wussten Sie das?"

„Ist das jetzt ein Interview oder ein Gespräch unter … unter Menschen, denen der Tod begegnet ist?"

Ich sehe ihn verwirrt an. Ich habe mir noch nicht überlegt, was ich aus der Sache mache. Und ob ich das überhaupt möchte. „Würden Sie mir nichts über seinen Gesundheitszustand sagen, wenn ich darüber schreiben will? Alle werden darüber schreiben."

„Entschuldigen Sie. Sie haben recht. Ja, er war schwer herzleidend. Er war ein Macher, einer von denen, die siebzehn Stunden am Tag auf Achse sind und es für normal halten. Ich kenne das. Ich war auch so. Er hat geglaubt, wenn er bloß MitTier managt, dann ist das eine ruhige Aufgabe im Vergleich zu dem, was er vor seinem Infarkt gemacht hat. Aber MitTier hat inzwischen mehr als vierhundert Mitarbeiter. Dazu kommen die vielen freiwilligen Helferinnen und Helfer. Und zweiundsechzig Gnadenhöfe in ganz Festlandeuropa. Demnächst eröffnen sie den ersten in Großbritannien. Und in den USA sind gleich einige geplant."

„Wie sind Sie eingebunden?"

Er lächelt. „Operativ gar nicht. Ich war einer von den Bösen im Finanzbusiness – bitte widersprechen Sie mir, weil eigentlich war ich gar nicht so böse wie der Ruf dieser Branche – jedenfalls habe ich den Gutshof meines Onkels geerbt, ein wunderbares Anwesen, eines der größten im Marchfeld. Aber es war sehr heruntergekommen. Ich kannte Vanessa flüchtig und habe es ihr angeboten. Wir haben uns von Anfang an verstanden."

Ich nicke. „Zwei Veganer in der Geschäftswelt …"

„Vanessa macht keine Geschäfte, sie lebt für ihre Tiere. Und ich habe damals noch nicht vegan gelebt. Wenn auch weitgehend vegetarisch. Ich habe den Gutshof behalten und wusste plötzlich, dass ich schon lange nach einem anderen Leben gesucht hatte: im Einklang mit der Natur und den Lebewesen und unseren geistigen

Grundlagen. Wir betreiben auch eine vegane Musterlandwirtschaft."

„Frau Frey … Sie leben mit ihr auf dem Gutshof?"

Maier-Löwenthal lacht. „Nicht so, wie Sie denken. Sie hat ein Appartement mit extra Eingang. Es gibt noch zwei weitere Gäste-Appartements. Das eine hat in den letzten Wochen Antal bewohnt. Die Ärzte haben ihm geraten, sich zu schonen. Vanessa und ich sind sehr gute Freunde, nicht mehr. Ich weiß nicht, wie sehr sie es überhaupt mit Männern hat. – Nicht, dass ich glaube, dass sie lesbisch ist, was mir natürlich auch egal wäre, vielleicht hat sie in ihrer Zeit als Topmodel schlechte Erfahrungen gemacht. Sie spricht nicht darüber, aber ich kann mir das vorstellen. Ihr Leben ist auch ohne Mann ausgefüllt. Und ich bin glücklich verheiratet. Leider muss meine Frau die meiste Zeit in Berlin sein. Sie führt die Geschäfte ihres Familienunternehmens. Hochwertiges Porzellan. Eine schwierige Branche heutzutage."

„Sie kennen sich im veganen Landbau aus?"

„Nein, ich bin da nach wie vor kein Experte. Ich habe einen sehr intelligenten jungen Burschen eingestellt, Absolvent der Universität für Bodenkultur. Er leitet die Versuchsfarm."

„Und wie finanziert sich das alles? Auch über Spenden?"

„Wo denken Sie hin? Ich habe zu wirtschaften gelernt. Ich bekomme von MitTier Pacht, in üblicher Höhe übrigens, keinerlei Quersubvention. Wir verkaufen vegane Produkte. Unsere Gesellschaft hebt Mitgliedsbeiträge ein, allerdings sozial gestaffelt, sodass jede und jeder dabei sein kann. Überdies habe ich einiges gespart."

„In letzter Zeit gibt es offenbar Konflikte zwischen Veganern und dem Rest der Welt."

„Es existieren leider viele Menschen, die nicht offen sind für Neues. Die sich einer Weiterentwicklung des humanen Bewusstseins verschließen. Weil Veränderung immer auch unbequem ist."

Klingt so gut, dass ich nicke. Ich bin müde. Ich will heim und schlafen und vergessen, was ich gesehen habe. – MÖRDERIN! auf dem Tor der Bertholds. Es hat nicht eben wie eine Weiterentwicklung des humanen Bewusstseins gewirkt.

„Ich rede von der V.A. und ihren Aktionen. Shitstorms gegen Schweinebauern, Aktionen vor Zoos. Einer Weinbäuerin haben sie MÖRDERIN! auf das Tor geschmiert. Mit Theaterblut. Dabei haben die nicht einmal Tiere – mit Ausnahme ihres Schäferhunds Reblaus."

„Reblaus? Ein netter Name für den Hund einer Winzerin."

„Wissen Sie, wer hinter der V.A. steckt?"

„Nein. Ich nehme an, es sind sehr junge und ungeduldige Menschen. Die nicht daran glauben, dass wir die anderen allein dadurch überzeugen können, dass wir besser leben."

„Das klingt nicht so, als würden Sie die V.A. ablehnen."

„Ich unterstütze sie nicht, ich bin gegen alles Radikale. Aber ich verstehe sie in gewissem Sinn. Ihre Aktionen gegen Tierfabriken sind wichtig. Nur wenn die Menschen die Bilder sehen, werden sie aufgerüttelt. Die Supermarkttassen mit Fleisch sehen nicht nach dem aus, was sie sind: Leichenteile von Lebewesen, die mit uns genetisch eng verwandt sind. Alle haben das Recht auf ein Leben ohne Gewalt. Tierschutz ist wichtig, aber zu wenig. Es geht darum, dass Tiere Rechte haben. Und die gilt es stellvertretend einzufordern."

„Wie das Recht, einen Geschäftsführer anzuknabbern?"

Maier-Löwenthal sieht mich empört an. „Das ist jetzt wirklich geschmacklos."

„Tut mir leid. Ich krieg das Bild nicht aus dem Kopf. Und es scheint mir mit dieser Vision einer gewaltfreien Gesellschaft für Mensch und Tier nicht zusammenzupassen."

„Sie sagen es selbst: Es ist eine Vision."

„Glauben Sie, dass Sie die Füchse überzeugen können?"

„Fangen wir bei den Menschen an. Füchse haben übrigens noch nie Menschen eingesperrt und ihnen die Haut abgezogen. – Aber glauben Sie mir, es geht mir nicht um Missionierung. Es geht um Überzeugungsarbeit. Und durchaus auch um Spaß und Wettbewerb. Am Wochenende haben wir eine groß angelegte Verkostung veganer Produkte. Ich hatte kurz überlegt, sie abzusagen. Aber es wäre schade um die Vorbereitungen. Und es wäre auch nicht im Sinn von Antal, da bin ich mir sicher."

„War er auch Veganer?"

„Vegetarier. Aber er war auf dem richtigen Weg. Schon aus Gesundheitsgründen. Fleisch und tierische Produkte sind häufig Auslöser für Bluthochdruck und Herzprobleme."

„Hat ihm offenbar nichts genützt, dass er Vegetarier war."

„Er hat zu lange ungesund gelebt. Der Körper verzeiht viel, aber nicht alles. – Haben Sie Lust, zu ‚Test the Best' zu kommen? Wir haben alle eingeladen, die besten veganen Produkte einzureichen und sie vom Publikum bewerten zu lassen. Ganz demokratisch. Jede und jeder kann mittun, unsere Gesellschaft will offen sein und niemanden ausschließen."

„Die von der V.A. sind auch dabei?"

„Ich weiß es nicht. Sie sind, soviel ich weiß, kein Verein, sondern ein loser Zusammenschluss. Wir laden sogar Menschen ein, die sich althergebracht ernähren. Und wir werden ein paar internationale Stars begrüßen können. Batanja, der Shootingstar aus Kalifornien – ihr Hit ist in den USA momentan auf dem zweiten Platz, habe ich mir sagen lassen. Sie ist ein großartiges Role Model für junge Mädchen. Erfolgreich und selbstbewusst – auch was die Ernährung angeht."

„Batanja? Ist sie für ein Role Model nicht ein bisschen dürr?"

„Jede soll sein, wie sie sich wohlfühlt. Vegan zu leben bedeutet eben auch, sich unnötiges tierisches Fett zu ersparen. So wird man natürlich schlank."

„Nur, wenn man nicht zu viele Erdäpfel oder Bohnen isst."

„Angeblich schaut auch der Außenminister vorbei, er interessiert sich für unsere Bewegung. Ich habe den Eindruck, dass er noch hoch hinaus will. Der ist noch nicht am Ziel. Da braucht er die Stimmen der aufgeschlossenen Menschen."

„Morgen könnte er ein Referat vor der Fleischerinnung halten. Und danach ihre Blutwurst loben."

„Das mag sein. Aber es ist schon etwas getan, wenn er auch bei uns ist. Gerade Politik braucht Veränderung. Mehr als zehn Prozent der jungen Akademikerinnen und Akademiker leben vegetarisch oder vegan. Eine sehr qualifizierte Gruppe."

„Aber nicht die Mehrheit."

„Noch nicht."

[5.]

Die Fotos sind unbrauchbar. Das braune Ding könnte alles sein. Erdhügel, schlafender Hund, gebücktes Känguru. Mir war ohnehin nicht klar, ob ich eines der Bilder verwenden möchte. Aber natürlich werde ich über das Ende von Antal Zumtobel schreiben. Noch weiß man nicht viel. Es hat ein sehr dürres Pressestatement der Polizei gegeben: Man gehe davon aus, dass der Tod des Geschäftsführers von MitTier natürliche Ursachen habe. Gewisse äußere Verletzungen seien post mortem und nicht durch menschliche Gewalteinwirkung erfolgt. Es hat sich trotzdem herumgesprochen, dass ihn die Füchse angebissen haben. Kein gutes Image für die Tierfreunde. Andererseits: Kann man ihnen wohl nicht vorwerfen, dass Füchse wie Füchse reagieren. Auch wenn die Tierpatenschaften für Pelztiere in nächster Zeit stagnieren könnten.

Michael Maier-Löwenthal habe ich die Passagen meiner Reportage geschickt, in denen er zu Wort kommt. Mir ist bis jetzt nicht klar, ob wir quasi offiziell oder als Augenzeugen eines doch eher seltenen Leichenfundes miteinander geredet haben. Ich starre in meinen Laptop und döse weg. Viele Tiere mit putzigem Lächeln und spitzen Zähnen, Vanessa Frey, die über allem schwebt, ein Känguru ist hinter mir her und will, dass ich es adoptiere. Irgendjemand sagt, dass Kängurus nur Boxer werden dürfen, wenn sie anerkannte Flüchtlinge sind, und ein plüschiges Tiergesicht sucht weinend einen passenden Körper. Signalton. Ich schrecke hoch. Wie, wo habe ich was verpasst? Wer läutet an?

Neue E-Mail. Das ist alles. Ich muss heim. Es ist bald neun am Abend und ich bin seit mehr als dreizehn Stunden unterwegs. Ich wollte die erste Fassung der Reportage sofort schreiben. Solange mir noch alles klar in Erinnerung ist. Vielleicht auch, um gewisse Erinnerungen damit abhaken zu können. Die Fleischmasse, die einmal ein Gesicht war. Der gelbliche Backenknochen.

Ich sehe trotzdem noch einmal in den Posteingang. Ein Anwalt und Aktivist für alles Mögliche schreibt: *Plündern wir die Banken!* Kommt mir unpassend vor. Ich weiß schon: Was ist ein Einbruch in eine Bank gegen die Gründung einer Bank? Durch die Finanzkrise und Panama-Leaks hat das Brecht-Zitat ziemlich an Popularität gewonnen. Ich finde es ja auch absurd, dass Europa noch immer viel Geld für die Rettung von gewissen Banken zahlt, statt mehr für die Menschen zu tun, die in Griechenland und anderswo ohne Arbeit und Chance sind. Und statt Flüchtlingslager zu finanzieren, in denen es ordentliches Essen und Schulen für die Kinder gibt. Aber: Plündern wir die Banken!? Geschrieben von einem Anwalt? Ich lese weiter. Er kritisiert das neue Kontenregistergesetz. Alles soll transparenter werden. Allerdings auch stärker überwacht. Zum Schutz gegen Terrorismus, heißt es. Und damit niemand so leicht Geld hinterziehen könne. Was ich für gut halte. Zumal ich eben nicht zu den Reichen gehöre. Das Sein bestimmt das Bewusstsein – einer der klügsten Sätze, die je gesagt wurden. Von wem? Ich suche im Netz. Und bin damit natürlich genauso überwacht wie meine Konten.

Verkürzung eines Zitats von Karl Marx. Demnach werde das individuelle Bewusstsein von den Lebensumständen des Einzelnen geprägt. Marx schreibt im Vorwort zur „Kritik der politischen Ökonomie" (1859): „Es ist nicht das Bewusstsein der Menschen, das ihr Sein, sondern umgekehrt ihr gesellschaftliches Sein, das ihr Bewusstsein bestimmt."

Darüber könnten die in der Gesellschaft für Veganes Leben und Philosophie einmal diskutieren. Demnach wirst du Veganer, wenn du jung, städtisch, gebildet, mit ausreichend oder zu viel Zeit und Geld bist und es in deinem Umfeld momentan angesagt ist – oder wenn du ein entsprechendes Role Model hast wie diese Batanja. Und nicht, weil du aus dir heraus plötzlich gegen Tierleid bist. Ich weiß nicht, wie Michael Maier-Löwenthal zu Karl Marx steht. Er schien mir eher von der Gutsherrenfraktion zu sein. Aufgeklärte Version natürlich.

Am Schluss der E-Mail, die dann offenbar vor allem zu Wachsamkeit gegenüber der Überwachung aufruft, lese ich:

Noch ein kleiner Textauszug aus dem Bundesgesetz zur Umsetzung des gemeinsamen Meldestandards für den automatischen Austausch von Informationen über Finanzkonten (Gemeinsamer Meldestandard-Gesetz – GMSG):

Meldendes Finanzinstitut

§ 54. (1) Der Ausdruck „meldendes Finanzinstitut" bedeutet ein österreichisches Finanzinstitut, bei dem es sich nicht um ein nicht meldendes Finanzinstitut handelt.

Klingt nach Kafka reloaded. Ich habe in grauer Vorzeit Rechtswissenschaften studiert. Also lese ich den Text noch einmal. Langsam. Er lässt sich nicht interpretieren. Es steht da, was dasteht. Und die bestimmen, wer wie viel Steuern zahlt? Ich klappe den Laptop zu, schiebe zwei Blätter meines Riesenphilodendrons zur Seite und stehe im Großraumbüro der „Magazin"-Redaktion. Nur mehr wenige Schreibtische sind besetzt. Ich winke Mirjam zu und gehe zum Lift. Ich könnte auf der Stelle einschlafen. Banken und Füchse hin oder her. Jemand greift mir von hinten auf die Schulter. Ich zucke zusammen und drehe mich um.

„Ich wollte dich nicht erschrecken." Klaus sieht mich besorgt an.

„Ich war nur in Gedanken."

„Geht's dir gut? Kommst du zurecht?"

Ich nicke. Ich habe ihm erzählt, was heute Vormittag geschehen ist. „Weißt du, was im neuen Kontenregistergesetz steht? Ein meldendes Finanzinstitut ist eines, das nicht ein nicht meldendes Finanzinstitut ist."

Er runzelt die Stirn. „Wir könnten noch etwas trinken gehen. Vielleicht solltest du mit einem Psychologen reden."

„Gegen so einen Gesetzestext hilft nicht einmal der beste Psychiater."

„Das steht wirklich wo?"

Ich nicke.

„Ein Gläschen Prosecco?“

„Wartet nicht Gabi auf dich? Oder wie heißt deine neue … “

„So neu ist sie auch wieder nicht.“

„Mir ist trockener Weißwein lieber.“

„Sollte ich schön langsam wissen.“ Er lächelt mich an. Er hat charmante Falten um die Augen.

„Aber ich möchte nicht über die Dinge auf dem Löwenthal-Hof reden.“

„Schade, ich wollte deinen Rat.“

„Ich dachte, wir haben alles rund um die Reportage geklärt.“

„Gabi ist seit kurzem Veganerin.“

Inzwischen stehen wir vor dem Redaktionsgebäude. Protziger Bau aus Stahl und Glas mit der großen Aufschrift: *Lesen sie DAS!* Es gibt eine neue Bar, nur zwei Straßen weiter.

Als wir sie verlassen, weiß ich einiges mehr über Gabi und ich bin mir sicher, dass ich zu viel getrunken habe. Also lasse ich das Auto in der Garage und gehe zu Fuß über den Donaukanal Richtung Wohnung. Ich kann nicht sagen, dass die frische Luft meinem Hirn guttut. Es fühlt sich an, als wäre es mit Seifenblasen-Gedanken gefüllt. Sobald ich einen festhalten möchte, platzt er. Oskar kommt heute sicher spät. Irgendein unvermeidbares Treffen der Anwaltskammer. Ob sie auch über den reden, der dazu aufruft, die Banken zu plündern? Irgendwas wollte er jemandem melden … nein, das Finanzamt meldet, dass es nicht meldet, außer es …

Ich schließe die Haustür auf, fahre mit dem Lift nach oben, läute. Oskar und ich machen das immer so. Schutz der Privatsphäre, man platzt nicht einmal dem Liebsten einfach so ins Leben. Aber der Liebste weilt tatsächlich noch bei seinen Berufskollegen. Vui kommt mir gähnend entgegen. Ich streichle unseren jungen Kater. Er sieht mich mit seinen verschiedenfärbigen Augen an. „Fressen oder schlafen?“, murmle ich. Er beginnt zu schnurren. Und ich entdecke den Zettel am Boden. Hat Oskar ihn verloren?

Ein Blatt, das von einem karierten Notizblock stammen dürfte. Definitiv nicht Oskars Handschrift:

Ihre Katze lärmt, das es eine Zumutung ist! Beim nächsten Mal wird die Polizei verständigt.

Diana + Harald Winter

Ich schüttle den Kopf. Vielleicht verfestigt das die Seifenblasen. „Du hast gelärmt?", frage ich Vui. Er geht zur Küchenzeile. Vui kann ganz schön laut maunzen, wenn er etwas möchte. Oder wenn man ihn vergisst. So wie neulich, als wir die Glastüren zur Terrasse zugemacht haben und er noch draußen war. Aber Lärm würde ich das nicht nennen.

„Sie können nicht rechtschreiben", sage ich zu ihm. Er maunzt zustimmend. Dezent. Wahrscheinlich ist es ohnehin bloß eine Aufforderung, endlich die Kühlschranktür zu öffnen. Sie wollen die Polizei verständigen. Wegen einer Katze. Neue Nachbarn. Und ich habe mich noch darüber gefreut, dass es jüngere Leute sind. Ich nehme einen Beutel Katzenfutter aus dem Küchenkasten. Unser Kater schlägt begeistert mit seinem buschigen Schwanz hin und her. Bei Gismo hat in solchen Momenten nur die Schwanzspitze vor Erregung vibriert.

Ich werde mich morgen um die Nachbarn kümmern. Leute, die Katzen hassen. Hat mir gerade noch gefehlt.

Am nächsten Tag frage ich gleich von daheim aus nach, ob die Polizei noch etwas von mir braucht. Vielleicht kann ich so herausfinden, ob es neue Erkenntnisse zum Tod des Geschäftsführers von MitTier gibt. Aber es ist mir gestern schon so vorgekommen, als wäre man auch bei der Polizei nicht eben entzückt darüber, dass ausgerechnet eine Journalistin die Leiche gefunden hat. Das Pressereferat der Landespolizeidirektion teilt mir freundlich, aber bestimmt mit, dass man gestern eine Aussendung veröffentlicht habe. Die kenne ich freilich schon.

„Ich war diejenige, die Antal Zumtobel gefunden hat!", versuche ich einer Frau zu erklären, deren Namen und Funktion ich nicht mitbekommen habe.

„Sie haben Ihre Aussage zu Protokoll gegeben. Wollen Sie etwas hinzufügen?"

„Vielleicht kann ich das, wenn ich weiß, wie der Stand der Ermittlungen ist."

„Das erscheint mir fragwürdig."

„Ist Herr Zumtobel schon obduziert worden?"

„Keine Auskunft."

„In der Presseaussendung ist gestanden, dass die äußeren Verletzungen post mortem erfolgt sind."

„Das stimmt."

„Ist die Todesursache tatsächlich ein Herzinfarkt?"

„Es deutet alles darauf hin."

„Sind die Untersuchungen schon abgeschlossen?"

„So würde ich das nicht sagen."

Ich sehne mich nach Zuckerbrot, Wiener Chefinspektor und Leiter der Gruppe Leib und Leben. Nicht, dass er mir immer alles erzählt hätte, aber er war zumindest hin und wieder kooperativ. Wir haben uns gemocht. Irgendwie. Aber er ist gleich alt wie sein Freund Droch und zur gleichen Zeit aus dem aktiven Arbeitsleben ausgeschieden. Ich habe freilich auch seine private Mobilnummer. Aber was sollte er über den Tod von Zumtobel wissen? Wahrscheinlich schippert er in Kroatien herum. Er ist ein begeisterter Segler. Vielleicht könnte ich doch, wie in früheren Zeiten, Droch auf Zuckerbrot ansetzen. Jetzt besteht bei ihren traditionellen wöchentlichen Mittagessen wenigstens keine Notwendigkeit mehr, über Berufliches zu schweigen. Der Journalist und der Ermittler sind nun Privatpersonen ohne besondere Verpflichtungen. Könnte unter Umständen auch ein Vorteil sein. Dummerweise erreiche ich weder Droch noch Zuckerbrot.

Und mein Lieblings-Rechtsmediziner treibt sich immer noch im Wald herum. Aber wenigstens geht er ans Telefon. Vom Tod des Geschäftsführers von MitTier hat er nichts mitbekommen.

„Wenn sie sagen, dass die Verletzungen nicht von Menschen stammen und post mortem waren, dann wird das schon stimmen", meint er.

„Kann man das so eindeutig feststellen?"

„Zähne haben andere Abdrücke als ein Messer, das Muster der Fleischfasern, die herausgerissen werden, ist unterschiedlich. Das Herz hat aufgehört, Blut durch den Körper zu pumpen. Und nicht zuletzt spielt eine Rolle, was fehlt."

„Du meinst, die Füchse suchen sich besondere Teile aus?" Ich schlucke.

„Klar. Erstens leicht erreichbar, zweitens saftig. Logisch, dass zuerst das Gesicht drankommt. Und die Backen schmecken sicher gut, ist bei Schweinebacken ja auch so. Oberschenkel ist auch typisch. Viel gutes Muskelfleisch."

Vielleicht wollte ich das gar nicht so genau wissen.

„Eines ist bei so einer Leiche aber etwas schwieriger: Nehmen wir an, der Mann wäre nicht an einem Herzinfarkt gestorben, sondern erstochen worden. Wenn die Füchse den entsprechenden Teil gefressen haben, dann fehlt jedenfalls der Einstichkanal. – War der Hals noch da?"

„Du wirst es kaum glauben, aber so genau hab ich nicht geschaut."

„Oh. Tut mir leid, Mira. Ich habe nicht daran gedacht. Du bist so etwas natürlich nicht gewohnt."

„Du wirst auch nicht jeden Tag angefressene Leichen obduzieren."

„‚Angefressene Leichen' – sehr nett. Nein. Aber ich kann dir sagen, auch ein Vorschlaghammer kann ganz schön was anrichten. Und Autoreifen sowieso."

Ich ächze. „Also könnten quasi die Füchse einen Mord vertuscht haben."

„Theoretisch ja. Zumindest wenn es um den Augenschein geht. Es gibt schon noch andere Methoden, um das zu untersuchen. Praktisch sieht es, nach allem, was du mir erzählt hast, tatsächlich nach einem Herzinfarkt aus. – Oder hatte er besondere Feinde? Hat es Streit gegeben? Familiäre Auseinandersetzungen?"

Ich muss zugeben, dass ich mich darum nicht besonders gekümmert habe. „Michael Maier-Löwenthal, dem das Gut des Gnadenhofs gehört, scheint Vanessa Frey ziemlich nahezustehen. Auch wenn er behauptet, er führe eine glückliche Fernbeziehung. Sie hat ein Appartement in seinem Gutshof, aber angeblich wohnt sie abwechselnd auf mehreren Gnadenhöfen. Antal Zumtobel war in einem anderen Appartement untergebracht. Er war quasi zur Erholung dort, wegen seiner Herzprobleme. Das bestätigt übrigens auch sein Arzt. War heute in den ‚Salzburger Nachrichten'."

„Dann passt das wohl. Weißt du, wer übrigens ein interessanter Gesprächspartner für dich wäre? Dominik Werder. Er arbeitet bei einem veganen Lieferservice. Sieht ziemlich gut aus, ich dachte schon, er sei schwul. Ist er aber nicht. Zum Glück. Ich hatte kurz den Verdacht, Helge und er würden was am Laufen haben. Aber sie verstehen einander nur gut. Kein Wunder, sind ja quasi in derselben Sparte."

„Ist das nicht dieser große hübsche Veganer, der vor Jahren in den Tierschützer-Prozess verwickelt war?"

„Ist er. Er ist in allen möglichen veganen Verbänden. Er hat ein Buch geschrieben. ‚Veganes Leben'. Und er tritt regelmäßig in Talkshows auf. Ist sozusagen ein Vorzeigeveganer."

„Ich weiß. Auch wenn der Prozess damals eine Sauerei war, er ist auch so ein Gewinner des Vegan-Hypes. Wie Vanessa Frey."

„Die scheint mir doch ziemlich anders zu sein. Wenn die zu unseren Erlebnistagen in den Wald käme, hätte sie sicher einen Tross an Fotografen und Kameras und Fans dabei."

„Eine gute Werbung."

„Ich kann in diesem Fall besser ohne leben. Die ist imstande und stolpert in High Heels über eine besonders köstliche Wurzel."

„Während dieser Dominik Werder ein Naturbursch ist. Bloß vegan."

Karl lacht. „So irgendwie."

Vesna sieht mich mit gerunzelter Stirn an: „Warum du hast mich gestern nicht gleich vom Löwenthal-Hof angerufen? Ich hätte mich umhören gekonnt."

„Die haben meine Zeugenaussage gebraucht, von dort bin ich direkt ins Büro von MitTier, es war alles ziemlich turbulent. Und danach hab ich geschrieben."

„Und danach?"

„War ich mit Klaus auf ein Gläschen."

„Sieh an. Und wo war Oskar?"

„In der Anwaltskammer."

„Und er hat auch nicht gewusst von der Leiche?"

„Nein." Er war beinahe ebenso gekränkt wie Vesna, als ich ihm heute früh davon erzählt habe.

„Na wenn du hast Klaus, der dir hilft. Ist immerhin Chefredakteur. Und sieht dich verliebt an."

„Quatsch. Seine Freundinnen sind unter dreißig, haben Modelfigur und ein weiches Herz."

„Weiches Herz?"

„Seine Gabi ist jetzt auch Veganerin. Weil ihr die Tiere so leidtun."

„Kein Wunder, er will sich anderswo umschauen."

Wir haben uns passenderweise beim Würstelstand am Graben getroffen. Vesna hat ihre Burenwurst schon verputzt. Vor mir liegt noch ein halbes Sacherwürstl. Irgendwie ist mir heute nicht danach. Aber es laut zu sagen hieße, mich ihrem Spott auszusetzen. Mira auf dem Weg ins fleischlose Leben. Na und? Eine Schande ist es auch nicht gerade.

„Du kannst ja morgen mitfahren zu ‚Test the Best'. Vegane Verkostung der Superlative. Samt Batanja und anderen Celebritys, natürlich auch Vanessa Frey. Zwar nicht bei MitTier, aber gleich daneben im Gutshof. Gesellschaft für Veganes Leben und Philosophie. Ich habe dort einen Termin mit Dominik Werder. Diesem Vorzeigeveganer."

„Bin ich sowieso dort."

Ich sehe meine Freundin erstaunt an.

„Martina möchte, dass ich mich herumhöre. Sie zahlt sogar. In Wein."

„Hat das mit der Schmiererei auf ihrem Tor zu tun?"

„Sie will wissen, wer die V.A. ist. Und was die sonst noch vorhaben."

„Da ist sie, fürchte ich, am falschen Ort. Beim Löwenthal-Gut treffen sich die Society-Veganer, nicht die Aktionisten, die sich in Käfige sperren oder MÖRDERIN! auf Tore schreiben."

„Du willst nicht, dass ich mit dabei bin? Ich bin zu wenig schick vielleicht?"

„Wer hat gesagt, du sollst mitkommen? Ich. Vesna, du spinnst."

Sie zwinkert mir zu. „Wahrscheinlich deswegen verstehen wir uns so gut. – Wie geht es Vui?"

Ich erzähle ihr von den neuen Nachbarn. Und dass sie mit der Polizei gedroht haben, wenn unser Kater noch einmal lärmt.

[6.]

Aus der Nähe sieht der Gutshof noch eindrucksvoller aus. Ich zähle acht hohe Fenster auf jeder Seite des Portals, darüber sechzehn Fenster und einen Balkon mit schmiedeeisernem Gitter. Die Fassade ist strahlend weiß, kein Stückchen Putz, das irgendwo bröckelt. Die geöffnete Doppeltür wirkt wie eben frisch poliert. Im unteren Stockwerk ist die Gesellschaft für Veganes Leben und Philosophie untergebracht. Ins obere führt eine Freitreppe aus edlem Holz. Sie ist mit einer dicken roten Kordel und dem Schild *Privat* gesperrt.

Wir sind eine halbe Stunde vor dem offiziellen Beginn von „Test the Best" gekommen, trotzdem sind schon über hundert Leute da. Drei Kamerateams und zahlreiche Fotografen scharen sich um einen Stand mit veganen Cocktails. Dort ist die Promidichte offenbar besonders hoch.

Ich entdecke einen Präsentationstisch für veganen Wein und steuere ihn an.

„Recherche", sage ich zu Vesna.

Der Grüne Veltliner schmeckt ausgezeichnet. Martina kommt auf uns zu. Neben ihr ein etwa gleichaltriger schlanker Mann mit Bart. „Franz Mitterer", sagt sie.

„Einer von den ‚Landsleuten'?", frage ich.

Er nickt. „Wir waren gemeinsam an der Landwirtschaftlichen Fachschule. Nur dass ich nicht Schwerpunkt Weinbau gemacht habe, sondern Ackerbau. Auch wenn wir einige Weingärten haben."

„Er wohnt nur ein paar Dörfer weiter", erklärt Martina.

Ich sehe die Tochter meiner Freundin aufmerksam an: „Die SMS, die du mir geschickt hast ... Warum wolltest du, dass ich herkomme? Soll ich Vesnas Nachforschungen über die V.A. unterstützen?"

„Du schreibst doch sicher über den Tod dieses MitTier-Geschäftsführers. Und mir war klar, dass da heute jede Menge los ist. Ist doch eine Bereicherung deiner Geschichte."

„Und ich dachte, du wärst von den Veganern nicht eben begeistert."

„Bin ich auch nicht. Aber es gibt natürlich solche und solche. Außerdem macht Franz mit bei der Verkostung."

Ich sehe ihn erstaunt an. „Gemeinsam mit einer Freundin", erklärt er. „Wenn du in der Landwirtschaft überleben willst, musst du offen sein."

„Also doch Deeskalation?", frage ich Martina.

Sie lächelt. Vielleicht ist ihr der bärtige Bauer wichtiger als die längst abgewaschene Schmiererei und das eine oder andere Vorurteil. „Franz war sogar schon auf Vorträgen der Gesellschaft. Ihr müsst euch die Verkostung auf alle Fälle geben."

„Und soll ich immer noch nachsehen, ob jemand von V.A. da ist?" Auch Vesna ist irritiert.

„Klar. Ich will wissen, wer die sind."

„Ich nehme an, der Name Dominik Werder sagt dir etwas?", frage ich die junge Winzerin.

„O Gott. Natürlich. Der Vorzeigeveganer. Mit seinem ach-so-sympathischen Buch. Wenigstens arbeitet er bei einem Lieferservice und redet nicht bloß, wie die meisten Typen der Gesellschaft für Veganes Leben."

„Bei deren Wettbewerb dein Begleiter mittut."

„Warum nicht? Wenn sie so offen sind, wie sie immer sagen? – In einer Viertelstunde geht's los." Martina zieht Franz weiter. „Komm, du musst zurück!"

Vesna und ich sehen den beiden nach. „Irgendwas stimmt da nicht", sage ich.

„Du bist misstrauisch, weil du hast da in der Nähe Toten gefunden. Die sind heute so. Streiten, aber sie sind neugierig. Und haben etwas übrig fürs Geschäft. Müssen sie auch. – Wo genau war der Tote eigentlich?"

Apropos Neugier. Ich deute auf die Baumgruppe. „Dort dahinter."

„Wo Füchse sich Gute Nacht sagen."

„Jede und jeder kann unter Vorweis der Eintrittskarte einen Bewertungsbogen abholen. Alle Stimmen zählen gleich viel. Sie haben zwei Stunden Zeit, um die Besten zu testen!" Michael Maier-Löwenthals Stimme ist einwandfrei zu verstehen. Die Lautsprecher der Mikrofonanlage sind offenbar im Gelände verteilt, auch wenn ich keinen sehen kann. Hochprofessionell. Und ein bisschen wie „Big Brother". Vesna hat sich von mir getrennt, sie möchte sich ein wenig umhören. Dafür wolle sie lieber allein unterwegs sein. „Hier man kennt dich zu gut. Seit vor einigen Tagen."

Tatsächlich habe ich den Eindruck, als würden mir versteckte Blicke zugeworfen. Ich versuche mich zu erinnern. Beim Fuchsgehege waren zwanzig, dreißig Leute. Ich glaube nicht, dass ich jemanden wiedererkennen würde. Ich sehe Vanessa Frey, neben ihr Batanja. Sie trägt hohe Plateauabsätze und eine Art Petticoat. Ihre Beine sind erschreckend dünn. Da hätten die Füchse nicht viel zu beißen. Die Retterin der armen Tiere winkt mich her. Sie küsst mich auf beide Wangen, ein Hauch mit Duft rechts, ein Hauch mit Duft links. Sie spricht hervorragend Englisch und stellt mich Batanja vor. Ich bin froh, nicht mehr in der Lifestyle-Redaktion zu sein. Der Popstar sagt ein paarmal „cool" und „holy shit" und erzählt mir dann, wie froh sie sei, hier zu sein. So tolle Menschen und sie fühle sich so wohl, weil da niemand Fleisch esse und den Tieren Gewalt antue.

Blitzlicht. Ich sehe irritiert zum Fotografen. Daneben steht Jürgen vom „Blatt". Der Zeitung, gegen die unser „Magazin" wirklich seriös ist. „Wow, Mira bei den Veganern."

Ich atme auf. Dass ich den MitTier-Geschäftsführer gefunden habe, scheint sich doch noch nicht herumgesprochen zu haben. So gesehen ein Glück, dass sich alles nach unserem Redaktionsschluss abgespielt hat. Und dass die Polizei die Medien bisher kurzgehalten hat. Ich lächle blöde und er drückt noch zweimal ab.

„Mira ist eine der wichtigsten Journalistinnen im Land", lässt Vanessa Frey ihren Star wissen. Mir wird langsam klar, wie sie die Presse und wohl auch andere um den Finger wickelt.

„Gibt es eigentlich etwas Neues?", frage ich sie auf Deutsch.

Sie sieht mich für einen Moment irritiert an. Hat sie tatsächlich auf ihren Geschäftsführer vergessen? „Nein. Wir haben seine beiden Exfrauen verständigt. Sie kümmern sich um das Begräbnis."

„Gemeinsam?"

„Ich weiß nicht ... sieht so aus. – Da kommt Reiner. Er kann dir eine Gästeliste geben. – Ich darf doch Du sagen?"

Ein paar Küsschen und schon ist man mittendrin in der netten Gesellschaft. Die liebe Mira wird wohl nichts Böses schreiben, oder? Sie wird die liebe Vanessa sicher verstehen, oder? Unter Freundinnen ... Geht nicht nur bei Facebook schnell, die Sache mit der angeblichen Freundschaft. Die beiden ziehen weiter und ich bekomme von Reiner eine Liste mit allen Namen, deren Bekanntheit über die eigene Familie hinausgeht. Dominik Werder ist darauf ebenso zu finden wie der Vizepräsident von Slow-Food, die Burgtheaterdirektorin, grüne, pinke, schwarze und rote Nationalratsabgeordnete und diverse Fixsterne der Society-Szene, von der alternden Soubrette bis zum Starfriseur.

„Die gute Vanessa", sagt eine Stimme neben mir.

Ich weiß, dass ich den Mann kenne. Ich habe nur keine Ahnung, woher. Mein Personengedächtnis ist eine mittlere Katastrophe. Der einzige Trost: Es hat nichts mit meinem Alter zu tun. Es war immer schon mies. „Es gibt wenige, die so engagiert sind", antworte ich lächelnd.

„Das ist sie. Und dass man bei so einer Aufgabe Haare auf den Zähnen braucht, ist auch klar."

Bei einem Mann hätte es wohl durchsetzungsstark geheißen, aber ich verkneife mir die Entgegnung. Wenn der Typ über die MitTier-Gründerin herziehen will, dann werde ich interessiert zuhören. „Dabei ist sie Veganerin", sage ich.

„So sicher wäre ich mir da gar nicht. Es gehört eben mit zum Spiel."

„Haben Sie mitbekommen, dass ihr Geschäftsführer gestorben ist?"

„Und seit wann sind wir per Sie?" Der Typ sieht mich schmollend an. Wer ist er?

„Wir haben uns lange nicht gesehen. Und ich möchte als Journalistin nicht aufdringlich sein. Ich finde es ziemlich ärgerlich, dieses permanente Geduze, nur weil man etwas vom anderen will. Natürlich bin ich mit dir gern per Du."

„Wie geht's Oskar?" Oh. Den kennt er auch.

„Wunderbar, aber ich konnte ihn nicht überzeugen, mitzukommen."

„Schade, wir sehen uns meist nur flüchtig bei Gericht."

Klient oder Anwalt? Staatsanwalt? Richter? Kenne ich einen Richter, mit dem ich per Du bin?

„Schlimme Sache, das mit ihrem Geschäftsführer. Er war früher ein Spitzenmann. Aber wenn ich Vanessa so ansehe, dann scheint es sie nicht sehr mitzunehmen."

„Dabei sollen sie sich sehr gut verstanden haben", erwidere ich.

Er schmunzelt überlegen. „Vielleicht am Anfang. Ganz abgesehen davon, dass sie immer erpicht darauf ist, Geld zu sparen. Er hat die Sache ehrenamtlich gemacht. Diese Geldgeschichten waren ja auch der Grund, warum ich mich zurückziehen musste. Nicht, dass ich geldgierig bin, aber dauernd unter Hinweis auf das Tierleid Honorare nachlassen zu sollen und dann noch diese Prozesse rund um die Erbschaften … das kann ein Wirtschaftsanwalt mit gutem Ruf nicht auf Dauer machen." Bingo. Wirtschaftsanwalt. Und jetzt plötzlich weiß ich auch, woher ich ihn kenne: Wir haben gemeinsam zu Abend gegessen, mit zwei weiteren Anwälten. Oskar und sie waren nach dem Studium in derselben Kanzlei.

„Erbschaften?"

„Hast du das nicht mitbekommen? Es gibt Menschen, die hinterlassen MitTier ein Vermögen. Vanessa tut alles, um an Verlassenschaften zu kommen. Große und kleine. MitTier bewirbt sogar eine Tierpatenschaft über den eigenen Tod hinaus. Klar, dass Verwandte das nicht lustig finden. Dann kommt es zu Rechtsstreitigkeiten. Das und ihre Geldgier haben mir nicht gepasst."

„Und Antal Zumtobel? Er war damit einverstanden?"

„Eben nicht. Ich weiß, dass er immer wieder versucht hat, ihr Einnahmensystem zu reformieren. Weg von den problematischen Erbschaften, eine klarere Struktur bei den Spenden und Tierpatenschaften. Er wollte, dass sie endlich eine ordentliche Finanz- und Wirtschaftsabteilung einrichtet. Sie haben vierhundert Mitarbeiter, unzählige freiwillige Helfer und immer mehr Gnadenhöfe. Da kannst du nicht alles stückweise von Betriebsfremden verwalten lassen. Ich habe die Liegenschaftsabwicklungen gemacht, ein anderer die Steuersachen, ein Dritter die Gehaltsabrechnung, noch ein anderer die klassische Buchhaltung. Es war ein fürchterliches Chaos, um das klar zu sagen."

„Und sie hat nicht auf Zumtobel gehört?"

„Sie hat immer gesagt, ihr geht es um die Tiere. Die allein seien wichtig. Und sie wolle so wenig Verwaltung wie möglich."

„Er ist trotzdem geblieben."

„Ich will niemandem etwas unterstellen. Aber als ich das mit seinem letalen Herzinfarkt mitbekommen habe, war mein erster Gedanke, dass sie damit zu tun hat."

„Wie meinen … wie meinst du das?"

„Er hat nicht ausgehalten, wie sie mit ihm umgegangen ist. Das war es. Das war zu viel für sein Herz. Nicht die Arbeit an sich. Zumtobel hat Social Advertising für Konzerne gemacht, da war ein ganz anderer Aufwand dahinter. Da ging es um Millionenbeträge."

„Waren sie auch privat … liiert?"

„Wer kann's wissen? Manchmal hatte ich den Eindruck, es muss einen Grund haben, dass er so viel für MitTier getan hat."

„Aber daran, dass jemand womöglich nachgeholfen hat bei seinem Tod, denkst du nicht, oder?"

Der Anwalt, dessen Namen ich immer noch nicht weiß, lacht. „Das ist Mira, die Chefreporterin des ‚Magazin' mit der Nase für heiße Fälle. Es muss nicht immer Mord sein. Das traue ich ihr nun doch nicht zu. Die macht sich die lackierten Fingernägel nicht schmutzig. Die hat andere Mittel und Wege. Aber einmal bei den Erbschaftsgeschichten und ihrer chaotischen Finanzgebarung nachzusehen könnte ganz interessant sein. Nur so als Tipp, den du selbstverständlich nicht von mir hast." Er sieht sich vorsichtig um.

Ich nicke. „Wir sehen uns … sicher wieder irgendwann …"

Der Anwalt winkt und ist in der Menschenmenge verschwunden. Keine Ahnung, wie viele Leute inzwischen hier sind. Zweihundert? Dreihundert? Jedenfalls scheinen nicht alle den Engel der Tiere zu lieben. Ich muss Oskar über seinen Kollegen ausfragen. Bei dem, was er mir erzählt hat, dürfte einiges an gekränkter Eitelkeit dabei gewesen sein. Aber die Fakten könnten stimmen. Warum hat er mir das alles erzählt?

Ich will ins Gutshofgebäude. Gar nicht so einfach, sich einen Weg zu bahnen. Ich weiß, dass nicht alle Anwesenden Veganer sind, aber trotzdem: Wirkt, als wäre tierfreie Ernährung gesellschaftsfähig. Damals in der Früh war es idyllisch ruhig. Wobei das mit der Idylle dann ja plötzlich vorbei war. Ich drängle mich vorbei an zwei üppigen Damen – ob sie auch vegan leben, und wenn, wie lange schon? – und nehme die paar Stufen zur weit geöffneten hohen Doppeltür. Im herrschaftlichen Foyer ist deutlich mehr Platz und weniger Lärm. Ich folge dem Pfeil *Zur Verkostung*. Großer Saal mit Tischen. An manchen stehen vier, fünf Testerinnen, an manchen bloß der Anbieter. Die Präsentationen lassen erkennen, dass die Produkte von sehr unterschiedlichen Erzeugern stammen. Viele haben Rollups, andere bloß handgeschriebene Plakate. Auf einem wird für *Wiener Schnitzel von Hülsenfrüchten* und *Veganen Jägerspieß* geworben. Warum nur müssen sie Fleischgerichte nachahmen? Bei einem gibt es sogar eine Videovorführung, Regale, Geschenkpackungen, Folder und ein großes Poster, das poppig aufgemachtes Gemüse zeigt. Darüber in pinken Lettern: WORLDLOVE. Ich erinnere mich. So ein Plakat habe ich auch drüben bei MitTier gesehen. Andere vegane Köstlichkeiten dürften in privaten Küchen entstanden sein. Natürlich beteiligen sich auch diverse vegane Läden. Trotzdem: Die meisten Besucher sind im Freien unterwegs. Es ist ein schöner Frühsommertag, aber auch davon abgesehen scheint die Verkostung den meisten weniger wichtig, als bei diesem Event dabei zu sein.

Dort drüben steht der bärtige Franz von den „Landsleuten“. Ein Rollup hinter ihm verkündet: *VELAND! Probier es und du wirst es lieben!* Zwei Frauen an seinem Tisch haben ihre Bewertungsbögen auf ein Klemmbrett geheftet.

Ich schlendere näher und höre die eine sagen: „Irgendwie seltsam, ich glaube, er hat ein wenig mit dem Würzen übertrieben.“

Die andere schüttelt den Kopf. „Ich finde es eigentlich sehr gut, vor allem die Ve-Wurst, ich finde, es ist hoch an der Zeit, dass vegane Produkte mehr Geschmack kriegen.“

Ich ziehe Franz zur Seite. „Wo ist Martina?“

„Keine Ahnung, sie wollte sich umsehen.“

„Wie sind Sie auf die Idee gekommen, da mitzutun?“, frage ich leise.

„Oh, man muss Neues ausprobieren, oder nicht?“

„Aber Sie sind kein Veganer.“

Er grinst. „Richtig. Lassen Sie das hier bitte besser keinen wissen. Ich hab nur das Produktdesign beigesteuert. Und ich verkaufe. “

„Sie wollen ins Vegan-Geschäft einsteigen?“

„Mal schauen … wenn es einschlägt …“

„Darf ich kosten?“

Er sieht mich irritiert an.

„Das ist ja wohl der Zweck einer solchen Verkostung, oder? Ich hätte gern etwas von der Ve-Wurst.“ Die soll ja, wenn man dem Geschmack der beiden Frauen mit den Klemmbrettern trauen kann, zumindest gut gewürzt sein.

Er schneidet ein Stück von einer langen dünnen wurstartigen Stange ab. Die Farbe ist zwischen gelb und rosa, daran sollten sie noch arbeiten. Nicht wirklich appetitanregend. Zumindest für eine Fleischfresserin. Ich koste. Schmeckt besser als gedacht. „Curry?“, frage ich.

„Auch“, sagt er.

„Sie haben Vorträge bei der Gesellschaft für Veganes Leben besucht, wenn ich Martina richtig verstanden habe.“

„Na ja, es war ein einziger. Ich arbeite ein wenig auf dem Gnadenhof mit. Ich hab unsere Wirtschaft noch nicht übernommen, da ist es ganz gut, wenn man etwas dazuverdient.“

„Ausmisten und so? Mähen? Die Ländereien sind ja ziemlich groß."

„Nein. PR-Abteilung. Ich hab nach der Fachschule an der Fachhochschule Marketing studiert. Mit Spezialisierung auf Bio-Marketing. Wenn meine Eltern in Pension gehen, stelle ich um. – Wir haben uns übrigens ohnehin vor ein paar Tagen gesehen. Drüben. Bei den Füchsen. Ich bin mit den anderen hergerannt, nachdem Hubert mit dem Traktor gekommen ist und erzählt hat, was passiert ist. Sie haben Zumtobel gefunden, nicht wahr?"

Ich nicke. „Es kommt mir vor, als wäre das schon lange her. Und sehr weit fort."

„Ich hab mich gewundert, dass sie das Fest trotzdem machen. – Gut, mit der Gesellschaft für Veganes Leben hatte Zumtobel nicht wirklich etwas zu tun. Er hat hier bloß gewohnt."

„Sie haben ihn gekannt."

„Ja, wenn auch nicht besonders gut. Er hatte Herzprobleme und sollte sich erholen. Üblicherweise war er auf Gut Engelberg bei München. Dort hat MitTier die Zentrale."

„Was hat er eigentlich bei den Füchsen gemacht?"

„Das habe ich mich auch schon gefragt. Aber er wird wohl spazieren gegangen sein."

„Ich nehme an, Sie mögen MitTier."

Er sieht sich um. Aber die Menschen sind alle mit sich selbst beschäftigt. „Nicht restlos, um ehrlich zu sein. Aber es gibt wenige Möglichkeiten, zu arbeiten und doch in der eigenen Sparte zu bleiben."

„An sich sind die ‚Landsleute' nicht eben gut auf die Veganer zu sprechen, oder?"

Er nickt. „Martina hat allen Grund dazu und Viktor erst recht." Er stockt. „Aber von der V.A. zu MitTier ist es ein weiter Weg. – Wobei das mit ihrer Tierliebe auch so eine Sache ist. Dass Vanessa Frey Tiere retten will, glaube ich ihr sogar. Auch wenn vieles drum herum seltsam ist. Und manchmal die Menschen an zweiter Stelle zu kommen scheinen."

„Wie meinen Sie das?"

„Der Umgang mit Spendengeldern ist nicht eben transparent. Vielleicht können wir ein anderes Mal darüber reden. Und ihr Umgang mit Menschen …“

„Sie soll ziemlich … bestimmend sein.“

„Keine Ahnung. Ich denke eher daran, dass sie ein schreckliches Getue darum gemacht hat, dass Zumtobel bei MitTier einsteigt. Und dann stakst sie ein paar Tage nach seinem Tod fröhlich mit dieser Batanja herum. Aber die sind wohl alle so. Auch der Maier, dem das Gut gehört. Den Löwenthal hat er übrigens nur als Andenken an seinen Onkel drangehängt. Und weil es besser klingt, wenn Sie mich fragen. Maier-Löwenthal. Auf alle Fälle hab ich gesehen, wie der Maier einen Fuchs beerdigt hat. Der lässt ihn nicht abholen, der schickt auch keinen, der ihn meinetwegen beerdigen soll, sondern er macht es selbst. Während Zumtobel, der immerhin bei ihm gewohnt hat, schon vergessen zu sein scheint. Na ja. Meine Tage hier sind ohnehin gezählt. Ich hab einen Job beim Bio-Verband bekommen. Zwanzig Stunden, das passt genau. Damit ich daheim mitarbeiten kann.“

„Haben Sie etwas von Erbschaftsstreitigkeiten mitbekommen?“

„MitTier hat immer wieder Probleme damit, das weiß ich. Aber mehr nicht.“

Einige Leute nähern sich. „Ich muss sagen, Ihr veganes Laibchen hat mir am allerbesten geschmeckt“, sagt eine dürre Frau in meinem Alter. Sieht ein bisschen wie eingedörrt aus. Zu braungebrannt, viele Falten, knallroter Lippenstift. Franz lächelt. „Wollen Sie noch etwas davon?“

„Wir haben unsere Bewertungsbögen schon abgegeben, aber ich nehme gern noch ein Stück.“

„Und bitte ein wenig vom All-in-red-Aufstrich“, sagt einer ihrer Begleiter. „Wir sind eventuell daran interessiert, Ihre Produkte zu listen. Wir betreiben einen veganen Großhandel und sind dabei, unser Sortiment auszuweiten.“

Vielleicht hat Martinas Ex-Schulfreund ja bald noch eine Jobperspektive. Ich nehme ein Stück Brot und schmiere mir etwas vom roten Aufstrich drauf. Paradeiser, Paprika, aber da muss auch sonst noch alles Mögliche drin sein. Schmeckt wirklich gut. Ich sehe Vesna und winke ihr. „Hast du das schon gekostet?"

„Bin ich nicht da, um Gemüse zu essen."

„Ist gar nicht übel."

Vesna nimmt ein Rad von der Ve-Wurst. Und wie immer, wenn bei einer Verkostung mehrere Leute an einem Tisch stehen, kommen weitere dazu.

„Ich finde, schmeckt nach Fleisch", sagt Vesna.

Einige Menschen sehen sie empört an. Ich hake mich bei meiner Freundin unter und navigiere sie aus der Gefahrenzone. Frau Dörrfrucht hat ausgesehen, als würde sie gleich mit Getreide-Schrot schießen. „Hast du was rausgefunden?"

„Sie sagen, der Dominik Werder hat mit Radikalen zu tun, auch wenn er sanft tut", antwortet Vesna. „Du hast ihn schon getroffen?"

„Ich hab ihn im Trubel noch nicht entdeckt. Aber wir haben vereinbart, dass wir uns um fünf beim Eingang treffen, falls wir einander vorher nicht sehen."

„Sehr gut, mit ihm ich will auch reden."

„Ich mache ein Interview fürs ‚Magazin'."

„Oh, schon verstanden."

„Machen wir es so: Ich rede mit ihm und dann kommst du zufällig vorbei und ich stelle dich vor."

„Als was?"

„Als was wohl, als meine Freundin. – Was hast du in letzter Zeit? Wo ist dein Selbstbewusstsein geblieben? Ist mit Hans alles in Ordnung?"

„Hans ist lieb wie immer. Es ist nur, dass ich mich in so einer Umgebung nicht wohlfühle."

„Du passt dich doch allen Umgebungen an. Perfekt. Und du siehst eleganter aus als viele von diesen Society-Schabracken."

„Du sagst es. Schabracken. In die Jahre gekommen. Ich mache mir bisher keine Gedanken um das Alter. Ich bin fit. Ich renne noch immer fünfzehn Kilometer und habe kein Problem. Aber man muss der Wahrheit ins Auge sehen: Was ist in zehn Jahren? Oder in fünfzehn? Wir kennen uns jetzt fast zwanzig Jahre. In noch einmal zwanzig bin ich über siebzig."

„Dann sind wir eben zwei alte Freundinnen."

„Hast du recht. Ich werde aufhören, Blödsinn zu denken. – Da drüben ist er!" Sie deutet zu einer Gruppe von Menschen, in der ich bloß einen meiner Lieblingsschauspieler entdecke. Der Große daneben. Jetzt kann ich sein Gesicht sehen. Das ist Dominik Werder. Kein Problem, ihn zu identifizieren. Aber ob er mich kennt? Ich gehe langsam auf die Gruppe zu.

Er winkt und kommt mir entgegen.

„Ehrlich gestanden ist das da nicht ganz mein Ding", sagt er wenig später. Wir lehnen an einem Stand mit veganem Wein und haben gut gefüllte Gläser vor uns. Ich habe mein Mobiltelefon auf Aufnahme gestellt.

„Mit veganem Wein kann ich gut leben", lächle ich.

„Ich meine ja nicht das Vegane an der Veranstaltung, sondern das Drumherum."

„Vegan ist ordentlich schick geworden."

„Wogegen an sich nichts zu sagen ist", antwortet er und nimmt einen Schluck.

„Sie kommen aus der Tierrechtsbewegung, oder?"

Er sieht mich aufmerksam an. Er sollte als Model für vegane Ernährung gehen. Sicher eins neunzig groß, schlank und trotzdem mit Muskeln, die sich unter dem großzügig geschnittenen T-Shirt abzeichnen. „Ich bin mit dreizehn Vegetarier geworden. Ich mag keine tierischen Produkte."

„Es ist bloß eine Geschmackssache?"

„Natürlich nicht. Mir haben die Tiere leidgetan. Und dann wollte ich konsequent sein. Keine tierischen Produkte, keine Beteiligung am Tierleid. Und Einsatz dagegen."

„Der Einsatz ist ziemlich weit gegangen, oder?"

„Man eckt an, wenn man sich gegen die Mehrheit stellt. Sie werden es ohnehin wissen. Ich bin damals beim Tierschützer-Prozess monatelang in U-Haft gesessen. Weil wir angeblich eine terroristische

Vereinigung gebildet haben. Man muss sich das vorstellen: Wir haben vor Kaufhäusern gegen Pelze und vor Tierfabriken gegen die brutale Haltung von Lebewesen protestiert und man hat uns wegen Terrorismus eingesperrt."

„Sie sind freigesprochen worden. Und inzwischen hat man auch das Gesetz geändert."

„Sie sind gerade dabei, es wieder zu verschärfen. Unter dem Vorwand neuer Terrorgefahren. Und auch so sind der Willkür der Richter noch immer zu wenige Grenzen gesetzt. Solange die Menschen nicht umdenken, sind die Kritischen Freiwild. Vor allem, wenn sie sich gegen Wirtschaftsinteressen und alteingesessene Machtstrukturen stellen."

„Könnte der V.A. etwas Ähnliches passieren wie Ihrer Gruppe damals?"

„Die kann man nicht vergleichen, allein schon weil es die V.A. gar nicht als Gruppe gibt."

„Sie haben Kontakt?"

„Ist das Teil des Interviews?"

„Nur wenn Sie möchten."

„Ich habe bisweilen Kontakt zu Leuten, die sich ihr zugehörig fühlen. Ich habe mit vielen unterschiedlichen Menschen Kontakt. Ich halte es nicht für sinnvoll, zu unnötig drastischen Maßnahmen zu greifen. Damit landet man bloß im Eck. Oder es kommt noch schlimmer. Aber ich kann die Leute schon verstehen. Das können Sie ruhig schreiben. Wer sich konsequent für eine Sache einsetzt, muss in einer Welt, in der die Mächtigen sogar bestimmen, was ein guter Kompromiss ist, verzweifeln."

„Das klingt edel, aber: Was ist mit dem Shitstorm gegen den Schweinebauern? Sie haben ihn verspottet, weil er von seiner Freundin verlassen wurde."

„Idiotisch, das ist klar. Total abzulehnen. Aber die V.A. hat keine Strukturen, jede und jeder kann in ihrem Namen auftreten. Das ist an sich gut, aber manchmal eben ein Problem."

„Und dass sie MÖRDERIN! auf das Tor einer jungen Winzerin geschrieben haben?"

„Haben Sie? Dumm, aber soviel ich weiß, machen da junge Bauern gerade gegen alles, was vegan ist, mobil."

Ich höre ein empörtes Prusten und sehe, dass Martina hinter mir steht. „So etwas ist also in Ordnung?", fährt sie Dominik Werder an.

„Hab ich nicht gesagt." Er bleibt ganz ruhig.

„Ich bin also eine Mörderin, nur weil ich Tiere esse." Ich zupfe Martina am Ärmel. Sie hat es so laut gesagt, dass einige auf uns aufmerksam geworden sind.

Dominik Werder nimmt ein leeres Glas und schenkt ein. Ich ducke mich. Er wird ihr doch nicht vor allen Leuten den veganen Wein ins Gesicht schütten. Er hält ihr das Glas hin.

„Dann sind Sie die Winzerin. Sie sollten den Wein kosten. Vegan, aber gut."

[7.]

Der Tod von Antal Zumtobel hat weniger Wellen geschlagen als vermutet. Heute ist MitTier in den Gesellschafts-Spalten. Fotos von Vanessa Frey, Popstar Batanja und Michael Maier-Löwenthal und den anderen, die sich ins Bild gedrängt haben. Ich werde der Sache mit den Erbschaften für die Gnadenhöfe nachgehen. Hat der bärtige Franz das gemeint, als er vom undurchsichtigen Umgang mit Spendengeldern gesprochen hat? Martina und die „Landsleute" wollen feiern, dass Franz bei „Test the Best" den dritten Platz gemacht hat. Sie hat mir eine SMS geschickt, damit ich die Einladung via Facebook ja nicht verpasse. Worum es ihnen dabei geht, habe ich noch immer nicht begriffen. Wollen sie den Veganern zeigen, dass sie selbst bei veganen Lebensmitteln gut oder noch besser sind?

Auf alle Fälle steigt die Party am Abend beim Biobauern Bernhard Hofer in Treberndorf. Das Motto des Festes ist „Echt gut!". Alle, die schon immer wissen wollten, was hinter VEGAN steckt, sollen kommen. Der Rest sei Überraschung. Ich habe noch drei Tage Zeit bis Redaktionsschluss. Etwas zusätzliche Farbe kann meiner Reportage nur guttun. Also werde ich die Einladung der „Landsleute" annehmen.

Auf ihrer Facebook-Seite wird darüber gewitzelt, was es wohl am Abend zu essen geben werde. Womöglich bloß Veganes? Oder dürfe man ein Schweinchen mitbringen? – Zum Grillen oder zum Streicheln? Martina postet, dass man ihren Wein sogar trinken könne, wenn man sich vor Eiweißmolekülen fürchte. Der Wein sei tausendprozentig ohne Tierleid entstanden und selbst die Weingartenhelfer würden bei ihnen ordentlich und mit artgerechtem Auslauf gehalten.

Vesna muss sich um anderes kümmern. Sie soll herausfinden, ob ein ziemlich bekannter Sportler regelmäßig ins Puff geht. Nicht im Auftrag seiner Frau, sondern im Auftrag seines Sponsors. Und der wollte das so diskret machen, dass er dafür nicht einmal eine zugelassene Privatdetektei beauftragt hat. „Mit wem er hat Sex, ist mir wirklich egal", hat mir Vesna erzählt. „Aber die Frauen tun mir leid. Die meisten kommen aus dem Osten. Sie sind nicht freiwillig da. Und wer doch, nur weil es keine andere Chance gibt, sonst was zu verdienen. Ich habe gesprochen mit ihnen." Wäre auch einmal ein Thema für eine Reportage. Noch dazu mit Voyeurismus-Bonus. Könnte selbst dem Chronikchef gefallen – vorausgesetzt, ich komme seinem Lebenswandel nicht zu nah.

Am Hofer-Hof ist die Party schon in Gang. Es scheint, als hätten die „Landsleute" versucht, die Veranstaltung der Gesellschaft für Veganes Leben und Philosophie zu toppen. Jedenfalls ist die ganze Wiese voller Autos, man hat Hinweistafeln aufgestellt, wo es zum *Fest-Stadl* geht. Rund um die große Holzscheune gibt es improvisierte Stände mit Wein, Bier, Aufstrichbroten. Das, was auf dem großen Grill liegt, riecht keinesfalls vegan. Verschiedene Arten von Würsten. Senf und Ketchup kann man sich selbst aus großen Tuben drücken. Martina kommt mit heißen Wangen her.

„Es ist irre. Wir haben nie gedacht, dass so viele Leute kommen. Aber als es über Facebook die ersten zweihundert Zusagen gegeben hat, haben wir aufgestockt. Zum Glück arbeitet der Bruder von Bernhard für einen Fleischhändler."

„Und eure veganen Spitzenprodukte?"

„Da sind wir nicht mehr nachgekommen. Da gibt's nur ganz kleine Kostproben, aber das ist nicht so wichtig."

„Ich dachte, sie sind der Anlass für das Fest."

„Natürlich. Lass dich überraschen!"

„Und was soll das jetzt heißen?"

Martina lacht. „Ich kann dir nur eins sagen: Es gibt genug Leute, die nicht auf der veganen Welle reiten. Was meinst du: Ist unser Fest nicht viel lustiger als das von diesen Moralaposteln? Und wir haben einen Super-DJ."

„Welche Musik?"

„Was glaubst du? Sicher keine Schnulzen. Und Blasmusik erst ab Mitternacht. Da kommen ein paar echt gute Jungs für eine Einlage."

„Dominik Werder war aber ganz in Ordnung, oder?"

„Du liebe Güte, der schaut wahrscheinlich in der Früh zehn Minuten in den Spiegel und sagt dabei immer wieder: Oh, bin ich gut. Gott, bin ich gut. So gut bin ich!" Sie lacht ausgelassen.

„Ich dachte, ihr habt euch ganz nett unterhalten."

„Er kann reden, das ist schon wahr. Und er ist wenigstens keiner von den Schnöseln und Pseudo-Intellektuellen. So als ob es einen zum Denker machen würde, nur weil irgendwo ‚Philosophie' dabei steht. Der Maier nennt sich nur Löwenthal und man munkelt, er hat das Vermögen seiner Frau verspekuliert. Keine Rede von altem Gutsbesitz und großer Perspektive. Der hat einen Weg gesucht, wie er das Gut seines Onkels kostenschonend renovieren konnte. – Und diese Vanessa Frey und ihre Tierliebe: Glaubst du, die hat ein einziges Mal ausgemistet? Ich nicht."

„Und warum freut ihr euch dann so über den dritten Platz bei der veganen Verkostung?"

„Du wirst schon sehen. Was glaubst du: Wie viele Menschen sind hier?"

„Drei-, vierhundert?"

„Jedenfalls mehr als beim Löwenthal-Hof. Es haben auch ein paar Journalisten zugesagt."

„Also doch ein bisschen auf dem Promi-Medien-Society-Trip?", stichle ich.

Martina lacht. „Wenn es was bringt. – Hast du eigentlich einen Fotografen mit?"

„Mach ich selbst. Ich kann noch nicht versprechen, dass ich euer Fest in meiner Reportage unterbringe. Hängt davon ab, was sich sonst tut."

„Du wirst! – Wenn du übrigens Mama treffen willst, die ist im Stadl und schmiert Brote."

„Vegane?"

„Du wirst lachen: Wir haben einen genialen Bohnenaufstrich, machen wir auch sonst immer, wenn Leute zu Weinverkostungen kommen. Und der ist echt vegan. Ansonsten gibt's alle Klassiker zwischen Kellergatsch, Quargel und Liptauer. Der ist immerhin vegetarisch."

„Aber bei der Verkostung war der Bohnenaufstrich nicht dabei, oder?"

„Mama freut sich sicher, wenn du bei ihr vorbeischaust!"

Eva Berthold steht mit vier Frauen an einem langen Tisch und produziert Aufstrichbrote. Die meisten auf dem Fest sind unter dreißig, die Versorgungseinheit hier drinnen eine Generation älter. Alle tragen Schürzen, in der Mitte des Tisches stehen Plastiktiegel mit Aufstrichen und Garnituren. Eva winkt mir zu. „Nicht zu glauben, was da los ist!"

„Und was für ein Glück, dass die ‚Landsleute' Mamas haben."

Eva lacht. „Kannst du laut sagen. Auf die Männer kannst du bei so was nicht zählen."

„Wär schön, wenn sich das ändern würde. Immerhin hat Franz bei der veganen Verkostung den Stand betreut."

„Gekocht hat freilich vor allem die Anita. Aber sie wollte nicht auftreten. Tja, das eine oder andere ändert sich schon. Und dass es dauert, ist nicht nur bei uns am Land so."

„Immerhin habt ihr einen total veganen Aufstrich."

„Den mache ich schon seit Jahren, einfach, weil er gut schmeckt. Und in letzter Zeit gibt's auch bei Weinverkostungen immer wieder welche, die kein Fleisch essen. Ich koche braune Bohnen und röste viel grob geschnittene Zwiebeln und Knoblauch in Sonnenblumenöl an. Dann gieße ich mit ein wenig Veltliner auf und warte, bis der Zwiebel ganz weich ist. Mit den Bohnen mischen, noch einmal etwas Öl und viele frische Kräuter dazu und mixen. Das ist es. Die exotischere Variante ist mit zusätzlich Sojasauce, geröstetem Sesamöl und Curry."

„Klingt fein. Weißt du eigentlich, was wirklich hinter dem Fest steckt?"

Meine Winzer-Freundin schüttelt den Kopf. „Ich bin erst gestern aus Brüssel zurückgekommen."

„Was sagst du dazu, dass sie euer Tor beschmiert haben?"

„Martina hat mir sofort ein Foto geschickt. Ich hab ihr ausgeredet, die Polizei zu holen. Es ist ein blöder Streich, man muss nicht gleich überreagieren. Was glaubst du, wie es sich früher bei uns beim Mai-Strich abgespielt hat. Du weißt, da ziehen sie auf der Straße Kreidestriche zwischen den Häusern von tatsächlichen oder angeblichen Liebespaaren und schreiben etwas dazu – das war oft ganz schön unter der Gürtellinie. Gar nicht zu reden davon, dass das eine oder andere heimliche Verhältnis ans Tageslicht gekommen ist. Und manche unter falschem Verdacht zu leiden hatten. In gewisser Art hat es Mobbing und Shitstorms auch früher gegeben."

„Wie war es in Brüssel?"

„Ziemlich erfolgreich. Ich glaube, wir haben gleich mehrere neue Kunden gewonnen. Da ging es ja nicht um Wettbewerb, sondern um Präsentation. Das ist mir deutlich lieber."

Ein Röhren. Das Röhren verstärkt sich. Ich sehe Eva irritiert an. „Jagdhörner. Irgendwas ist los." Sie wischt sich die Hände an der Schürze ab. „Schauen wir."

Vor dem Stadl steht Martina auf einem Tisch. Sie hält ein Mikrofon und pustet hinein. In der Nähe ein Mischpult und zwei Turntables. Darüber der Spruch:

WANN WURDE AUS SEX, DRUGS (WEIN)
UND ROCK'N'ROLL
VEGANISMUS, LAKTOSEUNVERTRÄGLICHKEIT
UND HELENE FISCHER?

Ich lache und fotografiere.

„Liebe Fleischesserinnen und Tierfreunde", beginnt Martina. „Wir freuen uns sehr, dass Franz und Anita für die ‚Landsleute' bei der veganen Verkostung den dritten Platz gemacht haben! Gleich hinter dem veganen Wiener Schnitzel und den Industrie-Köstlichkeiten von

WORLDLOVE. Unser All-in-red-Aufstrich hat in der Einzelwertung sogar den zweiten Platz gemacht!"

Alle klatschen. Das Mikro knarrt ein wenig, aber man kann Martina gut verstehen.

„Dass wir nicht überall den ersten Platz gemacht haben, hat nur damit zu tun, dass die Veganer schon zu lange entwöhnt sind. Dabei war in allen unseren Produkten ...", sie macht eine Kunstpause, „bestes Fleisch!"

Ein Raunen geht durch die Menge. Irgendjemand beginnt zu lachen. Weiter weg pfeifen ein paar durch die Finger. Ich sehe hinüber. Sind das Veganer? Und was passiert jetzt? Schlägerei? Aber es ist zustimmendes Pfeifen, Grölen, Lachen.

Ich sehe Eva an. „Hast du das gewusst?"

Sie schüttelt den Kopf. „Wenn das aufkommt ..."

„Martina hat gerade dafür gesorgt."

„Wie werden die Veganer reagieren?"

Ich zucke mit den Schultern. „Für viele ist es eine Art Ersatzreligion. Martina und ihre Freunde haben sie lächerlich gemacht."

Martina versucht sich wieder Gehör zu verschaffen. „Details und Rezepte gibt es ab genau jetzt über Facebook. Liebe Veganer, ihr habt etwas Ordentliches gegessen und es hat euch nicht geschadet! Und als Trost für alle Tierschützer: Wir haben ausschließlich Fleisch aus bäuerlicher Produktion verwendet. Wir leben mit unseren Tieren, wir kümmern uns um unsere Tiere, wir lassen uns nicht bloß mit ihnen fotografieren!"

Klatschen und Pfeifen und einer ruft: „Du hast ja gar keine Tiere!"

„Aber ich bin Bäuerin und ich bin stolz darauf!"

Frenetischer Zuspruch. Sie haben den Veganern Fleisch untergejubelt. Ich fotografiere. Ist natürlich ein interessanter Aspekt für meine Reportage. Ich bin trotzdem nicht begeistert. Die V.A. wird reagieren. Und ganz abgesehen davon: Ist es fair, Menschen Fleisch vorzusetzen, die keines essen wollen? Sollte nicht jeder für sich entscheiden können, was er essen möchte?

Ein wenig später entdecke ich Franz, Martinas bärtigen Freund, und frage ihn genau das.

„Sie sind so überheblich, sie verdienen schon einen Dämpfer." Aber auch er wirkt nicht restlos glücklich.

„Kann es sein, dass Sie nur mitgetan haben, weil Martina es wollte?"

„Wegen Martina? Ach so, Sie glauben ... nein, da ist nichts. Auch wenn meine Mutter die Hoffnung noch immer nicht aufgegeben hat, dass wir zusammenkommen. Wir sind Freunde, schon seit der Schulzeit, das ist alles. Ich ... ich dachte nur nicht, dass das so groß werden würde. Ich dachte an einen kleinen Streich."

„Ihre Kontakte zu MitTier sind jetzt wohl vorbei."

„Damit kann ich leben. Ich hatte ohnehin schon gekündigt. Allerdings muss man sagen: Die Schlimmeren sind in der Gesellschaft für Veganes Leben. Denen geht's ums Geschäft. Sie geben sich offen und liberal, aber in Wirklichkeit reden sie allen ein, dass ihre Art zu leben die allein Seligmachende ist. Und dafür braucht man Seminare, braucht man vegane Produkte. Wenn du auch nur ein Molekül Tierisches zu dir nimmst, bist du des Teufels. Du kriegst Bluthochdruck oder Krebs und jedenfalls hast du damit Tiere gequält und das Wahre, Gute und Schöne verraten. Und die Ungläubigen ... die sind Menschen zweiter Kategorie."

„Verkleinern wird eure Aktion diese Konflikte nicht eben."

„Besser, als man lässt sich unterbuttern. Wir sind eine neue Generation. Mit uns kann man nicht mehr umspringen wie mit den Bauern früher. Die Sache mit dem Fleisch ist harmlos. Vielleicht treffen wir sie bald dort, wo es viel mehr wehtut."

„Sie haben es schon auf der Verkostung angedeutet: dubioser Umgang mit den Spenden. Meinen Sie die Sache mit den Erbschaften?"

„Auch, aber nicht nur. Es ist noch nicht spruchreif."

„Ich könnte es veröffentlichen – vorausgesetzt, es gibt Beweise."

„Eben. Da müssen wir noch warten. Auch wenn es vielleicht so aussieht, ich will ihnen nicht eins auswischen, bloß weil sie anders leben. Es ist die Heuchelei, die mir auf die Nerven geht. Sie machen auf Tierliebe und dabei ist vieles knallhartes Business."

Laute Musik, Rock und Country und Indie-Pop aus Österreich. Einige tanzen, viele trinken. Veganer scheinen sich keine hierher verirrt zu haben – oder wenn, geben sie sich nicht zu erkennen. Etwas abseits ein rundlicher junger Mann auf einem Hocker. Er befreit bedächtig Würste aus ihrer Vakuumverpackung und legt sie in eine Plastikwanne.

„Das ist Viktor Kern", wechselt Franz das Thema. „Unser Schweinebauer."

„Der mit dem Shitstorm?"

Franz nickt. „Manchmal denke ich, er zieht Shit direkt an. Sein Vater ist früh gestorben und hat ihm eine Menge Schulden hinterlassen."

„Sehr glücklich sieht er wirklich nicht aus, nicht einmal heute Abend."

„Das kann man bei ihm nie so genau sagen. Das war schon in der Fachschule so. Wir hatten übrigens sehr gute Lehrer. Sie haben uns ermuntert, weiter zu lernen, zu studieren. Die meisten haben es getan. Viktor nicht." Gemeinsam gehen wir zu ihm.

„Na, Stinker, wie geht's?"

Viktor sieht ihn ohne Groll, aber auch ohne zu lächeln an. „Passt. Die brauchen schon wieder Würste. Meine sind schon alle weg, aber Bernhards Bruder hat noch jede Menge."

„Lieferst du nicht mehr an ihn?"

„Nicht mehr. Das ist zu schwierig. Ich bin bei PRO-Schwein. Mit fixem Vertrag."

Franz sieht mich an. „Ist sozusagen sauschwer im Fleischgeschäft. Die Schweinepreise fallen und die regionalen Händler zahlen dann auch weniger. Ein großer Händler kann das ausgleichen. Dafür verlangt er aber auch eine Menge von den Vertragsbauern. Zum Beispiel bestimmte Futtermittel."

„Und die verkauft Ihnen dann auch PRO-Schwein?", frage ich Viktor.

„Nicht direkt", antwortet er und sieht wieder auf die Würste.

„Ist kein großer Redner, unser Schweinepriester. Aber trotzdem ein guter Kumpel." Franz klopft ihm auf die Schulter. „Die Futtermittel kommen von einer anderen Firma. Sie ist im selben Konzern. Wir haben ihm immer wieder gesagt, dass er umstellen soll. Statt dass sich die armen Viecher gegenseitig fast niedertreten, soll er weniger halten und sie dafür teurer verkaufen."

Viktor sieht von seinen Würsten auf. Jetzt ist der Behälter beinahe voll. Daneben im Gras liegen die leeren Plastikverpackungen. „Sagt ihr. Und wer soll zurückzahlen, was wir in die Wirtschaft gesteckt haben?"

Martina hat sich bei ihrer Mutter eingehängt, sie kommen gemeinsam auf uns zu.

„Erfolg auf ganzer Linie", ruft sie und gibt Franz einen Kuss auf die Wange. „Super, Viktor, dass du die Würste hast. Sie warten schon darauf!"

Viktor steht auf, nimmt die Wanne und trabt davon. Franz bemerkt meinen Blick.

„Er gehört trotzdem dazu", meint er. Und zu Martina gewandt: „Du hast großartig geredet."

Martina strahlt. „Wisst ihr, dass wir auf Facebook schon über achthundertmal geteilt worden sind? Innerhalb von einer Stunde? Und Likes gibt es über zwanzigtausend. Völlig verrückt, inzwischen melden sich Leute aus den USA und aus Brasilien. Und wir haben so viele Anfragen von Medien, dass ich gar nicht weiß, wie ich das einteilen werde."

„Mir tun sie ein wenig leid", sagt Eva. „Außerdem: Habt ihr euch überlegt, ob das nicht juristische Folgen haben kann?"

Franz nickt. „Betrug wäre es nur, wenn wir die Produkte mit falschen Angaben verkauft hätten. Aber wir haben sie gratis verteilt und keiner hat uns aufgefordert, zu sagen, was drin ist. Gesundheitsschädlich sind unsere Sachen auch nicht, ganz im Gegenteil: Habt ihr gesehen, wie viele Zusatzstoffe im veganen Käse von WORLDLOVE sind? Wir haben uns erkundigt. Es ist nicht strafbar, Veganern Fleisch unterzujubeln."

Wenig später kommt das Team einer Privatfernsehstation. Ob man filmen dürfe? Selbstverständlich. Man habe nichts zu verbergen. Die Kamera gibt dem Fest weiteren Auftrieb. Auch wenn die „Landsleute" über die Mediengeilheit der Society-Veganer gespottet haben.

Außerdem kommen immer mehr Menschen. Ich bin gerade am Gehen, als ein Polizeiauto einparkt.

Ein paar Leute holen den jungen Biobauern. Ich halte mich ein wenig abseits und beobachte. Die Beamten wollen wissen, ob die Veranstaltung ordnungsgemäß angemeldet worden sei.

„Konnte doch keiner wissen, wie groß das wird“, sagt Bernhard Hofer.

Es ist deutlich zu spüren, dass die Polizisten auf der Seite der „Landsleute“ sind. Vom Veranstaltungsgesetz her könne man ja noch ein Auge zudrücken, zumal alles auf eigenem Grund stattfinde, aber es gäbe einen Nachbarn, der sich beschwert habe.

„Nicht schon wieder“, ruft der Biobauer. „Der regt sich über alles auf. Unsere Mangalitza-Schweine quieken zu laut und er hat durchgesetzt, dass die Schafe keine Glocke haben dürfen. Wenn wir zeitig in der Früh mit dem Traktor fahren, droht er jedes Mal mit Anzeige.“

„Einer aus der Stadt, der sich hier ein Haus gekauft hat?“, mische ich mich ein.

„Aber wo. Es ist das Haus seiner Eltern. Die waren auch schon seltsam. Er arbeitet in der Fabrik und sagt, seine Frau braucht Ruhe.“

Der dickere der beiden Polizisten nickt. „Die Sache ist bloß, wir sind verpflichtet, jeder Anzeige nachzugehen.“

„Es ist ohnehin gleich Mitternacht“, ergänzt sein Kollege. „Wenn ihr ab jetzt Ruhe gebt, dann können wir das hinbiegen.“

„Ab jetzt?“ Martina ist mit einigen der „Landsleute“ gekommen, um den Gastgeber zu unterstützen.

„Sonst gibt’s leider Ärger.“

„Wer hat Sie geschickt? Einer von den Nobel-Veganern? Sicher haben die gute Verbindungen.“

„Ein Nachbar.“ Jetzt sind die beiden Beamten nicht mehr so freundlich.

„Wie stellt ihr euch das vor? Da sind ein paar hundert Leute. Die verschwinden nicht plötzlich“, sagt der Biobauer.

„Wir haben gehört, dass es ein Mikrofon gibt. Da kann man eine Durchsage machen.“

„Wer hat Sie geschickt?“, fragt Martina noch einmal.

[8.]

In den nächsten Tagen wird viel über die Veganer gelacht. Sie essen Fleisch, erkennen es nicht und bewerten es dann auch noch besonders gut. Reingefallen! Martina und die „Landsleute" schaffen es weit über Österreich hinaus in die Nachrichten. Alle möglichen Witze machen die Runde. Die meisten natürlich über Facebook.

Gestern zu Hause: „Schatz, kommst du? Das Essen wird welk."

Oder:

Ich bin nicht Veganer, weil ich Tiere liebe, sondern weil ich Pflanzen hasse.

Oder:

„Hast du auch was Veganes im Kühlschrank?" – „Ja. Licht."

Es gibt auch welche, die sind weniger stubenrein. Ich finde sie auf einer Jägerplattform. Ich schreibe meine Reportage und versuche einen Termin bei Michael Maier-Löwenthal zu bekommen. Keine Chance. Er stellt bloß eine kurze Erklärung auf die Homepage der Gesellschaft für Veganes Leben und Philosophie:

Dass ausgerechnet junge Landwirtinnen und Landwirte unser Vertrauen missbraucht haben, ist traurig. Tierleid und die Verspottung von Menschen werden nicht zu einer besseren Welt beitragen. Wir respektieren jede freie Entscheidung, sie haben es am Respekt für unsere Entscheidung fehlen lassen. Uns wurde Gewalt angetan.

„Werden schon nicht dran sterben, wenn sie ein paar Deka glückliches Schwein gegessen haben", sagt Vesna.

Die seltsamsten Gerüchte machen die Runde. Eine der veganen Verkosterinnen soll umgehend eine Darmspülung gemacht haben. Von einer anderen wird erzählt, dass sie seither ununterbrochen Burger isst. Sie will es tun, bis sie platzt. Ich habe Eva geraten, immer gut zuzusperren und auf alles Ungewöhnliche zu achten. Kann sein, dass die V.A. wieder zuschlägt. Wann, wenn nicht jetzt?

Vor dem Hofer-Hof halten Freunde Wache – Tag und Nacht. Eine Design-Uni in Deutschland kreiert ein Logo, das aus einer vierzackigen nach oben gerichteten Mistgabel besteht. Leute fragen, ob es das auf T-Shirts oder Sticker zu kaufen gibt.

Die V.A. wird tatsächlich wieder aktiv. Allerdings nicht beim engeren Kern der „Landsleute". V.A.-Leute schreiben in der folgenden Nacht auf Schweinefarmen in Österreich und Deutschland:

Seid froh, dass wir kein Schwein essen!

Auch nicht eben philosophisch abgeklärt.

Ich mache meine Reportage mehr oder weniger fertig und probiere es dann noch einmal bei Dominik Werder. Auch bei ihm hatte ich bislang kein Glück. Angeblich war er wandern. Ohne Telefon.

Er geht schon nach dem zweiten Läuten dran. Ob er wirklich ohne Telefon unterwegs gewesen ist?

„Klar, ich mache das hin und wieder. Und ich hab noch nie etwas auf Dauer verpasst."

„Diesmal aber doch, oder?"

„Besser, ich war nicht da. Sie sind die Erste von einer Zeitung, die mich erreicht."

„Haben Sie auch von den … nicht ganz fleischfreien Dingen gekostet?"

„Hab ich."

„Und?"

„Es ist mir nichts aufgefallen. Ich kann Fleisch nicht als Fleisch erkennen. Ich habe seit zwanzig Jahren keines mehr gegessen. – Falls Sie wissen wollen, was es für ein Gefühl ist: Man kommt sich betrogen vor. Und ich habe bei der Verkostung noch lange mit dieser Martina geredet."

„Die Veganer haben ihr Tor beschmiert."

„Das ist doch etwas anderes, als wenn man Leuten, die nichts Tierisches essen wollen, Fleisch unterjubelt. Ich bin enttäuscht. Auch von ihr. Wir haben sehr unterschiedliche Meinungen, aber mir hat gefallen, wie engagiert und selbstbewusst sie ist. Und überhaupt … Na ja. Ihr ging es um Rache. Und es hat funktioniert."

„Wie sollen die Veganer reagieren?"

„*Die* Veganer gibt es nicht. Am besten, man macht kein großes Aufhebens davon. Das macht die Betrüger noch zu Helden."

„Die V.A. hat bei allen möglichen Schweinefarmen zugeschlagen."

„Zulässige Grenzüberschreitungen, das können Sie ruhig schreiben. Es soll diesen ‚Landsleuten' nicht gelingen, durch ihre dummen Aktionen von den wirklichen Problemen abzulenken. In Europa werden jeden Tag Schweine gequält. Sie haben keinen Platz, um sich niederzulegen. Sie stehen auf einem Spaltboden ohne Stroh. Sie waren noch nie auf einer Wiese. Man zwickt ihnen die Schwänze ab, damit sie sie nicht gegenseitig anknabbern. Und alles unter dem Schlagwort der heiligen Effizienz. Hauptsache, man schlägt aus ihnen Profit. Und mit solchen kooperieren die ‚Landsleute', das muss auch einmal gesagt werden."

„Sie könnten Schwierigkeiten kriegen, wenn ich das schreibe."

„Schwierigkeit ist mein zweiter Vorname. Mir ist das egal. Ich war nicht bei den Aktionen dabei, ich mache so etwas schon lange nicht mehr. Aber ich verstehe sie. Auch wenn es die Medien lustiger finden, Veganer lächerlich zu machen."

„Wie haben Sie gesagt? *Die* Veganer gibt's gar nicht."

Er seufzt. „Das ist wahr. Aber ich muss zugeben, ich habe die Reaktion der Gesellschaft für Veganes Leben gut gefunden. Zurückhaltend."

„Haben Sie einen Draht zu Maier-Löwenthal? Ich hätte gern mit ihm gesprochen."

„Er gibt keine öffentlichen Statements zu der Sache ab."

„Die Aktion schweißt die Veganer doch ein wenig zusammen, oder?"

„Darauf können Sie wetten. Und richten Sie Martina aus, dass ich enttäuscht bin. Ich habe beinahe schon gedacht …“

„Was?“

„Ach, Unsinn. Es war eben Unsinn. Dass wir einen vernünftigen Dialog führen könnten.“

„Soll ich Ihnen schicken, was ich von unserem Gespräch im ‚Magazin‘ bringe? Ich hab allerdings in einer Stunde Redaktionsschluss.“

„Nein, passt schon. Ist doch egal.“

„Das klingt so gar nicht kämpferisch. Eher mutlos.“

„Ist es ein Wunder? Ich finde, die Dinge rennen total mies.“

Heute früh lasse ich mir Zeit. Vui bekommt einen Nachschlag Hühnerherzen. Er schnurrt begeistert. Auf Vietnamesisch bedeutet sein Name „Glück“. Unser Glückskater. Wir haben eine vietnamesische Freundin, die auch Vui heißt. Und die großes Glück gehabt hat, dass Gismo im richtigen Moment da war. Ich setze mich für zehn Minuten auf die Terrasse und genieße die Morgensonne. Der Tag nach Redaktionsschluss ist üblicherweise angenehm entspannt. Wenn es wichtig ist, könnte ich meine Story noch bis kurz vor dem Andruck ändern, aber da besteht wohl keine Notwendigkeit. Kann sein, dass Vanessa Frey über ein Foto nicht ganz glücklich ist. Es zeigt sie gemeinsam mit Batanja bei der veganen Verkostung. Sie halten einander Leckerbissen vors Gesicht und spitzen begeistert die Lippen.

Heute Abend könnten wir grillen. Es soll wieder dreißig Grad kriegen. Ich liebe Wien im Sommer. Wenn andere unter der Hitze stöhnen, fühle ich mich erst so richtig wohl. Ich werde Vesna anrufen. Ihre Tochter Jana ist zurzeit in Griechenland. Kein Urlaub, sondern eine Hilfsaktion für gestrandete Flüchtlinge. Gemeinsam mit einigen anderen von einem internationalen Universitätsnetzwerk will sie erheben, welche Ausbildung die Leute haben. Um überhaupt Bescheid zu wissen, wo sie welcher Arbeit nachgehen könnten. Bisher weiß man das nicht, auch nicht bei allen Flüchtlingen, die in Österreich sind. Und ein Projekt, das genau das erfasst hat, wurde heftig kritisiert. Unsere Regierung überbietet sich darin, neue Flüchtlinge abzuwehren. Man mache es aus Sorge, dass sonst die rechtsradikalen

Politiker noch mehr Zulauf erhalten, heißt es. Man müsse die Grenzen schützen. Die um Europa und die um Österreich. Vor wem, hab ich in der Redaktionssitzung gefragt. Vor Menschen, die vor radikalen Islamisten, dem Krieg, einem durchgeknallten Diktator und seinem Freund Putin fliehen? Vor Menschen, die wegmussten, weil ihr Haus zerbombt worden ist? Wie schade, dass man Europa nicht vor gedankenlosen Idioten schützen könne. Da ist es dann rundgegangen. Einige haben sich angesprochen gefühlt. Und der Chronikchef hat den Chefredakteur gefragt, ob eine objektive Journalistin politische Aufrufe an die Regierung unterschreiben dürfe, ihm sei zu Ohren gekommen, dass ich das getan hätte. „Während wir hier diskutieren, ertrinkt womöglich ein Kind. Weil es keine legalen Wege nach Europa gibt", habe ich geantwortet. „Wer zwingt sie, übers Meer zu fahren?", hat der Chronikchef gesagt und mich spöttisch angesehen.

Darum sollten sich die edlen Veganer kümmern. Zynismus. Ignoranz. Menschenleid.

Vui sieht aus, als würde er seine Haltung als absolut artgerecht empfinden. Er liegt beim großen Rosmarintopf im Schatten, streckt sich und schnurrt. Vielleicht meinen die Nachbarn das mit unzumutbarem Lärm.

Mobiltelefon. Ich halte mein Gesicht in die Sonne und drücke die Empfangstaste. „Ja?"

„Mira? Du musst sofort kommen. Es ist etwas passiert."

„Martina? Hat wieder jemand MÖRDERIN! auf euer Tor geschrieben?"

„Nein. Es ist viel schlimmer."

„Hat jemand eure tierisch-vegane Wurst nicht vertragen?"

„Mir ist nicht nach Scherzen. Es hat einen Mord gegeben."

Ich bin unterwegs. Drei Orte vor Treberndorf biege ich rechts ab. Martina hat mich gewarnt: Die Polizei lässt niemanden zum Tatort. Ich solle es vom Weg aus probieren, der an der Rückseite der Höfe entlangführt. Sie werde auf mich warten. Nur dass es hier wenig Anhaltspunkte für mein Navigationsgerät gibt. Nebenstraße, auf der einen Seite einige Häuser, aber vor allem größere und kleinere

Scheunen aus Holz, die meisten miteinander verbunden. Auf der anderen Seite Felder. Die Straße endet bei einer großen neuen Lagerhalle. Wo ist Martina? Was soll ich tun? Mich allein dem Haus der Mitterers nähern? Zu welchem Zweck? Wie soll ich das richtige Haus erkennen? Mit einigem Glück ist Vesna schon unterwegs. Ich kann es immer noch nicht glauben. Kann es sein, dass Martina mich für eine obskure Aktion der „Landsleute" missbraucht? Der bärtige Franz. Der die Gesellschaft für Veganes Leben lächerlich gemacht hat. Mit dem ich erst vor kurzem geredet habe. Martinas alter Schulfreund. Tot.

Ich sehe einen verbeulten Suzuki-Jeep näher kommen. Den haben die Bertholds schon gehabt, als ich sie kennengelernt habe. Als Martina noch ein halbwüchsiges Mädchen war. Sie springt heraus. Sie trägt Shorts, ein Männerhemd und feste Sportschuhe.

„Ich war im Weingarten. Wenn es so heiß ist, gehen wir schon um halb sechs los. Seine Mutter hat mich angerufen. Sie hat immer gehofft, dass wir zusammenkommen. Wir haben uns echt gemocht, aber mehr war da nicht. Ist ja auch egal jetzt. Jetzt ..." Sie verstummt und sieht mich wie verloren an. Ich gehe die beiden Schritte zu ihr und nehme sie in die Arme. Kein Geräusch, nur ihr Oberkörper zittert und meine Schulter wird nass. Ich streichle ihr über den Kopf. „Wo ist Eva?"

„Sie ist bei den Eltern von Franz", kommt es dumpf von meiner Schulter.

Ich halte Martina vorsichtig ein Stückchen von mir weg. „Was ist passiert?"

„Er ist erschossen worden. Seine Mutter hat ihn in der Früh im ehemaligen Schweinestall gefunden. Sie haben schon einige Jahre keine Tiere mehr, aber er ist nie umgebaut worden. Franz wollte dort einen Verkostungsraum machen. Er wollte so viel. Er wollte auf Bio umstellen. – Aber das war diesen Mördern egal!"

„Wem?"

„Was glaubst du? Das ist ja wohl klar! Er hat den Stand betreut. Alle haben gewusst, dass er es war, der ihnen Fleisch untergejubelt hat."

„Deswegen bringt man niemanden um."

„Und wer sonst soll es gewesen sein? Wer ermordet einen jungen Bauern, der völlig harmlos ist?"

„Wie gut kennst du ihn?"

„So gut, dass ich die Hand für ihn ins Feuer legen kann. Er war einer von denen, die viel zu nett sind. Er hatte sogar Skrupel, die Sache mit dem Fleisch durchzuziehen. Er hat gemeint, vielleicht sollten wir besser warten. – Ich war es, die ihn überredet hat! Und dann noch unsere Outing-Party! Es hat alles so gut geklappt und ich hab mich so gefreut! Dass wir die ganze aufgeblasene besserwisserische Bagage drangekriegt haben! Und der viele Applaus! Und jetzt ist er tot. Es ist so …" Sie sieht mich verzweifelt an. „Ich wollte das nicht."

Wir hören das Geräusch gleichzeitig. Martina zieht mich hinter ein Gebüsch. Sie ist einen halben Kopf kleiner, aber sie hat enorm viel Kraft. Was soll das bringen? Jeder kann unsere Autos sehen. Es muss ein Motorrad sein, das da mit hohem Tempo näher kommt. Polizei? Sie werden doch nicht annehmen, dass wir … Ich ducke mich tiefer. Eine Brennnessel. Feuer auf dem Unterarm. Es wird vergehen. Das Motorrad hält neben unseren Fahrzeugen. Wir hören, wie der Ständer klickt. Oder ist es die Sicherung einer Pistole? Sollte Martina hier herausgelockt werden, um sie dann … Drei Sekunden angespannte Ruhe.

„Mira? Wo steckst du?"

Ich fahre hoch. Es ist Vesna. Mit ihrer absurden Mischmaschine. Die allerdings dank Hans inzwischen legal und zugelassen ist. Wie immer er das geschafft hat.

„Habe gedacht, so bin ich schneller", sagt Vesna. Den schwarzen Helm trägt sie am Arm.

„Du hast uns einen Riesenschreck eingejagt", murmle ich.

„Wenn einen überhaupt noch was schrecken kann", ergänzt Martina.

Ich erzähle meiner Freundin das wenige, das ich weiß. Martina sieht uns an. „Man muss etwas tun. Ich kann nicht nur einfach dasitzen. Ich habe mir gedacht, ich kenne das Gelände viel besser als die Polizei. Ich hab ihnen angeboten, mit ihnen mitzugehen. Aber sie haben mich sofort abgewimmelt. Sie haben gesagt, sie sichern jetzt bloß alles. Man wartet auf die Spurensicherung."

„Wann ist es passiert?", frage ich.

„Seine Mutter hat ihn vor einer Stunde gefunden. Er hat hinten eine kleine Wohnung mit eigenem Eingang. Sie merkt nicht, wenn er nicht da ist. Sie wollte irgendwas holen aus dem ehemaligen Schweinestall, du weißt ja, wie das ist. Alles wird zum Lagerraum, wenn etwas leer steht." Martina stockt. „Aber das ist jetzt unwichtig. Seine Mutter hat mich angerufen und geschrien, dass er tot ist. Erschossen. So viel Blut, hat sie gesagt. So viel Blut. Ich bin sofort los."

„Und Polizei? Sie hat auch Polizei gerufen?", fragt Vesna.

„Sie hat nur mich angerufen. Maria ist total fertig. Als ich gekommen bin, ist sie neben Franz gesessen und hat die ganze Zeit den Kopf geschüttelt. Ich hab mir gedacht, vielleicht ist sie wütend auf mich, weil ich mich ja so aufgespielt habe bei der Sache mit den Veganern, aber sie ist einfach nur dagehockt."

„Viel Blut?", macht Vesna weiter.

„Ja. Und es war total klar, dass er tot war. Da war kein Leben mehr. Er ist auf dem Bauch gelegen, das Gesicht auf die Seite gedreht. Ich hab ein Auge gesehen …"

„Welche Farbe hatte Blut?"

Ich sehe Vesna empört an.

„Wir wollen rausfinden, wann er circa gestorben ist, oder nicht?", erwidert sie.

Martina fährt sich mit der Hand über die Augen. „Das Blut war dunkel. Kein frisches Blut. Wahrscheinlich war es schon in der Nacht."

„Hätte da nicht jemand den Schuss hören müssen? Ist das Tor nicht zu?"

„Franz konnte von hinten in den Hof. Da ist ein altes Tor, das ist eigentlich nie zugesperrt. Wie laut so ein Schuss ist … wenn die Eltern vorne sind und Fernsehen schauen … Sein Vater ist ziemlich schwerhörig."

„Wenn der Täter das gewusst hat, dann hat er Franz und seine Familie gekannt", überlege ich.

„Er braucht nur einmal den Hof auskundschaften und er weiß es. Die sehen jeden Abend fern." Martina deutet die Straße entlang. „Dort ist es, die dritte Holzscheune. Die gehört den Mitterers."

„Da war seine Wohnung?", frage ich verwirrt.

„Nein, da sind Geräte drin, Maschinen, Autos. Es ist sozusagen der Hintereingang. Dann sind da die anderen Gebäude. Und vorne ist dann die Hauptstraße. Wir sollten zur Scheune. Vielleicht hat die Polizei nicht an den Hintaus-Eingang gedacht."

Beinahe gleichzeitig sehen wir zwei Autos mit Blaulicht näher kommen. Martina sieht sich um. Hinter uns ein großes Weizenfeld. Goldgelbe Ähren. Und die Büsche. Sie duckt sich erneut.

„Es ist nicht verboten, hier zu stehen", flüstere ich ihr zu.

„Sie bleiben stehen. Bei Hinterausgang von Franz", stellt Vesna trocken fest.

Die beiden Autos blockieren die Straße, niemand steigt aus.

„Sie warten wahrscheinlich auf die Tatortgruppe", überlege ich. „Wir können nicht mehr weg."

„Können wir doch. Um die Halle dort hinten gibt's einen Weg, danach geht eine Schotterstraße weiter."

„Franz hat das Tor aufgemacht und ist hineingefahren", überlegt Martina.

„Woher weißt du?", fragt Vesna.

„Ich meine: Er hat es immer so gemacht. Dann kommt ein Nebengebäude mit seiner Wohnung und dem ehemaligen Schweinestall und dann wieder eine Scheune, in der die Traktoren und Maschinen stehen, wenn sie nicht gebraucht werden. Und vorne das eigentliche Wohnhaus."

„Klingt verwirrend", sage ich.

„Ist nicht viel anders als bei unserem Hof und den kennst du ja. Nur dass wir den hinteren Teil komplett zum Verkostungs- und Verkaufsbereich umgebaut haben."

„Was machen wir jetzt?", frage ich Martina.

„Ich will einfach nicht warten. Ich kann nicht! Ich dachte, dass wir von hinten hineinkönnen. Oder dass es irgendwelche Spuren gibt oder … ich weiß nicht." Die junge Winzerin hat Tränen in den

Augen. Einer ihrer besten Freunde ist erschossen worden. Und es könnte mit ihrer Aktion gegen die Veganer zu tun haben. Zumindest glaubt sie das. Meine Reportage. Wir haben Redaktionsschluss. Wir hatten ihn eigentlich schon. Verrückt, aber ich habe seit Martinas Anruf keine Sekunde daran gedacht. Ich muss telefonieren. Und mit der Polizei reden. – Egal, was Martina möchte?

„Von da muss der Mörder gekommen sein", fährt sie fort. „Ich hätte es der Polizei gezeigt, aber sie haben mich nur zur Seite gedrängt, Motto: Jetzt kommen wir, die Profis. Ich hab meine Personalien angegeben und als klar war, dass ich nicht am Hof lebe, haben sie gesagt, es würde sich jemand bei mir melden. Später."

„Die Nachbarn: Sie hätten Schuss hören müssen", meint Vesna.

„Das Haus auf der einen Seite steht leer. Und der Hof auf der anderen Seite wird nur mehr als Wirtschaftsgebäude genutzt, wo die Nachbarn wohnen, weiß ich nicht, aber jedenfalls nicht hier."

„Gibt es irgendjemanden, der einen Grund gehabt hätte, Franz zu hassen?" Schon als ich es ausspreche, kommt es mir dumm vor. Wer sollte den bärtigen jungen Bauern gehasst haben?

„Die Veganer natürlich."

„Hass ist da wohl ein zu starkes Wort."

„Vielleicht für die Promi-Veganer. Aber für die anderen? Er hat alles verraten, was ihnen heilig ist. Wofür sie kämpfen. Und schlimmer: Er hat sie zum Gespött gemacht."

Ich nehme Martinas Arm. „Ich habe an sich schon Redaktionsschluss gehabt. Aber wir können noch etwas ändern. Ich sollte mit der Polizei reden. Ich sage nicht, dass du mich angerufen hast. Vielleicht finde ich etwas heraus."

Martina runzelt die Stirn. „Wir brauchen Querverbindungen zu den Schmieraktionen."

„Ich werde sie nach der V.A. fragen", erwidere ich.

„Sie werden dich fragen, woher du vom Mord weißt", gibt Martina zu bedenken.

„Das muss ich ihnen nicht sagen. Ich bin Journalistin. Es gibt Informantenschutz." Ich küsse Martina auf die Wange und nicke Vesna zu. Dann starte ich mein Elektroauto und rolle so gut wie lautlos davon. Ich sehe in den Rückspiegel. Keine Reaktion. Die Polizeiautos stehen da, ihr Blaulicht dreht sich, niemand steigt aus. Als ich die Schotterstraße entlangrumple, telefoniere ich mit Klaus und erkläre ihm, dass meine Reportage in letzter Minute eine wirklich dramatische Wendung genommen hat.

Weinviertler Straßendorf. Die Häuser stoßen unmittelbar aneinander. Manche Fassaden sind schön renoviert, stuckverziert. Andere mit schlichten weißen Mauern, dazwischen ducken sich welche, die halb verfallen sind. Fast alle Gebäude haben ein großes Einfahrtstor. Die meisten sind noch aus Holz. Hier an der Hauptstraße ist nicht mehr zu übersehen, dass bei den Mitterers etwas passiert ist. Zwei Polizeiwagen, ein Kleinbus der Polizei, dazu Menschen in den halb geöffneten Toren der Nachbarhäuser, die sich leise miteinander unterhalten.

Ich parke meinen Wagen ein Stück entfernt und gehe die letzten Meter zu Fuß. Ich habe mit Klaus vereinbart, dass ich ihn spätestens in einer Stunde anrufe. Er baut meine Informationen in die Reportage ein. Er ist ein guter Journalist. Nicht so gut wie Droch, aber immerhin. Das grüne Holztor ist offen, ich hole tief Luft und gehe durch die Einfahrt in den betonierten Innenhof. Bin gespannt, wann mich jemand stoppen wird. Fürs Erste werde ich gar nicht beachtet. Einige Leute in Zivil, die geschäftig hin und her eilen. Dazu eine Polizistin in Uniform. Sie steht bei einem blühenden Oleanderbusch und telefoniert. Eine hohe Scheune mit aufgeschobenem Tor. Sie geht über die gesamte Breitseite. Wenn ich mich richtig erinnere, soll Martinas Schulfreund dahinter gelebt haben. Ich sehe mich nach der Eingangstür zum vorderen Wohnhaus um.

„Was machen Sie hier?", fragt die Beamtin.

„Ich bin eine Freundin der Familie. Ich wollte wissen, ob ich helfen kann. Eva Berthold hat gemeint, dass es gut wäre, wenn ich komme. Sie ist bei seiner Mutter."

„Sie hat Sie angerufen?"

„Sozusagen." Ich blicke verstohlen zum Haus. Dumm, eine Freundin zu sein und nicht zu wissen, wo die Tür ist. Oder ist der

Eingang auf der Straßenseite? Da. In der Ecke. Neben weiteren Kübelpflanzen. Ich setze mich in Bewegung. „Ich zerstöre hier vorne ja keine Spuren, oder?“, frage ich.

„Woher wissen Sie, wo er …“

Die Frau kann kombinieren. Ich sollte vorsichtig sein. Oder schnell. Ich drücke die Klinke und sage zu ihr zurück: „Jede weiß es. Das hier ist ein Dorf.“

Ich stehe in einem Vorzimmer. Steinboden, große Kleiderablage. Ein Tischchen mit einem Multifunktionstelefon. Anrufbeantworter, Drucker, Fax, Scanner. Inzwischen müssen auch Geräte immer mehr können, um konkurrenzfähig zu sein. Mehrere Türen gehen von hier ab. Hinter einer höre ich Stimmen. Sie ist halb geöffnet. Weißer Rahmen mit unterteiltem Sichtfenster aus Glas. Ich drücke sie vorsichtig weiter auf und stehe in einer großen Wohnküche. Am Tisch sitzt eine zusammengesunkene Frau, ich kann bloß braune Haare und ein blaues T-Shirt erkennen. Daneben Eva, die ihr über die Schulter streichelt. Und ein hagerer grauhaariger Mann, der permanent mit einer kleinformatigen Zeitung auf den Tisch klopft. Die Eltern des Toten sind etwa in meinem Alter. Das trifft mich wie ein Schock. Wie wäre es, ein Kind zu haben und es auf diese Weise zu verlieren? Plötzlich. Ohne eine Aussicht auf Trost. Er wollte vieles ändern, wenn er die Wirtschaft übernimmt, hat er mir erzählt. Er hat gewirkt, als könne er es kaum mehr erwarten. Vielleicht wollten seine Eltern keine Veränderungen. – Wie war das Verhältnis der Eltern zu ihrem Sohn?

Eva sieht mich erstaunt an. „Kann ich helfen?“, sage ich leise.

„Wer sind Sie?“, fragt der Mann laut. „Noch eine von der Polizei?“

„Ich war auf der Verkostung. Ich habe Franz gekannt.“

„Sind Sie vielleicht eine von den Veganern?“ Das kommt jetzt schon sehr laut. Seine Frau scheint unseren Dialog nicht einmal mitzubekommen.

„Bin ich nicht. Hat Franz in den letzten Tagen irgendwelche Drohungen bekommen? Hat er sich gefürchtet? War etwas ungewöhnlich?“

„Der hätte sich nie mit denen einlassen dürfen. Ich habe ihm das gleich gesagt.“

„Mit wem?"

Eva sieht mich an. „Mira, bitte …"

Im selben Moment geht die Tür auf und die Polizistin steht da, gemeinsam mit einem Mann in Zivil. „Was wollen Sie hier?", fragt sie.

„Sie wissen von den Drohungen der Veganer gegen die ‚Landsleute'?", kontere ich. Im Hintergrund des Vorraums taucht noch jemand auf.

„Veganer kenne ich. Welche Landsleute?", sagt der Mann neben der Polizistin.

„Das ist Mira Valensky. Sie ist Reporterin." Die Gestalt im Vorzimmer drängt sich an den beiden vorbei. „Gruppeninspektor Zwillinger vom Landeskriminalamt. Ich fordere Sie auf zu gehen!"

Die Mutter des Ermordeten schaut erschrocken auf.

Ich könnte auf der Stelle in den Erdboden versinken, aber der hält. „Ich … ich war bei der veganen Verkostung und beim Fest danach. Ich kenne viele der Beteiligten. Es geht da nicht um eine Story, sondern darum, was ich weiß."

„Und deswegen schleichen Sie sich in die Küche, statt eine Aussage zu machen?"

„Ich bin nicht geschlichen. Das kann Ihre Kollegin bestätigen."

„Sie hat gesagt, sie ist eine Freundin der Familie."

Der Vater von Franz hat aufgehört, mit der Zeitung zu schlagen. Er starrt mich an. „Ist sie nicht. Ich hab die Frau noch nie gesehen."

„Ich habe Franz gekannt. Und ich kenne die ‚Landsleute'."

„Was ist jetzt mit diesen Landsleuten?", fragt der Mann neben der Beamtin und sieht mich interessiert an. Er wirkt lange nicht so feindselig wie dieser Gruppeninspektor Zwillinger.

„Sie sind miteinander in …"

„Stopp!", unterbricht der andere. „Die Ermittlungen sind Sache des LKA. Wir machen da kein Durcheinander. Wir werden Sie zum gegebenen Zeitpunkt befragen, ich weiß ja, wo ich Sie finde."

Woher weiß er, wer ich bin? Natürlich ist das „Magazin" die auflagenstärkste Wochenzeitung, aber so oft komme ich auch wieder nicht mit Bild vor. Oder unterschätze ich meine Bekanntheit?

„Lieber Herr Kollege, wäre es nicht besser, sie sagt uns, wer die Landsleute sind und geht dann?", widerspricht der freundlichere Beamte.

„Woher wissen Sie, wer ich …", beginne ich.

Zwillinger sieht mich spöttisch an. „Wie unauffällig ist ein Elektroauto, das hier parkt?"

„Ich möchte nicht, dass eine Journalistin da ist", sagt der Vater von Franz. Ich kann es ihm nicht verdenken.

„Sie ist eine Freundin", mischt sich Eva ein. „Sie will ganz sicher nichts Böses. Ich kenne sie seit Jahren und Martina kennt sie auch. Martina hat sie geholt, als die Veganer MÖRDERIN! auf unser Tor geschmiert haben."

Ich nicke und sehe Eva dankbar an. Aber mir ist klar: Hier werde ich nichts mehr erfahren. Und ich werde auch kaum etwas zur Aufklärung beitragen können. „Es tut mir sehr leid. Ihr Franz war ein … großartiger junger Bauer. Mensch", stammle ich. Was kann man in so einer Situation sagen, das nicht dumm klingt? Ich gehe zur Tür, die Polizeibeamten machen mir Platz. Ich stehe im Innenhof und schaue zum offenen Tor, das zum hinteren Teil der Anlage führt. Ein Mann mit einer Filmkamera. Gibt es andere Medien, die mehr dürfen? Aber er wird wohl doch von der Tatortgruppe sein. Alles wird dokumentiert. Ob Franz immer noch im ehemaligen Schweinestall liegt?

„Frau Valensky?" Ich drehe mich überrascht um. Der sympathischere der Polizisten in Zivil.

„Fritz Nemecek. Bezirkspolizeikommandant. Die Ermittlungen sind beim LKA, dem Landeskriminalamt. Wir unterstützen sie bloß. Ich weiß ganz gern, was bei mir im Bezirk vorgeht. Vor einigen Tagen war ein Fest, da haben die jungen Bauern gemeinsam mit vielen anderen gefeiert, dass sie den Veganern Fleisch untergejubelt haben. Glauben Sie, dass diese Sache mit dem Mord zu tun haben könnte? Oder haben Sie gar Anhaltspunkte dafür?"

Ich versuche ein Lächeln. „Ich weiß nichts Konkretes. Mir ist nicht klar, ob die wirklich so weit gehen würden. Aber die Stimmung ist ziemlich aufgeheizt und jedenfalls gibt es die V.A. und sie setzt Aktionen."

„Das sind die mit den Schmierereien, nicht wahr?"
„Ja. Und Shitstorms und dem ganzen Quatsch. Ich dachte bisher, das Äußerste, was passieren kann, wenn beide Seiten weiter provozieren, ist eine Massenschlägerei. Aber vielleicht habe ich mich getäuscht."
„Sie haben Franz Mitterer gut gekannt?"
„Nicht wirklich. Ich habe ihn zweimal gesehen. Er hat einen netten Eindruck gemacht. Er war einer von den Besonneneren. Er hat übrigens bei MitTier gearbeitet. Weil er den Hof noch nicht übernommen hat und offenbar dazuverdienen musste. Er wollte auf Bio umstellen, wenn seine Eltern in Pension gehen. – Er wurde erschossen?"
Bezirkspolizeikommandant Nemecek lacht. „Da merkt man, dass Sie Journalistin sind. Aber dass er erschossen wurde, kann ich bestätigen. Das wissen inzwischen alle."
„Kopf?"
„Warum fragen Sie?"
„Weil ich es nicht weiß."
„Auch noch schlagfertig. Passen Sie bloß auf, dass Gruppeninspektor Zwillinger uns nicht sieht. Das ist ein Korrekter. Ein guter Ermittler, wollte ich sagen."
„Herz?"
„Natürlich hat er auch ein Herz. Braucht doch jeder. Anatomisch gesehen."
„Ich meine Franz Mitterer. Herzschuss?"
Nemecek sieht mich neugierig an. „Gibt's gegenteilige Gerüchte?"
„Na ja." Ich versuche einen Bluff. „Es heißt, er wurde anderswo getroffen. Es gab sehr viel Blut."
„Das sagen Sie."
„Aber Sie widersprechen mir nicht."
„Sie haben es gehört: Die Ermittlungen macht das LKA."
Martina war es, die von viel Blut gesprochen hat. Eigentlich will ich das gar nicht so genau wissen. Ich will mir nicht vorstellen, wie der bärtige Franz am Boden liegt, ganz nah. Tot. Er hat so viel vorgehabt.

„Er hat die Fachhochschule abgeschlossen. Marketing, spezialisiert auf Bio-Vermarktung."

„Auch kein Grund, ihn umzubringen."

„Und wenn es gar nicht geplant war?"

„Wissen Sie etwas oder raten Sie nur?"

„Ich überlege bloß. Vielleicht hat er jemanden überrascht und das ist eskaliert."

„Und der Jemand war in seinem Stall und hatte zufällig eine Waffe mit? Es könnte ja auch so sein, dass der Jemand ihm aufgelauert und nicht gut getroffen hat. – Aber jetzt habe ich schon zu viel gesagt."

„Also kein Profi."

„Keiner trifft immer. – Wenn Sie etwas wissen, melden Sie sich. Natürlich bei Zwillinger. Ich schreibe Ihnen seine Nummer auf meine Visitenkarte." Ich werde mich hüten, mit dem Gruppeninspektor zu reden. Er gibt mir die Karte und fügt hinzu: „Wenn jemand von uns in Ihrem Blatt vorkommt, dann natürlich auch nur das LKA. Und übrigens: Sollten Sie den alten Zuckerbrot irgendwo sehen, lassen Sie ihn schön von mir grüßen. Ich vermisse ihn."

Ich sehe den Bezirkspolizeikommandanten irritiert an. Und plötzlich funkt es. Als ich wegen der Finanztransaktionen zwischen Zypern und dem Weinviertel recherchiert habe, war Zuckerbrot eingebunden. Er hat erzählt, dass der Leiter des Bezirkspolizeikommandos Mistelbach ein heller Kopf sei. Und ein Freund. „Sie haben von Anfang an gewusst, wer ich bin."

„Nur die Dummen protzen immer mit ihrem Wissen. Wie gesagt: Lassen Sie ihn schön grüßen, sollten Sie ihm begegnen, und meine Visitenkarte haben Sie ja. Ich meine, wegen der Nummer vom Zwillinger." Damit nickt er mir zu und geht Richtung Wohnhaus.

Ich parke meinen Wagen bei den Bertholds in Treberndorf. Vesna hat mir eine SMS geschickt. Sie sitzt mit Martina beim Tisch unter dem Nussbaum. Unter anderen Umständen wunderbar gemütlich. Ich frage Martina nach dem Blut. Sie nickt. Sehr viel Blut. Überall. Mehr habe sie nicht gesehen. Sein Gesicht war weiß, ganz weiß. Ein

Einschussloch? Keine Ahnung. Nein. Keines, das würde sie wohl noch wissen, oder? Sie beginnt zu weinen, große Tränen rinnen ihr über die Wangen. „Ich schwöre euch, die kriegen wir."

„Vielleicht war schon genug Krieg", erwidert Vesna.

[9.]

Eine Wochenzeitung, die so aktuell ist wie Tageszeitungen. Und weit mehr Hintergründe liefern kann. Klaus war begeistert und sogar der Geschäftsführer hat mir zu meinem Instinkt gratuliert. Dass ich ausgerechnet jetzt die Vegan-Geschichte vorgeschlagen hätte …

Ich bin trotzdem nicht froh. Klaus hat das wenige, das ich über den Mord an Franz Mitterer herausgefunden habe, bestmöglich eingearbeitet. Als ich in die Redaktion gekommen bin, war die Ausgabe schon in Druck.

„Meinst du nicht, dass wir zu einer weiteren Eskalation beitragen?", frage ich meinen Chefredakteur.

„Indem wir erzählen, was ist? Wäre Schweigen besser?"

Ich schüttle den Kopf. „Ein Mann Mitte zwanzig ist tot. Und es ist durchaus wahrscheinlich, dass es etwas mit den Auseinandersetzungen zwischen radikalen Veganern oder zumindest irgendwelchen erzürnten Fleischverweigerern und den ‚Landsleuten' zu tun hat."

„Woher willst du das wissen? Ein Streit, der aus dem Ruder gelaufen ist. Eine Eifersuchtstragödie. Das ist genauso möglich. So gut hast du diesen Landwirt nicht gekannt. Was ist, wenn die Tochter deiner Winzer-Freundin doch ein Verhältnis mit ihm gehabt hat?"

„Dann wäre seine Mutter glücklich gewesen. Und ihre wohl auch. Ein netter junger Mann mit Fachhochschulabschluss, der trotzdem im bäuerlichen Bereich bleiben will. Traumschwiegersohn, nahezu."

„Und wenn er nicht wollte?"

„Wenn jeder erschossen wird, der nicht will …" Ich versuche ein Lächeln.

„Er ist offenbar verblutet. Er wurde nicht genau getroffen, das hast du recherchiert."

„Was jetzt auch noch nicht auf Martina hindeutet."

„So habe ich das nicht gemeint. Nur dass es viele Möglichkeiten gibt."

In so gut wie allen Medien kommt der Mord als Spitzenmeldung. Der Zusammenhang mit der veganen Verkostung beflügelt die Fantasie. Offenbar gibt es genug Journalistinnen und Redakteure, die Veganern alles Mögliche zutrauen. Dass Franz Mitterer bis vor kurzem bei MitTier gejobbt hat, dürfte sich allerdings nicht herumgesprochen haben. Die weit wilderen Verschwörungstheorien gibt es freilich im Internet. V.A. wird als *Vegane Armee* übersetzt, weltweit müsse man ab jetzt mit Anschlägen auf Fleischesser und solche rechnen, die sich öffentlich gegen vegane Lebensformen stellen. Aber es gibt auch Postings, die behaupten, dass Franz Mitterer von den eigenen Leuten ermordet wurde, um den *Krieg gegen die Tiere und alle, die solidarisch sind*, weiter anzuheizen. Ich sammle Material, mehr oder weniger wahllos, weiß nicht, was ich daraus machen werde. Eine Woche Zeit. Vielleicht ist das gut so. Etwas Abstand. Gibt es so etwas wie Abstand, wenn jemand ermordet worden ist? Jemand, mit dem man vor kurzem noch gesprochen hat?

Oskar hat angerufen. Er habe Zeit und werde den Holzkohlengrill anwerfen. Jedenfalls müsse ich etwas essen. Und bei dem Wetter sei Grillen das Beste. Ich habe heute tatsächlich noch nichts gegessen. Ich bemerke es erst jetzt. Mir ist nicht nach Essen. Mir ist flau im Magen. Ist schließlich kein Wunder. Ich werde in der Redaktion bleiben, bis die Abendausgaben der Zeitungen da sind.

Ich surfe und finde eine neue Homepage: *Wir sind Landsleute.* Eine Solidaritätsseite in Anlehnung an *Wir sind Charlie*, das nach dem islamistischen Anschlag auf das französische Satireblatt um die Welt gegangen ist. Einige posten darauf etwas vom *Terror der Veganer.*

Im Diskussionsforum einer Tierrechts-Homepage steht: *Bauernsterben, bis Tiere leben!* Das ist mit V.A. unterschrieben. Ich schicke es Vesnas Sohn Fran. Er hat Computational Logic studiert und seit einiger Zeit eine Software-Firma. Wenn es jemand schafft, herauszufinden wer es gepostet hat, dann er. Vielleicht kommen wir so der V.A. oder zumindest einem ihrer Aktivisten näher.

Nach kurzem Überlegen leite ich die Seite mit dem Posting auch an Bezirkspolizeikommandant Nemecek weiter. Er kann sie ja Zwillinger schicken.

Ich habe wieder einmal versucht, Zuckerbrot zu erreichen, leider ohne Erfolg. Er wurde als einer der erfahrensten Ermittler bisweilen dem Bundeskriminalamt zugeteilt und dann quasi an die Bundesländer ausgeborgt. Er könnte mir mehr über seinen Freund Nemecek, aber vielleicht auch über diesen Zwillinger erzählen. Vorausgesetzt, er will. Wo steckt er? Wo steckt Droch?

Endlich. Unsere Praktikantin kommt mit den Abendzeitungen. Ich bedanke mich. Sie bleibt neben meinem Schreibtisch stehen. Sieht mich erwartungsvoll an.

„Bitte. Ich muss mich konzentrieren", sage ich und sehe ihr enttäuschtes Gesicht.

„Ich habe recherchiert", murmelt sie kaum verständlich. „Inzwischen ist die Sache international. Die PETA hat sich eingeschaltet."

„Das ist auch so eine vegane Organisation, oder?"

„People for the Ethical Treatment of Animals, abgekürzt PETA. Es ist die weltweit größte Tierrechtsorganisation."

„Sagt wer?"

„Hm. Sie selbst, wahrscheinlich. Aber sie sind wirklich groß und wichtig."

„Bist du auch dabei?"

„Bin ich nicht. Aber ich bin Vegetarierin."

„Und was hältst du von der Sache?"

„Ich kann mir nicht vorstellen, dass jemand, der sich für einen fairen Umgang mit Tieren einsetzt, deswegen einen Menschen tötet."

„Könnte es nicht Leute geben, die vegan leben und ganz andere Interessen haben?"

„Gibt es sicher. Es ist momentan angesagt. Es gibt eine Menge Stars, die vegan leben. Oder zumindest behaupten, es zu tun. Aber wer denen nacheifert, bringt wohl auch niemanden um. Da ist ja keine Überzeugung, sondern nur eine Mode dahinter."

„Danke", sage ich müde. „Wir reden morgen weiter."

Ich sehe die Zeitungen durch. Auch das „Blatt" ist auf den originellen Titel *Bauernsterben* gekommen. Es ist die einzige Zeitung, die ziemlich unverhohlen *radikale Vegetarier, die bereits Anschläge verübt haben*, für den Mord verantwortlich macht. Sie bringen freilich auch ein Foto von Vanessa Frey. *Der Schutzengel der Tiere ist am Boden zerstört. Sie fordert alle auf, der Gewalt abzuschwören. „Nehmen wir uns an den Tieren ein Beispiel. Sie kennen keine Rache und keinen Hass."* Tiere knabbern bestenfalls an einem Geschäftsführer.

Ein Zeitungskommentator stellt fest, dass der Tod des Bauern natürlich nicht zu rechtfertigen sei, aber immerhin sei klar: Auch er habe provoziert. Wie viel Provokation darf sein?

Schon eigenartig. Der zweite Tote in der Szene. Dieser Gedanke ist mir heute immer wieder durch den Kopf gegangen. Allerdings: Der eine war Vegetarier und bei der vielleicht etwas suspekten, aber doch sehr friedlichen MitTier-Organisation. Und er war schwer herzleidend. Der andere war Landwirt und bei den „Landsleuten". Aber auch bei MitTier. Allerdings zum Geldverdienen. Er hat mir etwas von dubiosem Umgang mit Spenden erzählt, und dass die Sache noch nicht spruchreif sei. Hat er damit die Tierpatenschaften bis über den Tod hinaus gemeint? Ich kann ihn nicht mehr fragen. Aber ich kann recherchieren.

Im Kommentar zum Thema nennt das „Blatt" auch einen Namen: *Dominik Werder. Er ist spätestens seit dem Tierschützer-Prozess amts- und polizeibekannt und verbrachte mehrere Monate in Untersuchungshaft.* Nichts, was man klagen könnte. Es stimmt. Allerdings hat man vergessen, dazuzuschreiben, dass er freigesprochen wurde. Ich sollte mein Interview mit ihm noch einmal durchhören.

Eine andere Tageszeitung arbeitet sich an *veganen Anarchisten* ab, die allen Viehbauern ihre Lebensberechtigung absprächen. Der Verlag, der hinter ihr steht, hat eine Menge mit dem traditionellen Agrar-Business zu tun.

Zum Schluss tippe ich *PETA* in meine Suchmaschine.

Der Kampagnenleiter für „Tiere in der Unterhaltungsbranche" warnt: Im spanischen Tier- und Vergnügungspark „Loro Parque" auf Teneriffa wurde ein Tierausbruch simuliert, wofür ein Mitarbeiter in einem Gorillakostüm umherlief. Dem Zootierarzt hat man wohl nicht Bescheid gesagt, denn er schnappte sich seine Betäubungspistole und streckte den „Gorilla" mit einem gezielten Schuss nieder. Der Mitarbeiter musste mit einem allergischen Schock ins Krankenhaus.

Die Tragik dahinter sei, dass *keines dieser missbrauchten Lebewesen* ein Recht auf kompetente medizinische Betreuung habe. Die Tierärzte seien nicht fachgerecht ausgebildet, sondern hätten meist ganz unterschiedliche Tiere zu betreuen. Das kann offenbar zu unliebsamen Folgen führen, vor allem, wenn so ein Arzt nicht zwischen einem Menschenaffen und einem Menschen im Affenpelz unterscheiden kann. Ich checke die Seite. Sie ist echt.

Eine Online-Zeitung weiß zu berichten, dass eine Schauspielerin, von der ich noch nie etwas gehört habe, für eine PETA-Kampagne alle Hüllen fallen lässt. Sie posiert wie Eva im Paradies für eine Anti-Fleisch-Kampagne und meint: *„Fleisch zu essen ist nicht mehr als eine Angewohnheit, und die lässt sich ändern."* Die Frau ist gleich alt wie ich. Man muss sagen, sie sieht deutlich knackiger aus. Zumindest auf diesem Plakat. Sie ist natürlich Vegetarierin. Sollte mir das zu denken geben?

Es gibt nur zwei Orte, die Vui gegen seinen Lieblingsschlafplatz auf meinem Laptop eintauscht: Der eine ist unser Bett. Wo er exakt gar nichts verloren hat. Aber erstaunlicherweise schafft er es trotz aller Trägheit immer wieder, blitzschnell an uns vorbei ins Schlafzimmer zu wischen. Dann versteckt er sich und kommt erst ganz langsam wieder hervor, wenn wir das Licht abgedreht haben. Ein Sprung auf die Decke, begeistertes Schnurren. Manchmal sind wir einfach zu müde, um noch einmal aufzustehen. Der andere Platz ist neben unserem Holzkohlengrill.

Hans, ein passionierter Sammler von allen möglichen Grillutensilien, hat Oskar zum Geburtstag das Beste vom Besten geschenkt:

ein Big Green Egg. Eiförmiges Keramik-Grillgerät, das über vierhundertfünfzig Grad heiß werden kann. Außerdem kann man mit dem Ding sogar Brot und Pizza backen.

Es scheint, als würde der Tag doch noch friedlich ausklingen. Oskar hat diesen wunderbaren mexikanischen Tomatensalat gemacht, der aus Zwiebeln, Knoblauch, Chili, klein geschnittenen Paradeisern und viel frischem Koriander besteht. Den Rest hat er gut eingekauft. Wir sitzen mit Vesna und Hans auf der Terrasse, lange schon ist die Sonne untergegangen, aber es ist noch immer angenehm warm. Hans hat Schnurren aus dem Leben eines Autohändlers erzählt. Einer, der auf amerikanische Oldtimer, Luxusschlitten und seit kürzerem auch Elektroautos spezialisiert ist, zieht ganz besondere Kunden an.

Das, was geschehen ist, lässt sich trotzdem nicht ausblenden. Aber wir reden nicht viel darüber. Die Diskussionen würden sich wieder nur im Kreis drehen: Kann es sein, dass es wirklich jemand von den Veganern war? Würde Franz noch leben, hätten die „Landsleute" ihnen nicht bei der Verkostung Fleisch untergejubelt? Was bedeutet es, dass er in den Rücken getroffen wurde und offenbar verblutet ist? Fran jedenfalls konnte den, der im Internet für das „Bauernsterben" plädiert hat, schnell ausforschen. Er hat mit ihm Kontakt aufgenommen – und es hat sich herausgestellt, dass er wohl bloß ein Verbaltäter ohne reale Beziehungen zu anderen von der V.A. sein dürfte. Ganz abgesehen davon, dass er zurzeit ein Studiensemester in Kalifornien verbringt.

Hans und Oskar rauchen Zigarren. Wie schön, dass das zumindest hier noch erlaubt sei, sagt Oskar.

Hans nickt. „Die Toleranz nimmt ab. Auch wenn alle so tun, als wären sie weiß Gott wie aufgeschlossen. Wer etwas anders macht, ist gleich ein Feind. Beim Essen, beim Rauchen, was andere Meinungen angeht. Es ist auch in unserer Branche so. Seit ich Elektroautos verkaufe, halten mich viele für einen Spinner. Nur weil sie keine haben. Und weil es neu ist. Dabei sind die amerikanischen Oldtimer doch mindestens so eine Spinnerei."

Telefon. Oskar und ich sehen einander irritiert an. Es ist weder seines noch meines, es ist der Festnetz-Apparat. Ewig her, dass auf dem jemand angerufen hat. Ich gehe hinein, hebe ab: „Kellerfreund und Valensky."

Ich höre nur noch, wie aufgelegt wird. War wohl falsch verbunden.

Ich gehe wieder auf die Terrasse, freue mich über die abendliche Wärme. Das flaue Gefühl im Magen hat sich gelegt. Bei allem Entsetzen über den Tod von Franz: Offenbar war mir übel, weil ich zu lange nichts gegessen habe. Oskar hat wie meist übertrieben viel eingekauft. Ein Teller mit inzwischen kalten Hühnerteilen steht neben dem Grill. Ich nehme mir ein Stück. Ich habe sie mariniert, wie ich sie am liebsten mag: ganz dünn geklopft, mit frischem Rosmarin, Olivenöl, Zitronensaft und Räuchersalz. Mehr als eine Minute auf beiden Seiten brauchen sie nicht. Schmeckt auch jetzt noch gut. Und morgen aufs Brot.

Die Türglocke. Da will uns jemand ärgern. – Oder hat es doch mit der Veganer-Geschichte und dem Tod von Franz zu tun? Ich stehe auf, gehe zur Gegensprechanlage.

„Polizei, machen Sie bitte auf."

Ein dummer Scherz. Ich will schon sagen, „sehr witzig. Verzieht euch, wer immer ihr seid", als mir Franz einfällt. Was will die Polizei von mir?

„Kommen Sie unseren Anweisungen nach – oder sollen wir die Hausbesorgerin herausklingeln?"

Ich schlucke und öffne. Ich höre, wie der Lift anspringt. Dann die Lifttür in unserem Stockwerk. Läuten. Ich sehe durch den Spion. Zwei Polizisten in Uniform. Sie sehen echt aus. Ich bin trotzdem beruhigt, dass Oskar hinter mir steht. Ich öffne.

„Frau Kellerfreund?"

„Frau Valensky."

„Herr Doktor Kellerfreund?", fragt der zweite Beamte über mich hinweg Oskar.

„Was gibt's?" Er bellt es beinahe. Anwaltston. Ungehalten.

„Haben Sie auf Ihrer Terrasse gegrillt?"

„Natürlich."

„Die Nachbarn haben sich beschwert. Über Lärm und Rauch."

Ich schüttle den Kopf. „Wir haben ganz normal gegrillt, ohne besonderen Lärm und Rauch. Seit wann ist das nicht mehr erlaubt? Hätten Sie außerdem nicht auch anrufen können?"

„Es geht um den Augenschein."

Ich hole tief Luft. Oskar legt mir beruhigend die Hand auf den Arm. „Kein Problem, kommen Sie mit. Machen Sie sich selbst ein Bild."

Ich renne ins Stiegenhaus und sehe, dass die Nachbartür nur angelehnt ist. Was haben die Idioten davon? Ich werde Sturm läuten und ihnen die Meinung sagen und …

„Mira!", sagt Oskar mahnend. Warum sollte man immer vernünftig sein? „Volldeppen", zische ich und zeige ihnen den Stinkefinger. Sie stehen direkt hinter der Tür, da bin ich mir ganz sicher.

„Sie haben recht, Herr Doktor. Das ist ganz normales Grillgut. Da wird es keinen Grund zur Anzeige geben. Und die Lärmbelästigung … konnten wir nicht feststellen."

„Wir müssen leider jeder Anzeige nachgehen", erklärt der dünnere der beiden Beamten.

„Kaffee?", frage ich.

„Danke, nein. Besser, wir bleiben nicht zu lange, sonst wirft man uns noch Bestechlichkeit und Amtsmissbrauch vor."

„Und Sie müssen sich den Quatsch gefallen lassen?"

„Der ‚Quatsch' gehört zu unserem Job", erwidert der andere etwas steif.

„Was können wir tun, damit die Nachbarn das nicht wieder machen?"

Sie schütteln beide den Kopf. „Sich an die Vorschriften halten, möglichst leise sein. Mehr geht nicht."

„Wenn sie sich wieder beklagen, kommen Sie dann wieder?"

„Jemand von uns. Wer eben gerade Dienst hat. Wir müssen weiter."

„Ein anderer Fall von Ruhestörung?"

„Glauben Sie etwa, Sie haben als Einzige solche Nachbarn?"

Wir sitzen auf der Terrasse und flüstern. Vesna und ich sind für eine Aktion, die unseren Nachbarn ein für alle Mal das Fürchten lehrt. Hans meint, wenn die mit Terror anfangen, dann könnte er ihnen ja einen seiner kräftigen Mechaniker vorbeischicken. Oskar schüttelt bloß den Kopf. „Was ist jetzt mit der Toleranz?"

„Toleranz den Intoleranten gegenüber? Die einem sogar das Grillen auf der eigenen Terrasse vermiesen wollen?", knurrt Hans.

[10.]

Flughafen Wien. Hier werde ich Vanessa Frey treffen. Franz Mitterer hat bei MitTier gearbeitet. Natürlich weiß ich nicht, ob sie alle Mitarbeiter kennt. Aber was sie im „Blatt" gesagt hat, klang interessant. War ihr Appell gegen Gewalt nur eine der üblichen gut klingenden Floskeln, oder hat sie dabei an etwas Bestimmtes gedacht? Jedenfalls war Vanessa Frey bei der Geschichte von Anfang an mit dabei. Inklusive Verkostung mit Batanja. Die wird nicht eben begeistert gewesen sein, dass man sie zum Fleischessen gebracht hat. Oder ist es ihr in Wirklichkeit egal?

Vanessa Frey fliegt nach München. Zu ihrem „Stammsitz", wie es Assistent Reiner genannt hat. Immerhin war sie bereit, mit mir zu reden. Wir treffen uns im großen Café in der Ankunftshalle. Da hätte sie ohnehin einen Termin mit einem Airline-Vorstand. Es gehe um eine Kampagne. Und um das Angebot an veganen Gerichten am Flughafen und in der Luft.

Zu Mittag ist hier relativ wenig los. Wien ist eben nicht unbedingt der Mittelpunkt der Welt. Auch wenn das der eine oder die andere bei uns gerne glaubt. Ich bin eine Viertelstunde zu früh im Lokal und sehe mich um. Vanessa Frey sitzt mit einem typischen Anzugträger an einem Tisch in der Ecke, daneben der unvermeidliche Assistent Reiner. Ich weiß immer noch nicht, ob das sein Vor- oder sein Nachname ist. Spreche ich ihn mit „Herr Reiner" an, dann klingt es, als wäre er Friseur. Ich schlendere langsam näher. Er sieht mich und steht auf.

„Ein wenig dauert es noch“, flüstert er mir konspirativ zu.

„Ich habe gelesen, was Vanessa im ‚Blatt‘ gesagt hat. Sehr gut.“ Warum sollte ich mich nicht ein wenig einschmeicheln? Abgesehen davon kann ja wirklich niemand etwas gegen einen Aufruf zum Gewaltverzicht haben.

„Wir hatten gestern keinen Augenblick Ruhe. Alle wollten etwas von ihr. Leider ging sich bloß ein Interview aus.“

Ich lächle harmlos. Was für ein Zufall, dass sie ausgerechnet mit unserer größten Boulevardzeitung geredet hat. Die immer wieder Kampagnen von MitTier unterstützt. Arme Tiere mag man eben. Mit Kriegsflüchtlingen ist das anders. „Schön, dass sie heute einige Minuten für mich Zeit hat. – Wie hat sie das Ganze aufgenommen?“

„Ihr war übel.“

„Wie bitte?“

„Wenn man als Veganerin erfährt, dass man Fleisch gegessen hat, ist das eine logische Reaktion.“

„Und … gestern? Nachdem bekannt wurde, dass man Franz Mitterer erschossen hat?“

„Sie war entsetzt. Er hat bei uns mitgearbeitet. In der PR-Abteilung. Zwar nur wenige Stunden in der Woche, aber immerhin. Ich habe ihn auch gekannt. Zuerst der Verrat und dann das.“

„Der Verrat? Sie meinen die Verkostung.“

„Natürlich. Vanessa würde sich freuen, wenn weiterhin nicht bekannt wird, dass er bei MitTier war. Und sie ist Ihnen sehr dankbar, dass Sie es nicht geschrieben haben. Ich glaube, das ist auch der Grund, warum sie mit Ihnen redet. Obwohl sie derart in Termindruck ist.“

Ich lächle und beglückwünsche mich innerlich. Ich habe überlegt, ob ich es erwähne, habe dann aber beschlossen, mir etwas für die kommende Woche aufzuheben. Und nicht alle Kollegen auf die Spur zu bringen. „Ich wollte es keinesfalls tun, ohne mit ihr gesprochen zu haben.“

„Ich glaube, jetzt ist sie frei“, sagt Reiner und deutet zum Tisch. Die beiden sind aufgestanden und tauschen Küsschen.

„So schrecklich“, sagt Vanessa Frey wenig später und nippt an ihrem frisch gepressten Zitronensaft mit Leitungswasser. Sie trägt eine weiße Leinenbluse mit besticktem Kragen und einen kniekurzen Rock. Fantastische Beine, einwandfreies Dekolleté. Ich habe mich trotzdem für Campari Soda entschieden. Was ist Disziplin schon gegen Genuss? Ich nicke.

„Ich meine: Wir waren natürlich wütend auf Franz Mitterer. Er hatte ja schon gekündigt, sonst hätten wir ihn sicher rausgeworfen. Als ich dann gehört habe, dass er ums Leben gekommen ist, habe ich zuerst geglaubt, es war Selbstmord. Weil er einen derartigen Blödsinn gemacht und sich sein Leben zerstört hat.“

„Inwiefern hat er sich sein Leben zerstört?“

„Na, weil nach der Aktion natürlich klar war, dass er bei uns allen unten durch ist.“

„Aber er hatte ja ohnehin gekündigt.“

Vanessa Frey sieht mich sinnend an. „Ich weiß nicht, wie gut du ihn gekannt hast.“

„Nicht besonders gut, und du?“

„Eigentlich auch nicht. Aber er ist mir aufgefallen. Ein aufgeweckter Mann. Offenbar hat er es daheim schwer gehabt. Er war mit Leib und Seele Landwirt, Marketing hat er nur studiert, weil er weiß, dass die Landwirtschaft ohne solches Wissen keine Chance hat.“

„Er wollte auf Bio umstellen, sobald der Hof an ihn übergeben wird.“

„Tja, aber sein Vater wollte nicht übergeben. Ich habe Franz Mitterer angeboten, ganz zu MitTier zu kommen und Vertragsbauer zu werden. Zuerst als Außenstelle des Löwenthal-Hofs und später dann als eigener Gnadenhof. Nördlich von Wien haben wir ohnehin noch keinen.“

Interessant, dass nie jemand davon gesprochen hat. Weil Franz das gar nicht ernst genommen oder sofort abgelehnt hat? Weil er es lieber nicht erzählen wollte? „Wie hat er reagiert?“

„Ich denke, er war offen dafür. Er wollte mit seinen Eltern reden. Es ist schlimm, wenn Eltern so lange auf dem Hof hocken und keinen Platz machen.“

„Sie sind circa so alt wie wir."

Vanessa Frey runzelt die sonst makellose Stirn.

„Na eben circa", füge ich hinzu, um sie nicht zu verärgern.

„Jedenfalls hatte ich den Eindruck, dass Franz Mitterer sein Leben ändern wollte. Er hat auch Vorträge bei der Gesellschaft besucht."

Davon hat er selbst erzählt, erinnere ich mich. Allerdings war da nur von einem einzigen die Rede. „Er wollte Veganer werden?"

„Er war ein Suchender. Deswegen habe ich ihm auch das Angebot gemacht, als er kündigen wollte. Und deswegen war ich auch gar so enttäuscht nach der Sache mit der Verkostung. Oder …" Sie nimmt noch einen großen Schuck Zitronenwasser.

„Oder?"

„Oder die haben auch ihn hineingelegt. Und er konnte dann nicht anders, als mitzutun. Weil es seine alten Freunde sind. Und weil die Zeit noch nicht reif war. Ich will wirklich niemanden beschuldigen, aber ich habe mich gefragt, was wäre, wenn die herausgefunden hätten, dass er eigentlich einen anderen Weg einschlagen wollte. Und womöglich kritisiert, was sie tun. Er war ein sehr engagierter Tierschützer."

„Du deutest jetzt aber nicht an, dass die ‚Landsleute' ihn auf dem Gewissen haben?"

„Um Himmels willen, sicher nicht. Es gibt so viele Möglichkeiten … So schlimm. Und das so kurz nach dem Tod von Antal."

„Sind die Untersuchungen in diesem Zusammenhang eigentlich abgeschlossen?"

„Untersuchungen? Hat es keine gegeben. Nur eben, was formal notwendig ist. Die Sache war leider allzu klar. Er hat sich einiges offenbar im wahrsten Sinn zu sehr zu Herzen genommen."

„Und das wäre?"

„Er war ein Macher, er war keiner, der mit Anfeindungen oder Spott umgehen konnte. Ich bin daran gewöhnt. Seit Jahrzehnten. Das dumme Model und ihre Tierliebe. Na gut. Schön langsam habe ich allen bewiesen, dass das nicht ganz stimmen kann. MitTier ist in jeder Beziehung ein Erfolg. Aber ihm war es eben nicht egal, wenn wir in einen Topf geworfen wurden mit irgendwelchen Radikalen.

Diese ‚Landsleute', bei denen offenbar auch Franz Mitterer gewesen ist, ob freiwillig oder nicht, die sind ja auch über MitTier hergezogen. Nur weil wir konsequent für die Rechte von Tieren eintreten. Die gewisse Leute aus der bäuerlichen Umgebung leider immer noch mit Füßen treten."

„Es war allerdings auch die Rede von Meinungsverschiedenheiten zwischen Zumtobel und dir."

Vanessa Frey starrt mich empört an. „Du solltest denen nicht auf den Leim gehen."

„Es geht um die Erbschafts-Streitigkeiten. Und es wird gemunkelt, es gäbe erklärungsbedürftigen Umgang mit Spendengeldern."

Assistent Reiner sieht auf die Uhr. „Ich glaube, wir sollten …"

„Zwei Minuten noch", erwidert die MitTier-Gründerin. „Das will ich nicht so stehen lassen. Ich weiß, da gibt es viele böse Gerüchte und auch viel Neid und Missgunst. Es ist wirklich nicht einfach." Sie sieht mich mit großem Augenaufschlag und gespitzten Lippen an. Sorry, ich hab die falsche sexuelle Orientierung. Dafür. Ich versuche immerhin ein verstehendes Lächeln.

„Es gibt viele liebe Menschen, die wollen, dass auch nach ihrem Tod etwas für arme Tiere getan wird. Es kann vorkommen, dass ihnen unser Projekt oder auch ihre Tiere näher stehen als irgendwelche gierigen Verwandten, die sie bis kurz vor ihrem Tod nie gesehen haben. Sie vermachen uns das, was sie haben. Oft ist es rührend wenig. Und ihre Verwandten fechten es an. Leider. Wir respektieren bloß den Willen der Erblasser."

„Es soll eigene Patenschaften geben, die über den Tod hinausgehen."

„Nur wenn es jemand ausdrücklich möchte. Es ist ein Trost für Menschen, die nicht mehr lange zu leben haben, wenn sie wissen, dass sie auch nach ihrem Tod Gutes bewirken."

„Antal Zumtobel war da offenbar anderer Ansicht."

„Das hatte mit seinem Herzinfarkt sicher nichts zu tun, wir haben das ganz freundschaftlich besprochen. Er hat gemeint, wir sollten uns solche Verfahren und ihre mediale Begleitmusik ersparen. Mir ist der Wille der uns verbundenen Tierfreunde wichtiger als die eine oder andere öffentliche Anfeindung. Wir hatten bis zu seinem plötzlichen Ende allerbestes Einvernehmen, das kannst du mir glauben." Vanessa Frey, der Engel der armen Tiere und alten Spender, steht auf. Küsschen mit Duft. Nicht der Tastsinn, sondern der Geruchssinn ist bei dieser Übung gefragt. Sehr elegant. Und irgendwie angenehmer, als abgeschnuddelt zu werden. Ihr Parfüm ist exquisit.

„Jetzt geht es nach München?", frage ich.

„Ja, und dann zu unserem Gut Engelberg. Unserem allerersten Hof. Es gibt morgen Abend eine große Charity für Zootiere in nordafrikanischen Kriegsgebieten. Es ist fürchterlich, wie die dort vegetieren. In kleinen Käfigen, oft tagelang ohne Nahrung, wenn wieder geschossen wird. Nicht nur die Menschen leiden, auch die Tiere."

Ich will schon etwas anderes sagen, murmle aber dann: „Umweltschützer könnten finden, dass der ökologische Fußabdruck bei einem Flug von nicht einmal fünfhundert Kilometern ziemlich groß ist."

„Seit es die Grenzkontrollen wegen der Flüchtlinge gibt, ist es noch mühsamer geworden, mit dem Auto nach München zu fahren. Außerdem geht es auf die Sommerferien zu. Ich habe wenig Zeit. Jeder, der sich für Tiere einsetzt, kümmert sich auch um die Umwelt. Ich mache mir große Sorgen wegen des Klimawandels. Schon allein deswegen sollte man übrigens auf Fleisch verzichten. Rinderhaltung trägt mehr zum Klimawandel bei als der gesamte Verkehr. Hast du das gewusst? Außerdem: Niemand kann perfekt sein, auch ich nicht." Sie winkt und geht mit ihrem Assistenten Richtung Abflugbereich.

Ich zahle ein Zitronenwasser spezial, einen Campari Soda mit viel zu viel Wasser und drei Gemüse-Shakes. Offenbar hat der Anzugträger aus Ergriffenheit auf die Begleichung der Rechnung vergessen. Soll sein. Mein Beitrag zu MitTier und seiner eiligen Botschafterin.

Vom Flughafen zum Löwenthal-Hof ist es nicht besonders weit. Ich habe trotzdem Oskars Auto genommen, wer weiß, wo ich heute noch hinmuss. Würde ich selbst genau auf den ökologischen Fußabdruck achten, hätte ich allerdings mit der S-Bahn fahren und dann in irgendeinem Dorf im Marchfeld in den Bus umsteigen müssen.

Eine Weltreise. Ich verlasse das Flughafengelände und gleite vorbei an Plakaten, die mir Urlaubsglück in Bali oder Rio versprechen, an Werbetafeln für ein weniger exotisches Einkaufszentrum ganz in der Nähe, und lerne, welchen Fast-Food-Burger ich zu lieben habe.

Martina geht sofort ans Telefon. Als hätte sie auf einen Anruf gewartet. Ich habe dummerweise bisher vergessen, mein Handy mit Oskars Freisprecheinrichtung zu synchronisieren. Aber solange mich niemand von der Polizei sieht, telefoniere ich eben so. Ist ja beinahe ein Notfall.

Die Ermittler und Spurensicherer seien erst gegen Abend wieder abgerückt, erfahre ich. Und dass es tatsächlich so aussehe, als wenn der Täter von der Rückseite des Hofes gekommen wäre.

„Stimmt es, dass Franz ein eher schwieriges Verhältnis zu seinen Eltern hatte?“, frage ich.

„Na ja. Mit seiner Mutter hat es ganz gut funktioniert. Aber sein Vater ist ein Eigenbrötler.“

„Er wollte den Hof nicht übergeben.“

„Darum ging es nicht so sehr. Die sind erst Anfang fünfzig. Aber er hat ihn gar nichts entscheiden lassen. Er war schon dagegen, dass Franz studiert. Und dann seine Ideen mit Bio. Es gibt viele, die umstellen oder es schon getan haben, aber sein Vater ist noch vom alten Schlag. Er findet, das ist Unsinn. Und eine Mode, die nur Geld kostet.“

„Kannst du dir vorstellen, dass Franz überlegt hat, ganz zu Mit-Tier zu gehen?“

„Wie kommst du darauf?“

„Vanessa Frey hat es erzählt.“

„Wenn das bloß keine Wunschvorstellung war. Die wollte doch etwas ganz anderes von ihm. Sie steht auf junge Männer.“

„Und woher hast du das?“

„Es wird eben geredet.“

„Maier-Löwenthal hat gesagt, er glaubt, sie hat es gar nicht so mit Männern.“

„Wahrscheinlich ist er abgeblitzt.“

„Hat Franz so etwas angedeutet?“

„Ein Verhältnis mit der Tier-Tante? Nein, sicher nicht. Und schon gar nicht, dass er ganz zu MitTier möchte. Im Gegenteil, er war froh, dass er einen anderen Job gefunden hat und kündigen konnte."

„Und wenn er bloß wollte, dass ihr das glaubt?"

„Warum sollte er? Kann doch jeder machen, was er will."

„Auch Veganer werden?"

Martina lacht. „Der wär nie Veganer geworden. Schon vergessen, er war bei unserer Aktion ganz vorne mit dabei."

„Er war auf einem Vortrag der Gesellschaft für Veganes Leben und Philosophie."

„Da ging es um Marketing, hat er erzählt. Das hat er immerhin studiert. Wenn du es genau wissen willst, können wir sicher nachsehen. Die haben alles auf ihrer Homepage."

„Es ist nur eine von vielen möglichen Theorien. Aber was, wenn Franz wirklich vorgehabt hat, zu MitTier zu gehen? Zuerst als Marketing-Experte und später, wenn er den Hof übernommen hat, als Vertragsbauer mit einem eigenen Gnadenhof samt der ganzen Publicity drum herum."

„Vanessa Frey will nur von sich ablenken. Lass dir einen solchen Unsinn nicht einreden. Womöglich behauptet sie als Nächstes, dass wir ihn umgebracht haben oder dass es sein eigener Vater war. Die hat zu viele schlechte Heimatfilme gesehen."

„Franz hat mir etwas über dubiosen Umgang mit Spendengeldern erzählt. Weißt du davon?"

„Kann schon sein, dass er einiges mitbekommen hat. Ich sag es ja, diese Tier-Tante will bloß ablenken."

Was ich sehe, ist ein Polizeiauto. Ich werfe das Mobiltelefon auf den Nebensitz und schaue auf den Tacho. Innerhalb der Toleranzgrenze. Mit Glück. Dass man aber auch immer automatisch ein schlechtes Gewissen bekommt, wenn einem die Polizei begegnet. Hoffentlich hat Oskar das Warndreieck an einer Stelle, wo ich es finde. Und was ist mit der gelben Schutzweste? Der Wagen überholt mich. Ich versuche entspannt lächelnd nach vorne zu sehen. Sie bremsen nicht, sie bitten mich nicht, stehen zu bleiben, sie biegen ab. Ich atme auf und fingere nach dem Mobiltelefon. „Martina?"

„Ich hab schon geglaubt, dir ist etwas passiert."

„Polizei. Aber sie wollte nichts von mir. Hast du eigentlich schon deine Aussage gemacht?"

„Ja. Ich musste ihnen alle aufzählen, die bei den ‚Landsleuten' sind. Idiotisch. Ich hab ihnen zu erklären versucht, dass wir nicht einmal ein Verein sind. Und dass wir seit der Verkostung weltweit Unterstützer haben. Gar nicht zu reden von der neuen Solidaritätsseite *Wir sind Landsleute*. Dieser Inspektor Zwillinger hat gefragt, ob ich fanatische Anhänger kenne. Und warum sollen die den Franz umbringen, habe ich geantwortet."

„Und was hat er gesagt?"

„Dass er nicht dazu da ist, um mit mir den Fall zu besprechen. Ich hab eine Mitarbeiterin von ihm gefragt, ob er vielleicht gar Veganer ist oder zumindest Vegetarier. Sie hat gelacht und gemeint, das hat ihm bisher wirklich noch keiner vorgeworfen. Das einzig Vegetarische, das er mag, sind Erdäpfel. Und die am liebsten frittiert."

Ich habe Maier-Löwenthal nicht um einen Termin gebeten. Ich gehe davon aus, dass stimmt, was auf der Homepage steht: Die Gesellschaft stehe allen offen. Jederzeit. Ich fahre die Pappelallee entlang. Sein Onkel hatte großen Grundbesitz. Viel habe ich über ihn nicht im Internet gefunden. Walter von Löwenthal. Keine Kinder, daher hat wohl sein Neffe geerbt. Soll viel für die sogenannten schönen Künste übriggehabt haben. Geboren 1910, gestorben 2001. Wurde also immerhin einundneunzig Jahre alt. Nach dem Krieg waren auf dem Gut eine Zeit lang russische Offiziere einquartiert. Davon und von der sich ändernden Zeit scheint es sich nicht mehr ganz erholt zu haben. Rund um den Gutshof und seine Nebengebäude liegen die ausgedehnten Wiesen und Weideflächen, auf denen Vanessas gerettete Tiere untergebracht sind. Heute fällt mir auf, dass auch viele Äcker und Felder in der Umgebung ein kleines Schild mit *Löwenthal-Hof* tragen. Hinter mir zwei Privatautos und ein Bus. Sie wollen wohl zu MitTier.

Beim Pfeil biege ich links ab. Niemand folgt mir. Heute ist wieder alles friedlich. Der Kies auf dem großen Platz vor dem Gutshof scheint frisch gerecht. Kein einziges Stämmchen Grün zu sehen. Seit dem letzten Mal weiß ich, dass die Fahrzeuge der Bewohner und Gäste hinter dem Haus stehen. Ich fahre um das Gebäude herum.

Ein alter Porsche. Ein unauffälliger Mittelklasse-Japaner. Ein SUV. Gehören sie alle Maier-Löwenthal? Oder hat einer von ihnen Zumtobel gehört? Er war hier zur Erholung. Sein Haus steht im Münchner Speckgürtel. Schon eigenartig, dass MitTier kein richtiges Zentrum zu haben scheint. Der erste Gnadenhof war eben bei München, dann kamen einige in anderen Teilen Deutschlands und in Salzburg und Tirol dazu, dann das Löwenthal-Gut. Oskar wird klären, wo das Vermögen von MitTier verwaltet wird. Oder ob jeder Gnadenhof für sich wirtschaftet. Und wie viel der Engel der Tiere persönlich verdient. Ich habe den Verdacht, dass sein Ex-Kanzleikollege gerne reden wird.

Ich parke und steige aus. Auf einer Anzeigetafel hinter Glas finde ich die aktuellen Veranstaltungen der Gesellschaft:

Kafkas Hungerkünstler als Metapher für Konsumverirrung

Test the Best! – Vegane Spitzenprodukte im Wettbewerb

Vegan grillen – der höchste Genuss!

Paradeis – Paradies: Meditation für eine gewaltfreie Zukunft

„Suchen Sie wen?“ Ich fahre herum. Hinter mir steht der Mann, der mir damals auf dem Traktor begegnet ist. Auch er scheint mich jetzt wiederzuerkennen.

„Ich dachte, Sie arbeiten bei MitTier.“

„Was geht's Sie an?“

„Ich wundere mich nur.“

„Wenn ich nichts zu tun habe, dann helfe ich denen da.“

„Ist Maier-Löwenthal hier?“

„Weiß ich nicht. Seine Autos sind da.“

„Ohne Auto kommt er schwer weg.“

„Vielleicht mit jemand von uns.“

„Vanessa Frey ist abgereist“, erwidere ich.

„Sie kennen sich aber gut aus. Die ist nur da, wenn was los ist. Öffentlich.“

„Während Antal Zumtobel zur Erholung hier war.“

„Sieht man ja, was es gebracht hat."
„War er öfter bei den Füchsen?"
„Er war ja kein Pfleger oder Bauer. Nicht einmal Tierarzt."
„Eben."
„Er wird hergegangen sein vom Besucherzentrum drüben. Und hat vielleicht was gesehen."
„Was soll er gesehen haben?"
„Keine Ahnung. Was, das ihn aufgeregt hat."
„Haben Sie was gesehen?"
„Sicher nicht."
„Oder gehört?"
„Wenn man auf dem Traktor sitzt, hört man nicht viel."
„Am Vorabend: Haben Sie da irgendetwas Seltsames bemerkt?"
Er lacht. „Am Vorabend muss er seinen Herzinfarkt gehabt haben. Weil in der Früh haben ihn die Füchse gefressen. Die nehmen nur Fleisch, das schon riecht. Es war warm in dieser Nacht."
„Er hat mit Vanessa Frey gestritten."
„Komisch, dass Sie das sagen. Der Maier hat das auch gesagt."
„Maier-Löwenthal?"
„Wenn Sie so wollen. Ich hab schon bei seinem Onkel gearbeitet. Das war ein echter Löwenthal. Seine Mutter war nicht seine Schwester."
„Ist auch kaum möglich."
„Warum nicht? Ich meine: Maiers Mutter hätte ja Löwenthals Schwester sein können. Aber sie war es nicht. Sie hat einen Maier geheiratet. Also ist er ein Maier. Aber geerbt hat er trotzdem."
„Wie waren sie dann verwandt?"
„Gar nicht. Sozusagen. Fragen S' den Maier. Falls er das weiß."
„Und der Maier hat etwas von einem Streit erzählt?"
„Erzählt ist zu viel gesagt. Der redet sonst mit unsereins nur, wenn die Medien dabei sind. Sein Onkel war da ganz anders."
„Also doch Onkel."
„Manche nennen Leute Onkel, die es gar nicht sind. Jedenfalls hat er damals doch mit mir geredet. Nachdem Sie den Toten gefunden haben und das ganze Durcheinander war. Er hat gefragt, ob ich den Streit auch gehört habe. Habe ich nicht."

„Was für einen Streit?"

„Den mit Vanessa Frey."

„Worum ging es dabei? War der Streit beim Fuchsgehege? Am Abend bevor …"

„Hat er gesagt. Fragen Sie das nicht mich. Ich hab nichts davon mitbekommen."

„Waren Sie unterwegs?"

„Ja. Bis es finster geworden ist."

„Und Sie haben nichts gehört?"

„Hab ich schon gesagt. Auf dem Traktor kriegt man nicht viel mit. Ich hab Heu geführt. Fragen Sie den Maier."

„Kann es sein, dass Sie ihn nicht besonders mögen?"

„Wen interessiert's?"

„Mich."

„Wie sein sozusagen Onkel ist er nicht."

„Und Vanessa Frey?"

„Ist auch nicht wie sein Onkel. Aber die mag ich gern. Weil sie Tiere mag. Ich bin wie die alten Rösser. Ein Auslaufmodell."

„Hubert?"

Maier-Löwenthal. Aus einem der Fenster.

„Ich muss weiter."

„Ich habe Sie gesucht", rufe ich zu Maier hinauf.

„Hubert ist unser Faktotum. Er ist nicht ganz hell im Kopf. Mein Onkel hat ihn beschäftigt. Und wir haben ihn übernommen", erzählt mir Maier-Löwenthal wenig später. Wir sitzen im Wintergarten auf Altwiener Kaffeehausstühlen, zwischen uns ein kleiner runder Tisch. Schön renovierter Parkettboden, üppige Grünpflanzen, Blick über die Felder. So lässt es sich leben.

„Er hat erzählt, dass er bei MitTier arbeitet."

„Jaja, das passt schon. – Warum wollten Sie mit mir reden?"

„Franz Mitterer. Stimmt es, dass er sich für Ihre Gesellschaft interessiert hat?"

„Zumindest hat es so ausgesehen. Bevor die Sache mit der Verkostung passiert ist."

„Vanessa hat gemeint, vielleicht hat er nicht ganz freiwillig mitgetan."

Maier-Löwenthal runzelt die Stirn. „Keine Ahnung. Sie kannte ihn besser."

„Können Sie sich vorstellen, dass jemand von der V.A. hinter dem Mord steckt?"

„Das ist pure Spekulation. Ich lehne alles Radikale ab, nur um das klar zu sagen. Aber letztlich greifen sie zu ihren Mitteln, weil sie an der Trägheit der Gesellschaft verzweifeln. Es sind Fortschrittsverweigerer, die trotz aller Erkenntnisse noch immer am Fleischkonsum festhalten."

„Und einer dieser Fortschrittsverweigerer ist jetzt tot."

„Schlimme Sache. Wie gesagt, ich bin gegen jede Gewalt."

„Was ist eigentlich an dem Gerücht dran, dass Vanessa Frey und Zumtobel unterschiedlicher Meinung waren, wie die Geschäfte von MitTier geführt werden sollen?"

„Ich habe gehört, was Hubert Ihnen erzählt hat. Sie dürfen ihn nicht für voll nehmen. Er hat da offenbar einiges missverstanden. Ich habe nie von einem Streit zwischen den beiden gesprochen, glauben Sie mir. Warum sollte ich mit ihm auch darüber reden? Wenn ich mich recht erinnere, habe ich ihn damals gefragt, ob er weiß, wo Antal ist. Wir wollten gemeinsam zu Abend essen und Vanessa isst nicht gerne spät. Ich fände es nicht in Ordnung, Vanessa dafür verantwortlich zu machen, dass Antal einen Herzinfarkt hatte. Da sind viel eher diese ‚Landsleute' und ihre Freunde daran schuld."

„Er ist vor der Verkostung gestorben."

„Aber die haben schon vorher gegen alle, die sich für die vegane Lebensweise entschieden haben, Stimmung gemacht. Sehen Sie sich nur die einschlägigen Internetseiten an. Antal war ein Mann der Wirtschaft. Er konnte mit unproduktiver Kritik und Feindseligkeit schlecht umgehen. Außerdem: So sicher wäre ich mir nicht, ob diese ‚Landsleute' am Tod dieses jungen Bauern unschuldig sind. Wie heißt es so schön? Es ist besser, man ermittelt in alle Richtungen. Wenn einer ausschert, ist das nicht gern gesehen. Ich wollte zuerst nichts davon erwähnen, aber ich tue es jetzt doch: Er war hier, um sich zu entschuldigen."

„Wann?“

„Am Tag nach ihrer seltsamen Siegesfeier.“

„Gibt es Zeugen?“

„Aber natürlich. Er war bei MitTier und ist dann herübergekommen.“

„Vanessa hat nichts davon erzählt.“

„Hat Sie Ihnen nicht gesagt, dass er vielleicht die Seiten wechseln wollte?“

„Franz Mitterer hat sich also bei Ihnen entschuldigt. Haben Sie über die Zukunft gesprochen?“

„So weit waren wir noch nicht. Er hat sich entschuldigt und gemeint, es täte ihm leid, wenn wir die Türen zuschlagen. Ihm sei einiges klar geworden. Ich war verärgert. Aber natürlich war ich bereit, zu verzeihen.“

Ein großer Land Rover biegt schwungvoll ein. Der Mann, der herausspringt, könnte sich aus einem Heimatfilm hierher verirrt haben. Er trägt kurze Lederhosen und ein kariertes Hemd, dazu hohe grüne Stiefel. Mitte vierzig, dunkler Haarschopf. Groß, hübsch und verkleidet. Noch ein Faktotum? Mit Wiener Kennzeichen?

„Michi“, ruft er. „So schön ist es im Wald, du solltest wirklich mit …“ Dann erst sieht er mich. „Oh“, sagt er, „küss die Hand. Du hast Besuch.“

Vielleicht sollte ich eine Operettenarie schmettern. Küss die Hand. Hat schon lange keiner mehr zu mir gesagt.

„Gigi von Felsbach“, sagt Maier-Löwenthal. Die beiden Männer tauschen Küsschen aus.

„Mein Freund will nicht mit, solange ich ein Gewehr dabeihabe, das nenne ich konsequent“, erklärt mir der Lederhosenträger. Eigentlich haben sie in Österreich die Adelstitel nach dem Ersten Weltkrieg abgeschafft. Aber gewisse Familien denken eben in Generationen. Da lässt man sich durch derartig kurzfristige Verfügungen nicht stören.

„Er hat meine Jagd gepachtet. Zum Löwenthal-Gut gehört ein schönes Waldgebiet“, erklärt Maier-Löwenthal.

„Also kein Veganer“, sage ich mit einem Lächeln wie aus einem Konversationsstück.

Gigi von Felsbach schenkt mir einen fröhlichen Augenaufschlag. „Ich bin Jäganer."

„Gigi", sagt Maier-Löwenthal und es klingt, als wäre er nicht allzu froh, dass wir beide aufeinandergetroffen sind.

„Ich bin Jäganer und esse nur Tiere, die ich selbst geschossen habe. Alles andere wäre als Jäger doch Heuchelei."

„Gigi ist im internationalen Öl-Handel", erklärt Maier-Löwenthal. Als ob das irgendetwas erklären würde.

„Die Tiere sterben im Einklang mit der Natur", ergänzt Gigi von Felsbach. „Und ich zolle ihnen meinen Respekt."

„Indem Sie sie zuerst erschießen und dann essen."

„Soll ich sie vergraben? Ansonsten bin ich sehr für die vegane Lebensform. Meine Tochter war es, die damit angefangen hat. Sie hat mich überzeugt. Ich fühle mich wohl so. Geradezu verjüngt."

„Und was sagt sie dazu, dass ihr Vater … Jäganer ist?"

„Man kann den Kindern doch nie alles recht machen."

[11.]

Wir sind im Wiener Stadtsaal und amüsieren uns prächtig. Martina hat uns den Tipp gegeben. Barbara Ülgen. Sie kennt sie, seit das Weingut Berthold bei einem Kabarett-Festival Wein ausgeschenkt hat. Eine Berliner Kabarettistin mit türkischem Vater. Im letzten Programm hat sie die deutschen Türken und die deutschen Deutschen gleichermaßen aufs Korn genommen. Was nicht allen gepasst hat. Ihr neues Programm heißt „Wie Fleisch" und führt vor, wie viele mit Ersatz leben.

„Habt ihr mal darüber nachgedacht, warum es nach dem Sportprogramm nahtlos diese ganzen Pornofilmchen gibt? Vielleicht um Vati vorzubereiten? Während Mutti gerade noch in ihrer Lieblingszeitschrift liest: *Zehn Tipps für einen schlanken Bauch.* Und *Mit roter Bete zum multiplen Orgasmus.* Ne. Die schläft schon, wenn er kommt. Und er is' froh darüber. Weil es geht ja nicht um Sex, sondern ums Zuschauen beim Sex. Is' dasselbe wie beim Kochen. Mann, kocht der super, dieser … ja was weiß ich, wie immer der heißt. Tim die Locke. Oder der Österreicher! Schon wieder so einer, den ihr uns geborgt habt, ihr solltet euch das endlich mal abgewöhnen! Der wie ein aus der Form gegangener … Knödel aussieht. Mit Bärtchen! Im Fernsehen. Während ihr daheim beim Zusehen die Chips und Burger reinfresst. Jetzt hockt ihr alle hier und seht mir zu. Wann habt ihr zum letzten Mal versucht, selbst einen Witz zu machen?" Großes Gelächter. „Eben. Wir sind zu einer Zuschauergesellschaft geworden. Glaubt ihr etwa, Mutti macht was mit der roten Bete? Ne. Sie denkt nur, vielleicht könnte die helfen. Aber sie nimmt den fertigen Salat. Da hilft gar nichts.“

Ich sehe mich um. Das Publikum ist jung, überdurchschnittlich viele dürften ausländische Verwandte haben. Dass eine türkischstämmige Frau über das vom Leder zieht, was vielen heilig ist, sorgt bei den einen für Begeisterung. Die anderen sind empört. Als sie sich über Neonazis und Pegida lustig gemacht hat, bekam Barbara Ülgen so konkrete Drohungen, dass sie unter Polizeischutz gestellt wurde und eine Zeit lang mit kugelsicherer Weste unterwegs war. Solche Reaktionen zeigten, dass sie es richtig gemacht habe, hat sie in einem Interview gesagt. Sie wolle ihrer Umgebung den Spiegel vorhalten und wer könnte das besser als eine Frau. Noch dazu mit türkischen Wurzeln. Ich werde mich nach der Vorstellung mit ihr treffen. Barbara Ülgen könnte meiner nächsten Story noch mehr Farbe geben. Die V.A. hat ihr in Berlin einen Mülleimer mit verdorbenem Fleisch auf die Bühne gekippt. Und irgendeiner hat geschrieben: *Wenn man was essen sollte, dann dich, dreckige Türkin.* Sieht so aus, als gäbe es auch rassistische Veganer.

Vesna lacht Tränen. Martina ist mit einigen Freundinnen gekommen, sie sitzt weiter vorne.

„Und diese Vegi-Tussis, die ’nen Halbtag an einer Reiswaffel rumkauen und sich überlegen, warum sie trotzdem einen Blähbauch haben und ob die Sellerie im biologischen vollveganen Supersupermarkt echt bei abnehmendem Mond geerntet worden ist, damit sie ja kein Fleisch auf ihre dürren Ärmchen kriegen … Fleisch! Männer, gibt euch das nicht zu denken! Die würden nie ein Stück Fleisch in den Mund nehmen. – Ooooh! Schweine, das hab ich nich’ gesagt! Dafür das *Wie*-Fleisch: Sojawürstchen. Tofu-Schnitzel. Was is’ bei denen noch alles *wie*? – Ja klar, es gibt auch männliche Veganer. Echt süß die, tun keinem Tierchen was. Und was, wenn mich ein Löwe anfällt? Die sagen ihm womöglich glatt, ich wäre keine artgerechte Ernährung. Aber ob er ihnen glaubt? Ich meine, wer überzeugt da eher wen? Und schon bin ich gefressen. Vor allem der türkische Teil. Der ist saftiger. Ihr habt da in Österreich ein ganz besonderes Exemplar. So ’nen Großen, Hübschen. Ich hatte mal einen Traum, wahrscheinlich nach einer Talkshow mit der Anne, da hab ich geträumt, euer Superveganer liegt unter einer Kokospalme und schnarcht. Wahrscheinlich nach irgendwelchen Wienerwald-Schnitzeln. Da fällt ihm eine Kokosnuss in den wie immer weit offenen Mund und er schluckt sie. Und seither wird er sie nicht mehr los. Deswegen hüpft er beim Diskutieren auch so rum, aber sie geht nicht raus und nicht raus und er sieht die ganze Zeit aus, als wäre er … bedeutungsschwanger!"

„Dominik Werder", flüstere ich Vesna im kollektiven Gelächter zu.

„Habe ich auch verstanden."

Ich sehe zu Martina. Damals, bei der veganen Verkostung, hatte ich beinahe den Eindruck, sie und dieser Werder hätten einander etwas zu sagen. Aber danach ist viel passiert.

Wir strömen gemeinsam mit der Masse aus dem Stadtsaal. Fröhliche Gesichter, Pointen werden nacherzählt. Zwei Mädchen mit dunklen Augen und Haaren necken ihre Begleiter. Und machen Ülgens „doofen Türken" nach. „O Mann. Werte! Haben sie keine Werte, die Neger aus Arabien! Müssen unsere Werte lernen, sagt der Kurze. Ich wie Österreicher! Die Deppaten sollen wegbleiben, sagt der Kurze!" Alle vier lachen.

Vor dem Eingang treffen wir Martina. „War doch eine gute Empfehlung, oder?"

Wir nicken.

„Der arme Dominik Werder", sage ich. „Sieht gar nicht aus, als hätte er eine Kokosnuss verschluckt."

Martina lacht. „Doch! Bedeutungsschwanger! Echt spitze! Ich hab ihm eine SMS geschickt, dass er sich das Programm unbedingt ansehen muss."

„Du simst mit ihm?"

„Wir haben Nummern ausgetauscht. Aber natürlich ist Funkstille, seit das mit der Verkostung rausgekommen ist."

„Er hat auch Fleisch gegessen."

„Und hat es nicht gemerkt."

„Er isst seit zwanzig Jahren keines. Scheint ihn aber nicht besonders aufgeregt zu haben."

„Gibt er bloß nicht zu. Was das ‚Blatt' geschrieben hat, war trotzdem eine Sauerei. Ihn zu verdächtigen, weil er vor Jahren in diesen wirklich miesen Prozess verwickelt war …"

„Du kannst dir nicht vorstellen, dass er etwas über den Tod von Franz weiß?"

Martina sieht mich an. „Hast du etwas in diese Richtung gehört?"

„Nein, eher in die andere. Sowohl Vanessa Frey als auch Michael Maier-Löwenthal sagen, dass Franz überlegt hat, sein Leben zu ändern."

„Die haben sich abgesprochen! Das ist ja wohl klar! Womöglich haben sie auch noch behauptet, wir stecken hinter dem Mord!"

„Die Versionen waren ziemlich unterschiedlich. Jedenfalls soll Franz kurz vor seinem Tod dort gewesen sein, um sich zu entschuldigen."

„Das ist doch purer Blödsinn!"

„Er hat auf eurem Fest nicht wirklich glücklich gewirkt."

„Er war einfach ein netter Mensch. Das ist es. Sie haben ihm leidgetan. Sogar die! Glaub denen doch kein Wort!"

„Man muss jemand einschleusen. Der mit den Leuten auf Löwenthal-Hof redet. Nicht mit den Leittieren, sondern mit Helferinnen", überlegt Vesna. „Dumm, dass ich bei Verkostung mit dabei war. Zu viele Fotos. Sie könnten sehen, dass ich neben Mira stehe."

Inzwischen haben sich die meisten Menschen verlaufen. Auf der Mariahilfer Straße sind nur mehr wenige Fußgänger unterwegs. Tagsüber eine belebte Einkaufsstraße, am späteren Abend, als wenn man gleich die Gehsteige hochklappen würde. Eine große schlanke Frau kommt aus dem Durchgang zum Stadtsaal. Schwarze Hose, schwarzes T-Shirt, schwarze kurze Haare. Sie sieht sich um. Martina geht auf sie zu.

„Das war großartig!", sagt sie. „Barbara, das sind Mira Valensky, Vesna Krainer. Ich hab sie auf die Idee gebracht, sich das anzusehen. Und mit dir über die Veganer zu reden. Wenn du wieder Wein brauchst … sag es einfach Mira, ich schicke ihn dann wie üblich. Ewig schade, dass ich heute Abend nicht kann, aber wir haben unseren Girls-Abend schon so lange geplant, und morgen ist ja auch ein

Tag." Sie küsst die Kabarettistin und dann uns, richtig mit Kontakt und ohne besondere Duftwölkchen, damit ist Evas Tochter weg.

Wir gehen die Straße hinunter. Barbara Ülgen hat die letzte Eskalation des Konflikts Veganer gegen „Landsleute" mitbekommen.

„Ich hatte vor, die Sache mit der veganen Fleischverkostung ins Programm einzubauen. Ein wirklich guter Gag. Aber dann wurde der Typ ermordet. Es gibt Grenzen. Ich überlege mir genau, wie weit Provokation in Ordnung ist, auch wenn sie mir vorhalten, dass ich über Leichen gehe."

Ich nicke. „Mit denen von der V.A. haben Sie ja schon zu tun gehabt."

„Sagt du zu mir, ist irgendwie angenehmer. Klar hatte ich mit denen zu tun. Wohlstandskids, die glauben, sie haben die Weisheit mit dem Löffel gefressen. Früher haben sie wenigstens gegen Diktatoren und Nazis Randale gemacht, jetzt geht's nur mehr anonym und gegen Menschen mit anderen Essgewohnheiten. Ich meine, ich bin echt nicht für die Massentierhaltung, aber Schweine-KZ? Die haben keine Ahnung, was ein KZ war."

Drei Radfahrer kommen uns entgegen. Nach vielen politischen Diskussionen sind Teile der Mariahilfer Straße für alle Verkehrsteilnehmer gleichberechtigt offen. Um diese Uhrzeit ist allerdings so viel Platz, dass man über gegenseitige Rücksichtnahme nicht nachdenken muss. Fahrradhelme und hochgeschlossene Trikots. Wahrscheinlich späte Fahrradboten. Sie halten etwas in der Hand. Die kommen verdammt schnell und knapp auf uns zu, nehmen uns in die Mitte. Und dann fliegt etwas. Ich ducke mich, es berührt mich an den Haaren, es ist weich. Es stinkt.

„Scheiße", schreit Barbara Ülgen. Sie putzt sich das Ding von der Schulter. Vesna rennt. Sie rennt hinter den Radfahrern her. Aber natürlich hat sie keine Chance, sie einzuholen. Die treten in die Pedale, als wären sie bei der Tour de France, und biegen dann ab.

„Kuhfladen", sage ich zur Kabarettistin, die neben mir steht und am T-Shirt herumwischt.

„Sag ich doch: Scheiße. Haben sie dich voll erwischt?"

„An den Haaren." Ich zittere. Dabei ist das doch keine große Sache. Es riecht übel, es hat nicht einmal wehgetan, Haare kann man waschen, T-Shirts auch. Aber es kam so plötzlich. Es hätte auch etwas anderes sein können. „Irgendwie ist man schutzlos", sage ich zur Kabarettistin.

Sie schüttelt den Kopf. „Das tut mir total leid, das hat natürlich mir gegolten. So etwas hab ich auch noch nicht erlebt. Schon alles Mögliche, aber keine Kuhscheiße."

„Passt zu Österreich", versuche ich zu scherzen. „Wegen Almen und Idylle. Gruß aus den Alpen."

Vesna kommt zurück. Sie keucht. „Jetzt ich weiß, wie das mit Begegnungszone gemeint ist!"

Barbara Ülgen lacht. „Da hast du recht! Super, Begegnungszone! Zwecks Toleranz und Kuhscheiße! Das baue ich morgen ins Programm ein, das schwöre ich euch. Ist doch nett, wenn so'n Abend etwas Lokalkolorit hat!"

Vesna ist sichtlich geschmeichelt. Sie hat es als Einzige von uns geschafft, der Kuhflade auszuweichen. Oder sie hatte Glück und ihr Radfahrer hat besonders schlecht gezielt. So können wir jedenfalls nicht mehr in ein Lokal gehen. Barbara deutet auf einen Döner-Laden, der einige Stehtische auf der Straße hat. Ich bestelle Wein, Barbara Bier, Vesna Cola. Der Mann hinter der Theke sieht uns missbilligend an.

Barbara sagt etwas auf Türkisch zu ihm. Er wiegt den Kopf und antwortet dann mit ernstem Gesicht.

„Was ist? Hast du was zu essen bestellt?"

„Nein. Ich habe zu ihm gesagt: Frauen allein in der Nacht auf der Straße sind scheiße, nicht wahr? Und er hat geantwortet: Jedenfalls stinkt ihr."

„Wer waren die?", fragt Vesna, nachdem wir ausgelacht haben.

Barbara nimmt einen großen Schluck Bier. „Keine Ahnung. Es können alle möglichen Typen gewesen sein. Humorlose Türken. Von denen gibt es eine Menge. Die ärgern sich so gerne über mich, dass sie mir sogar nachreisen und dokumentieren, was ich wieder Böses über den türkischen Präsidenten gesagt habe. Oder irgendwelche

Rechten. Die finden, ich soll endlich heim in die Türkei. Hängt eben alles vom jeweiligen Standpunkt ab."

„Und solche von der V.A.?", überlege ich.

„Klar, immer haben sie keine Eimer voll faulem Fleisch parat. V.A.: wie Voll Ärsche. Würde ihnen ähnlich sehen. Wahrscheinlich haben sie die Kühe noch um Verzeihung gebeten, dass sie ihnen ihre Scheiße wegnehmen."

[12.]

Davon hatte ich keine Ahnung", sagt Dominik Werder. „Martina hat mir geschrieben, ich soll mir die Barbara Ülgen ansehen. Ich hab schon etwas über sie gelesen, hat gut geklungen. Ich hasse Comedy mit diesen Instant-Lachern, aber ich mag Kabarett, das gesellschaftskritisch ist."

„Auch wenn es gegen Veganer geht?"

„Das darf schon sein. ‚Wie Fleisch' finde ich gar nicht so übel. Mir gehen die Leute seit Jahren auf den Geist, die am liebsten Schnitzel aus Soja oder chinesische Ente süß-sauer aus Gluten bestellen wollen. So Unsinn führen wir nicht."

„Könnten es welche von der V.A. gewesen sein, die mit den Kuhfladen geworfen haben?"

„Woher soll ich das wissen? Ich hab jedenfalls ein Alibi, falls das gefragt ist. Wir hatten gestern Abend ein Catering. Große Sache in einer Galerie."

Ich habe unserem Vorzeigeveganer noch nicht erzählt, dass auch er in Barbara Ülgens Programm vorkommt. Oder weiß er es ohnehin längst? Er ist ein bisschen zu nett, sauber und offen. Ich traue ihm nicht restlos. Wir stehen in der Küche des veganen Lieferservice, in dem er arbeitet. „Gut essen". Wenigstens nicht so eine halb esoterische Glückswortschöpfung. Er schichtet Falafel in Kartons. Dann Taboulé-Salat in Plastikboxen.

„Da gibt's keine vernünftige Öko-Verpackung, aber Mehrweg ist sowieso besser als die Einwegkartons."

„Sieht gut aus. Warum arbeiten Sie hier? Sie haben ein Buch geschrieben, sind ein beliebter Talkshow-Gast …"

„Der Taboulé-Salat ist wirklich fein. Und total einfach. Couscous mit kochendem Salzwasser übergießen, drei Minuten quellen lassen, abseihen. Mit ganz viel gehackter Petersilie vermischen, eventuell noch Jungzwiebeln dazu, Zitronensaft, Salz und Olivenöl."

„Werde ich demnächst probieren. Aber Sie sind meiner Frage ausgewichen."

„Vom Bücherschreiben oder vom Auftreten als Vorführveganer kann man nicht leben. Das hier ist etwas Reales. Ich bin kein Bauer und nicht einmal ein besonders guter Koch. Ich kann organisieren und ich kann ordentliches Essen ausliefern. Ich bin unterwegs, ich krieg was mit."

„Aber Sie reden nicht über alles. Zum Beispiel über Ihren Zugang zur V.A."

„Keine Ahnung, ob die mit der Kuhfladen-Attacke zu tun hatten, wirklich nicht. Und falls Sie nachsehen wollen, ob und welche Räder wir haben: Wir liefern das meiste auf Rädern aus. Wir haben Räder, die dem Catering gehören. Ein paar unserer freien Mitarbeiter fahren auch mit ihren Privaträdern."

„Sind Sie sicher, dass keiner aus dem Lieferservice … Kuhfladen geliefert hat?"

„Ich kann sie fragen."

„Hat die Polizei mit Ihnen über den Tod von Franz Mitterer geredet?"

„‚Geredet' würde ich das nicht nennen. Es war wohl eher ein Verhör. Kein Wunder, nachdem mich das ‚Blatt' bereits vorgeführt hat. Einmal im Gefängnis, immer ein Verbrecher. Was kümmern die schon Fakten, wenn man dafür von allen Applaus bekommt, die grundsätzlich etwas gegen Veganer haben."

„Nicht einmal die ‚Landsleute' haben das gut gefunden. Martina hat es eine Sauerei genannt."

Er schaut mich zweifelnd an. „Wirklich?"

Ich nicke. Wie sie über die Kokosnussnummer gelacht hat, erwähne ich lieber nicht. „Haben Sie eine These, wer hinter dem Mord stecken könnte?"

Dominik Werder schüttelt den Kopf. „Ich habe ihn nicht gekannt, ich habe ihn nur damals auf der Verkostung gesehen. Sicher waren viele verärgert, aber Mord ist doch etwas ganz anderes. Wer sagt, dass der Mord überhaupt mit dieser Verkostungsgeschichte zu tun hat? Vielleicht hat jemand den günstigen Zeitpunkt genutzt, um von etwas anderem abzulenken."

„Franz scheint nicht unbedingt einer gewesen zu sein, der in finstere Geschäfte verstrickt ist."

„Muss er auch nicht gewesen sein. Die meisten Morde werden im Umfeld der Familie begangen, heißt es."

„Es gibt da etwas Eigenartiges: Sowohl Vanessa Frey als auch Michael Maier-Löwenthal sagen, dass Franz Interesse hatte, zu ihnen zu kommen. Bei MitTier einzusteigen, zum Beispiel. Und bei Maier hat er sich angeblich für die Sache mit der Verkostung entschuldigt."

„Warum hat er dann bei der Aktion der ‚Landsleute' mitgetan? Ich würde denen nicht alles glauben. Vielleicht haben sie Angst, dass sie selbst in die Schusslinie kommen."

„Könnten sie das?"

„Direkt wohl nicht, aber für die ist ja schon ein angepatztes Image eine Katastrophe. Da habe ich es besser, darum brauche ich mich nicht zu kümmern. Das ist seit der Sache mit dem Tierschützer-Prozess erledigt. Wie das ‚Blatt' wieder einmal so schön geschrieben hat: ‚polizeibekannt' und ‚Untersuchungshaft'. Das bleibt."

„Klingt ganz schön bitter."

Dominik Werder lächelt. Große weiße Zähne, gebräuntes Gesicht. „Ist nur eine Analyse."

Wenig später drängle ich mich mit vielen anderen durch die U-Bahn-Station am Stephansplatz. Blick aufs Mobiltelefon. Eine neue Nachricht. Von Barbara Ülgen. Schon wieder Kuhscheiße. Diesmal per Post. Eigentlich ist es egal, wann ich in der Redaktion auftauche. Ich bin unterwegs auf Recherche. Ich drehe um, leite die Nachricht an Vesna weiter und nehme die U3.

Wir stehen in der Garderobe der Kabarettistin. Auch Martina ist da, eigentlich wollten die beiden auf einen Kaffee gehen. Vor uns ein braunes Kuvert, so eines, das innen mit Plastiknoppen ausgekleidet ist. Es war trotzdem nicht ganz dicht, also haben die vom Stadtsaal gerochen, was los ist, und Barbara angerufen.

„Damit ist wenigstens klar, wer mich momentan nicht mag", stellt Barbara Ülgen trocken fest.

Passt zu deinem Programm, V.A., steht auf einem Zettel, den der Absender vorsorglich in eine Plastikfolie gegeben hat. Damit lesbar bleibt, woher der Mist kommt.

„Sie haben mich gefragt, ob wir irgendwelche besonderen Sicherheitsvorkehrungen treffen sollen. Aber mehr, als dass heute Abend wieder Scheiße fliegt, kann wohl nicht passieren." Barbara klingt, als würde sie von uns Bestätigung erhoffen.

„Ich werde da sein. Und kann zwei Mitarbeiter bringen, die aufpassen", meint Vesna.

„Bodyguards? Ich kann nicht auf der Bühne den Mund aufreißen und mich gleichzeitig bewachen lassen. Das ist dann *wie* unerschrocken. Geht gar nicht."

„Sie arbeiten offiziell in meiner Reinigungsfirma. Und sie müssen nicht zu sehen sein."

„Slobo und Bruno? Nicht zu sehen? Bist du unter die Zauberkünstlerinnen gegangen?", frage ich Vesna. „Die sind gegen zwei Meter und haben Schrankbreite", erkläre ich Barbara.

„Sie müssen nicht auf der Bühne sein. Unten bei Zuschauern der eine, der andere hinter der Bühne."

„Und du sagst, sie machen sauber."

„Wir sagen, sie sind Riesenfans von frecher Halbausländerin, weil sie selbst von anderswo kommen."

Barbara nickt. „Klingt eigentlich ganz gut. Das machen wir. Die vom Stadtsaal haben die Polizei verständigt. Es ist zwar keine direkte Drohung, aber sie sind lieber vorsichtig. Ich habe mit einem Beamten telefoniert, er hat ganz vernünftig geklungen. Ich denke, that's it. Was sollen sie auch tun? Schick deine zwei Kleiderschränke etwas vorher zu mir, ich bringe sie dann unter."

„Mach ich. Aber es kann nicht alles sein. Wir müssen ihnen Falle stellen", befindet Vesna.

„Was, wenn wir ein Schwein grillen?", fällt Barbara ein.

„Im Stadtsaal?", antworte ich irritiert.

„Die würden sich freuen mit all den Brandschutzvorschriften", lacht sie. „In Berlin gab es eine Aktion, da habe ich gemeinsam mit einer feministischen Türkinnengruppe öffentlich ein Schwein gegrillt. Ihr habt keine Ahnung, wie das die türkischen Fundis aufgeregt hat. Und genau das war der Zweck. Es ging um Freiheit und Toleranz."

Vesna nickt. „Man muss nur einen guten Platz finden, der sie anlockt."

„Ich glaube, da weiß ich einen", antwortet Martina. „Das große Friedensfeuer. Bernhard hat einen Weingarten dort, mit spektakulärem Ausblick bis Wien."

„Friedensfeuer?" Barbara sieht uns fragend an.

„Kennen wirklich viele", ergänze ich. „Es ist aus einem der traditionellen Sonnwendfeuer entstanden, inzwischen kommen mehr als tausend Leute dorthin."

„Na passt doch. Ich bin ohnehin in dieser Radiosendung auf Ö3. Da könnte ich erzählen, dass ich noch ein Fotoshooting für mein nächstes Programm mache. Beim Friedensfeuer. Und weil es im nächsten Programm um Schweine geht, werden mir nette junge Landwirte helfen, eines zu grillen."

Ich überlege. „Dann sind wir aber endgültig auf der Seite der ‚Landsleute'. Und wir heizen den Konflikt weiter an."

Vesna schüttelt den Kopf. „Wir wollen herausfinden, ob die V.A. etwas mit Mord zu tun hat. – Fotos mit gegrilltem Schwein. Eine hervorragende Idee. Das regt Veganer sicher auf." Und an die Kabarettistin gewandt: „Du spielst noch zwei Tage in Wien, fahrst du dann sofort zurück?"

„Ich muss erst wieder am Wochenende in Berlin sein. Die Frage ist, wie rasch wir sie anlocken. Und ob sie uns in die Falle gehen."

Martina nickt eifrig. „Am besten, wir bauen einen Abend auf und am nächsten ist dann das Fotoshooting mit Schwein. Da haben sie

Zeit zum Auskundschaften und um sich über ihre dubiosen Kanäle zu verständigen."

„Lässt sich machen. Ich erzähle im Radio, dass ich das Ganze quasi als Kunstaktion anlegen möchte. Ist zwar Schwachsinn, aber einer wie mir trauen die alles zu. Also. Es geht um eine künstlerische Aufbereitung des Themas Schwein und Leben und Tod: Am ersten Abend errichten wir beim Platz des Friedensfeuers eine Kultstätte, am zweiten wird dann das Schwein gegrillt, alles wird fotografiert, und am Ende steht der Genuss."

„Die nehmen dir das ab?", zweifle ich.

„Wenn es nicht klappt, haben wir einen netten Abend mit viel Schwein. Die sollen nicht glauben, dass ich mir die Sache mit der Scheiße einfach so gefallen lasse. Und außerdem provoziert Schweinefleischessen immer die Richtigen. Siehe Moslem-Fundis. Die sind immer ganz weg, dass ich Schwein esse. Ich hab mal eine Wurst gegessen und das kam in eine Zeitung. Danach wurde ich von irgendwelchen Muftis über Facebook gefragt, ob das Schweinefleisch gewesen sei. Und ich hab gepostet, viel besser noch: ein deutsches Schwein! Da war dann was los. Da hatte ich meine Moslems genauso wütend wie die Rechten. Hab es dann gleich in mein Programm eingebaut."

„Jetzt wir brauchen nur mehr Glück, dass die von V.A. vegane Islamisten sind", spottet Vesna. „Dann wir haben fast hundert Prozent auf unserer Seite."

Ich lache. „Also gut, ich bin dabei. Es fällt nicht auf, wenn ich in den nächsten Tagen mit gewissen Leuten über die vegane Verkostung, den Mord, die aufgeheizte Stimmung, die Kuhfladen rede. Und dabei erzähle, dass Barbara Ülgen ein ganz besonderes Fotoshooting plant. Mit Unterstützung der ‚Landsleute'. Nur für den Fall, dass nicht alle das auf Ö3 mitbekommen."

„Und woher stammt das Schwein?", fragt Barbara.

Martina lächelt. „Wir haben Freunde. Das wird kein Problem sein. Der eine hat sogar Mangalitza, die im Freien herumrennen."

„Und das soll wegen uns und diesen veganen Arschlöchern sterben?", wirft die Kabarettistin ein.

„Wir können auch eines aus konventioneller Haltung nehmen. Sie haben einen richtig konventionellen Schweinebauern dabei, der gehört sowieso zu den Lieblingsfeinden der Veganer", überlege ich.

„Industrieschwein esse ich an sich nicht", murmelt Barbara.

„Industrie ist zu viel gesagt, aber eben aus einem der üblichen Betriebe mit zu vielen Schweinen pro Quadratmeter."

„Na gut. Nehmen wir so eines, da kommen sie eher. Ich bin dabei. Man kann sich nicht alles gefallen lassen."

[13.]

Viktor Kern sieht beleidigt drein. Er hat ein Schwein gestiftet und jetzt wird ihm erklärt, dass sein Schwein nur ausgewählt worden ist, weil es nicht glücklich auf der Wiese herumlaufen darf. Und weil er als klassischer Schweinebauer ein besonders guter Lockvogel für die V.A. ist.

Martina flüstert mir zu: „Er ist manchmal eben so."

„Euer Bio-Bernhard hat ihn ‚Stinker' genannt, nicht freundlich."

„So heißt er schon seit der Schule. Hat immer ein bisschen nach Schwein gerochen. Zumindest haben wir uns das eingebildet. Ich hab das nie gesagt."

Ich habe in den letzten Tagen mit allen, die mit der V.A. in Verbindung gebracht werden können, telefoniert. Sie dies und das gefragt und dann beiläufig von dem Schweine-Fotoshooting mit der Kabarettistin erzählt. Heute in der Nacht wolle sie eine Kultstätte vorbereiten, morgen dann grillen. In echt. Kein Ersatz. Das Einzige, was ich dadurch bisher herausgefunden habe: Franz Mitterer war tatsächlich einige Tage vor seinem Tod bei MitTier.

Von einer Entschuldigung wisse er nichts, hat mir Assistent Reiner erzählt. Mitterer sei früh gekommen, deutlich bevor die Mitarbeiter üblicherweise da sind. Aber eine der Führerinnen habe eine besondere Tour zusammengestellt und sei in die PR-Abteilung, um Material zu holen. Mitterer war am PC und hat gemeint, er wolle bloß schnell ein paar private Dateien überspielen. Die Frau habe ihm leider erst davon erzählt, als Mitterer schon wieder weg war. Am PC habe nichts gefehlt, man habe natürlich auch sofort überprüft, ob er keinen Trojaner hinterlassen hat, aber es war alles in Ordnung. Schon mutig, nach der Verkostung noch einmal aufzutauchen. Ob Vanessa Frey davon wisse, habe ich Reiner gefragt. Natürlich, aber sie habe die Sache nicht wichtig genommen.

Inzwischen haben Bernhard und Viktor eine Grube ausgehoben und sie mit großen Holzscheiten gefüllt. In jeder Ecke der Grube haben sie dicke Eisenstangen fixiert und sie in etwa einem Meter Höhe mit Querstangen verbunden. Sieht tatsächlich mehr wie eine Kunstinstallation aus als wie Vorbereitungen zu den üblichen Grillereien. Ich mache einige Fotos. Außerdem kann es ja sein, dass wir schon von Leuten der V.A. beobachtet werden. Ich sehe auf die Uhr. Eigentlich sollten Vesna und Barbara schon da sein.

„Das ist eine traditionelle Methode", erklärt Bernhard. „Man verwendet dabei junge Schweine mit dreißig oder vierzig Kilo. Sie werden halbiert und der Länge nach auf einen Spieß gesteckt. Dann lehnt man sie einfach ans Gestell. Die Hirten machen das in vielen Ländern. So kannst du gleichzeitig auch sechs, acht Schweinehälften grillen. In der Mitte ist ein großes Feuer. Man dreht die Hälften immer wieder und brät sie so indirekt für ein paar Stunden – je nach Größe. Danach legt man sie mit der Haut nach unten auf die Querstangen über das Feuer und wartet, bis die Schwarte knusprig ist. Gesalzen wird erst ganz zum Schluss."

Ich nicke. „Ich hab so etwas Ähnliches vor einigen Jahren in Sardinien gesehen."

„Gibt's wohl überall, wo Schweine gegessen werden, die nicht bloß als bleiche Schnitzel in Styroporverpackung daherkommen."

Wir sind am Tetzenberg. Der Ausblick ist spektakulär. Unter uns die Lichter des Dorfes, etwas weiter weg die roten Blinklichter der Windräder, in der Ferne ein zart flimmerndes Lichtermeer. Das ist Wien. Auf der einen Seite der Wiese ist eine Gruppe von Büschen und Bäumen, davor ein Weingarten, der Bernhard gehört. Dahinter beginnt der Wald. Es ist eine mondhelle Nacht. Wir haben nur eine große Taschenlampe und zwei Solar-Laternen mit. Reicht vollkommen. Zumindest solange alles friedlich ist. Wir hören ein Auto. Es kommt die steile Straße herauf. Wenig später bleibt es stehen, die Tür wird zugeschlagen, Lichtkegel einer Taschenlampe. Leises Murmeln. Man kann zumindest zwei Stimmen unterscheiden. Wir sehen einander an. Martina legt den Finger an die Lippen. Die beiden Männer nicken. Sind das Vesna und Barbara? Aber sie würden wohl rufen. Sie wissen, dass der Platz nicht weit vom Ende der Straße entfernt ist. Unsere schwachen Laternen kann man von dort aus nicht sehen. Oder doch?

„Hallo?" Eine Männerstimme. Kaum anzunehmen, dass sich die von der V.A. zu erkennen geben. Oder es sind viele und sie haben uns schon umzingelt. War vielleicht doch keine so gute Idee, das Feuer an einem so ausgesetzten Platz vorzubereiten.

„Hallo?", frage ich zurück. Martina sieht mich empört an.

Rascheln, Ächzen und dann kommen die beiden direkt durchs Gebüsch. Polizei. In Uniform. Einer sieht aus, als wäre er längst pensionsreif. Dünn und grau. Der andere hat selbst im Halbdunkel ein rotes Gesicht, aber das hat vielleicht auch mit dem Anstieg zu tun.

„Was machen Sie hier?", fragt der Graue.

Bernhard seufzt. „Wir bereiten für ein Fotoshooting vor."

„Unsinn. Schaut aus, als wenn ihr ein großes Feuer machen wollt. So was muss genehmigt werden."

„Da ist kein Feuer."

„Noch nicht", schnauft der Rotgesichtige. „Gehört das Land dir?"

„Ja. Circa."

„Circa gibt's nicht."

„Der Weingarten gehört mir."

„Und die Wiese?"

„Dem alten Neid. Aber der hat sicher nichts dagegen."

„Habt ihr ihn gefragt?"

„Wir haben da heroben schon öfter ein Feuer …"

„Also doch Feuer", sagt der Graue zufrieden.

„Wir machen das Feuer erst morgen", versucht Bernhard zu erklären. „Ich kann den Neid fragen und bringe dann seine Zustimmung und wenn es sein muss, auch die Ankündigung, dass wir privat grillen wollen, auf den Polizeiposten. Passt das?"

Der Graue nickt und sagt zu seinem Kollegen: „Der Bernhard ist ein Verlässlicher."

Der Rotgesichtige schüttelt den Kopf. „Es geht nicht. Es hat eine Anzeige gegeben, dass hier eine illegale Aktion mit großem Feuer vorbereitet wird."

Viktor hat die ganze Zeit nur zugehört, jetzt mischt er sich ein. „Die machen da doch jedes Jahr das Friedensfeuer. Das ist bis Wien zu sehen."

„Ja, aber das ist genehmigt nach dem Veranstaltungsgesetz. Samt Feuerwehr und Sanitätsschutz. Das hier ist nicht genehmigt."

„Aber winzig im Vergleich", erwidert Bernhard.

Es darf einfach nicht sein, dass unser Plan so früh scheitert. Barbaras wunderbarer Radioauftritt, in dem sie über frühere Schweineaktionen und über das geplante Fotoshooting erzählt hat, alles, was ich in den letzten Tagen lanciert habe, soll vergebens gewesen sein? Ich suche die Telefonnummer des Bezirkspolizeikommandanten. Keine Ahnung, ob der etwas tun kann oder tun will, es ist auch schon nach zehn am Abend. Aber er hat mir die Karte mit seiner Handynummer gegeben. Keine Zeit, die anderen zu fragen, was sie von der Idee halten. Hauptsache, es gelingt ihnen, die Polizisten noch ein wenig hinzuhalten. Der Rotgesichtige sieht mich strafend an. Telefonieren wird doch nicht auch schon verboten sein, will ich sagen. Aber ich halte mich zurück. Besser, nicht zu provozieren. Ich mache einige Schritte Richtung Gebüsch.

Nemecek geht so rasch dran, dass er noch nicht geschlafen haben kann. Oder sind die bei der Polizei tatsächlich allzeit bereit? Ich versuche ihm die Situation zu erklären.

„Warum flüstern Sie so?", fragt er.

„Müssen nicht alle mitbekommen", flüstere ich weiter.

„Und jetzt soll ich meine Leute zurückpfeifen, damit Sie eine gute Story haben."

„Da geht's nicht um eine Story. Niemand weiß, wer die von der V.A. sind. Es gibt eine Chance, es herauszufinden und zumindest einige Aktivisten kennenzulernen."

„Und was dann? Sie verprügeln? Sie unter Zwang zum Reden bringen?"

„Wir könnten doch zusammenarbeiten. Wir finden sie und Sie befragen sie."

„Schon vergessen? Die Ermittlungen sind beim LKA."

„Wenn es nichts mit dem Mordfall zu tun hat, sind Sie zuständig, oder? Uns geht es um die von der V.A."

Schweigen.

„Hallo?" Hat er aufgelegt?

„Also wir machen es so: Sie geben mir jetzt den Älteren der beiden. Ich glaub, ich weiß, wer er ist. Ich werde ihm erzählen, dass die Aktion mit mir abgesprochen ist. Sie bleiben da, bis ich komme. Sie haben Glück, dass ich in der Nähe bin."

„Bezirkspolizeikommandant Nemecek", sage ich zum Grauen und reiche ihm mein Telefon.

„Schnapsidee", sagt Nemecek immer wieder, als wir ihm ausführlicher von unserem Plan erzählen. Inzwischen sind auch Vesna und Barbara da. Sie waren nicht besonders glücklich über mein Telefonat, aber besser, als man hätte das Ganze abblasen müssen. Viktor hat sich verabschiedet. Ihn brauchen wir ohnehin vor allem morgen. Samt halbiertem Jungschwein.

Sieht so aus, als wäre Barbara Ülgen der Grund, warum der Bezirkspolizeikommandant gekommen ist. Er hat sie letztes Jahr und heuer in Wien gesehen und wann immer sie im deutschen Fernsehen auftritt, schaut er zu. Ein hochrangiger Polizist mit schrägem Humor. Was es nicht alles gibt. Es ist denn auch Barbara, die ihn trotz allem überreden kann, mitzutun. Der Plan ist klar. Wir gehen zurück zu den Autos und fahren Richtung Dorf. Bernhard wird uns zu einem Weg lotsen, der oben am Wald entlangführt. Wir verstecken unsere Autos im Unterholz. Das letzte Stück nähern wir uns zu Fuß. Alles soll verlassen aussehen.

„Räuber und Gendarm", knurrt Nemecek. „Wenn das jemand erfährt."

„Man erfährt nur davon, wenn die Aktion erfolgreich ist", tröste ich ihn.

„Heute, morgen oder gar nicht."

„So ist es", antwortet Martina und hält ihm die Schachtel mit den Keksen hin. „Hausgemacht, von einer unserer Weingartenhelferinnen."

Es ist knapp vor Mitternacht. Im Dorf brennen nur mehr wenige Lichter. Und auch sie stammen wohl in erster Linie von der Straßenbeleuchtung. Selbst der Wiener Lichtteppich wirkt, als hätte ihn jemand gedimmt. Romantik kommt bei uns trotzdem keine auf. Ich hocke äußerst unbequem bei einem Busch am oberen Rand des Weingartens. Vesna ist irgendwo weiter links, in dieser kleinen Baumgruppe. Der Bezirkspolizeikommandant hat es sich auf einem Hochstand gemütlich gemacht. Ich habe Martina angesehen, aber nicht gemerkt, ob sie das Gleiche gedacht hat wie ich. Ihr Vater ist von einem Hochstand aus erschossen worden. Zehn Jahre ist das jetzt her. Um Mitternacht wird die Aktion abgebrochen, hat Nemecek befohlen. Auch wenn es unsere Idee war: Jetzt hat er das Sagen. Polizeikommandant eben. Wenn auch einer mit Humor.

Ein Rascheln. Irgendwo hinten beim Wald. Was, wenn sie uns die ganze Zeit zugesehen haben? Uns jetzt einzeln überfallen. Vielleicht haben wir etwas Wichtiges übersehen und die V.A. hängt enger mit dem Mord zusammen, als uns lieb ist. Ich atme möglichst lautlos ein. Und wenn. Sie werden wohl kaum ein Massaker an zwei „Landsleuten", einer Unternehmerin, einer Kabarettistin, einer Journalistin und einem hochrangigen Polizeibeamten begehen. Wird ein Reh gewesen sein. Wenn die nachtaktiv sind. Ich könnte im Internet nachsehen. Aber dann bemerkt man den erleuchteten Bildschirm. Ein paar Minuten vor zwölf. Morgen gibt es die zweite Chance. Hoffentlich. Ich versuche vorsichtig, mein linkes Bein zu strecken.

Dort drüben kommt etwas aus dem Wald. Drei Schatten. Mensch? Tier? Leider habe ich keinen Sichtkontakt zu den anderen. Nemecek hat uns eingeschärft, zu warten, bis er das Kommando gibt. Ich will ohnehin keine Entscheidung treffen. Ich kneife die Augen zusammen. Die drei Gestalten scheinen sich auf allen vieren fortzubewegen. Anschleichen. Kennt man von den Indianern. Vielleicht sind anarchische Veganer so etwas Ähnliches. Sie kommen näher. Sie halten ihre Nase in den Wind. Rehe. Ich kann nicht mehr. Ich stehe auf und strecke mich durch. Offenbar hat unser Bernhard die gleiche Idee gehabt. Der sollte dort sein, wo jetzt ein Schatten sichtbar wird. Noch einer. Haben sie die Aktion beendet und mich vergessen? Trotzdem gehe ich wieder in die Hocke. Noch eine Gestalt. Jetzt sind es wieder drei, aber diesmal keine Rehe. Sie sehen sich um, nähern sich vorsichtig unserer Feuerstelle. Hat der Bezirkspolizeikommandant sie nicht entdeckt? Sieht keiner etwas, außer mir? Was soll ich tun? Einsame Überrumpelungsaktion? Sicher nicht. Vielleicht sind die anderen eingeschlafen. Mein Platz ist dafür zu unbequem. Am Alkohol kann es nicht liegen. Die Männer haben eine Dose Bier getrunken, Martinas Wein blieb im Rucksack. Wegen der Polizei. Man verhält sich anders, wenn einer von denen dabei ist. Man ist unter Kontrolle.

Die drei nehmen etwas aus ihren Umhängetaschen und verstecken es im Brennholzstapel. Die Nacht ist hell, trotzdem kann ich nicht mehr als ihre Umrisse erkennen. Der eine ist deutlich größer als die anderen zwei. Dominik Werder? Wie erschienen steht plötzlich Nemecek da. „Bleiben Sie stehen. Polizei."

Die drei sehen sich gehetzt um, keiner denkt daran, das zu tun, was die sogenannte Obrigkeit will. Nemecek rennt dem einen nach. Aus dem Wald kommt Bernhard, von unten nähert sich Vesna. Gemeinsam packen sie eine Gestalt, Nemecek erwischt die andere. Viel Kampf scheint es nicht zu geben. Ich komme zu spät.

„Einer ist abgehauen", ruft Barbara außer Atem.

„Wir haben zwei", sagt Vesna.

Trotz der Sommertemperaturen haben sie Skimützen vor dem Gesicht. Bernhard und Nemecek halten sie fest, aber sie leisten auch nicht groß Widerstand. Hat das Wort „Polizei" genügt?

„Scheiße", sagt die eine vermummte Gestalt. Eine Mädchenstimme. Vesna zieht ihr die Mütze vom Kopf.

„Scheiße", wiederholt der Bezirkspolizeikommandant.

Wir sehen ihn verwirrt an.

„Was machst du da?", fragt er das Mädchen.

„Pilze suchen."

„Sei nicht frech. Wenn das deine Mutter erfährt."

„Sie muss es ja nicht erfahren."

„Was glaubst du? Dass ich euch laufenlasse? Was habt ihr vorgehabt?"

Die Gestalt, die er noch immer festhält, bewegt sich. „Ruhig!", ruft er mit Kommandostimme.

„Ich will nur die Mütze abnehmen", kommt es undeutlich.

Ich gehe hin und ziehe der zweiten Gestalt die Skimütze vom Kopf. Junger Mann, kaum älter als das Mädchen.

„Dich kenne ich nicht", sagt Nemecek. „Wer bist du?"

„Sag's ihm, er findet es ohnehin raus", murmelt das Mädchen.

„Kevin Klein."

„Sehr witzig." Das kommt von Barbara.

„Ich schwöre es."

„Es stimmt", sagt das Mädchen.

Bezirkspolizeikommandant Nemecek lässt seinen Gefangenen los. „Ihr könnt sie auch auslassen. Sie entkommt mir nicht. Sie ist meine Nichte." Er nimmt sie ins Verhör: „Was habt ihr versteckt?"

„Nichts Besonderes. Knallfrösche."

„Sie explodieren, wenn das Feuer heiß wird, was?"

„Ja."

„Nicht sofort", ergänzt Kevin. „Sie haben einen Mantel. Sie sollen erst später losgehen, dann, wenn das Schwein drauf ist."

„Was für Geschosse?"

„Feuerwerkskörper eben."

„So Knallteile."

„Euch ist klar, dass die Menschen verletzen können?"

„Die verletzen ja auch Schweine!", ruft seine Nichte.

Vesna hat unterdessen im Holz nach den Knallkörpern gegraben und legt sie an den Rand der Feuerstelle. „Es waren sechs?"

„Ja", sagt die Nichte.

„Es waren acht", sagt Kevin.

„Du Idiot", zischt ihm die Nichte zu.

Vesna und Martina graben nach den anderen zwei.

„Und kein Bekennerbrief oder so etwas?", frage ich.

„Was für ein Brief?", probiert es die Nichte.

„Schluss jetzt“, fährt Nemecek dazwischen. „Es ist zu spät für dumme Meldungen. Ihr seid aus irgendwelchen Gründen bei dieser V.A. – Wer war der Dritte?“

„Wir kennen ihn nicht“, murmelt Kevin.

„Ich glaube dir kein Wort. Lena, wer war es?“

„Ich schwöre, wir kennen ihn nicht.“

„Dominik Werder?“, frage ich.

„Aber sicher nicht!“, faucht Lena.

„Wir werden alles Weitere später klären“, befindet Nemecek.

„So geht das nicht“, widerspricht Martina. „Das war ein versuchter Anschlag. Sie können das nicht einfach vergessen, nur weil sie Ihre Nichte ist.“

„Worauf Sie wetten können. Der Dritte ist weg, wir werden heute nicht mehr viel Sinnvolles aus den beiden herausbekommen. Aber es wird passieren. Ganz offiziell.“ Er sieht seine Nichte an. „Und außerdem: Seit wann bist du Veganer?“

„Veganerin“, korrigiert ihn seine Nichte. „Vegetarierin bin ich schon lange. Und seit ein paar Monaten habe ich mich für die konsequente Lösung entschieden.“

„Und ich dachte letztes Mal, du bist einfach auf Diät. Wie die Mädchen eben so sind.“

„Da hast du dich getäuscht. Und wenn du wirklich versuchst, mir etwas anzuhängen, dann hast du es mit meiner Mutter zu tun. Und mit der Öffentlichkeit. Weil ich dazu stehe, aktiv gegen das Tierleid zu kämpfen. Den Medien wird das gefallen. Du lieferst deine eigene Nichte dem Staat aus. Es gibt welche von uns, die haben das schon hinter sich. Und sind daran auch nicht zerbrochen. Es hat sie nur stärker gemacht.“

Nemecek sieht mich an. Ich zucke mit den Schultern. Klar ist das eine gute Geschichte. „Ich bin vom ‚Magazin‘“, sage ich zu ihr. „Ich nehme an, du weißt, dass es um Mord geht. Franz Mitterer.“

„Damit haben wir aber wirklich nichts zu tun.“

„Woher willst du das wissen? Wo ihr euch doch angeblich untereinander gar nicht kennt? Und der von euch, der schon im Gefängnis war? Dominik Werder? Das ist euer Held?“

„Wer sagt, dass ich den gemeint habe?"

„Ziemlich naheliegend."

„Aber ganz falsch. Es hat damals sechs oder mehr gegeben, die in Untersuchungshaft waren."

„Aber er ist einer von euch, hast du gesagt."

„Einer von uns Veganern!"

„Veganerinnen", meldet Nemecek dazwischen.

„Onkel Fritz, du nervst!" Klingt so, als hätte sie das schon öfter gesagt. „Dominik Werder ist mehr als in Ordnung. Alle sollten sein Buch lesen! Aber er hat mit der Sache nichts zu tun." Lena sieht ihren Mitattentäter an: „Sag, dass das wahr ist!"

Kevin nickt. „Das ist wahr."

„Wer hat euch hergeschickt?", probiere ich es bei ihm.

„Niemand. Man schickt sich selbst. Die V.A. gibt es nicht, das ist der Trick. Nur das Zeichen."

„Und woher habt ihr von dem Fotoshooting gehört?"

„Radio. Fotos für die blöde Kabarettistin, für die ein Schwein sterben muss. Wie mies ist das denn!", faucht Lena.

„Süß, die Kleine. Und so friedlich", kontert Barbara trocken.

„Seid ihr bei dieser Gesellschaft für Veganes Leben?", will ich wissen.

Lena lacht. „Aber sicher nicht. Da kann sich keiner auch nur die Mitgliedsbeiträge leisten. Wir sind vegan aus Überzeugung, nicht wie diese Schickimickis. Die treffen sich doch nur, damit sie alles Mögliche ausmauscheln können. Wer mit wem wo unterwegs ist, wer welchen Posten kriegt. Das ist ihre Philosophie! Da musst du hineingeboren sein oder hineinheiraten, oder zumindest Professor sein, sonst bist du niemand."

„Du kennst sie also", wirft Vesna trocken ein.

„Man hört so einiges. Ich sage nur: WORLDLOVE! Das Zeug ist vegan, aber da ist jeder Mist drin! Das hat mit der Umwelt und Tierrechten gar nichts zu tun! Da könnte genauso gut Fleisch drin sein! Ihr Soja? Das kommt nicht aus Österreich, nicht einmal aus der EU. Das kann man billig von dort herkriegen, wo die Regenwälder abgeholzt werden. Und wo erst recht wieder Tiere sterben, weil sie ihren Lebensraum verlieren! Heuchler sind das!"

Nemecek sieht mich an. „WORLDLOVE?“

„Sie bewerben es bei MitTier und bei der Gesellschaft für Veganes Leben. Scheint eine der größeren veganen Marken zu sein. Hat bei der Verkostung den zweiten Platz gemacht.“

„Der Mist!“, ruft Lena empört. „Weil die ganze Sache geschoben war!“

Martina schüttelt den Kopf. „Jetzt brems dich einmal ein. Wir haben den dritten Platz gemacht. Die hatten keinen Grund, uns weit vorne zu reihen.“

„Eure Aktion war einfach … widerlich.“

„Kann es sein, dass außer der edlen V.A. einfach alles widerlich ist?“, macht Martina weiter.

„Jeder weiß, dass der Maier und die Frey zusammenstecken. Und dass ein ganz schön großer Teil der Ländereien auf einer ehemaligen Deponie steht! So schaut ihr Zugang zur Umwelt aus!“

„Auf einer Deponie?“, frage ich.

„Klar, seit ewig. Alle Bauern wissen es. Aber keiner redet darüber.“

„Und warum macht ihr blöde Anschläge, statt so etwas zu erzählen?“

„Na ja.“ Stille.

„Stimmt das?“, frage ich Nemecek.

„Ich weiß es nicht. Ist auch ein anderer Bezirk. Aber früher ist viel Müll einfach vergraben worden, das weiß man. Dazu kommen im Marchfeld die Altlasten durch das Erdöl. Die Russen haben nach dem Krieg alles vor Ort entsorgt, und die anderen haben es später wahrscheinlich nachgemacht. Dran will keiner rühren, der Grundbesitz hat.“

„Habt ihr auch davon gewusst?“, frage ich Martina.

„Nicht direkt“, antwortet sie. „Das mit den Deponien ist ein heikles Thema. Nicht alle waren so schlimm. Wir haben kein Problem, in den Hügeln der Weingärten war nie etwas.“

Ich überlege. „Aber es gibt Felder eurer Freunde, die auf Deponien sind.“

„So kann man das nicht sagen. Deponie ist nicht gleich Deponie.“

„Und deswegen vertuscht ihr das beim Löwenthal-Hof.“

„Unsinn“, faucht mich Martina an. „Das ist deutlich komplizierter.“

Bezirkspolizeikommandant Nemecek schüttelt den Kopf. „Schluss jetzt, bevor sich noch alle zerfleischen. Lena und Kevin, oder wie immer er heißt, werden morgen offizielle Aussagen machen.“

„Wieso habt ihr nichts von der Deponie erzählt, wenn ihr doch so edel seid?“, fährt Martina seine Nichte an.

„Da drauf sind jetzt auch die Weiden, das macht nicht so viel. Und Vanessa Frey ist zwar strange, aber MitTier ist insgesamt besser als nichts. Wo sollen die Tiere denn hin, die keiner mehr haben will?“

[14.]

Wir sitzen um unseren großen Esstisch. Heute Mittag hat es geregnet, die Terrasse ist noch feucht, es hat abgekühlt. Üblicherweise treiben uns einundzwanzig Grad und etwas Wind im Sommer trotzdem nicht herein, aber wir denken an die Nachbarn. Was, wenn sie uns wieder anzeigen?

Die Vorspeise habe ich schon gestern vorbereitet: Lachsforelle in Rotwein. Eigentlich mag ich Meeresfische lieber, aber die vielen Diskussionen rund um ethisch vertretbares Essen haben sich etwas auf mein Gewissen geschlagen.

Lachsforelle gibt's genug. Auch bei uns. Ich habe sie in große Würfel geschnitten, gesalzen, in Mehl getaucht und in Olivenöl rasch auf der Hautseite knusprig gebraten. Ohne die Fischwürfel zu wenden, habe ich sie in einen Glasbehälter gegeben. Dann habe ich in der gleichen Pfanne reichlich Zwiebelringe angebraten und sie mit einem guten Schuss Rotwein und ein paar Tropfen Balsamico abgelöscht, einen Chili im Ganzen dazugetan, und das war es. Einige Minuten kochen lassen und alles über die Fische leeren. Am besten einen ganzen Tag lang kalt stellen. Eine Variante der venetischen Sarde in Saor, die wir so lieben.

Über den Tod von Franz Mitterer scheint man immer noch nicht mehr zu wissen. Keinerlei Presseerklärung, auch Bezirkspolizeikommandant Nemecek konnte mir nichts Neues sagen. Vielleicht will er bloß nicht. Er ist sympathisch und sogar unkonventionell. Aber er ist ein Profi. Und er hat momentan wohl genug mit seiner Nichte und seiner Schwester zu tun. Ein Nebenschauplatz. Oder doch enger mit dem Mord verflochten, als wir glauben wollen?

Vernetzt sind Lena und Co jedenfalls gut. Es hat nur wenige Stunden gedauert, bis durchgesickert ist, dass zwei von der V.A. ausgeforscht worden sind. Die Postings auf Facebook triefen nur so von Empörung. Mit jeder Stunde wird die Sache mehr aufgebauscht. Ein „Retter der Welt" schreibt, dass die Polizei *zwei minderjährige TierschützerInnen festgenommen hat.* Das Ganze sei eine *perfide Falle gewesen, mit der das Leben der zwei mutigen AktivistInnen zerstört werden soll, die nichts anderes getan haben, als sich gegen Tierleid, das zynische Diktat der Fleischesser und kapitalistischen Konsumterror gestellt zu haben.* Innerhalb kürzester Zeit wird der Beitrag vierzigmal geteilt, es gibt mehrere hundert Likes.

Die durchgeknallte Kabarettistin soll dorthin zurückkehren, woher sie gekommen ist!, postet Zero Zorro.

Rassisten von der V.A.!, schreibt einer zurück.

Wusste gar nicht, dass es rassistisch ist, jemanden nach Berlin zurückzuschicken, lautet die Antwort.

Zur Not kann man bei der Türkenschlampe nachhelfen, sind ja genug Schweine auf dem Weg! Das kommt von Free Freddy. Vesnas Sohn Fran kann vielleicht herausfinden, wer hinter dem freundlichen Tierrechtler steckt.

Der nächste Redaktionsschluss naht. Ich soll an der Geschichte dranbleiben, hat es geheißen. Aber keine Frontalangriffe auf die Veganer. Letzte Woche haben sie sich noch vor Attacken gegen die Fleischlobby gefürchtet. Welche Verbindungen hat Maier-Löwenthal? Oder ist es doch Vanessa Frey, die Einfluss nimmt?

Ich bin auf dem Nachhauseweg zu einem Supermarkt abgebogen. Das eine oder andere für den Abend einkaufen. Und ich habe beim Regal mit veganen Produkten vorbeigeschaut. WORLDLOVE war gut vertreten. Den „Mini Frikadellen, vegan" konnte ich nicht widerstehen. Ich will wissen, wie so etwas schmeckt. Besonders gesund sieht die Liste mit den Zutaten nicht aus, auch nicht gerade regional. Wasser, Sojaschnetzel, Weizeneiweiß, Hefeextrakt und vieles mehr. Festigungsmittel: Calciumchlorid, Verdickungsmittel: Natriumalginat. Frittiert in Sonnenblumenöl. Ich habe im Internet nachgesehen, was Calciumchlorid ist:

Calciumchlorid ist eine weiße, stark hygroskopische (wasseranziehende) Substanz und wird deshalb zur Luftentfeuchtung eingesetzt. In der Lebensmittelindustrie ist Calciumchlorid als Festigungsmittel, Geschmacksverstärker und Stabilisator zugelassen. E 509.

Wie hat Nemeceks Nichte Lena gesagt? Mist. Zumindest aber nichts kulinarisch Hochwertiges. Nach Fleisch riechen die veganen Frikadellen jedenfalls nicht. Das kann man gut oder schlecht finden. Mir ist es letztlich egal. Ich höre Oskar, Vesna und Hans lachen. Sie haben schon ein, zwei Gläser Wein getrunken, sie haben eine feine Vorspeise bekommen, jetzt sind sie eben Versuchskaninchen. Ich brate die Teile in wenig Olivenöl an und mixe eine Sauce aus der vietnamesischen Hoisin-Paste, fettem griechischem Joghurt und viel Knoblauch. Das sollte zur Not den Geschmack der Dinger überdecken. Ich lege die Pseudofrikadellen auf einige große grüne Salatblätter, serviere und stelle noch meine geliebte Hot Sauce dazu.

„Mhm, Fleischlaibchen", sagt Hans entzückt.

„Nehmt euch ausreichend Sauce", schlage ich vor und beobachte meine Tischgesellschaft. Hans beißt in das Ding, kaut. Kaut weiter, schluckt. Schüttet Sauce über die andere Hälfte. Isst weiter. Oskar riecht zuerst. Nimmt ein Salatblatt. Dann doch eines der Mini-Laibchen. Sieht mich fragend an. Ich lächle harmlos. Vesna schüttet sofort Sauce drüber und kostet.

„Sauce ist gut", sagt sie dann. „Fran hat übrigens schon geantwortet. Er weiß, woher Free Freddy gepostet hat. Er ist wirklich gut."

„Ist er", bestätige ich der stolzen Mutter. „Woher?"

„Leider von Internetcafé. Und Facebook-Profil wurde dort gerade erst erstellt. Direkt für das Posting, wie es aussieht."

„Sie werden vorsichtig", überlegt Oskar und späht misstrauisch auf seinen Teller.

„Gar nicht übel", meint Hans.

„Vegane Frikadellen", erkläre ich grinsend. „Von WORLDLOVE. Mit zusätzlich Hot Sauce und Salat und meinem Joghurt-Hoisin-Dressing geht's."

„Man muss ohnehin nicht so viel essen", tritt Vesnas Freund den Rückzug an. „Und wenn ich meinen amerikanischen Oldtimer-Freunden zusehe, wie sie Burger und Hotdogs und Pommes reinstopfen, könnte auch ich fast Veganer werden."

„Dann sollte ich den nächsten Gang wohl weglassen", meine ich.

„Was gibt's?", fragt er rasch.

„Rind aus dem Ofen. Bio-Galloway, es war immer auf der Weide. Glückliches Leben, rascher Tod. Sie haben einen eigenen Schlachthof gebaut, damit ihre Rinder nicht abtransportiert werden müssen. Ein Vorzeigebetrieb, nahe der tschechischen Grenze. Ich hab das Roastbeef heute früh angebraten, es dann mit Rosmarinzweigen und Räuchersalz gewürzt und seither war es bei dreiundsechzig Grad im Rohr."

Rundum erleichtertes Stöhnen. Ist Fleischessen wirklich bloß eine schlechte Angewohnheit? Jedenfalls sind vegane Industrielaibchen kein guter Ersatz. Auch wenn das Ganze WORLDLOVE heißt.

„Die Sache mit der Deponie auf dem Löwenthal-Hof ist schwierig", sagt Oskar später. „Es gibt eine Menge an Unterlagen über Altlasten und mögliche Deponieflächen, aber sie lassen sich den Grundstücken nicht so einfach zuordnen. Wirkt, als wollte niemand, auch nicht die Verwaltung, daran rühren."

„Aber viele wissen davon."

„Wenn Familien immer am gleichen Fleck leben, dann ist ihnen schon klar, was vor dreißig oder fünfzig Jahren war. Manches wird natürlich auch zum Gerücht, zur Legende. Die sogenannte Wirklichkeit verändert sich im Lauf der Zeit."

„Jedenfalls wäre das Land weniger wert, wenn darunter alte Deponien sind", überlegt Hans.

„Maier-Löwenthal hat es von seinem Onkel geerbt. Gut möglich, dass er davon nichts gewusst hat", fährt Oskar fort.

„Er wird jedenfalls so tun", ergänze ich. „Trotzdem wahrscheinlich, dass er mit Vanessa Frey ein Problem hat, wenn das rauskommt."

„Über die Vermögensverwaltung von MitTier hab ich präzisere Informationen", sagt Oskar und nimmt noch einen Schluck Merlot. „Das Geld ist ganz klassisch in einer Stiftung untergebracht. In Österreich. Da sind die Vorschriften weniger streng. Mein Kollege, mit dem du auf der veganen Verkostung geredet hast, ist nicht besonders gut auf Vanessa Frey zu sprechen. Er hat mir erzählt, dass sie von der Stiftung ein nettes Gehalt bekommt. Und er meint, dass sie irgendwo private Beteiligungen laufen hat."

„Ist erlaubt, oder?", fragt Vesna.

„Vielleicht hat Franz Mitterer das gemeint, als er von dubiosem Umgang mit Spendengeldern geredet hat. Könnte fürs heilige Image ziemlich schlecht sein", antworte ich. „Stell dir vor, du spendest für MitTier und dann stellt sich heraus, dass Vanessa Frey davon etwas kriegt und es in irgendein Geschäft steckt, von dem nur sie profitiert. – Wie ist das eigentlich mit der Gesellschaft für Veganes Leben? Maier-Löwenthal bekommt von MitTier Pacht. In üblicher Höhe, hat er mir gesagt."

„Bei den Pachtverträgen sei ihm nichts Ungewöhnliches aufgefallen, hat mein Kollege gesagt, aber er hat den Verdacht, dass der eine oder andere Mitarbeiter von MitTier auch für Maier und seine Gesellschaft arbeitet. Einfach so, quasi als Naturalsubvention."

„Unter Veganern eben", setzt Hans dazu.

Für eine packende Reportage ist das allerdings zu wenig. Immerhin habe ich Barbara Ülgen samt Kuhfladen und Interview. Die beiden jungen V.A.-Aktivisten werden nur am Rand vorkommen. Keine Ahnung, was Nemecek in der Sache unternehmen wird. Hat er herausgefunden, wer der dritte Mann war?

„Ich wollte Barbara anrufen", fällt mir ein. „Sie ist jetzt wohl schon in Berlin."

Ich gehe zum Schreibtisch. Vui schläft wieder einmal auf meinem Laptop. Diesmal habe ich ihn wenigstens zugeklappt. Unser weißer Monsterkater wirkt äußerst zufrieden. Kein Wunder, er hat einen netten Anteil vom Roastbeef bekommen. Vegane Tiernahrung. So etwas Idiotisches. Und die reden von artgerecht. Sie sollten die Katzen fragen. Ich nehme mein Mobiltelefon und wähle. Barbara meldet sich nicht. Vor zwei in der Früh schlafe sie selten, hat sie uns erzählt. Seltsam. Vielleicht ist sie ausgegangen und hat ihr Handy vergessen. Oder es hat keinen Saft. Ich werde es morgen früh noch einmal versuchen.

„Sie schlaft sogar mit Handy", sagt Vesna. „Hat sie gesagt. Weil ihre Mutter sehr krank ist."

Wir sind beide beunruhigt und versuchen es zu überspielen.

„In allen Situationen wird sie ihr Mobiltelefon auch nicht dabeihaben", versuche ich zu scherzen.

„Rufe mich an, wenn du hörst von ihr", sagt Vesna zum Abschied.

Ich höre Oskar in der Küche rumoren. Üblicherweise drehe ich mich da noch einmal im Bett um, aber heute kann ich nicht mehr einschlafen. Barbara Ülgen. Ich habe ihr in der Nacht eine Nachricht geschickt. SMS und E-Mail. Keine Antwort. Es ist kurz nach sieben. Oskar hat Gerichtstag. Viel zu früh, um sie anzurufen. Sie wird irgendwo versackt sein. Ich probiere es trotzdem. Niemand geht ran.

Haben wir es zu weit getrieben? Die wütenden Postings im Internet. Wann werden aus bösen Worten und Wünschen Taten? Radikalisierung. Wer sagt, dass es die nicht auch bei Aktivisten der V.A. geben kann? Man hat Kuhmist nach ihr geworfen. Nach uns auch. Eigentlich harmlos. Aber was ist die nächste Stufe? – Woher wussten sie eigentlich, dass wir zu dritt unterwegs sein würden? Natürlich kann es Zufall gewesen sein und sie wollten alle auf Barbara zielen. Mindestens zwei scheinen bei diesen „Einsätzen" immer beteiligt zu sein. Martina. Sie hat Dominik Werder vom Stadtsaal aus eine SMS geschickt. Was genau ist da dringestanden?

Ich versuche einen klaren Kopf zu bekommen. Ich dusche, schaue dann ins Internet. Keine Meldung über Barbara Ülgen. Wäre ihr etwas passiert, die deutschen Online-Medien hätten es gebracht.

Gar nicht so einfach, um diese Uhrzeit herauszufinden, mit welcher Künstleragentur die Kabarettistin zusammenarbeitet. Oskar ist bereits weg. Vui sieht mich sinnend aus seinen verschiedenfärbigen Augen an. Dann reibt er seinen Kopf an meinem Bein. Solche Ruhe möchte ich haben. Endlich der Rückruf aus dem Stadtsaal. Ich wähle die Nummer ihrer Agentur in Berlin.

Was ich von Barbara Ülgen wolle? Wer ich sei? Die passen aber gut auf sie auf. Ohnehin besser so. „Wir hatten verabredet, gestern

Abend zu telefonieren. Sie ist nicht drangegangen. Und sie hat auch auf meine Nachrichten nicht reagiert."

„Sie ist länger in Österreich geblieben, warum, hat sie uns nicht gesagt. Irgendeine Aktion für ihr nächstes Programm. Mit wem rede ich eigentlich?"

„Mira Valensky, Reporterin beim ‚Magazin', sie hat mir ein Interview gegeben. Wir haben uns gut verstanden. Und gemeinsam Kuhscheiße abgekriegt."

„Oh. Vom ‚Magazin'. Sie hat mir davon erzählt."

„Aber ich rufe in erster Linie privat an. Ich mache mir Sorgen."

„Sie wollte gestern zurück sein. Sie hätte am Abend noch ein Date gehabt. Sie ist nicht erschienen. In ihrer Wohnung ist sie auch nicht. Wir haben einen Schlüssel. Sie ist wie vom Erdboden verschluckt." Die Frau am anderen Ende verstummt.

„Ist es in Ordnung, wenn ich Sie im ‚Magazin' zurückrufe?", sagt sie dann.

„Ich bin daheim."

„Ich rufe Sie an, wenn Sie dort sind. Sorry, aber ich will mir sicher sein, mit wem ich es zu tun habe."

Misstrauen. Ich kann es ihr nicht verdenken. Ich informiere Vesna. Ich will so schnell wie möglich in die Redaktion, sie soll klären, ob und wann Barbara in Wien das Hotel verlassen hat.

Zum Glück habe ich zu Fuß nur eine Viertelstunde in die Redaktion. Heute schaffe ich den Weg in elf Minuten, das ist Rekord. Freuen kann ich mich nicht darüber. Ich rufe noch einmal in Barbaras Agentur an. Während ich darauf warte, dass jemand antwortet, male ich mir aus, wie Barbara drangeht und lacht und meint, och, ab und an dürfe man doch auch mal untertauchen, oder?

Aber sie ist noch immer nicht zu erreichen. Ich sehe noch einmal die Postings durch. Wer empört sich bloß über eine, die Fleisch isst und ein wenig provoziert? Wer sieht eine Feindin in ihr und ist bereit, in den Kampf zu ziehen? Rache für Tierleid. Eigentlich liest sich alles eher pubertär. *Sie soll dorthin zurückkehren, woher sie gekommen ist.* Nach Berlin? Aber dort ist sie nicht. Doch in die Türkei? Und was, wenn es inzwischen wirklich islamistische Veganer gibt? Oder rechtsradikale Veganer? Hitler war Vegetarier. Aber dafür kann wohl niemand etwas, der kein Fleisch isst. *Türkenschlampe* klingt jedenfalls eher nach Rassisten der Hausmacherart. Deutsche. Österreicherinnen.

Im Hotel hat Barbara Ülgen kurz nach zehn ausgecheckt, sie wollte zu Fuß zum Bahnhof. Das Ticket haben die vom Stadtsaal für sie gelöst. Keine Chance herauszufinden, ob sie die Reise angetreten hat.

Anruf am Festnetz. Ob ich Zeit hätte, einen Moment zum Chefredakteur zu kommen? Hab ich nicht. Und schon gar keinen Kopf dafür. Oder hat es mit Barbara zu tun? Aber solche Fragen sind eigentlich keine. Und daher gehe ich brav in sein Büro. Klaus lächelt mich an. Aber ich spüre, dass nicht alles in Ordnung ist. Oder mache ich mich langsam selbst verrückt? Die Kabarettistin konnte bisher gut auf sich selbst aufpassen. Und Klaus ist einer, mit dem ich mich gut verstehe. Auch wenn er mein Chef ist.

Er räuspert sich und wedelt mit einem Blatt Papier. Weiß er etwa was über den Verbleib von Barbara? „Ich darf vorlesen?"

Ich nicke. Schon wieder eine dieser rhetorischen Fragen.

„Sehr geehrte Herren!

Ich bin empört über Ihr derzeitiges Sprechen und Handeln zum Thema Flüchtlinge!

Ich fühle mich von der Regierung nicht vertreten.

Ich stehe auf für eine Willkommenskultur! Zahllose Menschen in Österreich zeigen durch ihr Engagement, dass es auch für sie nur diesen Weg gibt!

So wie ich haben auch Sie nichts dazu beigetragen, in Österreich geboren zu sein. In einem der reichsten Länder der Welt leben wir in Sicherheit, Wohlstand und haben viele Chancen, unser Leben, unsere Zukunft zu gestalten!

Wie viel Arroganz und Ignoranz braucht es, Menschen, die eine Chance auf ein Leben in Würde und Sicherheit, ein Leben ohne Hunger suchen, als ‚Flut', als ‚Problem', als ‚quasikriminelle Wirtschaftsflüchtlinge' zu bezeichnen und Unsicherheit und Angst bei den Menschen zu verbreiten, für die man Verantwortung übernommen hat?!

Das Problem sind nicht die Flüchtlinge – das Problem sind die Lebensumstände in ihren Herkunftsländern und dafür braucht es eine intensive Friedenspolitik! Ich möchte in einem Land leben, das attraktiv ist für alle Menschen!

Mit freundlichen Grüßen"

Klaus sieht auf.

„Ja. Und?"

„Das ist ein Brief an den Kanzler und den Vizekanzler. Du hast ihn unterschrieben."

„Viele haben ihn unterschrieben."

„Viele sind keine Journalistinnen."

„Ich bin auch eine Privatperson. Und ein Mensch."

„Werd' nicht pathetisch."

„Wenn Mensch sein heutzutage schon pathetisch ist. Der Aufruf stammt übrigens von einer Mitarbeiterin der Katholischen Frauenbewegung. Gilt nicht eben als links-terroristische Vereinigung. Im Allgemeinen. Nur dass unsere konservativen Knacker die Sache mit dem christlich und sozial längst vergessen haben."

„Wir können nicht objektiv berichten, wenn wir uns auf eine Seite stellen."

„Redest du jetzt alles nach, was der Chronikchef sagt? Nur weil er vielleicht bald in der Chefetage sitzt?"

Klaus sieht mich wütend an. „Du solltest es besser wissen. Ich versuche dich zu schützen. Er wollte es der Geschäftsführung melden. Ich hab gesagt, ich rede mit dir. Allein. In aller Ruhe. Aber leider scheint das nicht möglich zu sein. Dich zur Vernunft zu bringen hätte wohl bloß Droch geschafft."

„Droch? Hast du das schon vergessen? Er war immer gegen diese Populisten, die nur angsterfüllt auf irgendwelche Umfragen schauen, statt Politik zu machen."

„Er war gegen deine emotionalen Auszucker."

Ich schnappe nach Luft.

„Wenn man die Menschenrechte verteidigt, dann ist das ein emotionaler Auszucker? Was heißt Objektivität? Die wollen uns ihre subjektive Meinung aufdrängen!"

„Ich fühle mich von der Regierung nicht vertreten. Ich stehe auf für eine Willkommenskultur! – Was hat das bitte mit unseren Gesetzen zu tun, Frau Juristin?“

„Ich finde es zum Kotzen, wie sie agieren. Und die CSU und die Rechten sowieso. Und die Ungarn. Und die Tschechen. Und die Polen. Festung Europa. Ist dir klar, dass die Europa kaputtmachen? Da geht es inzwischen um viel mehr als nur um Flüchtlinge. Da geht es um unsere Zukunft!“

„Wir können schreiben, was sie tun. Und was sie sagen. Wir können es in Beziehung stellen. Wir können in Kommentaren unsere Meinung ausdrücken. Das ist deutlich mehr, als bloß einen Brief zu unterschreiben, weil dir gerade danach ist.“

„Droch hätte …“, setze ich an. Was hätte Droch? Er fehlt. Auch um mit ihm über solche Sachen zu streiten.

„Er fehlt mir auch“, sagt Klaus.

Ich treffe mich mit Vesna beim Türken neben der Redaktion. Ich muss ihr von der Auseinandersetzung mit dem Chefredakteur erzählen. Vesna ist im Bosnien-Krieg mit ihren dreijährigen Zwillingen nach Österreich geflohen. Sie war illegal im Land, stand einige Male knapp vor der Abschiebung. Sie hat sich als Putzfrau mit Schwarzarbeit über Wasser gehalten. Und jede Chance genutzt. Sie weiß, was Krieg bedeutet. Und Flucht.

„Natürlich muss man Kriegsflüchtlinge aufnehmen. Und schauen, dass sie arbeiten können. Aber man muss auch schauen, dass sie gut verteilt werden. Viele junge Männer in einem Lager, ohne was zu tun, was glaubst du, wie blöd die werden können? Egal aus welchem Land. Besser, man sieht das realistisch. Und wenn jemand behaupten kann, du bist nicht objektiv, wenn du einen Brief unterschreibst, dann mach es lieber nicht. Was glaubst du, was deine Unterschrift bringt? Besser, du kannst deine Reportagen machen.“

„Ja, aber …“

„Wir müssen uns um Barbara Ülgen kümmern. Jetzt. Sie ist verschwunden. Und wenn die V.A. damit zu tun hat, dann ist das kein dummer Streich mehr. Das ist Entführung.“

„Es gibt kein Bekennerschreiben. Bisher hat sich die V.A., oder wer immer in ihrem Namen auftritt, nicht gemeldet."

„Die Nichte von dem Oberpolizisten. Vielleicht hat sie etwas gehört."

„Soll ich ihn anrufen? Sehr kooperativ hat das Mädchen nicht gewirkt, aber in so einem Fall wird sie vielleicht doch reden."

„Kann nicht schaden der Versuch. Und wir müssen wissen, was genau in der SMS von Martina an Dominik Werder gestanden ist."

„Die Polizei kann nichts tun, solange keine Vermisstenmeldung eingeht. Zumindest nicht offiziell", erklärt mir der Bezirkspolizeikommandant am Telefon. „Und bei einer erwachsenen Frau wird da üblicherweise etwas zugewartet."

„Das ist mir schon klar. Aber bei ihr ist das anders. Sie ist zu oft bedroht worden", erwidere ich.

„Ich weiß. Ich tu, was ich kann. Haben Sie irgendwelche Anhaltspunkte?"

Ich erzähle ihm, was wir bisher unternommen haben. Ohne Erfolg.

„Sie gehen davon aus, dass es sich um ein Gewaltverbrechen handelt", fasst Nemecek zusammen.

Ich schlucke. Wir haben es noch nicht ausgesprochen. So, als ob sie dann keine Chance mehr hätte, plötzlich und unversehrt aufzutauchen. „Sie ist jedenfalls verschwunden."

„Sehr viele Möglichkeiten gibt es da nicht. Sie hatte Gegner, Feinde, wenn man so will. Mit der Schweine-Aktion am Tetzenberg haben Sie alle zusätzlich provoziert. Bewusst. Aber wem trauen Sie zu, so weit zu gehen?"

„Islamisten. Rechte Deutsche oder Österreicher. Sie hat alle Möglichen beleidigt, die gewaltbereit sind. Man braucht nur ins Internet zu schauen. Auch die von der V.A."

„Das sind aber wohl unterschiedliche Kaliber."

„Natürlich. Aber wir wissen nicht, wie Einzelne von ihnen ticken. Wir wissen ja nicht einmal, wer bei der V.A. dabei ist. – Vielleicht bringt es etwas, wenn Sie noch einmal mit Ihrer Nichte reden. Natürlich hat sie damit nichts zu tun, aber sie könnte etwas gehört haben.

Kann ja auch sein, dass ein besonders dummer Streich schiefgegangen ist."

„Ich glaube, die weiß nicht viel. Die ist in der Pubertät und macht sich wichtig. Ich habe beide verwarnt. Und eine Aktennotiz über die genauen Umstände gemacht, damit mir niemand vorwerfen kann, ich hätte sie bevorzugt."

„Wir kommen darin auch vor?"

„Nur als Beteiligte an den Vorbereitungen zu einem Fotoshooting mit Schwein. Der Zugriff ist aufgrund von anonymen Anzeigen und Gefahr im Verzug passiert, habe ich geschrieben."

Stimmt ja mehr oder weniger. „Ich glaube, dass Lena einen besseren Draht zu Dominik Werder hat, als sie zugibt."

„Die himmelt ihn an, keine Ahnung, ob sie ihn kennt. Ich werde ein paar Kontakte nutzen und sehen, was ich in der Sache Ülgen tun kann. Und ihr werde ich die Hölle heiß machen und erzählen, dass es für Werder sehr brenzlig wird, wenn er in falschen Verdacht kommt. Dann redet sie vielleicht. – Ich halte Sie in dieser quasiinformellen Onkelsache auf dem Laufenden. Und Sie mich dafür auch. Über alles. Sonst kann ich dienstlich werden. Da bin ich nicht immer so gemütlich."

„Machen wir", verspreche ich. Jetzt geht es nicht mehr um Spielchen, wer was weiß und nicht sagen will, jetzt geht es auch nicht um Material für eine Reportage, es geht unter Umständen um Leben und Tod.

„Ich habe in der Zwischenzeit mit Martina geredet", sagt Vesna. „Sie schickt uns die SMS. Sie ist in Wien. Sie ist in zehn Minuten da."

SMS-Signal. Barbara? Ich tippe auf das Nachrichtensymbol. Nichts von Barbara. Martina hat sich gemeldet.

Hi Dominik, bin mit Freundinnen im Stadtsaal, Programm von Barbara Ülgen. Könnte dich interessieren, schau es dir an! Ansonsten kannst du es im Magazin nachlesen. Mira Valensky und ihre Freundin sind auch da ☺ lg die böse Fleischesserin Martina

„Er hat keine Details gewusst, aber er hat gewusst, dass wir da sind und dass ich etwas fürs ‚Magazin' mache."

„Martina soll mit ihm reden", sagt Vesna. „Vielleicht er sagt ihr etwas. Unabsichtlich. Oder auch mit Absicht. Wenn er ist nur am Rande mit dabei."

„Und wenn er nicht nur am Rande mit dabei ist?"

„Dann ist er wahrscheinlich gar nicht da. Wenn doch, wir sind in der Nähe."

Wir dirigieren Martina um und nehmen ein Taxi.

„Er ist im Catering, wir haben geklärt", sagt Vesna zu Martina und deutet zu einem der hohen Häuser aus dem späten neunzehnten Jahrhundert. Grau verblichene Fassade und ein grünes Schild: *Gut essen*. Wir stehen an der Straßenecke. Nicht eben unauffällig. „Wir warten, du gehst rein. Wenn du in zehn Minuten nicht zurück bist, wir kommen nach."

„Ich weiß noch immer nicht, wie ihr darauf kommt, dass er mir am ehesten etwas sagt. Erwartet euch nicht zu viel. Der tut bloß nett. Auch wenn ich ihn nicht eben für einen Mörder halte. Steigert euch da in nichts rein."

„Immerhin ist Barbara Ülgen seit gestern verschwunden."

„Vielleicht hat sie ein Fan gekidnappt?", sagt Martina. Aber wir merken, dass auch sie angespannt ist.

Wie langsam die Minuten vergehen können. Vesna wippt mit den Fersen auf und ab. Es macht mich wahnsinnig. „Könntest du bitte aufhören damit?"

„Mich macht verrückt, dass du so ruhig stehen kannst."

Ich gehe mit meinem Mobiltelefon ins Internet. Auf ORF.at keine Meldung zu Barbara Ülgen. Über die Suchmaschinen auch nichts Neues.

Mein Mobiltelefon. Ich zucke zusammen. Unbekannte Nummer.

„Maria vom Stadtsaal. Wir haben einen Brief bekommen. Er könnte etwas mit Barbara Ülgen zu tun haben."

„Könnte?"

„Sie wird nicht erwähnt. Da steht nur: *Die Schweine rächen sich! V.A.*"

„Das hat mit ihr zu tun. Schon wieder Schweine …"

„Warum?", kommt es irritiert zurück. „Es war Kuhmist, oder?"

„Ja. Aber dann war die Falle mit dem Fotoshooting. Und haben Sie die Postings gegen Barbara gesehen? Da hat einer geschrieben, dass man zur Not bei der Türkenschlampe nachhelfen könne, weil genug Schweine auf dem Weg seien."

„Wir haben die Polizei informiert, das sollten wir ihr auch melden, oder? Wir sollten uns gegenseitig auf dem Laufenden halten. Ich hab Ihnen das mit dem neuen Schreiben erzählt, weil Sie sich Sorgen machen wie wir. Und weil wir hoffen, dass so weniger Blödsinn geschrieben wird. – Nicht von Ihnen natürlich, insgesamt."

„Was ist?", sagt Vesna ungeduldig.

Da kommt Martina. Gefolgt von Dominik Werder. Weiß er etwas?

„Mir ist klar, was ihr denkt", beginnt er. „Aber ich habe nicht die geringste Ahnung. Und ich habe übrigens auch nichts mit den idiotischen Knallkörpern zu tun. Ich kann mit ein paar Leuten Kontakt aufnehmen, auch wenn ich nicht glaube, dass die etwas wissen. Da steckt etwas anderes dahinter."

„Was haben Barbara Ülgen und Franz Mitterer gemeinsam?", fragt Vesna.

„Sie haben sich beide über Veganer lustig gemacht", antwortet Dominik Werder. „Ich bin ja nicht blöd, dass ich den Zusammenhang nicht sehe. Die ganze Sache ist schrecklich eskaliert. Woran du …" Er sieht Martina an.

„Wenn du mir jetzt die Schuld an dem Ganzen gibst, dann …"

„Sorry, so hab ich das nicht gemeint. Vielleicht kommen wir gemeinsam auf irgendeinen Anhaltspunkt. Irgendetwas, das sie gesagt hat. Glaubt mir, ich bin an der Aufklärung der ganzen Sache mindestens so interessiert wie ihr. – Welchen Weg kann sie genommen haben?"

„Sie fliegt nicht gern. Sie fahrt Zug", überlegt Vesna. „Sie war auf dem Weg zum Bahnhof. Dafür braucht sie bloß ein Stück die Straße hinaufgehen. Es könnten sie Leute erkannt haben. Man könnte herumfragen …"

„Aber es braucht ewig, bis das geklärt ist", widerspreche ich.

„Jemanden tagsüber in Wien von der Straße verschwinden zu lassen ist nicht einfach", ergänzt Martina. „Vielleicht hat man sie irgendwo hingelockt?"

„Wohin?", fragt Dominik.

„Und wenn es doch etwas mit der V.A. zu tun hat?", überlegt Martina weiter.

„Ich weiß es nicht!", ruft er.

„Aber es sieht ganz danach aus." Ich erzähle vom Anruf aus dem Stadtsaal.

„Das kann sich auch noch auf die Sache mit der Kuhscheiße beziehen", murmelt Dominik.

Martina schüttelt den Kopf. „*Die Schweine rächen sich.* Das erinnert mich an noch etwas … Es ist natürlich nur Spekulation … Ich sollte mit Viktor reden."

„Mit Viktor?", frage ich.

„Er hat etwas erzählt. Das heißt, es waren eher seltsame Andeutungen. Aber im Undeutlichen ist er Weltmeister. Als wir über die Schweinegrill-Aktion geredet haben, hat er gemeint: Überall gäbe es Probleme. Bei ihm auch. Mit dem Schweinetransport. Zumindest gäbe es Gerüchte bei den Transporteuren, dass Fahrer ausgetauscht wurden und Routen geändert und so. Ihm kann es egal sein, er hat alle Papiere ordentlich fertig gemacht, alle Vorschriften eingehalten. Die Schweine sind schon verkauft. Ich hab ihm bei seinem Gejammer nicht so genau zugehört."

Dominik Werder schüttelt den Kopf. „*Die Schweine rächen sich …* Ich rede mit ein paar Leuten. Und du versuchst herauszubringen, was mit dem Transport nicht gepasst hat. Und wohin die Schweine von Viktor gehen."

„Er hat einen Vertrag mit PRO-Schwein, das weiß ich", antwortet Martina.

„PRO-Schwein? Ist ihm klar, dass die zu den Schlimmsten gehören? Das ist Fleischmafia pur. PRO-Schwein ist Teil von Multimat. Amerikanischer Konzern, der jetzt den Chinesen gehört. Die haben in den USA ganze Landstriche vergiftet. Von dem, was sie den Tieren antun, gar nicht zu reden."

Martina fällt ihm ins Wort: „Darum geht es jetzt nicht, okay?"

„Da war dieses Posting. Sie soll dorthin zurückkehren, woher sie gekommen ist", fällt mir ein.

„Ja, aber genau dort ist sie nicht", erwidert Vesna.

„Was, wenn die doch die Türkei gemeint haben?"

Meine Freundin schüttelt den Kopf. „Kidnapping in die Türkei? Absurd. Und viel zu umständlich."

„Free Freddy, der extra für sein Posting in dem Internetcafé einen Facebook-Account eröffnet hat. *Zur Not kann man bei der Türkenschlampe nachhelfen, sind ja genug Schweine auf dem Weg.*"

Martina stöhnt. „Schön langsam ist auch mir das ein bisschen viel Schwein."

Dominik Werder sieht sie nachdenklich an. „Die Schweine rächen sich. Genug Schweine sind auf dem Weg. Man will die Kabarettistin dorthin zurückbringen, wo sie hingehört … und euer Schweinebauer labert etwas von Unregelmäßigkeiten."

„Labern würde ich das nicht nennen", sagt Martina scharf. „Und von Unregelmäßigkeiten ist auch keine Rede. Er kann nichts dafür, wenn etwas mit dem Transport nicht klappt."

„Und was, wenn sie Barbara mitgeschickt haben?", wirft Vesna ein.

Wir starren sie an.

[15.]

Hans hat uns seinen schnellsten Wagen geborgt, in den vier Menschen ohne Verrenkungen hineinpassen. Natürlich fährt Vesna. Die anderen haben nicht gewusst, worauf sie sich da einlassen. Ich sitze neben ihr und versuche mich durch Telefonieren abzulenken.

Selbst Dominik Werder sieht heute ein wenig blass aus. Wir haben ihn mitgenommen. Auch wenn mir noch immer nicht klar ist, welche Rolle er spielt. Seine Kontaktleute wollen nicht das Geringste über *Die Schweine rächen sich!* und *Zur Not kann man bei der Türkenschlampe nachhelfen, sind ja genug Schweine auf dem Weg!* wissen. Wer dieser Free Freddy sein könnte, ist jedenfalls nicht mehr nachzuvollziehen. Zu viele Menschen, die an den Tablets des Internetcafés waren. Während an der Sache mit dem Kuhmist vielleicht doch Tierrechtsaktivisten beteiligt gewesen sein könnten. Das war ja auch harmlos. Im Vergleich. Dominik Werder tippt in sein Smartphone, bekommt Antworten, und sagt immer wieder: „Nichts." Am liebsten würde ich ihm das Telefon wegnehmen und selbst nachsehen, aber das geht wohl nicht.

Eigentlich wissen wir nicht mehr, als dass ein Schweinetransporter von Viktors Mastbetrieb nach Berlin unterwegs war. Oder es zumindest gewesen sein sollte. Martina hat noch einmal mit ihm geredet, aber nichts Genaues herausbekommen. Es gebe Gerüchte, dass die Fahrer getauscht worden seien, irgendwas soll anders sein bei diesem Transport. Was, wenn die Route geändert worden ist? Aber wie kommen die von der V.A. da ins Spiel? Oder haben wir uns verrannt und

Barbara Ülgen hat Gruppen gereizt, deren Gewaltbereitschaft deutlich höher ist und deren Verbindungen zur Fleischindustrie deutlich besser sind? Ich versuche seit Stunden, jemand von PRO-Schwein ans Telefon zu kriegen, der mir sagen kann, wann und wo der Transporter angekommen ist. Aber ich werde von Abteilung zu Abteilung weiterverwiesen. Die tun so, als wäre das ein Staatsgeheimnis.

Wir halten beim Grenzübergang Drasenhofen. Ich treffe mich mit Bezirkspolizeikommandant Nemecek. Am Telefon hat er gemeint, es sei schwierig zu klären, ob ein bestimmter Tiertransporter die Grenze passiert habe, aber er müsse ohnehin ins „Polizeikooperationszentrum" und ich könne ihn dort ja besuchen. Vesna, Martina und Dominik warten beim Auto. Wäre wohl nicht sinnvoll, wir würden zu viert den Polizeiposten überfallen.

Schmuckloser heller Bau an der breiten Durchfahrtsstraße. Auch alles rundum schmutzig weißgrau, Beton und Verwaltungsbunker. Gras und Grün sind hier, Jahrzehnte nach dem Ende des Eisernen Vorhangs, abgeschafft. Wie frage ich nach Nemecek? „Ich möchte gerne Bezirkspolizeikommandant Nemecek sprechen." Klingt irgendwie seltsam. „Ich habe einen Termin mit Oberst Nemecek." Wirkt, als würde ich in einer Folge von „Kottan ermittelt" mitspielen. Egal. Keine Zeit für solche Überlegungen. Ich läute. Polizist in Uniform, struppige graue Haare, breites freundliches Gesicht. Weinviertler Schweinsbratlesser, Weintrinker, in der Freizeit wahrscheinlich bei der örtlichen Feuerwehr und danach im Wirtshaus. „Ah, Sie sind wohl die Journalistin. Oberst Nemecek ist schon da."

Womit ich nur mehr zu nicken, zu grüßen und zu lächeln brauche. Er führt mich in einen Raum, in dem vier Menschen sitzen. Zwei in österreichischen Polizeiuniformen, ihnen gegenüber eine Tschechin in Zivil und ein tschechischer Polizeibeamter. Zwischen ihnen Computerbildschirme. Nemecek ist über einen der Bildschirme gebeugt. Hat er doch etwas entdeckt? Ich werde vorgestellt und schüttle Hände.

„Wissen wir etwas über den Transporter?", frage ich den Bezirkspolizeikommandanten. Besser, mit der Tür ins Haus zu fallen. Vesna wird sicher jetzt schon ungeduldig sein.

Er schüttelt den Kopf. „Es ist leider wie vermutet. Früher hat es ein eigenes Gebäude für sanitätspolizeiliche Kontrollen gegeben, da wurden solche Transporte überprüft. Jetzt dürfen Tiertransporte einfach durchfahren. Der freie Warenverkehr in der EU. In jüngerer Zeit werden wir zwar aufgefordert, Stichproben zu machen, damit keine Flüchtlinge geschleust werden. Aber das ist in einem Schweinetransporter doch eher unwahrscheinlich. Es wäre ein glücklicher Zufall gewesen, dass der Lkw von PRO-Schwein auffällt." Der Polizeibeamte mit den grauen Haaren nickt.

Was, wenn sie es mir nur nicht sagen wollen? Ich lächle möglichst verbindlich. „Und … im Computer ist auch nichts zu finden?"

„Nichts. Tschechien ist nur Transitland, wenn das stimmt, was Sie annehmen. Da haben sie keine Informationen. In unserem Polizeikooperationszentrum geht alles auf dem kurzen Weg. Früher mussten wir die Anfragen über Interpol schicken, es hat monatelang gedauert, bis wir eine Antwort hatten. Jetzt tauschen wir Personendaten aus, können Kennzeichen abfragen. In einem Raum und von Computer zu Computer."

„Ist wirklich viel einfacher geworden", ergänzt der Polizeibeamte. „Ganz abgesehen davon, dass wir Autodiebe jetzt auch über die Grenze verfolgen können. Früher konnten wir nur zusehen, wie sie abgehauen sind. Mit den Tschechen funktioniert das wirklich gut. Wir arbeiten zusammen, machen gemeinsame Weihnachtsfeiern oder gehen kegeln. Das schweißt zusammen."

Der tschechische Polizist lacht. „Nur weil er beim Kegeln immer gewinnt!"

„Sie reden deutsch miteinander?", frage ich.

Der Österreicher nickt. „Die können super Deutsch."

„Und Ihr Tschechisch?"

„Wir haben einen Kurs gemacht, aber das ist eine verdammt schwere Sprache."

„Schon deswegen ist es gut, dass es die gemischten Streifen an der Grenze gibt", erklärt Nemecek. „Drüben zwei Tschechen und ein Österreicher, herüben zwei Österreicher und ein Tscheche. Wenn wir jemanden aufgreifen, gibt's gleich das richtige Organ und die richtige Sprache."

„Flüchtlinge?", frage ich.

„Eher Österreicher oder Tschechen, die was ausgefressen haben. Das mit den Flüchtlingen ist komplizierter. Hat wenig mit der Polizei zu tun, mehr mit der Politik der Tschechen. Die wollen keine. Haben offenbar schon vergessen, wie es war, als sie beim Einmarsch der Russen nach Österreich geflohen sind. Zum Glück ist an unserer Grenze nicht viel los. Arme Hunde, die vor einem Krieg fliehen und dann draufkommen, dass sie in der EU nicht gerade willkommen sind. Wir wickeln die Rückübernahmen ab."

„Die Tschechen schicken Flüchtlinge nach Österreich zurück?"

„Das hat die EU im Dublin-Abkommen festgelegt. Das gilt immer noch, darauf bestehen die Tschechen. Egal, was wo verhandelt wird. Eigentlich müssen die Flüchtlinge in dem EU-Land Asyl beantragen, das sie als erstes betreten haben."

Der Polizeibeamte mit den grauen Haaren mischt sich ein. „Wir haben gerade vor einer halben Stunde die Meldung bekommen, dass zwölf Syrer in Prag aufgegriffen worden sind. Sie haben österreichische Bustickets gehabt, also geht es zurück zu uns. Bei uns waren sie natürlich auch nicht als Erstes, früher sind viele über Ungarn gekommen, aber inzwischen werden die Kontrollen laufend verschärft. Ich kann mich noch erinnern, wie wir uns gefreut haben, als die Grenzkontrollen aufgehört haben. Jetzt gibt es neue und sie bauen Zäune."

„Für Waren sind die Grenzen innerhalb der EU offen", murmle ich.

„So ist es. Die Menschen schiebt man herum. Wobei die meisten Flüchtlinge, mit denen wir es zu tun haben, wissen, wohin sie wollen. Noch immer nach Deutschland oder Schweden. Sie erzählen uns, dass sie dort Verwandte oder Freunde haben. Aber da kannst du nichts machen. Die tschechischen Beamten bringen sie zu uns zurück und wir übergeben sie dann unseren Beamten. Wohin sie dann weitergeschickt werden? Ich weiß es nicht. Ich weiß nur, dass sie arme Hunde sind."

Und wir hetzen einem Tiertransporter hinterher. Schweine auf engstem Raum. Böse. Aber wie böse ist erst das Verschieben von Menschen, die vor einem Krieg geflohen sind? Vorschriften, die zu vollziehen sind. Maßnahmen, die Politiker beschlossen und Beamte vorbereitet haben, die wohl noch nie um ihr Leben laufen mussten. „Wie reagieren die Flüchtlinge?“, frage ich.

„Die meisten sagen nicht viel, obwohl etliche ganz gut Englisch können. Man sieht, dass es da auch viele mit guter Bildung gibt. Wenn Zeit ist, gehen wir eine rauchen mit ihnen. Am Anfang haben sie die Tschechen mit Hand- und Fußfesseln herübergeschickt. So, als ob die was angestellt hätten. Aber sie gelten eben als illegal. Das reicht.“

„Wir haben das nie gemacht“, beteuert Nemecek. „Wir brauchen endlich eine menschliche und vernünftige Lösung. Die Politik tut so, als würden die Flüchtlinge einfach verschwinden, wenn man alles nur lang genug herumschiebt und hinauszögert und möglichst unfreundlich ist. – Apropos verschwinden: Sie sind ja eigentlich wegen etwas anderem gekommen.“

Ich seufze. „Ja, und ich muss weiter. Aber es rückt die Dinge wieder zurecht.“

„Wer weiß, ob nicht Flüchtlinge in Tiertransportern unterwegs sind. Die werden nicht gestoppt. Und schon sind sie in Deutschland“, überlegt Martina etwas später.

„Wenn sie es überleben“, ergänze ich. „Die Schlepper verriegeln die Transporter. Du erinnerst dich? Im Burgenland haben sie letztes Jahr in einem Kühl-Lkw über siebzig Tote gefunden.“

„Juden in Viehwaggons“, murmelt Dominik.

„Kann man wohl trotzdem nicht vergleichen“, werfe ich ein.

„Schon wahr, Flucht ist besser, als abgeschlachtet zu werden.“

„Und wir reden jetzt über Menschen, nicht über Tiere“, ergänzt Martina.

„Glaubt ihr, dass es mehr Menschlichkeit gibt, wenn man das Leid anderer Lebewesen ignoriert?“, polemisiert Dominik.

„Es gibt Prioritäten“, kontert Martina.

„Ich finde …“

Mein Telefon. Die Redaktionssekretärin verbindet mich zu Klaus. Er hat meine Story ergänzt, wieder einmal. Mit offenem Ende. Mehr ist nicht drin. Ab Mittag wird die nächste Ausgabe gedruckt. Er liest mir den Text vor, aber ich bin nicht ganz bei der Sache. Vesna bremst. Stau bei Prag. Auch das noch.

Ich habe jemand Zweiten in der Leitung. Deutsche Nummer. Ich sage meinem Chefredakteur, dass ich ihn zurückrufe.

„Valensky."

„Sie sind die Dame, die etwas über den Transport von Kern nach Berlin melden wollte. Ich gehe mal davon aus, dass Ihnen die Transportnummern nichts sagen werden. Der Bauer heißt Kern."

Hat einer von den Grenzbeamten doch etwas herausbekommen? Aber warum dann eine deutsche Nummer? Und deutscher Akzent? „Ich weiß. Und ich habe sogar die Nummer."

„Nicht wichtig. Wir reden über dasselbe. Sie sagen uns, wo der Transporter ist, und dann klären wir den Rest. Okay?"

Und was soll das jetzt? Wir wollen das wissen. Ich schalte den Lautsprecher des Telefons ein. „Ich weiß nicht genau, was Sie meinen."

„Ich bin befugt zu verhandeln. Wir haben nicht viel Zeit. Wir brauchen einen Beweis, dass Sie den Transporter haben. Sonst geht gar nichts."

„Sie meinen ... der Transporter ist nicht angekommen?"

„Das wissen Sie doch am besten."

„Was ist geschehen?"

„Hören Sie auf, uns zu verarschen. Wir haben beide ein klares Interesse. Sie wollen Geld. Und wir wollen den Transporter. Samt Schweinen. Lebend."

„Und was, wenn die Polizei mithört?"

„Sie wissen genau, dass wir uns diesen Zirkus nicht geben. Wir regeln das schnell und unbürokratisch, wie man so sagt. Der Transporter ist irgendwo in Österreich, nicht wahr?"

„Warum?"

„Weil Sie einen österreichischen Akzent haben. Und eines sage ich Ihnen auch: Wenn Sie nicht kooperieren, dann ist doch die Polizei dran. Umstände hin oder her. Die finden Sie schneller, als Sie denken. Man kann einen Transporter nicht auf Dauer verstecken. Also los: Wie viel wollen Sie?"

Zum Glück stecken wir im Stau. Sonst hätte Vesna wohl einen Unfall gebaut. Sie starrt zu mir herüber. Und auch die beiden anderen schauen mich fassungslos an.

„Mira Valensky vom ‚Magazin'", sage ich. „Ich fasse zusammen: Ein Schweinetransporter vom Bauernhof Kern zu PRO-Schwein nach Berlin ist verschwunden. Sie gehen davon aus, dass jemand den Transporter gestohlen hat, um Geld zu erpressen. Kommt das öfter vor?"

Niemand mehr dran.

„Das heißt, wir sind auf der richtigen Spur", sagt Vesna.

„Zumindest ist es ein Anhaltspunkt mehr", meint Dominik. „Obwohl wir keine Ahnung haben, ob die Sache mit dem Verschwinden der Ülgen zu tun hat. Sie ist weg. Der Transporter ist weg. Sie und dieser Schweinebauer waren an dem Fotoshooting mit Schwein beteiligt. Auch wenn ich immer noch nicht kapiere, warum man dafür einen Schweinemord inszenieren muss."

Martina sieht ihn kühl an. „Die Meldung im Stadtsaal: *Die Schweine rächen sich!* Und das Posting, in dem steht, dass genug Schweine auf dem Weg sind. Kannst du dir vorstellen, dass jemand von der V.A. einen Schweinetransporter entführt?"

„Kannst du dir vorstellen, dass jemand von den ‚Landsleuten' einen Schweinetransporter stiehlt?", fragt er zurück. „Ich habe es so satt! Was ich mir alles vorstellen kann. Was böse Veganer alles tun. Wie ich sicher mit allem irgendwas zu tun habe."

„Kein Grund auszuzucken. Immerhin hat die V.A. schon genug angestellt", erwidert Martina.

„Völlig sinnlos, jetzt zu streiten!", rufe ich dazwischen.

„Ausschließen kann man gar nichts mehr", stellt unser Vorzeigeveganer fest. „Entscheidend ist, wie wir herausfinden können, wo der Transporter steckt. Der Einzige, der da etwas zu wissen scheint, ist euer Viktor. Sag ihm, dass der Transporter weg ist. Und dass die von PRO-Schwein sauer sind. Vielleicht fällt ihm dann doch noch etwas ein."

„Gute Idee", findet Vesna.

Martina wählt.

„Und stell dein Telefon auf laut", ergänzt Dominik.

„*Ich* habe nichts zu verbergen", erwidert Martina. Auch wenn die beiden nebeneinander sitzen, so richtig romantisch haben sie es nicht.

„Der Transporter mit deinen Schweinen ist verschwunden", sagt sie wenig später ins Telefon.

„Die haben die Schweine ganz normal abgeholt", antwortet Viktor. Er ist gut zu verstehen.

„Ja, aber du hast gesagt, dass irgendwas nicht normal war."

„Ich habe dir das jetzt schon zweimal erklärt. Mir ist das nur so vorgekommen. Sie haben irgendwas von anderen Fahrern und anderen Routen gesagt, aber nicht zu mir."

„Was genau? Es ist wichtig!"

„Der ist nicht angekommen in Berlin, der Transporter?"

„Nein. Haben sich die von PRO-Schwein noch nicht bei dir gemeldet?"

„Nein. Niemand. Aber die Schweine gehören schon ihnen. Und der Transporter gehört auch ihnen."

„Die glauben, dass er gestohlen wurde. Und dass jemand Geld erpressen will, bevor er wiederauftaucht. Hast du von so etwas schon einmal gehört?"

„Ja."

„Was, ja?"

„Habe ich gehört. Erzählen die Fahrer. Aber das gibt es eher in Rumänien und so. Sie waren eine Zeit lang sogar bewaffnet. Die Fahrer."

„Hat das was mit dem Transport von Flüchtlingen zu tun?"

„Wie kommt ihr darauf? Das wäre viel zu gefährlich, sogar für Flüchtlinge. Da geht es um ganz normale Erpressung."

„Waren es die üblichen Fahrer, die die Schweine geholt haben?"

„Da gibt es keine üblichen. Manchmal kommen dieselben, dann wieder andere. Die waren andere. Sind die auch weg?"

„Schaut so aus."

„Warum haben mich die von PRO-Schwein noch nicht angerufen?"

„Vielleicht glauben sie, du steckst mit drin. Deswegen ist es so wichtig, dass du uns alles sagst, was du gehört hast."

„Habe ich ja schon. Die haben nur untereinander geredet."

„Kannst du beschreiben, wie sie ausgesehen haben?"

„Nicht gut. Der eine war kein Österreicher. Ein Tscheche. Oder Pole. Oder so. Der eine war größer. Und der andere so groß wie ich. Ich schau da nicht so genau. Irgendwas mit Berlin haben sie gesagt."

„Klar, offiziell sollten die Schweine ja nach Berlin."

„Das stimmt." Eine Pause. „Sie haben was von vielen Tieren gesagt, wo die schon dazu passen."

Martina wird zunehmend ungeduldig. „Genug Schweine sind auf dem Weg, das haben sie auch im Internet gepostet."

„Unsere Fahrer?"

„Nein. Free Freddy."

„Wer?"

Martina seufzt. „Vergiss es. Viele Tiere. Das klingt nach Schlachthof. Wäre jetzt auch nicht weiter überraschend. Haben sie noch etwas gesagt?"

„Was weiß ich", antwortet Viktor unsicher. „Normal werden sie zu PRO-Schwein geführt."

„Zu ihrem Schlachthof."

„Ja, aber sie sagen meistens nur: Jetzt geht's zu PRO. Ich kann nichts dafür. Du musst mir glauben."

„Okay. Wenn sich jemand von PRO-Schwein meldet, rufst du mich sofort an!"

„Ja. Klar. Ich will auch wissen, was los ist."

„Es gibt in Berlin einen großen alten Schlachthof. Ist längst stillgelegt, jetzt ist dort eine Wohnsiedlung und ein Park und Museen und jede Menge öffentlicher Raum für Kulturveranstaltungen. Ich war vor einigen Jahren dort", sagt Dominik Werder.

„Auch ein Fotoshooting?", fragt Vesna.

„Nein. Aktion gegen das Tiere-Essen."

Ich versuche noch einmal mit dem Typ von PRO-Schwein Kontakt aufzunehmen. Aber die Nummer, von der aus ich angerufen wurde, ist andauernd besetzt. Ich probiere es bei der Zentrale. Diese Durchwahl gebe es gar nicht, bekomme ich zur Antwort. Jedenfalls:

Nicht bloß wir sind hinter dem Schweinetransporter her. Natürlich ist es möglich, dass er von Lösegelderpressern gestohlen wurde. Und dass Barbara völlig unabhängig davon verschwunden ist. Und dass die Botschaften mit all dem nichts zu tun haben. Im Internet wird unendlich viel Unsinn gepostet. Aber: *Die Schweine wehren sich!* Das hat jemand zumindest per Post an den Stadtsaal geschickt.

Zentralvieh- und Schlachthof. Soweit ich es auf meinem Mobiltelefon erkennen kann, ein riesiges Areal. Dort wurden früher Tausende Tiere pro Tag getötet, um Berlin zu füttern. Den Transporter mit der Kabarettistin und den Schweinen dort zu parken könnte passen. Vor allem zur V.A. Barbara wollte für ihr neues Programm mit einem getöteten Schwein werben, jetzt gibt es eine andere Aktion. Bloß: Wie finden wir dort einen Transporter? Wir sollten die Polizei informieren.

„Dazu das ist alles viel zu viel Spekulation“, sagt Vesna. Der Stau hat sich aufgelöst, jetzt rast sie wieder. Martina und Dominik stimmen ihr zu.

Dann stelle ich die Frage, die mich die ganze Zeit schon beschäftigt hat: „Wie lange könnte sie in so einem Transporter überleben?“

„Ich bin keine Expertin“, sagt Martina. „Aber es sind viele Schweine drin. Und die sind sicher nervös.“

„Auf mehreren Etagen. Zusammengepfercht. – Wer sagt außerdem, dass man sie lebend verladen hat?“, fragt Dominik.

Wir kreisen rund um den Hermann-Blankenstein-Park. Ein weitläufiges Gelände am Prenzlauer Berg. Hier hat Berlin noch Platz. Einfallslose Wohnhäuser, ein Stück entfernt neuere und wohl teurere Gebäude. Ein Stahlgerüst. Sieht entfernt der Vorrichtung zum Schweinegrillen ähnlich, die Bernhard und Viktor am Tetzenberg gebaut haben, nur viel, viel größer. Wir steigen aus, gehen zu Fuß, fragen Passanten nach einem Schweinetransporter. Sie sehen uns amüsiert an. Da sei schon lange kein Schlachthof mehr. Oder seien wir von irgendeinem Fernsehsender mit versteckter Kamera?

Zwei Stunden später geben wir auf. Barbaras Agentur hat keine neuen Informationen. Auch sie hat die Polizei eingeschaltet. Martina möchte nicht, dass ich ihnen vom verschwundenen Transporter erzähle. Weil das auf Viktor zurückfallen könnte. PRO-Schwein will keine Polizei und wenn ein Vertragsbauer redet, dann ist er schnell draußen. Er könne sich das nicht leisten, bei seinen Schulden.

„Das ist Mafia. Vielleicht die Chance, dass er endlich etwas anderes macht", knurrt Dominik.

„Und wenn die Mafia V.A. heißt? Wo können wir noch suchen?", fragt Martina. „Ein anderer Schlachthof. Mit vielen Tieren."

„Mit vielen Toten", ätzt Dominik.

„Euch passt es doch mit den lebenden Tieren auch nicht", kontert Martina. „Und dass ihr die blöden Aktionen bei den Zoos und im Essbaren Tiergarten gemacht habt, kannst du nicht abstreiten."

„Einmal davon abgesehen, dass ‚ihr' das total falsche Wort ist, wenn du die V.A. meinen solltest, Tiere haben ein Recht …" Dominik Werder verstummt. „Zoo. Viele Tiere. Das Gelände beim Bahnhof Zoo."

„Und was ist mit dem Schlachthof, von dem Viktor gesprochen hat?", widerspricht Martina.

„Wir haben das mit dem Schlachthof gesagt. Er hat gesagt, die Fahrer hätten etwas von einem Ort mit vielen Tieren erwähnt. Vielleicht haben die Fahrer gemeint, dass sie die Schweine statt zum Schlachthof zum Zoo bringen sollen."

„Dann waren es wohl kaum Fahrer von PRO-Schwein. Oder irgendwelche Erpresser. Es würde zu dem passen, wie die V.A. tickt", ergänze ich.

„Ja. Vielleicht. Ich fände das irre. Deswegen bin ich dabei. Damit nichts Irres passiert."

„Du schließt es nicht aus", stellt Martina fest.

„Nein!", brüllt Dominik.

„Wir probieren es", entscheidet Vesna und fährt sich über die Augen. Wir sind seit über neun Stunden unterwegs.

Wir kurven durch die Gegend am Kurfürstendamm. Um den riesigen Berliner Tiergarten herum. Berlins grüne Lunge. Kein Schweinetransporter. Wir suchen in der Nähe vom Eingang zum Zoo einen

Parkplatz. Keine Chance. Auch beim Bahnhof Zoo scheint es keine Parkmöglichkeit zu geben. Dann ein Schild. Karstadt-Garage. Unter dem Einkaufszentrum. Da darf geparkt werden. Wir stellen den Wagen ab und überqueren wieder den Kurfürstendamm. Diesmal zu Fuß. Die Sonne geht unter. Laut Navi müssen wir bloß diese eine Straße entlang. Wir kommen an einem weiteren Shoppingcenter vorbei. Dann der Bahnhof. Gut. Aber da sind nicht viele Tiere, nur viele Menschen. Vesna deutet nach vorne. Ein hohes Tor, grüne Dächer, der Eingang zum Zoo wird von zwei steinernen Elefanten flankiert. Sie wirken schwerfällig und müde. Sie stehen auch schon lange genug da.

„Kannst du dich an die rosa Elefanten erinnern?", frage ich Vesna.

Sie lächelt. „Die man vergisst nicht."

Bangkok. Ein anderer Kontinent, in einem anderen Leben. Sieht so aus, als hätte der Zoo schon geschlossen. Was jetzt?

„Wir könnten außen herumgehen, der Transporter wird kaum drinnen stehen", meint Martina.

„Wo soll hier ein Transporter mit Schweinen parken? Und da rede ich noch gar nicht davon, wie er es schafft, nicht aufzufallen." Ich bin müde. Mir ist kalt. Ich habe das Gefühl, wir haben versagt.

Wir gehen weiter, die Straße führt auf das Tiergarten-Gelände. Stadtbahnbögen. In den Bögen und davor auf der Wiese Obdachlose. Manche mit Zelt, andere ohne. Einige wirken wie wilde Camper, entspannt, auf Urlaub. Vielleicht für immer. Anderen sieht man an, dass das hier Endstation ist. Junge Leute mit Hunden, eine alte Frau, in viele Kleidungsstücke gehüllt, als wollte sie sich darin verpuppen. Dominik deutet nach vorne. Er beginnt zu laufen. Vesna rennt ihm nach. Jetzt sehe ich das Ding auch. Sieht aus wie ein Transporter. Er steht einsam dort, wo eigentlich keiner parken darf. Weil da der Tiergarten beginnt.

Schweinetransporter. PRO-Schwein. Deutsches Kennzeichen. Leises Quieken, Rumpeln. Keine Luftschlitze, durch die man hineinschauen könnte. Auf die weiße Längswand ist gesprayt:

Arme Schweine! Holt die Polizei! V.A.

Eine alte Dame mit Kinderwagen steht beim Transporter. Sie sieht uns an. „Das ist so eine Aktion. Beim letzten Mal haben sie sich gegenseitig an Ketten herumgeführt vor dem Zoo. Ist schon gut, dass die sich für die Tiere einsetzen. Sie sind der beste Freund des Menschen."

„Haben Sie die Polizei gerufen?", fragt Martina.

„Warum? Nein. Ich sage doch, das ist eine Aktion. Wahrscheinlich werden wir sogar gefilmt. Aber das macht mir nichts, ich hab nichts zu verbergen. Komm, Mädchen." Sie lächelt in den Kinderwagen. Ich sehe hinein. Da sitzt ein weiß-schwarz gefleckter Hund.

Vesna klopft an die Metallflanke des Transporters. „Barbara?"

Heftigeres Quieken, Scharren. Können wir mit allem recht gehabt haben, nur nicht mit der Vermutung, dass Barbara Ülgen drin ist? Oder, schlimmere Variante: Sie ist drin, kann sich aber nicht mehr melden.

„Barbara?" Jetzt klopfe ich. Drei junge Leute gehen vorbei, einer ist von oben bis unten tätowiert. Sie werfen uns bloß einen kurzen Blick zu.

Mir kommt vor, da war ein Klopfen, das anders klingt als das Scharren der Hufe. „Barbara?", rufe ich noch einmal.

Dominik rüttelt an der Laderampe. Aber die ist gut verschlossen.

„Braucht ihr was?", fragt eine Stimme hinter uns. Pärchen um die dreißig, beide in Jeans.

„Wir müssen das aufkriegen. Wir brauchen Polizei", antworte ich. „Da sind Schweine drin. Und womöglich ein Mensch."

„In echt?", fragt er. „Wir sind schon mal daran vorbeigegangen und haben uns gedacht, das ist eine Soundinstallation. Aber eins ist wahr: Jetzt ist es viel leiser. Am Vormittag haben die ganz schön gebrüllt, die Schweine. – Die sind wirklich echt? Lebende Tiere? Das ist doch Tierquälerei!"

„Wir holen wen", sagt die Frau und zieht ihn mit.

Wir klopfen weiter, auch Vesna hat den Eindruck, dass es Töne gibt, die von Barbara stammen könnten.

„Habt ihr eine Ahnung, wie menschenähnlich Schweine schreien können", sagt Dominik.

„Deine V.A.!“, faucht Martina.

„Das ist lange noch nicht erwiesen! Und dir ist hoffentlich klar, was ich davon halte!“

Polizei und zwei Männer mit Bergezangen. Wir brauchen nicht viel zu erzählen. Der Polizeibeamte telefoniert. „Ja. – Haben sie gesagt. – Verstehe. – Natürlich. Wenn es so ist, melde ich mich sofort.“

Die Bordwand geht auf. Gestank. Schweine, viele Schweine. In drei Etagen. So, dass sie gerade noch stehen können. Gitter. Hysterisches Quieken. Ein Tier liegt. Es bewegt sich nicht. Der Vorderlauf ist seltsam verdreht. An der Schnauze klebt Blut. Der eine der Männer mit der Bergeschere schaut über das Gitter. „Da ist jemand“, ruft er.

Vesna drängt sich neben ihn. Inzwischen hat sich eine größere Menschenmenge versammelt. „Es ist Barbara! Sie bewegt sich!“

Wir hocken in einer Kneipe, die Blue Submarine heißt. Barbaras Lieblingslokal für späte Stunden. Mir fallen immer wieder die Augen zu. Vesna trinkt schon den dritten Schnaps. So etwas hab ich in all den Jahren bei ihr noch nicht gesehen. Wir sind die letzten Gäste, aber die Wirtin wird uns nicht rauswerfen, hat sie versichert. Martina schläft, sie hat ihren Kopf an die Schulter von Dominik gelehnt. „Landsleute“ und Veganer vereint. Rührend. Möge es so bleiben. Ich gähne. Vor kurzem hat jemand behauptet, dass durchs Gähnen das Hirn gelüftet wird. Kann nicht schaden. Wir haben unsere Aussagen gemacht, aber noch ist vieles unklar. Barbara wollte ins Blue Submarine nachkommen. Sie war allerdings ziemlich benommen, als wir das vereinbart haben. Sie hat Riesenglück gehabt. Keine Brüche, nur ein paar Quetschungen.

„Die Schweine haben auf mich aufgepasst“, hat sie gesagt, bevor sie mit Polizei, Rettung und einer Freundin von der Künstleragentur ins Krankenhaus gefahren ist.

Wir haben unseren Wagen gelassen, wo er war, und uns gleich vis-à-vis der Parkgarage im Sofitel einquartiert. An der Rezeption waren sie ein wenig misstrauisch, aber unsere Kreditkarten haben sie überzeugt.

Ich sehe auf die Uhr. Es ist halb eins. Jetzt wird Barbara wohl nicht mehr kommen. Die Wirtin poliert Gläser. „Die taucht sicher noch auf“, sagt sie, als ob sie Gedanken lesen könnte. Sie hat allerdings keine Ahnung, was ihr Stammgast in den letzten sechsunddreißig Stunden erlebt hat.

Und dann hören wir die Tür. Und sie kommt die Treppe herunter. Allein. Einen Verband an der linken Hand. Ein Pflaster auf der Schläfe. Die schwarzen kurzen Haare stehen struppig vom Kopf ab. Martina fährt auf und rückt irritiert weg von Dominik, dem Veganer.

„Ohne euch wäre ich tot“, sagt Barbara Ülgen wenig später.

„Irgendjemand hätte schon begriffen, dass das echte Schweine sind“, erwidere ich.

„Ja, aber wann?“

Die Wirtin schenkt Bier ein und drückt es ihr wortlos in die Hand.

Barbara lässt sich mit einem Ächzen in den Stuhl neben mir fallen. „Mein Rücken. Es ist irre, wenn man sich so lange nicht aufrichten kann. Aber sonst ist alles mehr oder weniger okay. Sie haben mir irgendwelche Infusionslösungen in den Körper gepumpt und haben meine Konstitution gelobt. Sie wollten mich trotzdem nicht aus dem Spital lassen, aber ich hab mich durchgesetzt. Wahrscheinlich, weil ich ihnen gedroht habe, ich zieh sie sonst durch den Kakao. – Wie habt ihr mich gefunden? Die von der Polizei haben mir so wenig gesagt, als wäre ich die Verbrecherin.“

Wir erzählen abwechselnd, und als die Rede auf Dominik kommt, starrt sie ihn an und sagt bloß: „Oho!“

„Der mit der Kokosnuss“, sagt er trocken. Offenbar hat ihm jemand erzählt, dass er die Ehre hat, in Barbara Ülgens Programm vorzukommen. Oder er hat es selbst gesehen.

„Scheint, als wärst du sie losgeworden“, antwortet Barbara und zwinkert ihm zu.

„Jedenfalls ist mir ein Stein vom Herzen gefallen, als wir dich lebend gefunden haben. Außerdem: Kann einem doch schmeicheln, in deinem Programm vorzukommen. Wer nimmt mich sonst schon so wichtig?“

„Also: Was war?", mischt sich Vesna in das Geplänkel ein. „Wie ist es passiert, dass sie dich entführt haben?"

„Ich war eine Idiotin. Ich gehe mit meinem Koffer zum Bahnhof. Irgendwie hatte ich die ganze Zeit das Gefühl, dass mir jemand folgt. Aber ich dachte, das bilde ich mir bloß ein, nach den Sachen mit der V.A. und den bösen Postings. Ich bin schon fast am Vorplatz, da spricht mich eine Frau mit Kopftuch an. Auf Türkisch. Ich soll mitkommen, da drüben seien einige Fans von mir. Ich bin so blöd und denke mir gar nichts dabei. Weil was soll von einer türkischen Kopftuchträgerin schon für eine Gefahr ausgehen? Die sind doch immer harmlos, oder? Unterdrückt und harmlos. Ich gehe rüber, da stehen einige Lieferwagen. Ich sehe niemanden, drehe mich um, und die Frau ist weg. Und jemand packt mich und ein anderer hält mir etwas vors Gesicht und sie ziehen mich in einen Kleinbus. Ich hatte null Chance. Dann war ich weg. Als ich wieder aufgewacht bin, sind wir gefahren. Es hat entsetzlich gestunken. Ich habe langsam begriffen, dass ich in einem Schweinetransporter bin. Inmitten von Schweinen. Aber offenbar waren die alle mit sich selbst beschäftigt. Mir ist sogar vorgekommen, sie machen einen Bogen um mich. Ab und zu haben welche miteinander gestritten, sie haben aufeinander eingebissen und gekämpft. Wildes Gekeife und Gekreische. Ich bin allerdings trotzdem immer wieder weggedämmert. Bei den Wassertrögen war ein wenig Licht. Und es war auch nicht besonders heiß. Ich hatte ein Klebeband über dem Mund, meine Hände waren auch damit gefesselt. Ich habe mir gedacht, es ist nur eine Frage der Zeit. Wenn Panik ausbricht, trampeln sie einfach über mich drüber. Unser Abteil war viel zu niedrig zum Stehen. Ich hab das verdammte Klebeband von meinem Mund nicht weggebracht. Das war das Schlimmste. Ich hab gedacht, ich ersticke. Oder ich werde verdursten. Irgendwann hab ich dann vor den Schweinen keine Angst mehr gehabt, mir war alles egal. Ich hab mich auf Händen und Knien an ihnen vorbeigedrängt zur Tränke und hab meinen Kopf hineingelegt. Bis mich so ein Schwein weggeschubst hat. Aber sie haben mich immer wieder hingelassen."

„Du hattest Glück", murmelt Martina. „Die Mastanlage von Viktor ist zwar nicht gerade das Schweineparadies, aber seine Tiere haben doch regelmäßig Kontakt mit Menschen. Schweine sind nicht dumm. Sie wissen, wo das Futter herkommt."

„Tja, aber dann wissen sie vielleicht auch, wer sie zur Schlachtbank schickt, habe ich mir gedacht", sagt Barbara und versucht ein Lächeln.

[16.]

WORLDLOVE gehört Maier-Löwenthal. Vielleicht sind auch noch andere beteiligt, die Konstruktionen sind einigermaßen kompliziert. Ich sitze mit Oskar in der Konditorei Sluka. Mehr als hundertfünfundzwanzig Jahre gibt es die „Conditorei" schon, in der man noch immer handgemachte Mehlspeisen, aber zum Glück auch pikante Kleinigkeiten bekommt. Kleinod gleich beim Rathaus und für uns praktisch. Oskars Kanzlei ist bloß fünf Minuten entfernt. Er hat mich auf einen Mittagsimbiss eingeladen.

„Ich wollte dir das nicht am Telefon sagen. Nach allem, was schon geschehen ist, bin ich vorsichtig. Der Firmensitz ist in Berlin. Das Unternehmen wächst rasch, sie haben letztes Jahr ihren Umsatz von zwanzig auf vierzig Millionen verdoppelt." Oskar beißt in ein Roastbeef-Brötchen.

„Wie hast du das rausgefunden?"

„Den Großteil über das deutsche Firmenbuch. Den Rest über Kontakte. Ganz legal. Er scheint übrigens als Michael Maier auf."

„Er nennt sich bloß nach seinem Onkel."

„Macht mehr her als Michael Maier."

„Die Gesellschaft für Veganes Leben wirbt für WORLDLOVE, MitTier auch. Trotzdem erzählt niemand, dass das Unternehmen ihm gehört. Kann es sein, dass es gar keiner weiß?", überlege ich.

„Passt vielleicht nicht ganz zu seinem Ruf als Förderer der reinen Lehre und der Philosophie. Auch wenn es sich um vegane Produkte handelt."

„Eigentlich seltsam. Er ist doch einigermaßen eitel und geltungssüchtig, sieht man ja auch an der Sache mit dem Namen. Unternehmer zu sein macht doch mehr her, als bloß eine vegane Gesellschaft zu betreiben. Selbst wenn es eine noble ist."

„Vielleicht hält er die Anteile für jemand anderen. Als Strohmann", überlegt Oskar.

„Oder die Produkte sind für seine Elite-Veganer nicht gut genug. Sie sind weder Bio noch regional, und schon gar nicht besonders gesund. Du erinnerst dich an die Mini-Frikadellen? Die haben nicht nur scheußlich geschmeckt, da waren auch alle möglichen Zusatzstoffe drin. Noch mehr davon gibt's in ihrem veganen Käse. Eine ganze Liste an E-Nummern. Andererseits: Er bewirbt WORLDLOVE in seiner Gesellschaft." Da lobe ich mir die Schinkenrolle auf meinem Teller. Saftig und frisch, mit Oberskren gefüllt. Passt perfekt hierher. Eine nette Mischung aus Retro-Charme und zeitgemäßem Handwerk. Ohne Zusatzstoffe, damit werben sie.

„Vegan ist eben auch Mode, und es gibt genug, denen geht's dabei nicht ums Essen. Es geht eher ums Nicht-Essen. Aber das bringt uns auch nicht weiter."

„Es wird immer verwirrender", seufze ich. „Waren das wirklich Leute von der V.A., die hinter der Entführung von Barbara Ülgen stecken? Ich traue es ihnen nach wie vor zu, aber seit klar ist, dass sie nicht nur mit Chloroform oder etwas Ähnlichem betäubt worden ist, sondern zusätzlich eine regelrechte Giftspritze bekommen hat, bin ich mir nicht mehr sicher."

„Es reicht, sie in einen Schweinetransporter zu stecken. Die Täter haben zumindest in Kauf genommen, dass Barbara Ülgen stirbt. Damit ist das ein klassischer Mordversuch. Wer hätte einen Grund, das zu tun, es zumindest zu riskieren, dass sie stirbt?", fragt Oskar und nimmt den letzten Bissen von seinem Ei-Brötchen.

„Das ist es ja. Es gibt niemanden. Wenn ein Zusammenhang mit dem Mord an Franz Mitterer besteht, scheidet bei ihm ein Motiv im familiären Umkreis aus. Und dass er etwas über dubiose Verwendung von Spendengeldern gewusst haben könnte, spielt dann wohl auch keine Rolle. Barbara Ülgen hat nichts zu tun mit MitTier oder der

Gesellschaft für Veganes Leben. Also sind wir wieder bei Rache. Und bei der Verkostung. Vesna und ich haben rekonstruiert, wodurch wir auf die Idee mit dem Transport nach Berlin gekommen sind. Es war Viktor, der Schweinebauer, der Martina den Hinweis gegeben hat. Diese Fahrer, die er nicht gekannt hat und die bis jetzt offenbar nirgendwo aufgetaucht sind. Aber was hätte er für ein Motiv?"

„Und wenn jemand ganz gezielt dafür gesorgt hat, dass er ein bisschen etwas mitbekommt?"

„Aber warum?"

„Weil man doch nicht wollte, dass sie stirbt?"

„Dann hätte eine kurze Betäubung gereicht. Allein der Giftcocktail hätte sie töten können."

„Euer Dominik Werder. Traut ihr ihm inzwischen?"

„Er ist nicht unser Dominik. Und ich bin nach wie vor davon überzeugt, dass er Kontakte zur V.A. hat. Aber er hat mitgeholfen, Barbara zu finden. Er hat die Idee mit dem Gelände beim Berliner Zoo gehabt."

„Aha."

„Du meinst … er hat uns gezielt hingeführt? Weil er Bescheid wusste?"

„Ich meine gar nichts. Es ist bloß eine Möglichkeit. Er will euer Vertrauen. Und das wichtigste Ziel ist erreicht: Das Fotoshooting mit Schwein ist gerächt und das Anti-Veganer-Programm der Kabarettistin auch."

„Er hat nicht besonders beleidigt gewirkt. Außerdem führt sie alle möglichen Gruppen vor. Türkische Dummköpfe, rechte Widerlinge, Society-Tussis."

„Ich sage ja nicht, dass es so war. Wie ist Dominik Werder auf die Idee mit dem Zoo gekommen?"

„Viktor hat etwas von einem Ort mit vielen Tieren gesagt, wo die Schweine hinsollen. Wir haben natürlich alle zuerst an einen Schlachthof gedacht. – Seinem Betrieb geht's übrigens mies. Der Schweinemarkt ist seit dem Russland-Boykott und durch die Niedrigpreise in den wirklich großen Mastbetrieben ziemlich am Boden. Außerdem ist es offenbar zum ersten Mal so, dass die Menschen in

Deutschland weniger Schweinefleisch essen. Irgendwie war das nicht im Plan."

„Solange die Schweinezüchter deswegen nicht an den Veganern Rache nehmen ... oder an den Moslems in Deutschland ... – Habt ihr eigentlich überlegt, ob der Angriff auf eure Kabarettistin etwas damit zu tun haben könnte, dass sie Halbtürkin ist?"

„Und eine zumindest hin und wieder schweinefleischessende, gar nicht religiöse dazu. Wobei sie sagt, sie ist beides ganz: Türkin und Deutsche. Klar haben wir daran gedacht, aber es gibt keine Anhaltspunkte. Dafür gab es die Bekennerschreiben der V.A.. Das erste nach dem Kuhmist-Angriff. Dann *Die Schweine rächen sich!*. Und die Aufschrift auf dem Transporter."

„Was, wenn jemand bloß den Verdacht auf die Veganer lenken wollte?"

„Wer aus rassistischen Gründen Rache übt, will, dass es bekannt wird", gebe ich zu bedenken.

Oskar nickt. „In dieser Sache kann ich euch nicht helfen. Dafür werde ich versuchen herauszufinden, wer hinter der Firmenkonstruktion von WORLDLOVE steckt."

Ich stehe auf. „Ein anderer Aspekt der ganzen Geschichte. Wenn Barbara Ülgen irgendetwas mit der Gesellschaft für Veganes Leben und Philosophie zu tun hätte ... oder mit MitTier ... Aber sie hat nicht einmal gespendet und auch bei keiner Charity mitgetan. Sie hat keinem der Beteiligten den Mann oder die Frau ausgespannt, sie macht sich nur über alles Mögliche lustig."

„Unter anderem über Dominik Werder."

„Der uns dann mehr oder weniger zum Transporter geführt hat. Irgendwie dreht sich alles im Kreis, aber der Kreis verschiebt sich und ..." Ich seufze. „Ich rede schon totalen Unsinn. Mir kommt die Sache zunehmend kafkaesk vor. Überall Anhaltspunkte und Verdächtige, aber nichts Greifbares, kein Muster. Und wir mittendrin."

Wir stehen vor der Konditorei Sluka. Ich sehe hinüber zum Rathaus. Neugotischer Bau aus der Zeit, als gleichzeitig mit der Ringstraße auch alle angrenzenden Häuser und Palais geplant, finanziert und errichtet wurden. Gab es damals mehr Unternehmergeist? Mehr

Optimismus? Oder einfach weniger Vorschriften? Und wem hat das genützt? Die Arbeitskräfte kamen aus den ärmeren Kronländern oder von noch weiter her. Waren die Grenzen damals durchlässiger als heute? War damals auch so vieles verwirrend? Sollten unsere elektronischen Kommunikationsmöglichkeiten nicht zu mehr Klarheit beitragen? Oder ist genau das Gegenteil der Fall und wir verlieren uns in der angeblichen Information? Was würde Kafka heute schreiben?

„Du murmelst in dich hinein", stellt Oskar fest.

„Kafka", sage ich und sehe meinen Mann an. „In der Gesellschaft hat es einen Vortrag gegeben. *Kafkas Hungerkünstler als Metapher für Konsumverirrung.* So abgehoben, dass ich mir sogar den Titel gemerkt habe."

„Ob sie dabei auch über WORLDLOVE und vegane Geschäfte geredet haben?", antwortet Oskar. Er küsst mich, winkt und geht Richtung U-Bahn davon.

„Kafkaesk", wiederhole ich, nachdem ich das Ganze mit Martina noch einmal durchgesprochen habe. Gerade noch rechtzeitig ist mir eingefallen, dass heute das große Weinviertel-Fest am Graben stattfindet. Winzer, Blasmusik, Wurst, Schinken, und noch viel mehr. Alles handfest, fassbar und klar. Man präsentiert die Region vor den Toren Wiens. Ziemlich traditionell, aber nicht unsympathisch.

„Von Kafka kenne ich nur das mit dem Käfer", antwortet die junge Winzerin.

„Es gibt viele, die über ihn reden und gar nichts kennen", erwidere ich.

„Er verwandelt sich in einen Käfer und die Familie versteckt ihn in seinem Zimmer und mit der Zeit geben sie ihm nur mehr Abfall und der schmeckt ihm dann auch am besten."

„Ob Veganern die Mini-Frikadellen von WORLDLOVE schmecken?", überlege ich.

„Wenn man sie oft genug isst? Vielleicht. Es geht ja nicht nur um Genuss, sondern auch um Nahrungsaufnahme. Man isst, um zu überleben, und gewöhnt sich an das, was man häufig bekommt. Und schließlich mag man es. Common Food heißt das Phänomen. Wie sonst könnten die Fast-Food-Ketten überleben?"

Ich sehe Martina interessiert an.

„An der Fachschule hat es ein interessantes Seminar zu diesem Thema gegeben."

„Und du wolltest trotzdem immer den Weinbau übernehmen?"

„Wollte ich schon als kleines Kind, das ist so geblieben. Wahrscheinlich gerade, weil mir niemand gesagt hat, dass ich muss."

Die Blasmusik hinter uns spielt einen Tusch. Ein rundlicher Mann erklimmt die Bühne und nimmt das Mikrofon.

„Apropos Käfer und Verwandlung. Irgendetwas war mit einem Tier", sagt Martina. „Es ist mir wieder eingefallen, als wir von Berlin zurückgefahren sind."

„Da hast du dich auf der Rückfahrt mit Dominik ganz gut verstanden", necke ich sie.

„Wir waren froh, dass die Sache halbwegs gut ausgegangen ist. Wenn wir nicht so unterschiedliche Ansichten hätten ... Ich glaube nicht, dass er uns alles sagt. Aber Geschäftemacher ist er wenigstens keiner, im Gegensatz zu Maier. Finde ich sehr witzig, dass er eigentlich gar nicht Löwenthal heißt. Wobei ... – Jetzt hab ich es wieder! Ich habe mit Dominik über Tierliebe diskutiert. Und darüber, ob es eine Abstufung zwischen Tierliebe und Menschenliebe geben soll oder geben darf. Ich habe ihm als Beispiel erzählt, wie der Maier-angeblich-Löwenthal eigenhändig einen Fuchs begraben hat. Und das, während alle rundum in heller Aufregung über den Herzinfarkt des Geschäftsführers von MitTier waren. Ihn hat sein Tod offenbar gar nicht so gekümmert. Oder vielleicht hätte er gesagt, es dreht sich jetzt alles um den Geschäftsführer, er kümmere sich um ein Lebewesen, das es genauso verdiene, betrauert zu werden."

„Hast du es gesehen?", frage ich Martina.

„Nein, Franz hat es mir erzählt. Er war ja damals noch bei MitTier."

Musik setzt ein. Fröhlicher Marsch. Ich hab nichts gegen Blasmusik. Wenn sie weit genug weg ist. Ich ziehe Martina ein Stück mit mir, wir stehen vor den Auslagen eines Juweliergeschäfts. Protzige Klunker. Wer so etwas wohl kauft?

„Ich glaube, er hat mir auch davon erzählt. Damals, bei der Verkostung“, sage ich.

Martina nickt. „Und auf der Fahrt nach Wien habe ich dann gedacht: Ist schon eigenartig, dass der Geschäftsführer einen Herzinfarkt hat und gleichzeitig ein Fuchs stirbt. Oder hat er einen Herzinfarkt bekommen, weil der Fuchs tot war? Was war mit dem Fuchs?“

„Wenn der Hof auf einer ehemaligen Deponie ist und die Geschäftsführung davon weiß, und dann sterben Tiere … Der Fuchs muss ja nicht das erste gewesen sein. – Ich rufe Karl Simatschek an. Den, der das Blut auf eurem Tor analysiert hat. Er soll den Fuchs obduzieren.“

„Er wird schon stark in Verwesung sein.“

„Ist er von menschlichen Leichen gewohnt.“

„Wir müssten dafür allerdings wissen, wo Maier den Fuchs begraben hat. Wenn nur etwas von dem stimmt, was wir vermuten, sollten wir ihn besser nicht direkt fragen.“

„Du machst jetzt aber keinen Rückzieher, nur weil es mit einer Deponie zu tun hat?“

„Aber sicher nicht!“, sagt Martina empört. „Wenn es etwas Konkretes gibt, bin ich dabei. Nur die Gerüchte sind für uns mühsam. Und das, was dann gleich wieder geschrieben wird. Hat Franz dir gesagt, wo Maier den Fuchs begraben hat?“

„Ich kann mich zumindest nicht daran erinnern … Ich weiß nicht einmal, ob er überhaupt von Maier-Löwenthal gesprochen hat.“

„Da bin ich mir ganz sicher. Und eigentlich auch, dass er einen Ort genannt hat.“ Martina verstummt. Ich starre in die Auslage. In der Vitrine liegt ein üppig mit roten Steinen besetztes Kreuz.

„Scheußlich, nicht?“, sagt Martina. Und dann: „Kreuz! Das ist es!“

„Er hat dem Fuchs kein Kreuz aufs Grab gestellt, oder?“

„Nein, so weit geht nicht einmal er, denke ich. Aber Franz hat gesagt, er hat ihn zum Kreuz getragen und dort beerdigt.“

„Zu welchem Kreuz?“

„Keine Ahnung, das werden wir herausfinden. Es wird auf dem Gelände Wegkreuze und Marterl geben. Ich nehme nicht an, er hat den Fuchs weit weggebracht. Das Einfachste ist, ich schaue in den digitalen Kataster. Dann ist er endlich einmal für etwas gut."

„Digitaler Kataster?"

„Sie haben alle landwirtschaftlichen Grundstücke neu vermessen. Per GPS. War ein schrecklicher Aufwand und hat zu vielen kleinen Grenzstreitereien und Änderungen geführt. Aber da ist wirklich alles eingezeichnet. Jeder Baum. Du darfst auch keinen auf deinem Grund einfach so fällen. Er ist nämlich ein Bestandteil der Landschaft. Da musst du ansuchen."

„Und du kannst diese Karten des Löwenthal-Hofs einsehen?"

„Kein Problem. Ich kenne einen in der Bauernkammer, der macht viel, wenn ich ihn darum bitte."

Karl ist ausnahmsweise nicht im Wald, sondern in Pörtschach am Wörthersee. „Helge bereitet im Parkhotel einen großen ‚Zurück-zu-den-Wurzeln'-Abend vor. Das ist dieses großartige Hotel mit Sechzigerjahre-Flair, aber die sind echt am Puls der Zeit. Er kocht gemeinsam mit dem Küchenteam, pur und regional, die Sache ist komplett ausverkauft. Und ich genieße den Sommerbeginn. Wir haben einen unglaublichen Blick vom Zimmer aus, der See liegt direkt unter uns. Außerdem haben wir gestern eine wunderbare Koch-Session mit einem Kärntner Slowenen gemacht. Er sieht aus wie ein Bär, aber er hat einen Verlag und kann hinreißend kochen. Der kennt alles und ihn interessiert alles, was mit authentischer Küche zu tun hat. Helge hat ihn richtig verliebt angesehen."

„Alles vegan?"

„Aber woher! Du solltest den Typ sehen, das passt gar nicht zu ihm. Dafür kennt er alte Rezepte aus dem Karst … einfach großartig. Es geht uns nicht um vegan, vegetarisch oder Fleisch. Es geht darum, zu erkennen, was es an Gutem in der nächsten Umgebung gibt. Die Fische nehmen wir natürlich aus dem Wörthersee, wir sehen aufs Wasser und essen, was drin schwimmt."

„Ich dachte, da schwimmen nur Touristen."

„Man muss eben unter die Oberfläche sehen, liebe Mira. Reinanken, Forellenbarsche, alles Mögliche gibt's da."

„Hast du den Meeresfischen abgeschworen?“

Karl lacht. „Nicht ganz. Und so hin und wieder ein Stück Ingwer oder Schokolade … – Kannst du dich erinnern, wie wir uns quer durch den Schoko-Laden vom Zotter gegessen haben?“

„Du hast dich durchgegessen, ich hab nur gekostet.“ Vom Schoko-Laden zum benachbarten Essbaren Tiergarten ist es nur ein kleiner Gedankensprung und ich bin wieder beim Thema. „Ich hab eine große Bitte.“

„Eine neue Leiche?“, scherzt er.

„Eine alte. Genauer gesagt ein Fuchs. Wir haben den Verdacht, er ist am Gift im Boden gestorben. Der Löwenthal-Hof steht angeblich auf einer ehemaligen Deponie.“

„Und wo ist das Vieh? Bei dir?“

„Es ruht noch in seinem Grab.“

„Wie lange schon?“

„Ein paar Wochen.“

„Oje, es war ziemlich warm. Wie tief ist es eingegraben?“

„Weiß ich nicht. Machst du es?“

Karl murmelt etwas.

„Karl?“

„Es war Helge. Er braucht mich.“

„Das ist schön. Ich brauch dich auch.“

„Ich bin übermorgen wieder in Wien. Gebt das Tier am besten in einen frischen Müllsack. Und macht ihn gut zu. Und haltet es kühl.“

„Danke.“

„So, und jetzt gehen wir essen. Auf die Terrasse. Direkt am See. Schöner als in jedem alten Film.“

Während wir demnächst nach einem Fuchs graben werden.

Vui begrüßt mich im Vorzimmer, als wäre ich Jahrzehnte fort gewesen. Oder haben wir vergessen, ihn in der Früh zu füttern? Ich hatte den Kopf so voll, ich kann mich einfach nicht mehr erinnern. Seine Schüssel ist blitzsauber. Aber das sagt nichts. Ich packe aus, was ich eingekauft habe. Heute gibt es nur schnelle Küche. Wir können danach ja ein Stück Käse essen. Ich möchte im Internet nach Informationen über Deponien im Marchfeld suchen. Und ich werde versuchen, Verbindungen zwischen Maier und WORLDLOVE herzustellen. Hält er bewusst geheim, dass ihm das Unternehmen zumindest teilweise gehört? Oder hängt er es bloß nicht an die große Glocke, wir haben nicht danach gefragt und Insider wissen es ohnehin? WORLDLOVE und die Deponie. Mir kommt da noch eine Idee. Ich lege die Packung mit frisch faschiertem Hühnerfleisch auf die Arbeitsfläche. Dazu den Salat Romaine.

Was ist, wenn die Felder rund um den Löwenthal-Hof Getreide und Mais für WORLDLOVE liefern? Könnte sein, dass die Veganer nicht glücklich wären, wenn ihr Essen auf einer Deponie gewachsen ist.

Ein markerschütternder Schrei. Ich zucke zusammen. Vui starrt nach oben auf die Arbeitsfläche und brüllt. Kann nicht sein, dass er den knackigen Salat attraktiv findet. Hühnerfleisch mag er gern, aber so hat er sich noch nie benommen. Ich zupfe ein kleines Stück Faschiertes aus der Verpackung. Vui stellt sich auf zwei Beine und tanzt. Ich lege es in seine Schüssel, sein Kopf und meine Hand sind gleichzeitig dort, er schnappt nach dem Fleisch und mein Zeigefinger blutet. Vui ist unbeeindruckt. Er starrt konzentriert wieder nach oben. Sieht aus, als hätte ich seine Lieblingsspeise entdeckt. Ich gebe das Faschierte auf mein großes Schneidbrett, lasse eine Kleinigkeit für ihn am Einwickelpapier und trage es auf die Terrasse. Vui schnurrt, tanzt und verfolgt mich. Ich lege das Fleisch samt Verpackung auf den Boden und schiebe rasch die Glastür zu. Die einzige Chance, um in Ruhe kochen zu können.

Ich gieße einen halben Liter Wasser in einen Topf, gebe einen Schuss Weißwein, viel Weinviertler Safran, etwas Bio-Gemüsewürze, Bauern-Sonnenblumenöl dazu und salze. Als es kocht, raffle ich drei rohe Erdäpfel und gebe sie in die Flüssigkeit. Hitze verringern. Jetzt ist Zeit für den Laptop. Vui starrt mich vorwurfsvoll durch die Scheibe an. Einfach ignorieren.

Interessant. Ich finde keine direkte Verbindung zwischen Maier und WORLDLOVE. Die Gesellschaft für Veganes Leben bewirbt die Marke. Man sieht Maier und Vanessa Frey neben einem

WORLDLOVE-Poster. Der vegane Lebensmittelproduzent hat eine Charity gesponsert. Insgesamt taucht Vanessa Frey im Zusammenhang mit WORLDLOVE deutlich häufiger auf als Maier-Löwenthal.

Inzwischen sind die Erdäpfelstückchen weich. Ich fahre ganz kurz mit dem Stabmixer durch.

Das faschierte Hühnerfleisch habe ich in der Zwischenzeit im Tiefkühler möglichst kalt werden lassen. Jetzt mische ich es mit Kurkuma, Chili, Salz, frischem Koriander und Thymian. Gut durchkneten, kleine Laibchen formen und gleich wieder kalt stellen. So hält die Masse auch ohne Ei. Schmeckt deutlich besser als die veganen Frikadellen und geht eigentlich gleich schnell, wie die Zutatenliste zu lesen und eine Packung aufzureißen.

Alles vorbereitet.

Ich finde im Internet einen Katalog, in dem *Altlasten und Verdachtsflächen* verzeichnet sind. Es scheint ziemlich viele ehemalige Deponien zu geben. Da nirgendwo vom Löwenthal-Hof die Rede ist, kann ich sie aber nicht zuordnen. Genau so, wie Oskar gesagt hat. Wir werden mit Experten reden. Spätestens, wenn wir den Fuchs gefunden haben und wissen, woran er gestorben ist.

Unsere Toten und Verletzten. Ich öffne ein neues Word-Dokument und schreibe:

Antal Zumtobel – Herzinfarkt. Weil er toten Fuchs gesehen hat? Weil er Streit mit Vanessa Frey hatte? Oder einfach, weil er herzkrank war?

Fuchs – Begraben von Michael Maier. Todesursache noch unklar. Vergiftet durch die Deponie? Gibt es weitere tote Füchse?

Franz Mitterer – Mord durch Schuss in den Rücken. Weil er Veganern Fleisch untergejubelt hat? Weil er die Seiten wechseln und zu Mit-Tier/der Gesellschaft für Veganes Leben wollte? Weil er zu viel über den Umgang mit Spendengeldern wusste? Oder gibt es ein Motiv im familiären Umfeld? Er wollte im Betrieb vieles anders machen.

Barbara Ülgen – betäubt, vergiftet und im Schweinetransporter entführt. Überlebt eher durch Zufall, weil wir sie nach Hinweisen von Viktor Kern und Schlussfolgerungen von Dominik Werder rechtzeitig finden. Postings, in denen aufgerufen wird, Barbara Ülgen zurückzuschicken, es seien genug Schweine auf dem Weg. V.A. schickt Schreiben: „Die

Schweine rächen sich!" V.A. signiert auch den Transporter. Aber Barbara Ülgen hat sich durch ihre Kabarettprogramme viele Feinde gemacht. Militante Moslems? Rechte Deutsche?

Gibt es ein Muster? Einen Zusammenhang, den ich nicht erkenne? Oder müssen wir ganz anders denken, etwas aussondern, das nicht dazugehört? Ich schüttle den Kopf, speichere das Dokument und schicke es an meine eigene E-Mail-Adresse. Damit ich es auch am Laptop in der Redaktion und am Smartphone habe. Falls mir doch endlich eine Idee kommt.

„Hast du den Kater draußen vergessen?", fragt Oskar wenig später.

Vui steht an der Glastür und drückt sich die Nase platt.

„Er liebt Hühnerfaschiertes."

„Deutlich weniger exotisch als Oliven", meint Oskar ungerührt. „Dafür habe ich etwas, das einigermaßen pikant ist. Im übertragenen Sinn natürlich." Er sieht ausgesprochen zufrieden drein.

„Und das wäre?", frage ich neugierig.

„Hältst du es bis zum Essen aus?"

„Zum Glück bin ich schnell fertig."

Oskar geht, um seine Anwaltsklamotten gegen etwas Bequemeres zu tauschen, und ich renne geradezu zum Herd.

In große tiefe Teller kommt jeweils ein Stück Pane Carasau, dieses hauchdünne knusprige sardische Brot. Im ganz heißen Wok brate ich Kirschparadeiser, Jungzwiebelstücke, Paprikawürfel und eingelegte Sardellen samt Öl. Noch etwas Olivenöl dazu, den Salat Romaine in große Stücke zerreißen und ganz kurz mitschwenken. Salz, Pfeffer, ein paar Tropfen vom wunderbaren echten Balsamico aus Klosterneuburg darüber und fertig.

„Gewokter Salat mit Pane Carasau", sage ich, als ich die Teller zum Tisch bringe. Oskar hat inzwischen meinen Lieblingsveltliner eingeschenkt. „Und was hast du für mich?"

„Ich weiß, wem die anderen Anteile an WORLDLOVE gehören."

„Dominik Werder?"

„Wie kommst du auf den? Zehn Prozent gehören Vanessa Frey. Nicht der Stiftung, sondern ihr persönlich. Einundfünfzig Prozent gehören Michael Maier, der die Firma auch gegründet hat. Und neununddreißig Prozent gehören Multimat."

„Multimat?" Ich runzle die Stirn. Davon habe ich schon gehört. „PRO-Schwein gehört zu Multimat, nicht wahr?"

„Und noch viele andere Unternehmen der Lebensmittelindustrie. Multimat ist einer der größten Fleischproduzenten in den USA. In den letzten Jahren haben sie verstärkt in Europa Fuß gefasst."

„Dominik Werder hat davon erzählt. Er hat etwas von Mafia gesagt. Von vergifteten Landstrichen. Und dass der Konzern jetzt den Chinesen gehört."

„Da hat er recht." Oskar nimmt eine große Gabel Salat und kaut. „Das ist schon wieder vegan, oder?"

„Keine Ahnung, ob sie das Pane Carasau als vegan gelten lassen", erwidere ich, „die Sardellen haben jedenfalls gelebt."

„Jedenfalls schmeckt es gut."

„Wie hast du das mit Multimat herausgefunden?"

„Ich habe dir ja von den komplizierten Firmenkonstruktionen erzählt. Ich dachte, dass Maier mehr Anteile hält, aber sie haben eine Kapitalaufstockung gemacht und seither gehören neununddreißig Prozent dem Fleischkonzern. Es war einfacher, als ich gedacht habe. Nachdem der Firmensitz von WORLDLOVE in Deutschland ist, habe ich einen Kollegen bei meiner Partnerkanzlei in Frankfurt gefragt, wer über solche Unternehmen Bescheid wissen könnte. Und glücklicherweise hat er sich erinnert, dass sie selbst vor einiger Zeit mit WORLDLOVE zu tun hatten. Sie haben die Verträge für Multimat gemacht."

„Nicht gerade ein supersympathischer Klient."

Oskar runzelt die Stirn. „Erstens ist es nicht meine Kanzlei, sondern nur meine Partnerkanzlei. Und wenn sich Wirtschaftsanwälte ihre Klienten nach Sympathiewerten aussuchen würden, dann würden sie verhungern. Oder zumindest darben."

„Du hast deinem Kollegen gesagt, dass er niemandem von unseren Recherchen erzählen soll, oder?"

„Wäre irgendwie eigenartig gewesen, meinst du nicht?"

„Wenn ihr Klient Multimat ist, wird Maier hoffentlich nicht sofort davon erfahren."

Oskar serviert die Teller ab. „Was gibt's als Nächstes? Wollen wir nicht endlich die Katze reinlassen?"

Ohne auf meine Antwort zu warten, öffnet Oskar die Terrassentür, Vui stürzt ins Wohnzimmer, sieht sich um, schnuppert und baut sich vor dem Herd auf.

„Vergiss es", sage ich zu ihm und lege die Laibchen ins heiße Öl. Ein Fleischkonzern ist an WORLDLOVE beteiligt. Wenn das auffliegt, gibt es einen Skandal. Kann sein, dass gewisse Veganer nichts dabei finden, industriell hergestelltes Zeug mit vielen Zusatzstoffen zu essen. Aber dass ein Tiermörder-Unternehmen von ihnen Geld bekommt, möchten sie ganz sicher nicht. Ich hoffe, es gibt irgendwelche Beweise, die ich abdrucken kann. Vanessa Frey. Sie besitzt zehn Prozent. Privat. Das ist der vielleicht noch größere Skandal. Ich habe keinerlei Hemmungen, es öffentlich zu machen. Wie hat die Nichte des Bezirkspolizeikommandanten gesagt: Geschäftemacher. Daran hat sie freilich sicher nicht gedacht.

Ich wende das Hühnerfaschierte und gieße die Erdäpfel-Safran-Sauce darüber. Einmal aufblubbern lassen, fertig.

„Hast du irgendeinen Beweis?", frage ich Oskar.

„Misstraust du meinem Kollegen?"

„Darum geht es nicht. Wenn ich es bringe, dann brauche ich etwas, das ich abdrucken kann. Irgendein Papier der Beteiligungskonstruktionen, auf dem Multimat steht. Und am besten auch noch Michael Maier. Oder Löwenthal. Oder Vanessa Frey."

„Das, was mir mein Kollege gesagt hat, war informell. Sehr informell, um genau zu sein. Du darfst nichts davon direkt verwenden. Das Einzige, was du tun kannst, ist Maier darauf anzusprechen. Oder diese Vanessa Frey."

„Wo ist der Sitz von Multimat?"

„Die europäische Zentrale ist in Berlin. – Ist das schon wieder eines ihrer segensreichen Produkte?" Oskar starrt auf die Hühnerlaibchen in Erdäpfel-Safran-Sauce.

„Wo denkst du hin? Noch dazu, wo ich jetzt weiß, wer dahintersteckt. Österreichisches Huhn. Bioqualität. – Weißt du, wer auch in Berlin lebt? Maiers Frau. Sie führt die Geschäfte ihres Familienunternehmens. Irgendwas mit edlem Porzellan. Ob es da eine Verbindung gibt?"

„In den Beteiligungskonstruktionen scheint nur er auf. Und das auch über Umwege. – Schmeckt fantastisch."

„Ginge auch ohne Fleisch. Zum Beispiel mit geräuchertem Tofu."

„Aber muss nicht sein."

[17.]

Endlich weiß ich, warum sich weder Droch noch Zuckerbrot gemeldet haben. Die beiden sind gemeinsam in Italien unterwegs. „Eine Kulturreise zweier alter Knacker", hat Droch am Telefon gesagt. „Knapp nach Goethe."

Ich habe den Verdacht, dass sich die beiden mindestens so intensiv ums Essen wie um die Kultur kümmern. Wann sie denn zurückkämen, wollte ich von Droch wissen. „Keine Ahnung", war die Antwort. Seine Frau könne damit leben, dass er eine Zeit lang weg sei, und Zuckerbrot sei ja ohnehin schon lange glücklich geschieden. Ich erzähle ihm kurz von der Veganer-Sache samt einigen ihrer Verästelungen und er gibt das Telefon seinem Freund.

„Bezirkspolizeikommandant Nemecek – er ist ein Freund von Ihnen, stimmt das?"

„Wenn Sie es ohnehin schon wissen. Ja, das stimmt. Er ist ein angenehmer Mensch. Unprätentiös, dabei gibt's genug in den Bezirken, die sich gleich für kleine Polizei-Kaiser halten. Werden ja auch ausreichend hofiert. Jeder fährt einmal zu schnell und hofft dann auf einen Freund bei der Polizei. Als ob das so einfach ginge. Außerdem kann er logisch denken. Und er ist gut vernetzt. Nicht mit den Provinz-Honoratioren, sondern mit den sogenannten normalen Menschen."

Dass man die beiden Fahrer des Transporters findet, hält Zuckerbrot, genauso wie Nemecek, für unwahrscheinlich. Außerdem hat es Viktor Kern nicht geschafft, Beschreibungen für auch nur halbwegs brauchbare Phantombilder zu liefern. PRO-Schwein schien froh zu sein, dass das Fahrzeug und die Schweine wiederaufgetaucht sind. Sie haben Viktor verpflichtet, nichts an die Öffentlichkeit zu bringen. Dann werde man nicht erheben, ob er mit schuld war, dass falsche Fahrer eingestiegen sind.

Droch verspricht mir, aus Italien kulinarische Köstlichkeiten mitzubringen. Er klingt so fröhlich, wie ich ihn noch selten erlebt habe. Richtig jugendlich.

„Was glaubst du, liebste Mira? Wir fangen gerade erst an zu leben. Und das Schöne ist: Wir machen uns keine Sorgen mehr darüber, was die Leute von uns halten."

„Als ob du das je getan hättest."

Zuckerbrot will mir die Nummer eines Kollegen in Berlin schicken lassen. „Keine Ahnung, ob er Ihnen helfen kann, aber er ist in Ordnung. Und zumindest für den Fall, dass Sie oder einer Ihrer Freunde in Schwierigkeiten stecken, eine gute Anlaufstelle."

„Was meinen Sie damit? Klingt, als ob ich dauernd in Schwierigkeiten wäre."

Zuckerbrot lacht. „Besser in Schwierigkeiten als in einem Schweinetransporter."

Ich werde nach Berlin fliegen. Ich habe eine Idee, wie ich einem Beweis für die Beteiligungen an WORLDLOVE näher kommen könnte: eine Reportage des „Magazin" über den boomenden Markt für vegane Produkte. Ich werde mit dem Geschäftsführer reden. Auch über die Geschichte und die Entwicklung seines Unternehmens. Alles logisch und harmlos. Außerdem könnte ich bei dieser Gelegenheit die Frau von Maier-Löwenthal treffen. Nobles Porzellan hat mich immer schon interessiert. Da soll mir einer erst einmal das Gegenteil beweisen.

Heute Nacht freilich werden wir einen toten Fuchs ausgraben. Martina hat auf den GPS-Karten nicht weit vom Fuchsgehege entfernt ein Kreuz gefunden. Dass es in der Nacht auf dem Gelände keine Wachposten gibt, hat Vesna geklärt. Sie hat MitTier angeboten, sich freiwillig und gratis am Schutz der Tiere und des Geländes zu beteiligen. Es gibt einen eigenen Mitarbeiter, der für „die lieben Helferinnen und Helfer" zuständig ist. Und der hat dankend abgelehnt. Sie könne gern bei der Betreuung der Tiere mittun, nach einer Schulung vielleicht sogar Führungen auf Serbokroatisch machen. Aber Sicherheitsleute brauche man keine. Wer stehle schon Tiere, die keiner mehr wolle? Und die Tageseinnahmen würden immer auf die Bank gebracht. Einzig Hubert, das Faktotum, wohne auf dem Gelände und ziehe in der Nacht manchmal eine Runde, das sei ausreichend. Hubert kenne ich ja schon. Kein besonderer Freund von Maier.

Maiers Frau heißt nicht Maier, schon gar nicht Löwenthal, sondern Vorberg. Wie die Porzellanmanufaktur, die es seit mehr als hundert Jahren gibt. Die weibliche Stimme am Telefon bedauert, dass Frau Vorbergs Assistentin nicht da sei. Ich bitte sie, mich direkt durchzustellen. Ich sei quasi eine Freundin der Familie. Und schon habe ich die Firmenchefin dran. Vielleicht sollte ich etwas über meine Kontakte zur Gesellschaft für Veganes Leben und Philosophie sagen, um auf ihren Mann und seine Geschäfte zu sprechen zu kommen. Aber zuerst will ich es anders probieren. Ich erzähle ihr, dass ich an einer Reportage über kulinarische Werte arbeite – und da gehöre Porzellan nun einmal dazu. Ihr Mann habe mich auf die Idee gebracht, Vorberg als Beispiel zu nehmen.

„Er hat mir erzählt, dass Sie das Familienunternehmen in Berlin führen."

„Hat er?" Das klingt wenig begeistert.

„Er hat von einer glücklichen Fernbeziehung geschwärmt, aber das hat mit meiner Reportage natürlich nichts zu tun."

„Besser so."

Besonders gesprächig ist sie nicht. Will sie ihr Nobelporzellan nicht in billigen Medien wiederfinden? Aber als ich sie über Details ihrer Produktlinien und ihren Zugang zur Gastronomie frage, taut sie auf. Bald darauf weiß ich eine Menge über Geschirr im Wandel der wirtschaftlichen Verhältnisse. Zeit, mich vorsichtig dem zuzuwenden, was mich wirklich interessiert.

„In Ihrem privaten Haushalt haben Sie sicher auch Vorberg-Porzellan. Wenn nur für Ihre Familie gekocht wird. Welches nehmen Sie? Haben Ihre privaten Erfahrungen Auswirkungen auf Verkaufsstrategien?“

„Unsere Kinder studieren. Der Sohn in Brüssel, die Tochter in Rom. Und meinen Mann haben Sie ja offenbar kennengelernt. Der ist auf Gut Löwenthal.“

„Mit seinen Geschäften haben Sie also nichts zu tun?“

„Nicht im Geringsten. Seit sich mein Bruder aus unserem Unternehmen zurückgezogen hat, kümmere ich mich hauptverantwortlich um Vorberg.“ Das klingt jetzt wieder deutlich distanzierter.

„Leben Sie auch vegan? Könnten Sie sich vorstellen, eigenes Porzellan für vegane Ansprüche zu erzeugen?“

„Mein Unternehmen hat sich nie an Moden orientiert. Wir nehmen uns Zeit. Nein, ich lebe nicht vegan. Jeder soll tun, was er möchte.“

„Sie haben also nichts dagegen, dass Ihr Mann …“

„Hören Sie einmal, ich habe den Verdacht, Sie verfolgen ein ganz anderes Ziel, als über Vorberg zu schreiben. Ganz klar: Ich habe weder mit diesem Verein noch mit den Geschäften meines Mannes zu tun, ich mische mich da auch nicht ein. Sein Nennonkel hat ihm das Gut hinterlassen, Michael hat etwas daraus gemacht. Das besprechen Sie am besten mit ihm.“

„Nennonkel?“

„Das ist kein Geheimnis. Walter von Löwenthal hatte offenbar … ein gewisses Naheverhältnis zu Michaels Mutter. Sie war Schauspielerin. Nicht besonders erfolgreich. Und sie ist relativ jung gestorben. Hat wohl zu schnell gelebt, wie man so sagt. Die Familie war nicht eben wohlhabend. Er hat sie bis zum Schluss unterstützt, soviel ich weiß. In bescheidenem Rahmen. Das Gut hatte seine Blütezeit längst hinter sich. Der Onkel hatte keine direkten Nachkommen und so hat er im Testament Michael als Erben eingesetzt.“

„Der darauf zurück nach Österreich gegangen ist.“

„Es war ein guter Zeitpunkt. Es gab hier nicht besonders viel zu tun für ihn. Während ich damals die Leitung von Vorberg übernommen habe. Noch einmal: Ich gehe davon aus, dass Sie meine Porzellanmanufaktur von dem, was er am Löwenthal-Hof macht, strikt trennen."

„Und was ist mit seinen Geschäften in Berlin?"

„Keine Ahnung, wovon Sie sprechen."

Eine glückliche Fernbeziehung hört sich anders an. Ob sie wirklich nichts von WORLDLOVE weiß?

„Habe ich eine Chance, mir Ihre aktuellen Designs vor Ort anzusehen?"

„Sie finden sie im Internet."

„Es ist doch etwas ganz anders, Porzellan zu sehen, es zu berühren."

„Nun denn. Es wird sich machen lassen."

„Fein, ich würde mich freuen, wenn wir uns persönlich kennenlernen."

„Ich kann Ihnen nicht versprechen, dass ich da sein werde. Aber wir haben äußerst kompetente Mitarbeiter."

Dafür ist die Assistentin der Geschäftsführung von WORLDLOVE sehr kooperativ. Natürlich sei Herr Haudubel gerne zu einem Interview bereit. Man könne mir vorab Material über WORLDLOVE schicken. Auch Kostproben. Man freue sich über jedes Medieninteresse, denn „unser Unternehmen hat ja nicht nur einen wirtschaftlichen Auftrag, sondern in erster Linie einen gesellschaftlichen".

Esst vegane Frikadellen aus Sojaschnetzel und Zeug, das sie ansonsten zur Luftentfeuchtung einsetzen, und der Welt geht es besser. Jedenfalls ist Herr Haudubel in den nächsten Tagen in Berlin und wenn ich zeitlich flexibel sei, werde sich kurzfristig ein Termin finden lassen.

Zumindest Schweinetransporte würde es nicht geben, wenn alle WORLDLOVE-Frikadellen essen würden, überlege ich wenig später. Berichte über gestohlene Transporter habe ich im Internet nicht gefunden. Nur solche über einen umgekippten Lkw. Sechshundert Schweine waren drin. Wie viele waren es bei der „Lieferung" aus Viktors Betrieb? Wir waren so auf Barbara fixiert, dass ich nicht genau auf die Schweine geachtet habe. Eines war tot oder zumindest schwer verletzt. Das Bild habe ich immer noch vor Augen. Es waren viele, sehr viele. In drei Etagen. Ich finde eine Statistik, laut der im letzten Jahr ziemlich genau gleich viele Schweine nach Österreich importiert wurden, wie exportiert wurden. Rund zwei Millionen Stück. Zum Großteil allerdings schon geschlachtet. Fragt sich, warum wir nicht unsere Schweine essen können und die in Deutschland, Polen und Italien ihre. Aber das nennt man wohl Wirtschaft. Und Import- und Exportsubventionen wird es auch geben. Manchmal bin ich nah dran, Protestvegetarierin zu werden.

Ich sehe durch meine Riesen-Dschungelpflanzen nach draußen ins Großraumbüro. Wie viele der Redakteurinnen und Reporter des „Magazin" machen sich Gedanken über ihre Ernährung? Nicht nur darüber, was ihnen schmeckt und wie viele Kalorien es hat, sondern auch, woher ihr Essen kommt, wer profitiert, wer negative Konsequenzen tragen muss? Dabei sind wir hier überdurchschnittlich gut informiert. Wissen, wie man recherchiert. Verdienen auch so viel, dass wir uns entscheiden können, was wir essen. Wie hat Oskar vor kurzem gesagt? Es geht oft gar nicht mehr ums Essen, sondern ums Nicht-Essen. Kein Schwein. Keine tierischen Produkte. Kein Fett. Keine Kohlehydrate. Kein Gluten. Keine Laktose. Keine Kalorien. Ich will sofort zu einem üppigen Fest, am besten nach Italien. Mit Droch und Zuckerbrot und natürlich Oskar und Vesna und Karl und mit überhaupt allen, die ich mag. Und ich will dort lauter gute Sachen essen und trinken, in der Umgebung gewachsen, ohne ideologischen oder esoterischen Zirkus rundherum. Ich seufze. Man wird ja noch träumen dürfen. Weil ich weiß: Viel vom guten Prosciutto wird aus österreichischen Schweinen gemacht.

Telefon. Unbekannte Rufnummer. „Ja?"

„Magda Winkler da. Von ‚Gut essen'."

Hat das vegane Catering meine Träume erraten und bietet mir jetzt alles Gute ökologisch, biologisch und ohne Tierleid an?

„Ich … ich wusste nicht, an wen ich mich wenden soll. Es ist etwas Unfassbares passiert. Ich weiß, dass Sie Reporterin sind, aber

Dominik hat gut von Ihnen gesprochen und er hat Ihre Nummer auf die Pinnwand geheftet. Und Ihre Freundin ist ja Detektivin oder so. Von ihr habe ich aber keine Nummer und ich kenne mich nicht aus mit so etwas …"

„Was ist passiert?"

„Es war Polizei da. Eine Hausdurchsuchung. Bei uns. Sie haben die Pistole gefunden, mit der womöglich dieser Bauer ermordet worden ist. Und sonst auch noch einiges."

„Bei Dominik Werder?"

„Sozusagen."

„Sie haben ihn in Haft genommen?"

„Nein. Er ist seit gestern verschwunden."

Wir stehen mit Magda Winkler im Zimmer, in dem Dominik Werder gearbeitet hat, wenn er nicht auf Liefertour war. Ikea-Regale, ein Holzbrett auf zwei Böcken als Schreibtisch. Bunter Flickenteppich.

„Sie haben eine Mappe mit Zeitungsausschnitten über Barbara Ülgen gefunden. Ihr Gesicht war mit einem roten X durchgestrichen. Irgendwo gab es eine Liste mit den Namen von Landwirten. Der Bauer, der ermordet wurde, war auch drauf. Durchgestrichen. Dominiks Laptop haben sie mitgenommen. Offenbar waren Mails von Leuten von der V.A. drauf."

„Die haben Ihnen das erzählt?", fragt Vesna.

„Sie haben mich damit konfrontiert und getan, als würde ich das alles wissen und mit ihm unter einer Decke stecken. Sie haben mir befohlen, dass ich ihnen sage, wo er sich versteckt hält."

„Haben Sie ihn gewarnt?", fragt Vesna weiter.

„Ich hatte doch keine Ahnung! Er hätte gestern Abend Lieferdienst gehabt und ist nicht gekommen."

„Und wo war die Pistole?" Mir platzt gleich der Kopf. Wie soll ich das einordnen? Dominik, der über Barbara Ülgen eine Mappe angelegt hat. Martina, die ihm gesagt hat, er soll sich ihr Kabarettprogramm ansehen. Er hat sie gekannt. Schon in Berlin war klar, dass er mehr über Barbara Ülgen wusste. Zumindest wusste er, was sie über ihn auf der Bühne sagt.

„Nicht hier. Sie war im Lagerraum. Bei den Reinigungsmitteln für die Küche ist auch ein Stapel Bodentücher. Da war sie drin."

„Ein ziemlich unsicheres Versteck", murmle ich.

„Eigentlich nicht. Die Tücher sind von früher. Wir brauchen sie nur in Ausnahmefällen. Wir haben jetzt ein abgestimmtes Reinigungskonzept. Mit Mikrofaser-Bodenreinigern."

„Aber hätte er nicht damit rechnen müssen, dass es eine Hausdurchsuchung geben könnte?" Ich frage es Vesna.

„Er ist immer davon ausgegangen, dass er von der Polizei nicht fair behandelt wird", antwortet stattdessen die „Gut-essen"-Geschäftsführerin. „Ich habe ihm schon öfter eine Beteiligung an unserem Catering angeboten. In Wirklichkeit ist er der unternehmerische Kopf, ich kann bloß ganz gut kochen und hatte die Idee. Aber er hat immer abgewunken und gesagt, wenn er Miteigentümer sei, werde ‚Gut essen' von den Behörden schikaniert."

„Irgendwann es hat sich viel Groll aufgestaut unter freundlicher Oberfläche", überlegt Vesna.

„Wenn er gestern verschwunden ist, muss ihm jemand einen Tipp gegeben haben", sage ich.

Vesna sieht die Geschäftsführerin an. „War die Polizei schon einmal da? Oder sonst jemand, der sich im Büro umgesehen hat?"

„Die Polizei war bald nach dem Tod des Bauern bei uns. Danach nicht mehr, zumindest nicht, wenn ich hier war. Unsere Nebenräume sind die ganze Zeit offen. Man kann durch den Innenhof, in dem wir die Räder abstellen, zur Küche und zu den Büros. Üblicherweise sperrt der Letzte, der geht, ab. Aber selbst das ist nicht immer so. Manchmal entschließt sich ein Bote, doch nicht mehr hierher, sondern gleich nach Hause zu fahren. Es gab noch nie ein Problem."

Zuckerbrot. Vielleicht kann er klären, warum die Polizei eine Hausdurchsuchung gemacht hat. Von wem sie einen Tipp bekommen hat. Was freilich nichts an dem ändert, was bei Dominik Werder gefunden wurde.

„Und wenn ihm jemand die Beweismittel untergeschoben hat?", frage ich.

„Ich habe auch schon daran gedacht, eigentlich sofort", antwortet die Catering-Frau. „Aber wer macht sich die Mühe mit der Mappe? Die Waffe hätte doch vollkommen gereicht."

„Waffe bei Veganer", überlegt Vesna. „Nichts, wie es scheint. Wir sollen uns an Fakten halten. Wir haben schon beim Schweinetransport gedacht, es war eigenartig, dass Dominik auf die Idee mit dem Berliner Zoo gekommen ist. Vielleicht war die Entführung von Barbara Ülgen nur ein Ablenkungsmanöver. Es sollte aussehen, er hilft uns. Damit niemand mehr denkt, er hat etwas mit dem Tod von Franz Mitterer zu tun. Komplizen, um den Transporter zu entführen, waren nicht so schwierig. Es gibt ja die V.A. Und wenn man sich erinnert, wie die Nichte von Polizeikommandant begeistert war von ihm ... – Sie sagen, er kann gut planen, oder?"

„Ja. Aber das alles passt nicht zu ihm. Es passt einfach nicht. Auch wenn er gut planen kann. Er hat Volkswirtschaft studiert."

„Er hat ein abgeschlossenes Studium?", frage ich.

„Fast abgeschlossen. Dann kam die Tierschützersache dazwischen und die monatelange U-Haft. Danach hat er es nicht fertig gemacht."

„Zur guten Planung passt auch nicht, dass die Waffe hier versteckt war", meint Vesna.

„Wo hätte er sie denn verstecken sollen?", erwidere ich. „Vielleicht wollte er sie in der Nähe haben, weil er sie in nächster Zeit wieder braucht."

„Oder er hat sie mitgehabt in Berlin", fährt meine Freundin fort. „Er hatte eine Jacke mit vielen Taschen."

„Und wenn er untertaucht, lässt er sie da?", frage ich ratlos.

Die Catering-Chefin schüttelt den Kopf. „Es ist einfach fürchterlich. Ich hoffe, er meldet sich, und gleichzeitig weiß ich nicht, was ich dann tun soll. Die Polizei hat gesagt, ich muss sie sofort verständigen. Natürlich. Das ist klar. Aber ..."

„Haben Sie eigentlich mit der Gesellschaft für Veganes Leben und Philosophie zu tun?", fällt mir ein.

„Nicht mehr. Wir haben einige Caterings für sie gemacht. So viele vegane Caterer gibt es ja auch wieder nicht. Aber sie wollten, dass wir mit WORLDLOVE-Produkten arbeiten. Die sponsern dort einiges. Ich habe das abgelehnt. Es gibt unterschiedliche Zugänge, müssen Sie wissen. Unser Essen ist ausschließlich biologisch und ökologisch verträglich. Das heißt, überwiegend aus der Region, mit minimalen Transport- und Umweltkosten. Wir haben einen ganzheitlichen Ansatz. Etwas gegen Tierleid zu tun ist wichtig, aber es gibt noch mehr, um das wir uns zu kümmern haben."

„Wie hat Dominik reagiert, als die Zusammenarbeit geplatzt ist?"

„Er war voll auf meiner Seite. Er geht hin und wieder zu ihren Veranstaltungen, er wird immer eingeladen. Seit seinem Buch ist er so etwas wie ein Star in der Szene. Aber er mag die Leute dort nicht besonders. Mode-Veganer nennen wir sie."

„Was hat Dominik Werder eigentlich hier im Zimmer gearbeitet? Catering-Pläne?", fragt Vesna.

„Unter anderem. Er wohnt in einer WG und hat nicht viel Ruhe dort. Also hat er hier auch geschrieben. An seinem nächsten Buch. Er hat ein ziemliches Geheimnis daraus gemacht. Vielleicht ..."

„Sie meinen, vielleicht hat er gar nicht geschrieben, sondern Zeitungsausschnitte gesammelt und Aktionen der V.A. koordiniert?", ergänze ich.

„Ich kann mir das nicht vorstellen."

„Kennen Sie jemanden von der V.A.?"

„Das hat mich die Polizei auch gefragt. Ich kenne niemanden, ganz ehrlich. Ich habe mit solchen politischen Zugängen nichts am Hut. Das habe ich auch allen gesagt, die bei uns mitarbeiten. Ich will eine friedliche Gesellschaft und ordentliches Essen für alle."

Etwas, das ich voll und ganz unterschreiben kann. Auch wenn unsere Wege doch sehr unterschiedlich sind.

„Was ist, wenn die Polizei gestern angerufen hat?", fragt Vesna, als wir in der U-Bahn Richtung Innenstadt unterwegs sind.

„Dieser LKA-Ermittler ist mir nicht gerade sympathisch, aber so blöd kann keiner sein."

„Natürlich sie haben nicht die Hausdurchsuchung angekündigt. Aber jemand kann mit Dominik geredet haben und dann ist er untergetaucht."

„Ohne die Tatwaffe mitzunehmen?"

„Vielleicht er wollte sie noch holen."

Ein warmer Frühsommertag. Wunderbar. Bloß nicht in der U-Bahn. Ein Mann in kurzer Hose mit zu viel Haaren auf den Beinen. Er hat die Hand in einer der Halteschlaufen über dem Kopf. Ich kann den Schweißfleck unter seiner Achsel sehen. Ich atme vorsichtshalber durch den Mund. Drei junge Frauen, jede hat eine Wasserflasche umklammert. So als ob sie hier und sofort verdursten könnten.

„Ich rufe Nemecek an. Vielleicht weiß er etwas."

Aber der Bezirkspolizeikommandant kann mir nur erzählen, dass es noch immer keine Hinweise auf die beiden Fahrer des Schweinetransporters gibt. Von der Hausdurchsuchung hat er keine Ahnung. Ob man herausfinden könne, warum sie veranlasst worden sei, will ich wissen.

„Und wahrscheinlich wollen Sie auch erfahren, ob meine Kollegen ungeschickterweise schon gestern eine Aktion gesetzt haben, die Dominik Werder mitbekommen haben könnte."

„Wenn Sie es sagen."

„Bis Weihnachten und zum Wunschzettel ans Christkind dauert es noch ein paar Monate."

„Immerhin hab ich Ihnen von der Hausdurchsuchung erzählt."

„Wirklich lieb. Danke."

Ich seufze.

„Na ja, vielleicht kann Lenas Onkel etwas herausfinden."

Vesna möchte mich überreden, mit ihr joggen zu gehen. „Macht den Kopf frei", sagt sie.

„Bei dir vielleicht. Ich krieg nur einen roten Kopf davon. Ich bin zu lange nicht gelaufen. Ich muss noch einmal von vorne anfangen."

„Man verlernt es nicht, du kannst langsam laufen."

„Schon vergessen? Wir haben heute Nacht noch etwas vor. Besser, ich bin fit. Am liebsten würde ich gleich zu Martina fahren. Wir sollten ihr persönlich erzählen, dass Dominik verschwunden ist. Und was man bei ihm gefunden hat. So können wir beobachten, wie sie reagiert."

„Du hast sie jetzt auch schon unter Verdacht?"

„Nein. Aber es kann sein, dass sie irgendetwas nicht erzählt hat. Oder es verdrängt hat. Dominik kann sehr charmant sein, hat sie selbst gesagt."

„Vielleicht du redest zuerst mit ihr allein. Ich komme gegen Abend nach. Mit Motorrad. Man muss das gute Wetter ausnutzen."

Ich versuche Zuckerbrot zu erreichen, aber er geht nicht dran. Die beiden haben mir erzählt, dass sie ihre Telefone die meiste Zeit über ausgeschaltet haben. Wie es eben zu einer ordentlichen Kulturreise passe.

Gerade als ich ihm eine SMS schreibe, ruft der Bezirkspolizeikommandant zurück.

„Also: Sieht nicht so aus, als hätte jemand aus dem Ermittlerteam gestern mit Werder Kontakt aufgenommen", meint er. „Aber natürlich kann ich dafür nicht die Hand ins Feuer legen. Es passiert viel Blödsinn auf der Welt. Und das wenigste wird zugegeben. Vielleicht nimmt wenigstens meine Nichte wieder Vernunft an, wenn sie hört, dass ihr Held untergetaucht ist. Und dass man eine Waffe bei ihm gefunden hat."

„Was ist, wenn man sie ihm untergeschoben hat?"

„Die Indizien sprechen offenbar sehr stark gegen ihn. Die Staatsanwaltschaft hat einen internationalen Haftbefehl beantragt."

„Geht das einfacher, weil er damals im Tierschützer-Prozess angeklagt war?"

„Das spielt keine Rolle. Offiziell. Aber er war einer der Anführer. Und das trägt bei gewissen Leuten nicht eben zu seiner Glaubwürdigkeit bei."

„Er ist freigesprochen worden."

„Das schon. Aber es ist bekannt, dass er bereits damals gedroht hat, Rache zu nehmen. Hat mir einer aus dem Ermittlungsteam erzählt. Vielleicht hat sich sein Hass gegen alles, was ungerecht, tierfeindlich, nicht vegan ist und angeblich sein Leben zerstört hat, immer weitergefressen."

„Er hat auf mich nicht so gewirkt."

„Wenn man immer nach dem Augenschein gehen könnte, liebe Frau Redakteurin, wäre das ausgesprochen praktisch."

„Ich soll Sie übrigens von Zuckerbrot grüßen lassen." Und damit beginnen wir über die schöneren Seiten des Lebens zu reden.

[18.]

Ich kann mir das einfach nicht vorstellen", sagt Martina. „Er ist kein Mörder. Ich meine, er hat absurde Ansichten. Aber die passen nicht zu Mord."

„Du meinst, weil er gegen das Töten von Tieren ist?"

„Er hat gesagt, er hat die Vision einer Welt ohne Gewalt. Auch wenn das kitschig klingt. Er hat es satt, dass niemand mehr von einer besseren Welt reden kann, ohne gleich verspottet zu werden."

„Hast du nicht selbst immer gesagt, dass die Veganer schrecklich verallgemeinern? Er hat das Gefühl gehabt, verkannt zu werden. Und wenn das ins Extreme geht …"

„Man hat ihm im Tierschützer-Prozess übel mitgespielt. Sie haben damals gegen die Massentierhaltung protestiert. Die Fleischindustrie hat mächtige Lobbys hinter sich. Da ist Geld und politischer Einfluss."

„Darf ich dich daran erinnern, was ihr gegen die V.A. unternommen habt?"

„Das hat mit dem damaligen Prozess doch nichts zu tun. Die von der V.A. sind durchgeknallte Attentäter. Und wenn du von den ‚Landsleuten' redest: Die jungen Bauern haben keine Lobby, aber die Lebensmittelindustrie und die Bekleidungsindustrie haben eine. Die haben damals an den Tierschützern ein Exempel statuieren wollen. Das Gericht hat mitgespielt. Du musst dir das vorstellen: monatelang in Untersuchungshaft wegen Bildung einer terroristischen Vereinigung. Das macht etwas mit einem."

„Eben", erwidere ich. Wir sind in meinem Auto unterwegs zum Löwenthal-Hof. Wir werden uns mit Vesna an der Wegkreuzung treffen, wo man zur Gesellschaft für Veganes Leben und Philosophie abbiegt.

„Es passt nicht", wiederholt Martina. „Er hat uns geholfen in Berlin. Ohne ihn wäre Barbara Ülgen womöglich tot. Warum soll er sie mit Hass verfolgen und uns dann zum Transporter führen?"

„Er wusste ja nicht, dass sie noch lebt. Die Ärzte sagen, mit einer schwächeren Konstitution wäre sie am Giftcocktail gestorben. Von dem, was die Schweine mit ihr tun hätten können, ganz abgesehen."

„Was war das eigentlich für ein Gift?"

„Eine Mischung aus Beruhigungsmittel und Oleandrin – dem Oleandergift, hat mir Barbara erzählt."

„Klingt nicht nach einem Profi."

„Dass er ein Profikiller ist, würde wohl nicht einmal die Polizei Dominik unterstellen."

„Ist Oleandergift nicht tödlich?"

„Kommt offenbar auf die Dosis an. Sie hat es in einer Spritze bekommen, da war vielleicht nicht ausreichend viel in der Flüssigkeit gelöst. – Ich habe mich gefragt, wo sie Barbara in den Transporter geladen haben. Am Bahnhof wäre ein Schweine-Lkw aufgefallen."

„Bei Viktor sicher nicht. Das hätte selbst er bemerkt. Dem setzt die Sache mit dem gekaperten Transporter übrigens ziemlich zu. Und auch, dass Franz ums Leben gekommen ist. Es ist ... grauenvoll. Ich kann es auch noch immer nicht glauben. Aber bei Viktor hab ich das Gefühl, dass ihm einfach der richtige Bezug zum Leben fehlt. Auch zur Natur. Wenn du immer nur schauen musst, dass du möglichst viele Schweine in möglichst kurzer Zeit mit möglichst niedrigen Kosten schlachtreif kriegst ... Das macht Menschen kaputt."

„Das klingt jetzt aber ziemlich nach deinem Lieblings-Veganer."

„So ein Blödsinn, das habe ich mir immer schon gedacht. Massentierhaltung ist eine Sackgasse. Menschlich und wirtschaftlich. Wobei Viktors Vertrag mit PRO-Schwein halten dürfte. Sie scheinen ihm zu glauben, dass er mit der Angelegenheit nichts zu tun hatte. Ich habe den Eindruck, mit dem Betrieb geht es sogar wieder aufwärts. Er hat davon gesprochen, zu investieren. Damit es sich rechnet. Ich fürchte allerdings, das reden ihm die von PRO-Schwein ein. Ganz abgesehen davon bekommst du die Erweiterung eines Schweinemastbetriebs nicht so leicht durch. Inzwischen beschweren sich Anrainer schon, wenn nebenan gegrillt wird. Du kannst dir vorstellen, was los ist, wenn jemand einen Stall für tausend Schweine bauen möchte. Da brauchst du Beziehungen. Am besten, du gehörst zu den Landadeligen, die es bei uns immer noch gibt. Bei denen geht so gut wie alles."

Da vorne ist das Gelände von MitTier. Wir sind bereits auf der Pappelallee unterwegs. Ich schalte das Licht aus. Die Nacht ist hell genug. Anschleichen geht mit einem Elektroauto perfekt. Mein Soul bewegt sich im Schritttempo beinahe lautlos vorwärts. An sich hat er ein künstliches Geräusch eingebaut, das bei niedriger Geschwindigkeit Passanten warnen soll. Ich habe es wegschalten lassen. Vor was allem müssen wir noch geschützt werden, statt aufeinander achtzugeben? Es ist sternenklar. Wir parken bei einem Heuschober. Wo ist Vesna?

Ein Rascheln. Wir zucken zusammen. „Nicht schrecken", flüstert meine Freundin. „Ich habe Maschine hinter Schober gestellt."

Es ist Martina, die vorangeht. Sterne über uns, ein halbrunder Mond. Grillen zirpen im reifen Weizenfeld. Von ferne hören wir eine Kuhglocke. Vesna hat eine große Tasche mit einer Klappschaufel, ich habe, wie mit Karl vereinbart, Müllsäcke eingepackt. Im Auto ist für alle Fälle noch mehr Werkzeug von den Bertholds. Leises Meckern. Vielleicht träumen auch Ziegen. Alles ist friedlich. Aber wir müssen vorsichtig sein. Zu viel ist schon passiert. Wir gehen einen Feldweg entlang. Ob die Menschen am Land einen besonderen Instinkt haben? Ich hätte die Abzweigung übersehen. Wahrscheinlich nicht bloß in der Nacht. Und ich hätte den Weg ganz sicher nicht nur aufgrund einer Digitalaufnahme des Geländes gefunden. Martina lacht leise, als ich sie das frage. „Habt ihr nie Indianer gespielt?"

„Selten. In der Stadt geht das nicht so gut."

„Pst!", macht Vesna und deutet nach vorne. Ein hölzernes Wegkreuz. Von den Enden des Querbalkens bis zur Spitze des Längsbalkens ein schmales Dach. Die Christusfigur bleich im Mondlicht, sie ist verwittert, zwei Finger fehlen. Gerhard Haderer fällt mir ein. Genialer Cartoonist und Künstler. Er hat eine Serie gezeichnet, die heißt: „Was wäre aus Jesus Christus geworden, wenn …" Wenn sie ihn nicht ans Kreuz genagelt, sondern zum Beispiel mit Beton beschwert im Wasser versenkt hätten. Man sieht eine Mischmaschine im Herrgottswinkel, davor ein betendes älteres Landehepaar. Blasphemie, haben sich welche beschwert. Keine gute Zeit, um Religionen zu karikieren. Nicht erst seit den Anschlägen der Islamisten in Paris und Brüssel. Und nicht nur, was den Islam angeht. Trotzdem: Wie seltsam, dass wir Christen seit Hunderten von Jahren vor einem Mordinstrument beten. Martina geht in die Hocke, sie tastet den Boden ab. Von hier zweigt ein anderer Feldweg ab. Er führt zum Gutshof. Wir können das große helle Gebäude durch die Bäume hindurch sehen. Ein dunkler Wagen steht davor. Im ersten Stock brennt Licht. Wir sind zu weit weg, um von dort aus entdeckt zu werden. Hundert Meter entfernt der Bereich, in dem die Füchse leben. Dazwischen die Straße, die die verschiedenen Tiergehege miteinander verbindet. Und auf der tagsüber die zahlreichen Besucherinnen, freiwilligen Helfer und Mitarbeiterinnen unterwegs sind.

„Da ist es", flüstert Martina. „Zumindest ist der Boden anders. Da ist gegraben worden."

Vesna klappt den Spaten auf, Martina nimmt ihn ihr aus der Hand. Ohnehin besser, wenn sie gräbt und Vesna sich umsieht. Ich falte den Müllsack auf und halte ihn, als würde uns der Fuchs von einer auf die nächste Sekunde entgegenspringen. Scharrendes Geräusch, wenn die Schaufel in die Erde fährt. Sonst nichts. Minutenlang.

„Wenn da etwas ist, dann ist es tief drin", sagt Martina leise. Neben dem Loch türmt sich ein Erdhügel wie von einem Riesenmaulwurf.

Ein Geräusch. Wir haben es gleichzeitig wahrgenommen. Es kommt vom Gutshof her. Es sind Schritte. Energische Schritte im Kies. Eine Gestalt. Schnell und zielgerichtet. Sie kommt direkt auf uns zu. Haben die dort Nachtsichtgeräte? Wofür? Nein. Scheinwerfer, die blinken. Offenbar wurde der Wagen mit der Fernbedienung geöffnet.

Eine zweite Gestalt. Sie ist größer, massiger, sie läuft auf die andere zu. Sie stehen einander beim Wagen gegenüber.

„Du kommst da nicht raus!“ Das ist Maier, der eigentlich gar nicht Löwenthal heißt. Es klingt alles andere als freundlich.

„Du musst die Deponie sanieren! Wenn ich das gewusst hätte, nie hätte ich den Grund gepachtet! Du hast dich an mir gesundgestoßen!“ Vanessa Frey lacht schrill auf. „Im doppelten Sinn! Was war ich blöd!“

„Du willst dich wirklich dem Spott dieser Miesmacher aussetzen? Ist dir klar, dass wir Feinde haben?“

„Du hast Feinde. Und das ist kein Wunder. Ich habe keine Feinde. Mir kann niemand an! Ich habe mächtige Freunde!“

„Du Idiotin willst riskieren, dass die große Kampagne platzt? Dass die Supermärkte aussteigen? Dass dich das Fernsehen fallenlässt?“

„Das ist mein Problem! Ich hab genug von dir, du Trittbrettfahrer!“ Sie reißt die Autotür auf, will einsteigen.

Maier packt sie am Oberarm.

„Lass mich sofort los!“ Das war jetzt vermutlich bis zum Verwaltungsgebäude von MitTier zu hören.

„Nur, wenn du vernünftig bist! Wir haben schon genug Verleumdungen gemeinsam durchgestanden!“

„Das ist keine Verleumdung!“

„Soll ich erzählen, dass du Geld abgezweigt und in WORLDLOVE investiert hast? Geld, das du angeblich gar nicht hast? Weil ja jeden Cent deine lieben Tierchen bekommen? Wie sie mir schon beim Hals raushängen, diese stinkenden alten Pferde!“

„Du weißt, dass das nicht stimmt! Das wirst du nicht tun. Dann bist du selbst dran!“

„Sie schnüffeln herum, das weiß ich. Und ich weiß auch, was ich erzähle, wenn du mich im Stich lässt!“

Vanessa Frey schüttelt seinen Arm ab. „Ich lasse mir nicht drohen, schon gar nicht von dir! Ich habe dich in der Hand. Das ist dir wohl klar!“ Damit steigt sie ins Auto, startet. Kies spritzt auf, als sie davonrast.

Maier starrt ihr nach. Dann dreht er sich um und geht ins Haus. Wir sehen uns an, wortlos. Warten, bis die Tür ins Schloss gefallen ist. Martina gräbt weiter. Nicht viel später kauert sie sich nieder, zieht Handschuhe an, wühlt in der Erde. Und hält etwas in der Hand, das wie ein in die Jahre gekommener Fuchskragen aussieht. Ich öffne den Müllsack, sie lässt das Ding hineinfallen. Es bleibt Platz genug, um das überstehende Plastik zu verknoten. Ich packe ihn in einen zweiten Müllsack und verknote auch den.

„Wenn du dritten nimmst, dann haue ich dir Schaufel über den Schädel. Los! Weg“, flüstert Vesna.

Statt einer Antwort drücke ich ihr den Sack mit dem Fuchs in die Hand.

Lautlos rollen wir davon. Erst an der Kreuzung mit der Landesstraße drehe ich das Licht auf.

„Hätte Vanessa Frey nicht auf Gut Engelberg bei München sein sollen?“, frage ich Vesna, als wir beim Chinesen in Gänserndorf sitzen. Dort steht auch Martinas Wagen. Das einzige Lokal in der Gegend, das länger offen hat und in dem man nicht sofort von allen anderen als Auswärtiger erkannt, beäugt und besprochen wird. Etwas Großstadtflair in der Kleinstadt.

„So haben sie gesagt, als ich angerufen habe wegen der Nachtwache.“

Martina und ich haben auf der Fahrt hierher wenig geredet. Ein paar Dinge sind klar: Vanessa Frey und Michael Maier hatten mehr laufen als eine Geschäftsbeziehung. Maier ist ausgesprochen nervös, weil er mitbekommen hat, dass jemand wegen WORLDLOVE herumfragt. Ob er weiß, dass ich das bin, ist offen. Vielleicht wollte er es seiner Partnerin nicht sagen. Vanessa Frey dürfte nichts von der Altlast unter den Wiesen geahnt haben. Aber jetzt weiß sie davon. Durch wen? Hat auch das mit dem Tod von Zumtobel zu tun? Und: Die beiden haben einander in der Hand. Wenn einer redet, ist die andere dran.

„Ewig schade, wir haben Gespräch nicht aufgenommen", sagt Vesna.

„Wir haben es gehört, alle drei", erwidere ich.

„Am wichtigsten ist, dass Fuchs ganz schnell obduziert wird. Dann haben wir vielleicht ein Beweismittel für die Deponie." Vesna sieht nachdenklich ins Glas. „Ich glaube nicht, dass sie die Sache öffentlich macht, wenn sie nicht muss."

Martina schüttelt den Kopf. „Kann ich mir auch nicht vorstellen. Ich will, dass das mit der Deponie geklärt wird. Und dass das mit WORLDLOVE auffliegt. Aber wichtiger ist etwas anderes: Wo ist Dominik? Was hat er mit dem Mord zu tun? Oder ist er das nächste Opfer? Wer sagt, dass er nicht hinter die Sache mit der Deponie gekommen ist? Er arbeitet an einem neuen Buch. Er recherchiert. – Es ist schon einmal jemand verschwunden."

„Aber bei Barbara man hat keine Waffe gefunden, nachdem sie war weg", erwidert Vesna trocken.

„Hast du ihm von der Deponie erzählt?", will ich von Martina wissen.

„Nein. Sicher nicht. Vielleicht war es die Kleine. Die Nichte vom Bezirkspolizeikommandanten. Jedenfalls ist klar, dass Leute der V.A. davon wissen. Ich muss mit Viktor reden."

Ich seufze. „Was hat der damit zu tun?"

„Nichts. Aber in seinem Transporter ist Barbara entführt worden."

„Du glaubst doch nicht im Ernst, Dominik wurde mit dem nächsten Transporter verschickt."

„Es wäre ein genialer Coup. Keiner würde darauf kommen. Außerdem ist es eine der einfachsten Methoden, Leute aus dem Land zu kriegen. So oder so. Auch wenn sie jetzt wegen der Flüchtlinge Kleintransporter kontrollieren. Dass jemand freiwillig in einen Schweinetransporter steigt, glaubt niemand. Die großen Lkw fahren wohl sowieso durch. Freier Warenverkehr. Wir haben es ja gehört."

Ich schüttle den Kopf. „Wer sollte so etwas tun? Unwahrscheinlich, dass die V.A. einen Vorzeigeveganer entführt. Und Viktor würde zweimal nichts mitbekommen?"

„Beim ersten Mal haben ihn die Fahrer irritiert, und das, was sie gesagt haben. – Ich habe mir schon überlegt, ob er die von PRO-

Schwein deckt, ob er von denen nicht unter Druck gesetzt wird", murmelt Martina und spielt mit den Stäbchen. „Andererseits: Dass sich ein Fleischkonzern an einer kritischen Kabarettistin rächen will, ist doch unwahrscheinlich."

[19.]

Karl Simatschek wird obduzieren, sobald er in Wien ist. In der Zwischenzeit ruht der Fuchs in einem Erdkeller bei den Bertholds. Sorgsam abgesondert von den Erdäpfeln. Dort ist es kühl und nicht zu feucht. Eine Art Gruftklima.

Bezirkspolizeikommando. Der Dienstgrad Oberst wird mit „Obst" abgekürzt. Das könnte selbst Veganern gefallen. Ich sitze mit Nemecek in seinem Büro. Funktionales Polizeigebäude, unten der Posten, im ersten Stock das „Kommando", wie der Journalbeamte gesagt hat. Er hat mich eingelassen und mir den Weg gewiesen. Keine Eskorte notwendig.

Ich bin an einigen Büros vorbeigegangen, die meisten Türen waren offen. Männer hinter hellen Schreibtischen. Einige in Zivil, andere in Uniform. Jeder scheint ein Einzelzimmer zu haben. Für Film oder Fernsehen unbrauchbar. Da bedarf es der direkten Kommunikation, Konfrontation, Aktion.

„Keine Ahnung, wo Dominik Werder steckt. Wir suchen ihn auch. Das heißt, die suchen ihn. Ich habe damit nichts zu tun."

„Aber Sie haben Kontakte."

„Hm. Hat jeder."

„Und?"

„Also gut. Und um Sie vor falschen Sympathien zu warnen. Franz Mitterer ist tatsächlich mit der Pistole erschossen worden, die sie in dem veganen Catering gefunden haben. Es handelt sich um eine nicht registrierte Waffe. Sie können es ruhig erfahren. Die Presseerklärung des Bundeskriminalamtes geht demnächst raus."

„Und was steht da sonst noch drin?"

„Sie haben doch ohnehin noch Zeit bis zur nächsten Ausgabe des ‚Magazin'."

„Aber wenn ich schon extra zu Ihnen gekommen bin?"

„Und ich dachte, Sie wollten mit mir einfach Kaffee trinken."

Ich lächle. „Auch. Ich rede gerne mit Ihnen."

„Na wenn das nicht überzeugend ist. Was noch in der Aussendung steht: Der mutmaßliche Eigentümer der Waffe ist flüchtig und wird per internationalem Haftbefehl gesucht."

„Irgendwelche Hinweise, Spuren?"

„Davon steht nichts in der Presseerklärung."

„Und?"

„Der Fall ist nicht bei mir."

„Sie wissen nichts oder Sie sagen mir nichts?"

„Was ändert das für Sie?"

„Wenn Sie mir bloß nichts sagen wollen, kann ich versuchen, Sie umzustimmen."

„Jetzt weiß ich, warum Zuckerbrot gemeint hat, die ist zäh."

„Und?"

„Schaut nicht so aus, als gäbe es konkrete Spuren. Ende der Aussage." Es wirkt so, als würde er es auch so meinen.

„Und was, wenn ihm die Pistole untergeschoben wurde?"

„Ist natürlich nicht auszuschließen. Aber dann wäre es besser, er würde sich stellen und alles aufklären."

„Er wurde nach dem Mord einvernommen. Er hat damals kein Alibi gehabt, nehme ich an."

„Bei einem felsenfesten Alibi müsste man wohl tatsächlich davon ausgehen, dass jemand anderer geschossen hat."

Manchmal habe ich das Gefühl, Obst-Oberst nimmt mich nicht ganz ernst. „Er hat zur Tatzeit Essen ausgeliefert, oder?"

„Wenn Sie es wissen ... aber es gibt ausreichend Spielraum, man kann den Tatbegehungs- und den Todeszeitpunkt nicht so exakt bestimmen."

„Schon seltsam, dass man Franz in den Rücken geschossen hat. Sieht nicht nach einem Streit aus, der eskaliert ist. Und auch nicht, als ob er jemanden ertappt hätte. Da steht man einander gegenüber."

„Vielleicht konnte er ihm nicht in die Augen sehen? Wo er doch auch keine Tiere isst, die Augen haben."

„Apropos: Wie geht's eigentlich Ihrer Nichte?"

„Oho, Grund Nummer zwei, warum Sie mich aufgesucht haben. Aber das tangiert wenigstens kein Amtsgeheimnis. Sie sagt nicht viel Neues und sie ist sauer auf mich. Ich hab mit ihr familiär-freundschaftlich geredet und ihr erzählt, dass Dominik Werder untergetaucht ist. Sie hat mir vorgeworfen, dass die Polizei schuld daran sei. Und ihr Veganer ist selbstverständlich unschuldig wie die Lämmchen, die er leben lassen will."

„Haben Sie ein Problem damit, wenn ich versuche, mit ihr zu reden?"

„Nur zu! – Vorausgesetzt, Sie erzählen es mir, wenn sie etwas Relevantes sagt."

„Auf Gegenseitigkeit."

„Was jetzt was bedeutet? Ist Ihnen klar, dass unter meiner freundlichen Hülle ein Amtsorgan steckt?"

„Ich könnte Lenas Onkel informieren. Und er mich."

„Wenn er so naiv ist, einer Journalistin zu trauen. Was weiß man, er macht sich Sorgen um die Kleine. Und will verhindern, dass noch mehr aus dem Ruder läuft."

„Wir versuchen Dominik Werder zu finden", erzähle ich Lena wenig später. „Es kann sein, dass ihm die Waffe untergeschoben wurde. Und deswegen müssen wir wissen, wie das mit der V.A. wirklich läuft."

„Damit Sie auch ein paar sogenannte Komplizen erwischen?"

„Du meinst also, er hatte Komplizen?"

„Meine ich nicht. Das meint die Polizei. Er hat mit dem Mord nichts zu tun."

„Das heißt, du kennst ihn und bist mit ihm in Kontakt."

„Ich hab sein Buch gelesen. Und ich war bei Diskussionsabenden, wo er aufgetreten ist."

„Du bist bei der V.A. Wir haben dich erwischt, schon vergessen?"
„Niemand ist bei der V.A. Ich bin die V.A. Alle, die mittun, sind die V.A. Da gibt es keine Mitglieder und keine Aufträge."
„Und woher wisst ihr dann, welche Aktionen ihr macht?"
„Man redet sich zusammen."
„Wie?"
„Wenn ich jemand Sympathischen kenne, kann ich ihn fragen."
„So wie diesen Kevin Klein. – Heißt der wirklich so?"
„Ja. Der Arme."
„Wie ist das gelaufen?"
„Ich habe ihn gefragt. Er wollte zuerst ohnehin nicht. Aber ich hab ihn überredet. Er steht eben auf mich. Und das hat er beweisen mussen."
„Wer wusste, dass ihr auf den Tetzenberg geht, um Feuerwerkskörper zu verstecken?"
„Niemand. Nur Kevin und ich."
„Und der Dritte? Der wusste gar nicht, dass er da war?"
„Ach. Den hab ich schon vergessen."
„Wer war das? Dominik? Er war groß. Er hatte seine Statur."
„Es war nicht Dominik."
„Wer dann?"
„Keine Ahnung. Ich lass mich nicht so leicht festnageln. Mein Onkel ist Bezirkspolizeikommandant."
„Ich dachte, du bist stinksauer auf ihn."
„Bin ich auch."
„Du hast Kontakt zu MitTier?"
„Haben alle irgendwie."
„Hatte der dritte Mann was mit MitTier zu tun?"
„Wer sagt, dass es ein Mann war? Es gibt auch große Frauen. – Von MitTier? Warum? Kann ich mir nicht vorstellen."
Ich seufze. Lena ist nicht so einfach zu knacken. „Noch einmal. Wir machen uns Sorgen um Dominik Werder. Wenn jemand von der V.A. weiß, wo er ist, dann sag mir das bitte!"
Sie sieht mich spöttisch an. „Noch einmal: Die V.A. gibt es nicht, zumindest nicht so, wie sich das alle vorstellen. Wir haben nur gleiche

Interessen. Endlich Rechte für Tiere. Kein Lebewesen darf länger ausgebeutet werden."

„Da habt ihr aber viel zu tun", sage ich genervt.

„Eben", erwidert sie. Meine Visitenkarte steckt sie ein. Immerhin. Vielleicht will sie nach der Welt doch auch Dominik Werder retten.

Jetzt ist es auch in den Radionachrichten:

Dominik W. wird verdächtigt, den Landwirt Franz Mitterer erschossen zu haben. Er gilt als gefährlich und er könnte es, wie aus Polizeikreisen verlautet, auf weitere Kritiker der veganen Lebensform abgesehen haben. Bei dem Mann handelt es sich um einen der Hauptangeklagten im umstrittenen Tierschützer-Prozess. Zuletzt sorgte er mit einem Buch für Aufsehen, in dem er sich gegen jede Form der Ausbeutung von Tieren starkgemacht hat. Der radikale Veganer war streitbarer Gast in zahlreichen Talkshows.

Dass er dabei war, als Barbara Ülgen befreit wurde, kommt nicht vor. Allerdings kein Wunder. Barbara wollte nicht, dass ihre Entführung in der Öffentlichkeit breitgetreten wird. Es scheint erstaunlicherweise gelungen zu sein, dass nur ganz wenig nach außen dringt. In einer Berliner Stadtzeitung war zu lesen, dass Barbara Ülgen bei einer Aktion beim Bahnhof Zoo von einem Schwein verletzt wurde. Und die größte Boulevardzeitung wusste zu berichten, dass die umstrittene Kabarettistin bei einer türkischen Theaterperformance im Berliner Zoo ein Schwein getötet habe. Die Nachfolgegerüchte sind bald wieder eingeschlafen. Jeder Tag bringt eine neue skurrile Geschichte. Nicht bloß in Berlin.

Was ist, wenn Vanessa Frey ihre Drohung doch wahr macht und öffentlich von Michael Maier verlangt, dass der Löwenthal-Hof von Altlasten befreit wird? Ich wollte warten, bis der Fuchs obduziert ist. Aber Maier war sehr nervös. Er weiß, dass jemand an der WORLD-LOVE-Geschichte dran ist. Ich muss auch an meine nächste Reportage denken. Wenn sie reden will, dann soll sie es mit mir tun. Fragt sich nur, wo ich Vanessa Frey finde. Unwahrscheinlich, dass sie nach ihrer Auseinandersetzung mit Maier auf den Gutshof zurückgekehrt ist. – Oder fällt das Verhältnis der beiden unter die Kategorie „Was sich liebt, das neckt sich“? Hat nicht so gewirkt.

Ich rufe ihren Assistenten an. Sie ist auf Gut Engelberg, sagt er. Kann ich mir nicht vorstellen. Ist sie in der Nacht wirklich noch nach München gefahren? Ob ich mit ihr telefonieren könne, frage ich den Assistenten Reiner. Momentan leider nicht. Wo er denn sei? Auf Gut Engelberg, habe er doch schon gesagt. Ob er immer bei ihr sei? Immer nicht. Aber fast immer.

„Sie ist in Wien“, beende ich die Spielerei. „Ich muss dringend mit ihr sprechen. Sagen Sie ihr bitte: WORLDLOVE, Maier, Anteile.“

„Warum WORLDLOVE?“

„Es ist in Ihrem Interesse, wenn Sie es einfach weitergeben. Sie muss ja nicht mit mir reden, wenn sie nicht will.“

„Ich werde es versuchen. Bleiben Sie dran.“

Ich warte. Drei Minuten. Fünf Minuten. Acht Minuten. Ich lege auf und rufe wieder an. Freizeichen. Keine Reaktion. Ich wähle die Nummer von Gut Engelberg. Bitte, mich mit Vanessa Freys Assistenten zu verbinden.

„Der ist nicht anwesend.“

„Vor zehn Minuten war er es noch.“

„Das ist schwer möglich.“

„Wo ist er?“

„Ich nehme an, bei Frau Frey.“

Nächstes Telefonat. Löwenthal-Hof.

„Ihr Assistent? Der ist nicht da.“

„Es hat geheißen, er ist bei Frau Frey.“

„Aber die ist auch nicht da.“

„Sie ist nicht in Engelberg.“

„Ist sie nicht? Vielleicht ist sie bloß momentan nicht erreichbar.“

„Ich brauche eine Mobilnummer von ihr. Sofort. Sonst geschieht etwas.“

„Was denn um Himmels willen?“

„Lesen Sie keine Zeitung? Es ist schon viel passiert. Franz Mitterer, der bei euch in der PR-Abteilung war, ist ermordet worden. Und Dominik Werder ist untergetaucht. Sie wollen doch nicht, dass Sie schuld daran sind, wenn alles weiter eskaliert? Wenn die Gnadenhöfe mittendrin sind? Sie wissen, was das für das Image von MitTier bedeutet. Rufen Sie Frau Frey an uns sagen Sie ihr: WORLDLOVE, Maier, Anteile."

Es dauert keine drei Minuten und ich habe Vanessa Frey am Apparat.

„Ich habe kein Wort verstanden", sagt sie.

„Das macht nichts", erwidere ich fröhlich. „Wo können wir uns treffen?"

„Ich bin …"

„Du bist in Wien und ich auch."

Wir sitzen in der Hotelbar des schicken Design-Hotels „Das Triest". Italien. Es ist schon viel zu lange her, dass ich mit Oskar eine unserer kurzen Reisen ins Veneto gemacht habe. Triest wäre auch wieder einmal eine Reise wert. Jedenfalls: Geschmack hat Vanessa Frey. Die Silverbar gehört zu den angesagtesten Plätzen in Wien. Aber um diese Zeit sind wir die einzigen Gäste. Schlichte braune Ledersitze, eine lange Theke in mattem Edelstahl, Parkettboden. Elegant und gleichzeitig gemütlich. Wir haben uns für eines der Tischchen an der Wand entschieden. Man kommt gar nicht auf die Idee, dass der Barkeeper lauschen könnte. Aber wahrscheinlich muss er ohnehin mehr mithören, als ihm lieb ist. Er hält sich dezent im Hintergrund und bereitet offenbar Früchte und Gewürze für den Abend vor. Mise en Place, das habe ich vor vielen Jahren im „Apfelbaum" gelernt.

„Ich hatte keine Ahnung, du musst mir glauben", sagt Vanessa Frey leise. „Ich bin aus allen Wolken gefallen, als ich das mit der Deponie gehört habe."

„Von wem hast du es?"

„Von einem engagierten Freund."

„Mitterer?"

„Ich habe gesagt Freund. Er war ein kurzfristiger Mitarbeiter. Kann schon sein, dass er Informationen gesammelt hat, aber sicher nicht über MitTier. Es war … ein großzügiger Unterstützer."

„Vegan?"

„Was soll das? Ja, er lebt vegan. Und er ist gut vernetzt. Ich bin ihm sehr dankbar. Ich bin es den Tieren schuldig, dass die Deponie saniert wird. Und den Spendern auch. Wenn es nicht funktioniert, dann müssen wir den Hof schließen, so leid mir das tut. Wir werden anderswo Höfe finden. Es gibt ja genug Bauern, denen es nicht besonders gut geht. Und die wir so vielleicht auf einen besseren Weg bringen können."

„Maier-Löwenthal erpresst dich, habe ich recht? Dir gehören zehn Prozent von WORLDLOVE. Privat."

Der Engel der Tiere starrt mich aus ihren großen Augen an. Zum ersten Mal überlege ich, ob sie wohl gefärbte Haftschalen hat. Das Blau wirkt alles andere als echt.

„Das ist eine Lüge."

„Du weißt, dass es keine ist."

„Es ist … es ist anders gelaufen. Das heißt, es ist einfach passiert. Er hat Geld gebraucht und ich hatte welches. Privat. Vermögen von MitTier hätte ich nie genommen. Noch dazu, wo ich weiß, was mit dem Geld seiner Frau geschehen ist."

„Er hat es in WORLDLOVE gesteckt?"

„Aber nein. Er hat bei ihr in Berlin gelebt und er hat sie überredet, zu spekulieren. Es war die Zeit, als alle zu spekulieren begonnen haben. Er war in der Branche und hat zuerst wohl richtig viel verdient mit solchen Geschäften. Aber nicht immer ist es gutgegangen. Das Geld der Familie seiner Frau war verloren. Sie wären fast in Konkurs gegangen."

„Und dann ist er weg aus Berlin?"

„Sie haben ihn quasi aus der Familie hinausgeworfen. Und wenn ein Spekulant seinen Ruf verliert, ist es vorbei. Es war ein günstiger Moment, um Deutschland zu verlassen. Onkel Löwenthal ist gestorben und er hat geerbt."

„So konnte er die Verluste wieder wettmachen."

„Unsinn. Der alte Löwenthal hatte keinen Cent. Er hatte bloß viel Land und einen heruntergekommenen Gutshof."

„Aber die Porzellanmanufaktur Vorberg gibt es nach wie vor."

„Der Bruder seiner Frau hat mit der Familie gebrochen und ist nach Südamerika. Sie hat den Betrieb übernommen und wieder nach oben gewirtschaftet. Zum Glück hatten sie gute Freunde."

Interessant. Auch wenn ich mich nicht vom Wesentlichen ablenken lassen sollte. „Apropos Geld: Man sagt, du steckst jeden Cent in die Gnadenhöfe. Woher hattest du das Geld, um einen Anteil an einem Unternehmen zu kaufen?"

„Einem Produzenten veganer Lebensmittel, das macht einen Unterschied. – Ich habe immer sparsam gelebt. Ich habe nicht einmal eine eigene Wohnung. Ich lebe abwechselnd auf den Höfen."

„Du bekommst Geld aus der Stiftung."

„Ja, aber sehr bescheiden. Man muss vorsorgen für das Alter, dagegen hat niemand etwas."

„Böswillige könnten sagen, du hast Geld aus dem Spendentopf genommen und damit eine private Firmenbeteiligung finanziert."

„WORLDLOVE unterstützt uns sehr großzügig. Es fließt viel zurück an MitTier. Michael hatte zu Beginn Probleme. Es wäre schade gewesen, wenn das Unternehmen die Anfangsphase nicht übersteht. Wir wollen ja, dass alle die Chance haben, sich vegan zu ernähren."

„Gesund und ökologisch anspruchsvoll ist es aber nicht gerade, was die machen."

Sie klimpert mit den Wimpern. „Ich weiß nicht. Ich habe damit wenig zu tun. Ich esse wenig. Am liebsten Obst."

„Die Felder, die zum Löwenthal-Hof gehören: Wird da etwas angebaut für WORLDLOVE?"

„Ja, klar. Es war naheliegend. Er wirbt auch damit. Aber natürlich braucht man viel mehr an Getreide und so, als hier wächst."

„Nicht fein, wenn man dahinterkommt, dass darunter Gift lagert."

„Warum Gift? Eine Deponie ist schlimm genug, aber Gift muss es wirklich nicht sein."

„Und was ist mit dem Fuchs?"

Vanessa Frey starrt mich an. Ich kann es nicht deuten. Ist sie fassungslos? Verwirrt? Überrascht? „Ich habe keine Ahnung, wovon du sprichst. Und so leid es mir tut, wenn das ‚Magazin' etwas Falsches behauptet, müssen wir unsere Anwälte einschalten."

„Wir? Michael Maier und du?"

„Wir von MitTier. Ich lasse mir mein Lebenswerk sicher nicht kaputtmachen."

So etwas Ähnliches hat sie auch in ihrem Streit mit Maier gesagt. „Auch ich will das nicht", erwidere ich möglichst ruhig. „Es gibt da aber leider noch etwas. Weißt du, wer außer euch beiden an WORLDLOVE beteiligt ist?"

„Ich habe keine Ahnung. Er und ich, dachte ich. Ich nur zu zehn Prozent. Und das ist keine Schande."

„Es gibt jemanden, der neununddreißig Prozent hält. Über Beteiligungskonstruktionen, die offenbar verschleiern sollen, um wen es sich handelt."

Vanessa Frey spielt nervös mit ihren Fingern. Sie sieht mich nicht an.

„Multimat."

„Und was ist das?"

„Einer der weltweit größten Fleischkonzerne."

„Das ist ausgeschlossen."

„Es ist wahr. Ein Unternehmen, das ganze Küstenstriche in den USA durch riesige industrielle Schweinefarmen verpestet hat. Das jetzt in Europa aufkauft, was es kriegen kann. Und das offenbar schneller begriffen hat als andere, dass der Anteil an veganen Produkten steigen und der an Fleisch zumindest in Mitteleuropa sinken wird. Der Konzern gehört seit kurzem übrigens einem chinesischen Konsortium, aber das macht es nicht besser."

„Ich weiß davon nichts. Und ich glaube es nicht. Ich weiß nicht, was du dir davon erwartest. Wenn du so etwas schreibst, dann klagen wir. Und ich kann mir vorstellen, dass sich das ‚Magazin' sehr schnell von dir distanzieren wird. Grundsätzlich."

Ich schüttle den Kopf. „Besser, du drohst mir nicht. Wenn Michael Maier, oder Maier-Löwenthal, ganz wie du willst, allein hinter der Sache steckt, solltest du ihn nicht decken. Zu Multimat gehört auch das Unternehmen PRO-Schwein. Soll gar nicht so nett zu den

Schweinen sein. Einer ihrer Transporter ist entführt worden. Und nur durch Zufall wurde der Mensch zwischen den Schweinen gerade noch rechtzeitig gefunden."

„Was soll das heißen? Ich habe keine Ahnung", wiederholt sie und starrt mir wütend ins Gesicht.

„Es könnte sein, dass Dominik Werder eurer Geschichte zu nahe gekommen ist. Er schreibt an einem neuen Buch."

„Er ist Veganer!"

„Du glaubst nicht, er könnte trotzdem etwas gegen vegane Geschäftemacher haben?"

„Dieser Werder? Man hat ihn zu den Schweinen gesperrt? Das ist doch alles verrückt! Er ist der Mörder des Bauern. Es steht in allen Zeitungen. Ich bin sehr froh, dass die Polizei diese Indizien bei ihm gefunden hat. Natürlich ist es schlimm, dass er Veganer ist. Aber ich habe mich immer und überall von Radikalismus distanziert!" Es klingt wie eine Presseaussendung.

„Wenn du etwas weißt, solltest du es sagen. Es ist vielleicht die einzige Chance, um deinen Ruf zu schützen."

„Mein Ruf ist untadelig. Und ich schwöre bei all meinen Tieren, er wird es bleiben. Ich habe mit dem nichts zu schaffen. Und wenn Michael tatsächlich in etwas verstrickt sein sollte, muss ich mich leider von ihm trennen."

„Persönlich oder geschäftlich?"

„Ich antworte nicht auf Unterstellungen. Solltest du so etwas schreiben, kann ich dich bloß vor den Folgen warnen."

Diesmal gibt es keine Duftküsschen auf beide Wangen. Ich habe eine Story, die ich ohne irgendeinen handfesten Beweis nicht bringen kann. Und ich habe keine Ahnung, was ich Vanessa Frey glauben darf. Wusste sie tatsächlich nichts von Multimat? Oder ist es ganz anders und sie gibt den Ton an? Klein beizugeben ist jedenfalls nicht ihr Ding.

Die Sache mit Dominik Werder war bloß ein Versuchsballon. Aber ich sollte intensiver darüber nachdenken. Was, wenn Maier vermutet, dass es Dominik Werder ist, der sich für die Eigentumsverhältnisse von WORLDLOVE interessiert? Er schreibt an einem

Buch. Vielleicht ist er tatsächlich auf ihre dubiosen Firmenverstrickungen gestoßen? Hat Maier ihm die Waffe und das belastende Material untergeschoben? Aber woher sollte er es haben? Äußerst unwahrscheinlich, dass er Franz Mitterer ermordet hat, nur weil er ihnen bei der Verkostung Fleisch serviert hat. Und sonst hatten sie miteinander nichts zu tun. Franz war bei MitTier. Vanessa Frey hat gemeint, es könnte schon sein, dass er Material gesammelt hat. Sie ist alles andere als wehrlos, das habe ich gerade deutlich erfahren. These: Jemand von den beiden unterschiebt Dominik Werder die Mordwaffe und weitere Indizien. Der bekommt das rechtzeitig mit und taucht unter. Er geht davon aus, dass man ihm nicht glaubt. Ich schüttle den Kopf. Hätte ich alles gerne. Weder Vanessa Frey noch Michael Maier sind mir besonders sympathisch. Dominik Werder hingegen eigentlich schon. Trotz unterschiedlicher Zugänge zum Leben. Es gibt allerdings eine, die findet ihn offenbar noch viel sympathischer. Und mit der sollte ich dringend noch einmal reden.

„Barbara hat mir eine lange Mail geschickt, lies selbst“, sagt Martina. Sie reicht mir ihr Smartphone. Eva hat mir den Weg in einen Weingarten nahe beim Wald gewiesen. Steile Sonnenhänge, rundum Reben. Saftiges Grün. Die Trauben sehen vielversprechend aus, aber sie müssen erst reifen. Wer hätte sich vor zwanzig Jahren vorstellen können, dass man hier elektronische Post liest? Ich kneife die Augen zusammen. Es wird bereits dämmrig. Oder ist es nun doch so weit und ich brauche eine Brille?

Hi Martina, da ist sozusagen alles gut. Die Kopfschmerzen sind jetzt auch ausgestanden und im Programm habe ich meine verbundene Hand gleich für eine Pointe genutzt. Du solltest dir das ansehen. Ich bin euch irre dankbar und werde es bleiben. Ich kann mir auch nicht vorstellen, dass dieser Dominik was mit dem Mord und meiner Schweinerei zu tun hat, er sieht einfach viel zu nett aus. Ein so großer und hübscher Veganer, dass es das gibt! Ich war mit zwei Freundinnen beim Bahnhof Zoo und im Tiergarten. Wäre auch zu schräg gewesen, wenn wir ihn wirklich dort gefunden hätten. Haben wir aber nicht. Auch wenn wir natürlich nicht alles haarklein kontrollieren können. Ich war sogar auf dem alten

Schlachthofgelände, aber das ist noch unübersichtlicher und wo ich sonst noch in Berlin suchen sollte, weiß ich nicht. Ich hoffe sehr, er taucht auf und kann alles aufklären. Für den Fall, dass er so sauber ist, wie er aussieht, und sich trotzdem verstecken muss, schicke ihn mir vorbei. Ich hab ein paar gute Plätze, wo er sicher ist. ☺☺☺ Küsschen auch an Mira und Vesna und versprochen: Ich komm demnächst einmal und wir kosten alle deine Weine. Aber wirklich alle!!! Lass dich nicht unterkriegen, Barbara

„Hast du ihn versteckt?", frage ich Martina.

„So ein Blödsinn."

„Hat er dir irgendwas von dem Buch erzählt, an dem er arbeitet? Ihr seid so lange im Auto nebeneinander gesessen."

„Er hat gesagt, dass er über die Geschäftemacher in der Lebensmittelbranche recherchiert."

„Perfekt. Da wäre WORLDLOVE ein gutes Beispiel."

„Keine Ahnung, ob er damit auch vegane Unternehmen meint. Er hat mir vor allem von Multimat und PRO-Schwein erzählt. War natürlich naheliegend, bei unserem Ausflug. Ich war übrigens bei Viktor. Ich habe mir gedacht, einmal hat er etwas gehört, vielleicht auch ein anderes Mal. Aber er schwört, da ist nichts. Er hat allerdings auch keinen weiteren Schweinetransport in den nächsten Wochen. Er hat gerade erst wieder Ferkel gekriegt."

„Er kriegt die Ferkel?"

„Was glaubst du? Dass er sie ausbrütet? Er kauft die Ferkel bei einem Vertragsbauern von PRO-Schwein, andere darf er nicht nehmen. Und dann mästet er sie. Er war übrigens noch mürrischer als sonst. Hat gemeint, er hat genug von den ‚Landsleuten'. Dabei hätte er Grund, gut drauf zu sein. Er hat einen neuen Traktor. War ohnehin überfällig, aber er konnte sich keinen leisten und die Bank hat ihm keinen Kredit mehr gegeben."

„Warum macht er das mit den Schweinen, wenn er ohnehin nichts daran verdient?"

„Weil die Schulden noch von seinem Vater stammen und umzusatteln noch mehr kostet. Zumindest am Anfang. Ein Gutes scheinen die von PRO-Schwein zu haben. Sie zahlen offenbar regelmäßig.

Oder geben ihm zumindest Kredit. Auch wenn das natürlich noch abhängiger macht. – Wäre zu schön gewesen, wenn er wieder etwas gehört hätte. Keine Ahnung, was wir sonst noch tun können. Aber wir müssen etwas tun. Inzwischen wäre ich sogar schon froh, wenn die Polizei Dominik findet. Aber nicht einmal die … und das mit internationalem Haftbefehl …“ Sie seufzt.

„Dir liegt einiges an ihm, oder?“

Martina sieht mich traurig an. „Ich werde es womöglich nicht mehr herausfinden.“

[20.]

Der Fuchs ist an Herzversagen gestorben", sagt Karl Simatschek.

„Passiert so etwas häufig?", will ich wissen.

„Bin ich Tierarzt? Wildbiologe? Keine Ahnung. Aber er war gut beisammen. Ich meine, nach seinem Tod. Man hat ihn tief genug eingegraben. Ist natürlich auch sinnvoll, weil so wird er langsam und durch Kleinlebewesen zersetzt. Wenn man ihn zu flach eingräbt, kann ihn ein Hund oder ein anderer Aasfresser wieder ausgraben. Außerdem kommen nach einer gewissen Zeit Knochen an die Oberfläche. Nicht von Geisterhand. Sondern weil alle möglichen Lebewesen von unten anschieben. Das steckt übrigens auch hinter den meisten Untoten-Legenden. Knochenhände, die plötzlich in einer Vollmondnacht aufragen. Man sollte nachsehen, ob da nicht gerade ein Maulwurf unterwegs war."

„Durch was hat sein Herz versagt?", will Vesna wissen.

„Durch eine Knochenhand?", scherzt Karl. Er ist braungebrannt und ausgesprochen gut drauf. „Ich habe keine Ahnung. Wenn ich mir das Gebiss ansehe, würde ich allerdings sagen, dass er noch nicht alt war."

„Irgendein Gift?", versuche ich es.

„Nichts, das einfach nachweisbar ist. Was wenig sagt. Auch beim Menschen. Es gibt eine Reihe von Substanzen, die zu Herzversagen führen. – Ihr habt doch gesagt, in dieser Nacht ist jemand an einem Herzinfarkt gestorben?"

„Zumtobel. Geschäftsführer von MitTier", erklärt Vesna.

„Mit dem Vanessa Frey offenbar kurz zuvor einen lautstarken Streit gehabt hat“, ergänze ich.

„Und woher weißt du das?“

„Das Faktotum vom Löwenthal-Hof hat es mir erzählt. Er hat es zwar nicht miterlebt, aber Michael Maier. Der hat mir gegenüber allerdings so getan, als hätte sich Hubert getäuscht.“

„Also was jetzt?“, fragt Karl verwirrt.

„Ich glaube nicht, dass sich Hubert getäuscht hat. Maier hat ihm das erzählt. Aber er wollte wohl nicht, dass ich davon erfahre. – Kann ein herzleidender Mensch durch einen Streit einen Herzinfarkt bekommen?“

„Möglich ist alles, aber wenn er medikamentös gut eingestellt ist, dann ist das weniger wahrscheinlich, als die meisten annehmen.“

Wir sitzen auf unbequemen weißen Plastikstühlen. Im Zimmer nebenan liegt der tote und inzwischen sezierte Fuchs. Zwei Mikroskope, zwei Bunsenbrenner, ein Wasseranschluss, einige Regale, ein PC mit großem Bildschirm.

„Okay“, sagt er. „Da ist es nicht besonders gemütlich. Jetzt versteht ihr vielleicht, warum ich lieber im Wald bin.“

„Verstehe ich nicht“, widerspreche ich. „Du kannst es dir doch netter machen.“

„Nett Leichen sezieren“, spottet der Rechtsmediziner. „Ist außerdem nur gepachtet.“

„Ein Fuchs und ein Mann sterben mehr oder weniger gleichzeitig auf einer Wiese an Herzversagen“, überlege ich. „Und du hast keine Schwermetalle gefunden? Nichts, was den Boden vergiftet haben könnte? Das Gras?“

„Dann wären wohl mehrere Füchse gestorben.“

„Wer weiß, ob sie die anderen nicht rechtzeitig weggeräumt haben“, sagt Vesna.

„Zumtobel hat Gerüchte über die Deponie unter dem Gelände gehört. Er hat deswegen einen Streit mit Vanessa Frey. Er entdeckt den toten Fuchs und regt sich so auf, dass er stirbt. Deswegen und nicht aus Tierliebe muss auch der Fuchs verschwinden“, überlege ich. „Vanessa Frey. Das hat alles viel mehr mit MitTier zu tun als mit der

Gesellschaft oder WORLDLOVE. Sie hat uns einfach gekonnt Theater vorgespielt. Sie hat Michael Maier in der Hand. Sie verlangt von ihm, dass er den Fuchs eingräbt. Was hat sie gesagt? Sie lässt sich ihr Lebenswerk nicht kaputtmachen. "

„Klingt hinreißend", erwidert Karl Simatschek. „Die Sache hat nur zwei kleine Schönheitsfehler. Erstens habe ich zumindest bislang keine Hinweise auf Giftstoffe im Fuchs gefunden. Ich kann noch einiges versuchen, aber das wird dauern. Es gab auch keine krankhaften Veränderungen an dem, was von der Leber noch übrig war. Und zweitens sind die beiden nicht gleichzeitig gestorben. Der Geschäftsführer hatte seinen Herzinfarkt am Abend. Der Fuchs ist später, wahrscheinlich in der Früh, gestorben."

„So genau man kann den Todeszeitpunkt beim Fuchs feststellen?", fragt Vesna beeindruckt.

„Nicht so genau. Aber der Fuchs hatte etwas gefressen. Es war eindeutig ein Stück Mensch."

„Und daran ist er gestorben?", frage ich irritiert.

„Kann sein. Es ist nur eine These: Wenn ein ohnehin herzkranker Mensch eine Dosis eines Herzgiftes bekommt und daran stirbt und ein Fuchs kommt und frisst vom Menschen, der dieses Gift im Blut hat: Dann könnte das eventuell zu Herzversagen führen."

„Bei der Obduktion von Zumtobel hat man nichts gefunden. Außer dem Mittel, das er wegen seiner Herzprobleme nimmt."

Karl sieht mich nachdenklich an. „Wäre nicht das erste Mal, dass jemand mit einer Überdosis seines eigenen Herzmittels ermordet wird. Das fällt am wenigsten auf. Und dann stellt sich noch die Frage, wie genau gesucht wurde. Gewisse Substanzen sind ziemlich flüchtig und nicht leicht nachzuweisen."

Ich nicke. „Bei seiner Krankengeschichte sind alle davon ausgegangen, dass er eines natürlichen Todes gestorben ist. – Aber wenn er zu viel von seinem Herzmittel im Körper gehabt hätte: Hätten dann nicht auch andere Füchse sterben müssen? Oder hat nur der eine von ihm gefressen?"

Karl wiegt den Kopf. „Füchse sind Aasfresser. Es war eine sehr warme Nacht, ich habe nachgesehen. Unser Toter hat in der Früh offenbar schon gut genug gerochen. Vielleicht war ein Fuchs besonders hungrig. Oder er hat auch sonst etwas weniger lange gewartet, bis er in verwesendes Fleisch beißt. Sicher sind nicht alle Füchse gleich. Vielleicht hat unser Fuchs aber einfach Pech gehabt und in eine Stelle gebissen, in der besonders viel gut durchblutetes Muskelfleisch war. Oberschenkel. Oder eine Wange. Man müsste ein paar Tests machen … – Aber wie gesagt: Es ist bloß eine These."

Als ich heimkomme, rennen meine Gedanken noch immer im Kreis. Was ist, wenn auch Zumtobel ermordet worden ist? Dann kann man wohl nicht mehr davon ausgehen, dass es die Tat eines fundamentalistischen Veganers und seiner Helfer war. Was könnte denen an Zumtobel liegen? Dafür gab es offenbar Streit zwischen Vanessa Frey und ihrem Geschäftsführer. Maier hat davon erzählt und zuvor schon der ehemalige MitTier-Anwalt. Aber wie passt dann der Mord an Franz Mitterer ins Bild? Er hat in der PR-Abteilung gejobbt. Er hat mir vom dubiosen Umgang mit Spendengeldern erzählt. Das kann natürlich vieles heißen. Und er hat gesagt, die Sache sei noch nicht spruchreif. Also kann er nicht viel gewusst haben. Sonst hätte er es wohl auch den „Landsleuten" gesagt. Freilich geht es bei den Machenschaften von MitTier nicht um die Fehde zwischen begeisterten Jung-Veganern und selbstbewussten Jung-Bauern, sondern um Geschäftemacherei und Vertuschung. Und Barbara Ülgen? Wie passt die ins Bild? Keinerlei Berührungspunkte. Es ist kaum davon auszugehen, dass Vanessa Frey die Kabarettistin in einen Transporter sperrt, nur weil sie über vegane Lebensformen gespottet hat. Ich stelle meine Handtasche auf die Bank im Vorzimmer, gehe in Gedanken in unseren großen Wohnraum, zu meinem Schreibtisch.

Was ist, wenn Barbara Ülgen tatsächlich von der V.A. entführt worden ist? Dominik Werder war daran irgendwie beteiligt. Dann wird ihm die Waffe untergeschoben und er muss untertauchen. Weil er davon ausgeht, das die Justiz ihn nicht fair behandeln wird. – Aber woher sollte Vanessa Frey wissen, dass sich die V.A. an Barbara Ülgen gerächt hat? Gibt es irgendwelche veganen Verbindungen, die wir noch nicht durchschaut haben?

Vui liegt auf meinem Laptop und schnurrt. Ich habe den Eindruck, er wächst von Tag zu Tag. Wieder einmal habe ich vergessen, meinen Computer zuzuklappen. Unser weißer Kater hat es geschafft, die Bildschirmtastatur zu aktivieren. Das hat man jetzt von einem Gerät mit Touchscreen. Der Kater schreibt. Ich hebe ihn so vorsichtig wie möglich von der Tastatur auf den Boden und setze mich. Ich sollte meine Gedanken ordnen. Thesen aufstellen. Ich habe den Eindruck, dass wir uns beeilen müssen.

aaaiiiiiierr

Ich schaue auf die Buchstaben. „Willst du mir damit etwas sagen?", frage ich Vui. Er schnurrt. Ihn regen dumme Fragen nicht auf. Er hat sich auf dem Laptop geräkelt, was soll das sagen, außer, dass es ein guter Platz dazu ist?

Maier, wir sollten Maier nicht vergessen. Er weiß viel und er hängt jedenfalls mit drin. Aber das ist nichts Neues. Mein Telefon läutet. Ich hab es in der Tasche gelassen. Ich laufe ins Vorzimmer, alarmiert. Irgendetwas ist passiert. Schon wieder. Es ist Vesna.

„Vanessa Frey ist noch in Hotel in Wien. Vielleicht sie hat Angst, sie verliert Kontrolle, wenn sie zu weit von Löwenthal-Hof weg ist. Aber bei Maier will sie auch nicht mehr wohnen, wie es aussieht. Wir haben Glück. Ein Stubenmädchen ist die Cousine von Alica, die bei mir arbeitet."

Ich atme erleichtert auf. „Du und deine jugoslawischen Putzfrauen-Connections!"

„Jugoslawien es gibt schon lange nicht mehr, und die Verbindungen leider auch immer weniger. Alica ist aus Slowakei. Auf alle Fälle wird ihre Cousine Nadja aufpassen, was Vanessa Frey tut. So gut es geht eben. Und ich habe Bruno geschickt, er soll in der Gegend spazieren gehen und ab und zu in die Hotellobby schauen. Und Slobo ist bei MitTier."

„In welchem Gehege?"

„Du mach dich nicht lustig, er ist freiwilliger Helfer. Große und Starke brauchen sie immer, die dünnen Mädchen, die vor lauter Tierliebe nicht essen, haben sie genug."

„Vui meint, wir sollen auch an Maier dranbleiben."

„Vui?"

„Klar, er schickt mir Botschaften."

„Du solltest ausspannen. Irgendwo, wo es keine Tiere und keine Veganer gibt."

„Ich werde mich mit Maier-Löwenthal treffen."

„Dann sind mehr Karten auf dem Tisch", überlegt Vesna.

„Wird höchste Zeit. Ganz abgesehen von meinem Redaktionsschluss."

„Und dass Dominik Werder noch immer untergetaucht ist. Rufe Maier nicht an. Ich lasse Slobo nachsehen, ob er auf dem Gut ist. Dann du kommst und sicherheitshalber ist Slobo in der Nähe."

„So machen wir es."

Kaum haben wir unser Gespräch beendet, läutet das Telefon erneut. Martina.

„Hast du auf Facebook geschaut?"

„Mache ich selten, weißt du ja."

„Die ‚Landesleute' haben eine Fan-Seite. Seit der Sache mit der Verkostung. Und jetzt posten alle möglichen Leute, dass man selbst nach Dominik Werder suchen muss. Wenn die Polizei es nicht schafft, dann werden sie die Sache übernehmen. Die glauben, er hat Franz ermordet. Ich weiß nicht, was die mit ihm tun, wenn sie ihn finden …"

„Vielleicht ist das gar nicht so dumm", überlege ich. „Wenn er gefunden wird, dann hat er die Chance, sich zu verteidigen. Er kann nicht auf ewig untertauchen."

„Was, wenn sie ihn lynchen?"

„So viel hältst du von deinen Freunden?"

„Die meisten kenne ich doch gar nicht. Das ist alles viel zu groß geworden. Und die Stimmung ist aufgeheizt."

Ich versuche ihr meine Thesen über Vanessa Frey und Dominik Werder zu erklären. Und dass ihr Veganer womöglich nur in die Transporter-Geschichte verwickelt ist. Während Franz zum Verhängnis geworden sein könnte, dass er zu viel über MitTier oder die Gesellschaft für Veganes Leben und ihre Verbindungen zu WORLDLOVE und Multimat herausbekommen hat.

„Viktor erreiche ich übrigens auch nicht."

„Kann kaum zusammenhängen, oder?"

„Ich weiß gar nichts mehr. Aber jedenfalls war er gestern noch da."

„Viktor hat auf mich nicht eben gewirkt, als würde er eine einsame Aktion gegen Dominik Werder starten. Besonders aktiv scheint er nicht zu sein." Ich merke, dass Martina gar nicht richtig zuhört.

„Martina! Bist du noch dran?"

„Mama kommt über den Hof. Irgendwas ist."

„Ich bleib dran!"

Stille, dann Stimmen. Meine Freundin Eva. Ihre Tochter. Ich kann nicht verstehen, was sie sagen. Rumpeln.

„Mira?"

„Ja, was ist?"

„An meiner Windschutzscheibe war ein Zettel. *Vegane Spezialität im Stadtbahnbogen, Nummer 343.*"

Wunderbar. Und ich dachte schon, es sei etwas passiert. „Ein Werbezettel. Und?"

„Der Zettel ist handgeschrieben. Das ist keine Werbung. Das ist ein Hinweis!"

„Oder doch raffinierte Werbung."

„Egal, wir müssen klären, was dort los ist. Sofort!"

„Die sind sicher im Internet."

„Aber Dominik ist nicht im Internet!", ruft Martina. „Der ist ganz real verschwunden!"

Marbelle – Die neue Partylocation in den U-Bahn-Bögen. Lässige Partys und gute Stimmung garantiert … Stadtbahnbogen 343. Eine der vielen neuen Bars in Wien. Vielleicht auch mit veganer Spezialität. Ich verständige Vesna.

Die kleinen Lokale in den Stadtbahnbögen haben in den letzten Jahren einen spürbaren Aufschwung erlebt. Die Bahntrasse über ihnen liefert ein gewisses alternatives Großstadtflair. Und es passt zu Wien, dass es eine U-Bahn-Linie ist, die da quasi im ersten Stock fährt. Man sucht Orte abseits des Üblichen. Underground-Feeling, aber mit allem Komfort und angesagten Drinks. Um diese Uhrzeit aber ist zu viel Licht. Der Platz vor dem Eingang wirkt schäbig, Straßenschmutz und vom Wind angewehte Fast-Food-Verpackungen. Auf dem ausgeschalteten Neonschild hocken zwei Tauben. Das Marbelle hat jetzt, am frühen Nachmittag, noch geschlossen. Ich will nicht auf Vesna und Martina warten. Ich rüttle an der Tür. Nichts. Ich suche mit meinem Smartphone nach der Telefonnummer des Lokals. Ich wähle und klopfe gleichzeitig. Die Tür geht auf.

„Ja?" Jüngerer Mann in Dreiviertelhosen und poppig bedrucktem T-Shirt.

„Ich weiß, es klingt seltsam. Wir haben eine Art … Werbung bekommen mit dem Hinweis, dass es hier vegane Spezialitäten gibt."

„Wir haben noch nicht geöffnet."

„Haben Sie die Werbung verteilt? Handgeschrieben?"

„Nein. Wir machen keine Flyer. Wo haben Sie das gesehen?"

„Treberndorf."

„Wo?"

„Im Weinviertel."

„Sicher nicht von uns. Wenn Sie was Veganes wollen, dann ist das kein Problem. Aber erst am Abend. Und in unseren Drinks ist sowieso kein Fleisch." Er versucht ein Lachen, es ebbt ab, bevor man mitlachen kann.

„Das habe ich nicht gemeint, ich …"

„Sollte ein Scherz sein. Ich weiß, ihr nehmt das ernst. Wenn es eine Feier sein soll, können wir ein veganes Catering kommen lassen."

Ich sehe ihn irritiert an. „‚Gut essen'?"

„Äm. Gut essen kann man bei uns jedenfalls. Kleinigkeiten eben. Es ist mehr ein Abendlokal."

„Das Catering heißt ‚Gut essen' – Kennen Sie es?"

„Nein. Aber wenn es in Wien ist und wenn Sie die wollen, können wir das organisieren. Ab einer gewissen Personenanzahl. Schreiben Sie doch alles zusammen und schicken Sie eine Mail. Ich muss jetzt weitertun."

Vesna und Martina.

„Hast du ihn gefragt? Ist Dominik da irgendwo?", sagt Martina hektisch.

„Sie haben keine Zettel verteilt“, erwidere ich.

Der Mann in der Eingangstür sieht uns zunehmend verwirrt an. „Kann es sein, dass ich gerade gar nichts verstehe? Sie wollen vegan essen, okay, wir machen alles. Fast alles.“

„Es kann sein, dass hier jemand ist, den wir suchen“, erklärt Martina.

Vesna fällt ihr ins Wort. „Für lange Erklärungen ist keine Zeit. Können wir durchgehen und nachsehen?“

Der Typ schüttelt den Kopf. „Da ist keiner. Unsere Putzfrau war schon da. Niemand, der gestern unter den Tisch gesunken ist. Irgendwie wollt ihr mich drankriegen, das hab ich schon begriffen. Aber gefährlich seht ihr nicht gerade aus. Also kommt rein. Schaut euch um. Ich zeige euch auch die Lagerräume. Aber vielleicht solltet ihr doch woanders vegan essen.“

Wir durchstöbern alles. Finden Kisten und alte Fahrräder. Ausrangierte Töpfe und einen Schlafsack, der allerdings schon lange nicht mehr verwendet wurde. Spinnwebenüberwachsen. Aber keine Spur von Dominik.

„Berlin.“

Die beiden sehen mich an. Wir stehen am Währinger Gürtel, der Nachmittagsverkehr braust an uns vorbei. Hier ist Wien wenig charmant.

„Auch in Berlin gibt es Stadtbahnbögen. Wir waren dort. Hinter dem Bahnhof Zoo. Dort, wo die Obdachlosen waren“, ergänze ich.

„Barbara hat geschrieben, dass sie beim Zoo nachgesehen haben.“

„Aber sie hat nicht in den Bögen gesucht, sondern wieder einen Transporter. Oder etwas Ähnliches.“

Gleichzeitig greifen wir nach unseren Mobiltelefonen. Zum Stadtbahnbogen 343 in Berlin gibt es bloß den Eintrag einer Immobilienfirma. Sie bietet an, einen beim Kauf von allen möglichen Liegenschaften zu unterstützen.

Martina telefoniert mit Barbara Ülgen.

„Okay, bestens. Das sollte sich ausgehen. Okay. Klar. Wir kommen auch. Natürlich. Es gibt alle paar Stunden einen Flug. Sicher.

Nein, das sollten wir nicht. Ja. Tschüss. – Sie hatte einen Auftritt in Freiburg und ist schon unterwegs Richtung Berlin. Mit dem Auto. Wir fliegen."

Ich rechne. „Eine Stunde bis zum Flughafen, eine vor Abflug dort sein, eine Stunde fliegen, eine bis zu den Stadtbahnbögen. Vier Stunden. – Vorausgesetzt, wir bekommen einen passenden Flug."

Vesna sieht mich genervt an. „Ich weiß, du fliegst nicht gerne. Aber es ist schnell. Jemand muss wollen, dass wir sofort kommen, wenn er schickt diesen Zettel. Ob es Dominik war?"

Martina zuckt mit den Schultern. „Warum hat er nichts dazugeschrieben? Irgendetwas, das es klar macht? Ein Zeichen."

„Vielleicht war er lieber vorsichtig. Er kann die Botschaft jemandem diktiert haben. Vielleicht jemandem von der V.A." Ich sehe auf die Uhr. „Wenn alles gutgeht, sind wir um acht dort."

„Ich rufe Hans an. Seine Sekretärin soll Flüge buchen. Und wir nehmen U-Bahn. Ist in dem Verkehr schneller wie Taxi." Vesna hat sich bereits in Bewegung gesetzt. Martina und ich hetzen hinter ihr drein.

Wir sind schon in der Schnellbahn zum Flughafen, als sich Hans meldet. Vesna hat die ganze Zeit nervös vor sich hin gemurmelt. So lange, wie diese dumme Sekretärin brauche. Oder glaube Hans etwa, das sei nicht wichtig?

„Ja? O nein. Ist idiotisch. Ach. Gut. Eigentlich viel besser. Ja. Du bist ein Schatz, ich weiß, ich liebe dich. Natürlich. Wir passen immer auf."

Vesna sieht uns an. „Gute oder schlechte Nachricht zuerst?" Sie liebt solche Spielchen.

„Schlechte", knurre ich.

„Es gibt nächste freie Plätze im Flieger erst wieder am Abend."

„Dann müssen wir raus hier. Sofort ein Auto finden." Martina wirkt, als würde sie gleich aus dem fahrenden Zug springen.

„Es gibt auch gute Nachricht", fährt Vesna ungerührt fort. „Geschäftspartner von Hans hat eine Privatmaschine. Sie sind gestern aus Barcelona gekommen und fliegen erst am Sonntag. Pilot ist bei der

Maschine für irgendwelche Checks. Er ist schon dran, die Flugfreigabe zu kriegen."

„Checks? Ist irgendwas mit der Maschine nicht in Ordnung?", will ich wissen. Bringt doch keinem etwas, wenn wir abstürzen.

„Nur Routine", antwortet Vesna.

[21.]

Zweimotorige Cessna mit Ledersitzen und viel Komfort. Aber trotzdem mit nichts rund um uns außer Luft. Der Pilot ist Ungar und spricht gebrochen Englisch. Ich hoffe, er kann sich mit dem Tower verständigen. Das Wetter ist gut. Was soll uns passieren? Hunderttausende fliegen. Wahrscheinlich sogar in diesem Moment. So, als ob der Mensch dafür gemacht wäre. Artgerechte Haltung. Sollten sich die Veganer doch einmal um artgerechte Menschenhaltung kümmern. – Andererseits. Anders als die Tiere können wir uns entscheiden. Nicht immer und nicht jeder. Ich jedenfalls kann mich entscheiden: fliegen oder nicht fliegen. Ich habe mich entschieden, zu fliegen. *Artgerecht ist nur die Freiheit*, hat eine Veganerin geschrieben.

„Wo endet die Freiheit?“, frage ich Vesna.

„Du willst philosophieren?“ Sie sieht mich erstaunt an.

„Wenn alle frei sind, wie schaffen wir es dann, dass niemand die Freiheit des anderen einschränkt?“

„Ich finde, dass mit Luftdruck alles in Ordnung ist. – Spürst du auch etwas im Kopf, Martina?“

Martina schreckt auf. Sie hat sich irgendwelche Notizen gemacht. „Was? Alles in Ordnung. Mit dem Druck.“

Ich versuche ein Lächeln. „Und noch etwas: Was ist, wenn alle Menschen und Tiere in Freiheit leben: Halten sich die Tiere daran, uns nichts zu tun? Und wenn sie uns etwas tun, ist das dann ihre Freiheit? Haben wir dann die Freiheit, ihnen etwas zu tun? Und wer gewinnt?“

„Ich sehe schon, du übst für Vortrag in Gesellschaft für Veganes Leben und Philosophie. Alles nur, weil ein Fuchs ein Stück von einem Geschäftsführer gegessen hat."

„Und beide sind an Herzversagen gestorben."

„Merkst du eigentlich, wie ruhig der Flug ist?", fragt meine Freundin.

„Ich will gar nicht merken, dass ich fliege. Beinahe hätte ich es vergessen. Danke."

„Man muss merken, dass man fliegt. Nur dann ist es gut."

Der Taxifahrer tut, als wüsste er genau, wo der Stadtbahnbogen 343 ist. Sieht aus, als hätten wir einen echten Berliner erwischt. Glück muss man haben. Barbara ist bereits bei der Südeinfahrt zur Stadt. Ich suche nach der Nummer des Berliner Polizeibeamten, die mir Zuckerbrot gegeben hat.

„Sicher keine Polizei", sagt Martina. „Wir müssen erst wissen, was dort los ist."

„Und wenn dir Dominik eine Falle stellen will?", frage ich.

Martina sieht mich empört an.

„Du hast oft genug gesagt, dass du ihm nicht restlos traust. Du kannst es nicht ausschließen."

„Jedenfalls ist klar, er hat auf die eine oder andere Art mit dem Fall zu tun", ergänzt Vesna.

„Wir haben auch auf die eine oder andere Art mit dem Fall zu tun", versetzt Martina.

„Ja. Du zum Beispiel, weil sich die ‚Landsleute' an den Veganern rächen wollten." Ich wollte, dass es lustig klingt.

„Sie haben mit den Aktionen begonnen. Sie haben Viktor gemobbt und MÖRDERIN! auf unser Tor geschrieben. Gar nicht zu reden von den vielen anderen Aktionen der V.A. – Was war zum Beispiel mit der Kuhscheiße?"

Der Taxifahrer biegt ab, fährt die Stadtbahnbögen entlang, nimmt dann eine Durchfahrt, fährt langsam eine schmälere Straße entlang, wendet, ist wieder bei den Stadtbahnbögen. Ich habe den Eindruck, dass wir hier vor kurzem schon mal vorbeigekommen sind. Eine Wohnstraße. Sie endet in einer Sackgasse.

„Den gibt's nicht, den 343."

Wir sehen einander an.

„Die Stadtbahnbögen beim Bahnhof Zoo – was haben die für Nummern?", frage ich ihn.

„Höhere. Da ist ein Lokal beim Tiergarten, das hat eine Nummer über fünfhundert. Da kann ich Sie hinfahren."

„Wie kann es sein, dass es 343 gar nicht gibt?"

„Ja was weiß ich, Mensch? Er ist jedenfalls nicht da. Sie können hier aussteigen."

„Wir telefonieren."

„Aber der Taxameter läuft."

„Ja, passt schon."

Wenig später wissen wir: Die Nummern der Bögen beginnen im Osten. Richtung Bahnhof Zoo werden sie höher. Barbara hat eine Ahnung, wo 343 circa sein könnte. Der Taxifahrer soll uns zur Station Bellevue bringen. Von dort müssten wir die S-Bahntrasse entlanggehen, die Bögen seien im Allgemeinen beschriftet. Sie staue durch Berlin, aber sehr lange könne es nicht mehr dauern. Ob sie uns jemanden schicken solle? Nein, lieber nicht.

Als wir bei Bellevue aussteigen, sieht uns der Taxifahrer an, als hätten wir nicht alle Tassen im Schrank. Warum wir das nicht gleich gesagt hätten? Bellevue kenne nun wirklich jeder. Sogar die Türken, die Taxi fahren.

Da ist ein Lokal. Der Bogen trägt die Nummer 411. Also nach Osten. Das hat in Berlin eine eigene Bedeutung. Wir eilen die staubige Straße entlang. Immer weiter. Wo war die Grenze zum ehemaligen Ostberlin? In den Stadtbahnbögen gibt es kleine Läden, Lagerräume, die meisten sind versperrt und wirken leer. Nicht alle haben Tafeln mit einer Hausnummer. Zwei Obdachlose, die sich unter einen Bogen zurückgezogen haben. Sie sind wohl lieber hier für sich als bei den vielen nahe beim Bahnhof Zoo. Drogen, Alkohol, Krankheit, falsche Freunde, falsche Liebe: was immer Menschen kaputtmacht und an den Rand treibt. Manchmal ist es wohl bloß das Leben. Man kann es sich nicht immer aussuchen, angebliche Freiheit hin oder her.

„Da ist es!"

343. Zugemauerter Bogen, die beiden Fenster sind mit Brettern vernagelt. Doppeltür aus grün verwittertem Metall. Davor eine eiserne Stange. Auf beiden Seiten mit einem massiven Vorhangschloss. Daneben zwei magere Büsche, die aus dem verwitterten Gehsteig wachsen. Entlang der einspurigen Straße geparkte Autos. Ein schmaler Grünstreifen, noch mehr Büsche, die auch nicht so aussehen, als hätte sie jemand absichtlich gepflanzt. Dahinter, in einiger Entfernung, hohe fantasielose Wohnhäuser. Schlafstätten. Wolken haben sich vor die tief stehende Sonne geschoben. Keine belebte Gegend. Vesna sieht sich um. Niemand, der uns beobachtet. Sie drückt die Türklinke. Ich halte die Luft an. Sie rüttelt.

„Ist zu. Doppelt versperrt, es scheint."

Martina klopft an die Metalltür. Helles Geräusch, viel zu laut. „Dominik?"

Keine Antwort. Nicht weit von uns braust der Verkehr. Die Durchzugsstraße ist auf der anderen Seite der Stadtbahn. – Der verbaute Bogen könnte von beiden Seiten zugänglich sein. Wir hetzen die Straße entlang. Dort vorne ist eine Durchfahrt. Dann auf der anderen Seite entlang bis 343. Eine Mauer. Ohne Fenster, ohne Tür. Wieder zurück. In der Unterführung ein Auto, das uns langsam entgegenkommt. Werden wir verfolgt? Aber die beiden, die in dem roten Wagen sitzen, scheinen kein Interesse an uns zu haben. Wieder hin zu 343.

„Wir müssen herausfinden, wem der Bogen gehört", schlage ich vor.

„So viel Zeit haben wir nicht", meint Martina.

Vesna sieht sich die Schlösser genauer an. „Es ist die Türe versperrt und dann noch mit diesem Riegel gesichert. Ich weiß auch nicht, wie wir da reinkönnten. Vielleicht es kommt jemand, den wir können fragen."

Ausgerechnet unter diesem Stück der S-Bahn sind keine Läden. Ein gutes Versteck. Eine alte Frau nähert sich vom Durchgang her. Sie sieht uns neugierig an.

„Guten Tag", sage ich und setze mein schönstes Lächeln auf. „Wissen Sie, wem dieser Stadtbahnbogen gehört?"

Sie schüttelt den Kopf. „Wollen Sie ihn kaufen? Da macht man keinen Laden auf. Es hat einmal welche gegeben, die haben es probiert. Moldawier oder Russen oder so, Gemüse wollten sie ein Stück weiter vorne verkaufen. Is' nich' gegangen. Da müssen Sie näher zum Zoo. Oder, noch besser, ganz nach Osten, zu den Hackeschen Höfen. Da kosten die Bögen mehr, aber da machen Sie Geschäft. Da sind die Touristen."

„Vielleicht können wir ihn trotzdem brauchen. Als Lager", erwidere ich.

„Sie wollen da aber keine Flüchtlinge einquartieren, oder? Ich hab nichts gegen die, sind arme Hunde. Aber wir haben letztes Jahr fünfzigtausend aufgenommen in Berlin und heuer sind es sicher auch schon viele. Jetzt sollen die anderen mal was tun. Sie sind aus Österreich, was? Oder aus Bayern? Ich mag Bayern. Lieber als Österreich."

„Es geht nicht um Flüchtlinge. Sie kennen jemanden, der sagen kann, wem Bogen gehört? Wer einen Schlüssel hat?" Vesna wird ungeduldig.

„Sie haben aber einen anderen Akzent. Was wollen Sie im Bogen? Sind Sie aus Syrien? Man sagt, das sind gute Geschäftsleute. Das schon."

„Meine Freundin ist Österreicherin. Wie ich. Wir finden die Stadtbahnbögen einfach schön", sage ich und lächle tapfer.

„Ich habe keine Ahnung, wem die gehören. Vielleicht denen von der S-Bahn. Das wird das Beste sein, wenn Sie mit denen reden. Es ist wirklich eine sehr ruhige Gegend da. Mal abgesehen vom Straßenlärm auf der anderen Seite. Und die Spree ist nicht weit. Die Queen ist da letztes Jahr durchgefahren auf der Spree. Mit unserer Kanzlerin."

Barbara steckt noch immer im Stau. „Ich kann sehen, ob ich Jungs finde, die uns helfen. Wird nicht so schwer sein, dort reinzukommen."

„Was für Jungs?", frage ich.

„Türkenconnection. Für alle Fälle."

„Da ist sowieso niemand drin", meint Vesna. „Warum ist zu, wenn man will, dass Martina kommt?"

Ich habe eine Idee. „Vielleicht waren wir zu schnell. Er hat gedacht, wir fahren mit dem Auto."

„Warum kommt er genau da her, wenn er ist untergetaucht?", überlegt Vesna.

„Was, wenn er uns die ganze Zeit beobachtet? Wenn er gehofft hat, dass Martina alleine ist?"

„Ihr müsst gehen", sagt Martina. „Ich warte hier."

„Sicher nicht. Schon vergessen? Sie haben diese Liste bei ihm gefunden. Du stehst auch drauf."

„Die Liste ist der Grund, warum ich mir ganz sicher bin, dass er nichts mit dem Mord zu tun hat. Er hätte mich nie ..."

„Weil du ihn so gut kennst", erwidert Vesna trocken.

„Egal: Ihr versteckt euch in der Nähe. Ihr werdet mich schon retten."

„Ist riskant, aber könnte gehen", überlegt Vesna. „Es wird bald finster. Da er kann weniger sehen."

„Geht gar nicht", widerspreche ich. „Und wir können dann auch weniger sehen." Eva. Ich darf nicht zulassen, dass ihrer Tochter etwas geschieht.

„Wenn du uns nicht sagen willst, was hier sein soll, dann lass es eben bleiben!", fahre ich Martina an.

„Wir fahren jetzt. Es hat etwas mit Barbara zu tun, ist es das?", sagt Vesna laut.

„Lasst mich endlich in Ruhe! Verschwindet! Hört auf, mir nachzuspionieren! Ich brauche keine Aufpasserinnen!", antwortet die junge Winzerin böse.

„Du kommst mit!", fordere ich in strengstem Befehlston.

„Ihr könnt mich!"

„Du uns auch!" Wir stapfen davon, gehen durch die Unterführung.

Jetzt heißt es schnell sein. Vesna ist eine geübte Läuferin, aber ich keuche. Wir müssen zur nächsten Durchfahrt, von dort wieder zurück auf die schmale Straße, zu den Büschen im Grünstreifen. Bis wir wieder Sichtkontakt mit Martina haben, ist sie ungeschützt. Es ist ein verrückter Plan. Aber wie hat Vesna gemeint? „Er wird schon nicht sofort kommen und sich auf sie stürzen."

Seitenstechen. Ich muss ganz tief atmen, das Zwerchfell absenken, das hilft. Wir sind knapp hinter den geparkten Autos. Er könnte oben bei den S-Bahn-Gleisen sein. Oder ist er doch im Stadtbahnbogen? Sieht er uns durch die Ritzen des Bretterverschlags vor den Fenstern? Aber dann könnte er nicht raus. Eisenstange mit zwei großen Schlössern. Jemand müsste ihn eingesperrt haben. Verdammter Mist. Da ist jemand bei den Büschen. Die ganze Zeit war keiner hier und jetzt muss hier jemand seinen doofen Hund ausführen?

„Martina", sagt Vesna leise. Wir sehen einander ratlos an und rennen die letzten Schritte.

„Es ist jemand gekommen", flüstert Martina. „Ich begreife es nicht."

„Da ist keiner", widerspricht Vesna und späht durch die Büsche. Stadtbahnbogen 343, ruhig wie eh und je.

„Er ist gerade zurück in die Unterführung. Er scheint etwas zu suchen, oder jemanden."

„Dominik?", frage ich.

„Nein. Ich hab keine Ahnung, was da gespielt wird. Es ist Viktor."

„Keine Verwechslung möglich?"

„Ich bin mir ganz sicher."

„Und wenn er nicht zurückkommt?"

„Da!", wispert Martina.

Viktor taucht aus dem Durchgang auf, er sieht sich zweifelnd um. Er geht langsam. Blickt auf die Uhr. Er bleibt vor der Tür des Stadtbahnbogens stehen. Zieht sein Mobiltelefon heraus.

„Er hat auch einen Zettel bekommen", flüstert Vesna.

„Das hätte er mir gesagt. Der fährt wegen so etwas nicht nach Berlin."

Viktor geht ein paar Schritte Richtung Fahrbahn, schaut zu den S-Bahn-Gleisen hinauf. Ein weißer Lieferwagen. Er nähert sich mit großem Tempo. Kann es Barbara sein? Kein guter Zeitpunkt. Der Lieferwagen bremst, hält. Viktor duckt sich. Wie ein Tier, das nicht weiß, ob es lieber fliehen oder stillstehen soll, damit man es nicht bemerkt. Zwei Männer springen aus der Tür zum Laderaum, sie packen Viktor. Der eine verklebt ihm den Mund. Dann werden die Arme mit einem dicken Klebeband gefesselt. Kein Laut. Es dauert nur wenige Sekunden. Der Schweinebauer versucht sich zu wehren. Keine Chance. Der Fahrer steigt aus. Trotz des warmen Sommerabends hat er den Kragen aufgestellt. Viktor steht jetzt ruhig zwischen den beiden Männern. Er scheint den Widerstand aufgegeben zu haben.

Ich ziehe das Telefon aus der Tasche und merke, dass meine Hand zittert. Konzentration. Kamera. Ich muss fotografieren. Dämmerung. Man sieht kaum etwas. Auf gut Glück immer wieder abdrücken. Was sind das für Leute? Geheimdienst? Fleischmafia? Der Mann mit dem aufgestellten Kragen geht zur grünen Eisentür, er schließt die beiden Vorhangschlösser auf, dann das Türschloss. Er stellt die Eisenstange neben die Tür. Die vier verschwinden im Inneren.

„Der Polizeifreund von Zuckerbrot. Ich rufe ihn an", flüstere ich.

„Wir müssen Barbara warnen", wispert Martina.

„Viktor hat doch etwas gewusst", murmelt Vesna. „Vielleicht er wollte einmal Held sein. Sonst du wärst an seiner Stelle."

Wir starren gebannt zur Tür im Stadtbahnbogen.

Ein Arm auf meiner Schulter, ich zucke zusammen, will schreien.

„Ruhig. Ich bin es." Barbara redet viel zu laut. In ihrer Jackentasche vibriert es.

Vesna legt den Finger auf ihre Lippen und deutet nach vorne. Die beiden Männer, die Viktor gefesselt haben. Sie kommen aus der Tür, schlendern davon. Sehen sich immer wieder um.

„Jemand muss ihnen nach", flüstert Vesna.

„Meine Jungs sind vorne. Die kriegen die beiden. Kann mir jemand sagen, was los ist?" Barbara tippt in ihr Handy.

Telefonieren wäre zu laut. Ich schicke Zuckerbrot und Droch eine SMS und hoffe, dass sie ausnahmsweise ihr Handy eingeschaltet haben. Zuckerbrot soll seinen Polizeifreund zum Stadtbahnbogen 343 schicken. Ohne Blaulicht. Vesna ist die Erste, die das Versteck verlässt. Wir können nicht warten. Wir bewegen uns vorsichtig geduckt an den geparkten Autos entlang. Sind jetzt bei der Ziegelmauer der Stadtbahn. Die grüne Eisentür ist einen Spaltbreit offen.

„Leider. Du hast kalte Füße bekommen, dein Pech. Sie wollten bloß dein Bestes!“ Mir kommt die Stimme ziemlich bekannt vor.

„Bin ich da oder nicht?“ Das ist Viktor. Undeutlich. Aber eines ist klar: Er hat Angst.

„Zu spät. Du hast die Sache mit dem Transporter vermasselt. Wer außer dir kann ihnen einen Tipp gegeben haben? Es wird wie ein Duell aussehen. Der Schweinebauer und der Veganer.“

„Veganer ... sie sind gegen Gewalt!“

Lachen. „Manchmal muss man Kompromisse machen, damit die gute Sache siegt.“

„Sie haben mich reingelegt! In der Pistole war kein Betäubungsmittel!“ Viktor weint beinahe.

„Für einen Schweinebauern bist du ganz schön zimperlich. Los! Wickle ihn aus! Wenn du Glück hast, lebt er noch. Wir werden die Version verbreiten, dass du den Mörder gefunden hast. Das wird deine Eltern freuen. Besser, als sie erfahren, dass du deinen Freund erschossen und diese Ülgen in den Transporter gesperrt hast.“

„Das war ich doch nicht! Das waren die beiden, das wissen Sie. Ich werde das melden. Bei PRO. Dass Sie ...“

Lachen. Und spätestens jetzt bin ich mir ganz sicher. Es ist die Stimme von Michael Maier, selbsternannter Löwenthal. „PRO hat dich gut bezahlt, dafür dass du mitgespielt hast, schon vergessen? Deine Schulden sind weg. Und das bloß für eine kleine Gefälligkeit.“

„Ja. Gut. Eben. Eigentlich sind wir quitt, oder? Ich sage sicher nichts. Wenn Sie wollen, dann höre ich auch auf mit den Schweinen.“

Rumpeln. Schärfer: „Los! Du brauchst dich nicht zu fürchten vor diesem Typ. Wenn er sich zu viel bewegt, ist er tot. Schau. Meine Waffe zielt auf ihn. – Hast du mich gehört, Werder? He, wach auf!“

Vesna schiebt ihren Kopf ganz langsam nach vorne, öffnet die Tür etwas weiter. Kartons, ein paar Regale. Am anderen Ende des Raumes liegt etwas auf dem Boden. Davor Viktor, jetzt ohne Fesseln. Maier steht mit dem Rücken zu uns. Sein Arm zeigt abwechselnd auf die beiden. Wann immer er auf das Bündel am Boden zielt, kann man seine Waffe gut erkennen.

„Mach schon! Vielleicht ist er tot und wir überlegen uns etwas anderes. Sei brav. Dann hast du noch eine Chance."

Viktor macht einen zögerlichen Schritt.

Martina drängt sich an uns vorbei. Vesna versucht sie zurückzuhalten. Martina steht im Raum. Die paar Kartons bieten zu wenig Sichtschutz. Geschweige denn Schutz vor den Kugeln. Vesna hat die Eisenstange in der Hand. Sie geht Martina nach.

Ein metallenes Klirren. Hat Vesna mit ihrer Stange den Boden berührt? Maier fährt herum. Vesna springt nach vorne, drischt mit der Stange auf seine Hand. Ein Schuss löst sich, die Kugel gellt gegen die Wand. Martina schreit auf. Die Stange klirrt zu Boden. Sie kommt nahe bei der Pistole zu liegen. Aber zu weit weg für Vesna. Sie duckt sich. Maiers Hand blutet, trotzdem tastet er nach der Waffe. Mich hat er noch nicht gesehen, er ist auf Vesna fixiert. Ich muss ihn wegstoßen. Nicht denken, handeln! Ich springe auf seinen Rücken, wir landen beide auf dem Betonboden. Etwas saust durch die Luft, ich kann es spüren. An mir vorbei. Und dann noch mehr Lärm vom Eingang her. Männerstimmen. Barbara. Ein Befehl auf Türkisch. Und beinahe gleichzeitig jemand, der ruft: „Polizei! Alle heben die Hände! Sofort! Was ist das für ein verdammtes Chaos?"

Michael Maier schüttelt mich ab. Er steht auf. „Gott sei Dank. Sie haben mich bedroht. Das war in letzter Minute."

[22.]

Hauptkommissar Dietrich sieht mich an. „Ich denke, mein geschätzter österreichischer Kollege wäre zufrieden."

Ich lächle und bewege vorsichtig meinen linken Arm. Sieht aus, als hätte ich mir beim Sturz die Schulter geprellt. Ins Spital wollte ich deswegen aber nicht.

Dietrichs Mannschaft ist gemeinsam mit Michael Maier, seinen beiden Helfern und Viktor abgefahren. Viktor hat bestätigt, dass es dieselben waren, die mit dem Transporter unterwegs gewesen sind. Er hat überhaupt nicht mehr aufgehört zu reden. Wie die von PRO zu ihm gekommen seien und gesagt hätten, dass sie seine Schulden übernehmen wollen. Dass Franz ein Verräter sei, weil er Veganer werden wolle. Wie Maier-Löwenthal das bestätigt hat. Und jemand von PRO gemeint hat, eine Lektion könnte nicht schaden. Wäre doch lustig, wenn man ihn betäubt im alten Schweinestall findet. Wie er mitgespielt hat, weil die Schulden schon so hoch waren und ihn ohnehin alle Stinker genannt haben. Und wie Franz dann tot war. Und sie gesagt haben, man schütze ihn, nur noch eine kleine Gefälligkeit wollten sie dafür. Ein Transporter, der jemanden mit vielen Schweinen zu vielen Tieren bringen soll, nicht in den Schlachthof, das nicht. Nicht sagen, wie die beiden ausgesehen haben, nicht hinschauen, was man da verlädt. Sonst kann man ihn nicht decken und muss erzählen, dass er Franz ermordet hat. Und sein schlechtes Gewissen. Und der Hinweis, den er Martina deswegen gegeben hat. Und wie er sich gefreut hat, dass alles gut ausgegangen ist in Berlin. Und Martina, die ihn dauernd nach dem untergetauchten Veganer gefragt hat. Keine Ahnung hat er von ihm gehabt, wirklich. Und Maier-Löwenthal, der ihn zum Stadtbahnbogen nach Berlin bestellt hat. Angst hat er gehabt, aber auch Angst, dort nicht hinzugehen. Und dann die Idee, Martina einen Zettel an die Windschutzscheibe zu tun, bevor er gefahren ist. Obwohl er vom Veganer nichts gewusst hat, so viel hat er gewusst: Die Martina macht sich Sorgen um ihn. Wegen ihm wäre sie nie zum Stadtbahnbogen gekommen.

Martina hat sich den Oberarm gehalten und nicht viel gesagt. Nur immer wieder Dominik Werder angesehen. Den haben sie ausgewickelt aus einer Reihe von Decken. Er war bei Bewusstsein, die ganze Zeit über. Er hat sich nicht bewegt, damit ihn Maier nicht erschießt.

„Eigentlich müssten Sie in Polizeigewahrsam", sagt Dietrich zu unserem Vorzeigeveganer und nimmt noch einen Schluck Weißwein. Wir sitzen in einem schrägen Fischlokal. In einem der Stadtbahnbögen, nicht weit von 343 entfernt. Schräg ist eigentlich eine Untertreibung. Von der Decke hängen zahllose Dankesbriefe glücklicher Kunden, unter den Glasplatten auf den Tischen sind noch mehr davon. In einem Teil des Raumes läuft türkischer Fußball. Barbaras Jungs haben sich längst dorthin verzogen.

„Formal ist der internationale Haftbefehl noch nicht aufgehoben. So etwas dauert. Aber ich bin außer Dienst. Das mit den türkischen Jungs, die den Tschechen und den Österreicher verdroschen und gefesselt haben, müssen wir uns noch ansehen. – Woher kennt eine angesehene Kabarettistin solche Typen?"

Barbara zwinkert ihm zu. „Sie müssen mich verwechseln. Ich bin die Provokation in Person. Hat die Bild-Zeitung geschrieben, dann muss es ja stimmen. So jemand wie ich lebt mit Jungs wie diesen. Gut, dass sie da waren. Ihre Jungs hätten auch nicht sanft zugegriffen."

„Kann sein."

„Ist er okay?", fragt Dominik und deutet auf Martinas verbundenen Arm.

„War ja nur ein Abpraller, ein tieferer Kratzer." Sie lächelt.

„Schon verrückt, was ihr getan habt", sagt er und starrt zu den Dankesschreiben an der Decke.

„Veganer ist auch Lebewesen", antwortet Vesna und widmet sich dann wieder ihren Fischen. „Ich habe noch nie so gute Sardinen gegessen." Sie ist die Einzige, der die Aktion offenbar nicht auf den Magen geschlagen hat.

„Dass ich nach allem, was schon passiert ist, so dumm war. Das ärgert mich am meisten. Ich muss untertauchen, weil bei mir eine Hausdurchsuchung gemacht wird, hat mir jemand von der V.A. geschrieben. Ich kenne die wenigsten. Es ist das Prinzip. Keiner kennt die anderen, man kämpft bloß für die gemeinsame Sache. Ich war bei den Aktionen nicht dabei. Ich war misstrauisch, ich habe nichts zu verbergen, aber ich weiß, welchen Ruf ich habe. Mir soll etwas untergeschoben werden, vom Löwenthal-Hof, hat mir der von der V.A. geschrieben. Ich soll zu Freunden nach Berlin. Bis geklärt sei, was wirklich los ist."

„Und dann haben sie dich zusammengeschlagen", ergänzt Martina.

„Ich war ein Idiot. Der Stadtbahnbogen: Auch der hat so nach V.A. ausgesehen. Ein wenig nach Anarcho-Szene. Ich wäre nie auf die Idee gekommen, dass dieser eitle Maier-Löwenthal dahintersteckt. Dass er einen Täter gebraucht hat. Um abzulenken von dem, was auf dem Gut vorgegangen ist."

„Die Sache mit dem Fuchs", murmle ich. „Maier hat ihn vergraben. Der Fuchs ist gestorben, nachdem Zumtobel seinen Herzinfarkt hatte. Wahrscheinlich, weil er einen Teil von Zumtobel gefressen hat."

Hauptkommissar Dietrich starrt mich an. „Zuckerbrot hat mir schon gesagt, dass Sie erstaunlich seien, aber das …"

„Erstaunlich? Das hat er wirklich gesagt?"

„Ich bin mir jetzt nicht mehr sicher, wie er es gemeint hat, aber es hat doch positiv geklungen."

„Er ist auf Urlaub."

„Er ist im Ruhestand. Vielleicht weiß ich jetzt, warum. Er hatte öfter mit Ihnen und Ihrer Freundin zu tun."

„Er ist fünfundsechzig. Da geht man bei uns in Pension. Und was den Fuchs angeht, so ist er ein starkes Indiz dafür, dass Maier auch den MitTier-Geschäftsführer auf dem Gewissen hat. Fast wäre er damit durchgekommen. Ein Herzkranker, man gibt ihm einfach eine Überdosis von seinem eigenen Herzmittel. Und erzählt dann überall von einem Streit zwischen Vanessa Frey und ihm herum. Nur dass Maier ein viel besseres Motiv hatte: Zumtobel hat begonnen, sich für die wirtschaftliche Gebarung von MitTier zu interessieren. Er wollte sie professioneller und transparenter machen. Das habe ich von einem Anwalt, der für die Gnadenhöfe gearbeitet hat. Aber leider habe ich nicht weitergedacht. Er wollte eine eigene Finanz- und Wirtschaftsabteilung. Dann wäre man wohl auf die Zusammenhänge mit WORLDLOVE gekommen."

„Und davon dann auf die Sache mit dem Fleischkonzern", ergänzt Vesna.

Ich nicke. „Franz war in der PR-Abteilung. Er hat Zumtobel gekannt. Er hat zu viel mitbekommen. Sieht so aus, als hätte er gezielt nach Informationen gesucht. Nicht, weil er ihnen Fleisch untergejubelt hat, musste er sterben, sondern weil er mehr über die Geschäfte von Maier wissen wollte."

„Und was ist mit mir?", fragt Barbara Ülgen. „Ich hatte doch von nichts eine Ahnung, ich hab diesen Maier nicht einmal gekannt. Und trotzdem haben sie mich in den Transporter gesteckt."

„Ablenkung", sagt Dominik Werder. „Das ist mir klar geworden, als ich dagelegen bin und mir überlegt habe, ob sie mich einfach verdursten und verhungern lassen. Du warst die perfekte Ablenkung. Weil wer, wenn nicht ein Veganer, entführt dich? Wo sie dir schon Kuhmist geschickt haben. Klar, dass dann diese Terror-Veganer auch den Bauern ermordet haben."

Mein Telefon. Es ist Droch.

„Zuckerbrots Ex-Kollege sagt, es ist alles in Ordnung. Stimmt das?"

„So würde ich das nicht nennen. Du fehlst. Ich bräuchte dich, um alles durchzureden. Und darüber zu streiten. Um viele Details klarer zu sehen. Wir haben einen Geschäftsführer, der höchstwahrscheinlich mit seinem eigenen Medikament ermordet wurde. Einen Fuchs, der vom Geschäftsführer gegessen hat und dann an Herzversagen gestorben ist. Einen erschossenen Jungbauern, der Veganern Fleisch untergejubelt hat, der aber vor allem zu viel über vegane Geschäftemacher wissen wollte. Eine Kabarettistin, die zur Ablenkung betäubt und in einen Schweinetransporter gesperrt wurde. Einen Vorzeigeveganer, der zu rasch untergetaucht und dann in Berlin gut verschnürt wiederaufgetaucht ist."

„Stopp!", ruft mein alter Freund. „Weißt du, was ich tue? Ich gehe jetzt essen. Ich bin mit Zuckerbrot in einem kleinen Dorf in den Abruzzen, wo es ganz sicher nichts von all dem gibt, und der Padrone hat gesagt, wir sollen ihn nur machen lassen. Wir lassen ihn machen."

Ich lache. Schön langsam legt sich etwas von der Anspannung. „Gute Idee." Und dann falle ich endlich über meine Tintenfische her, der Rest soll warten.

[23.]

Ich bin einfach nur entsetzt", sagt Vanessa Frey und reißt ihre erstaunlich blauen Augen auf.

Ich sitze mit ihr im Büro des Löwenthal-Hofs. Rund um uns Fotos von strahlenden B- und C-Promis, die Tiere umarmen.

„Das Schlimmste ist: Antal hat recht gehabt, hätte ich auf ihn gehört, würde er womöglich noch leben. Und vieles andere wäre auch nicht geschehen."

„Einen Grund gab es allerdings schon, warum du nicht an einer allzu klaren Finanzgebarung interessiert warst."

Das ehemalige Topmodel schlägt die noch immer schlanken Beine übereinander. „Ich trenne mich von meinen Anteilen an WORLDLOVE. Das ist beschlossen. Ich hatte keine Ahnung davon, dass dieser Fleischkonzern eingestiegen ist. Das ist gegen alles, wofür ich mich einsetze. Ich kann es bis jetzt nicht fassen, dass Michael das getan hat."

„Man nennt es Kapitalaufstockung", sage ich. „WORLDLOVE ist nicht zuletzt aufgrund der Werbung durch MitTier gewachsen. Da braucht man frisches Geld, um weiterzuwachsen."

„Er hatte doch sein Auskommen. Das Gut. Wir haben ordentlich Pacht gezahlt. Und wenn er etwas für die Gesellschaft gebraucht hat, haben wir auch geholfen."

„Was vielleicht nicht immer ganz im Sinne der MitTier-Spender war."

Sie sieht mich bekümmert an. „Vielleicht. Aber übertreiben brauchen wir es auch nicht. Ich habe das Ganze aufgebaut, ich kann schon verantworten, wenn der eine oder andere Mitarbeiter aushilft. Für eine gute Sache, wie ich gedacht habe. Das musst du mir glauben."

„Und die Geschichte mit der Deponie?"

„Das hat er wohl selbst nicht gewusst. Wobei es nun nicht so übel aussieht. Irgendwelche Sachverständige werden das prüfen."

„Was wird mit dem Gutshof? Kann sein, es dauert, bis Maier aus dem Gefängnis kommt."

„Ich weiß es nicht. Seine Frau ist nicht gut auf mich zu sprechen. Ich wäre bereit, die Gesellschaft zu übernehmen. Ich hätte einen sehr interessanten Philosophen an der Hand, er könnte sie leiten. Seit neuerem ist er Veganer. Es hilft auch gegen das Altern. Das ist bewiesen. Ich will noch nicht sagen, wer er ist, aber er ist ziemlich prominent, das kann ich verraten. Sozusagen bekannt aus Radio und Fernsehen."

Ein interessanter Hinweis. Es gibt ja immer auch eine nächste Woche. Und eine neue Reportage.

„Ich plane übrigens eine neue Kampagne für MitTier. Man muss in die Offensive gehen. Sie wird heißen: TIERE LÜGEN NICHT. Und darunter würde ich gerne schreiben: SIE LIEBEN UNBEDINGT. LIEBEN AUCH WIR SIE – UNBEDINGT. Was hältst du davon? Ich weiß, es wird wieder ein Kampf mit der Werbeagentur. Aber schließlich bin ich es, die zahlt. Und bisher kann niemand klagen, dass es MitTier schlecht geht."

„Du meinst nicht, es schadet, wenn herauskommt, dass du privat Anteile an WORLDLOVE gehalten hast?"

„Ich bin getäuscht worden. Nicht ich, Michael Maier-Löwenthal ist ein Verbrecher. Im juristischen und im moralischen Sinn."

PRO-Schwein hat sich distanziert. Multimat sowieso. Man habe mit den Machenschaften subalterner Mitarbeiter nichts zu tun. Dass man die Schulden von Viktor Kern übernommen habe, sei missverständlich. Es handle sich lediglich um ein langfristiges zinsenloses Darlehen, dessen Laufzeit noch nicht begonnen habe. Man helfe den Vertragsbauern, wo man könne. Der Vizepräsident von Multimat Europe hat mir das offizielle Medienstatement zukommen lassen. Mit freundlichen Grüßen und der Überzeugung, dass ich den Tatsachen entsprechend berichten werde. Klingt fast wie eine Drohung. Ob er weiß, dass mir jemand von PRO-Schwein versehentlich etwas viel über ihren Umgang mit gekidnappten Transportern erzählt hat? Auch wenn es seine Klappe angeblich gar nie gegeben hat.

Die Beteiligung an WORLDLOVE sehen wir als Teil unseres europäischen Diversifikationsprogramms. Es handelt sich dabei um eine interessante Zukunftsinvestition und wir sind bestrebt, dieses Engagement auszuweiten. Sowohl hier als auch in unserem Kerngeschäft sind wir immer um eine Balance zwischen Effizienz und Ökologie bemüht. Im Vordergrund steht stets die Zufriedenheit unserer Kunden.

Amen, möchte man hinzufügen. Ob die Veganer tatsächlich nichts dabei finden, wenn Multimat hinter dem steht, was sie essen? Andererseits: Die Fertiggericht-Veganer finden ja auch nichts dabei, scheußliche Frikadellen samt ihren ganzen Zusatzstoffen zu essen. Und Sojamilch zu trinken, deren Rohprodukt nicht von heimischen Biobauern, sondern aus Südamerika stammt.

Ich habe keine Lust, mich mit der schriftlichen Erklärung von Mulitmat abspeisen zu lassen. Ich verlange den Präsidenten von Multimat Europe und werde umgehend gefragt, welchen seiner Assistenten ich sprechen möchte. „Reiner." Ist mir gerade so eingefallen, weil mir als Assistent in letzter Zeit immer Reiner begegnet ist und ich immer noch nicht weiß, ob es sein Vorname oder Nachname ist. Sieht aus, als hätte man mich aus der Leitung geworfen.

„Reiner."

„Mira Valensky da."

„Wie … das freut mich aber."

Ich schlucke und lasse mir meine Überraschung nicht anmerken. „Sie sind bei Multimat?"

„Ich war bloß eine Leihgabe."

„Eine nicht-vegane Leihgabe, wie ich jetzt weiß."

„Niemand bei MitTier verlangt, dass Mitarbeiter vegan sein müssen."

„Und Multimat ist ja für alles offen."

„Das ist richtig. Wir haben keine ideologischen Scheuklappen. Es ist uns bewusst, dass der Fleischkonsum in den reichen Staaten zurückgehen wird. Wir haben jetzt schon Health-Food und Slim-Food in unserem Portfolio, wir produzieren die Produktlinie eines der größten Schlankheitsinstitute weltweit. Es ist nur natürlich, dass wir es ausweiten. – Es ist übrigens ganz schlimm, was geschehen ist. Ich nehme an, Sie haben unsere Aussendung bekommen?"

„Habe ich. Was mich bloß interessieren würde: Hat Multimat Sie zu MitTier geschickt oder hat Vanessa Frey Sie angefordert?"

„Weder noch. Ich war an einem auswärtigen Praktikum interessiert. Dankenswerterweise hat WORLDLOVE das gerne in die Wege geleitet."

„Das heißt Michael Maier. Sie waren da, um aufzupassen, dass Vanessa Frey keine falschen Schritte setzt."

„Da überschätzen Sie mich. Ich wollte sie einfach eine Zeit lang unterstützen."

„Kann es sein, dass ich schon weiß, wer ihre Anteile an WORLDLOVE kauft?"

„Das ist noch nicht offiziell. Jedenfalls wird sie kein Geld von uns nehmen. Sie wissen ja, leider ist Frau Frey nicht ganz frei von Vorurteilen. Wir werden stattdessen den Kaufpreis ihres Anteils MitTier spenden."

„Das Einzige, was ich noch nicht ganz verstehe: Warum hat Vanessa Frey Sie als Assistenten akzeptiert?"

„WORLDLOVE ist ein ehrenwertes Unternehmen. Es kann nichts für einen Shareholder, der aus falsch verstandener Diskretion zum Verbrecher wurde."

Ich habe für meine Reportage sechs Seiten bekommen. Trotzdem werde ich lange nicht alles unterbringen, was es zu schreiben gäbe.

Viktor Kern. Er wird, genauso wie Michael Maier, demnächst nach Österreich überstellt. Natürlich hat Maier ihn manipuliert. Aber er hat mitgespielt. Um seine Schulden loszuwerden. Und weil er sich offenbar immer als Außenseiter gefühlt hat. Auch bei den „Landsleuten". Aber er redet. Er erzählt jedes Detail. Es sei eindrucksvoll, was er sich alles gemerkt habe, sagt Hauptkommissar Dietrich.

Und dass er das Gefühl habe, Viktor Kern sei in erster Linie erleichtert.

Ob man ihm glauben wird, dass er Franz nicht erschießen wollte? Dass der Mittelsmann ihm eingeredet hat, da sei bloß eine Betäubungspatrone in der Pistole?

Ob Multimat versucht, Maier seine Anteile an WORLDLOVE abzukaufen? Kann sein, sie bekommen sie zum Vorzugspreis. Und schweigen dafür über das eine oder andere.

Im Internet lese ich von einer neuen „Flüchtlingstragödie". Hunderte Menschen auf einem zu kleinen Boot im Mittelmeer. Es ist gekentert, wie schon so viele davor. Man hat nur wenige retten können. Und was passiert dann mit ihnen? Leben in einem Lager. Hoffnung. Auf Asyl oder illegale Weiterreise quer durch die EU. Schlepper, die sie in einen Lastwagen sperren. Und ihn dann irgendwo abstellen. Politiker, die um Flüchtlingsquoten feilschen, als wären es Schweinehälften. Wenn wir so mit Menschen umgehen, wie gehen wir dann mit Tieren um?

Ich lebe vegan, weil ich meinen Hund liebe. Und alle anderen Tiere auch, außerdem hält es mich in Form, lese ich auf einer veganen Promi-Plattform. So einfach kann das Leben sein.

Darunter besprechen sie *Das Super-Dinner – 100 % vegan:*

Kein Fisch, kein Fleisch, keine tierischen Produkte – fünf Berliner Hobbyköche treten an, um die Vorzüge der veganen Küche und Lebensweise unter Beweis zu stellen. Kommentiert und mit zahlreichen Tipps und Tricks angereichert wird ihr Treiben in der Küche vom veganen Starkoch und Kochbuchautor Simon Sandler. Der Shootingstar der veganen Küche besuchte Christine, die seit vier Jahren vegan lebt und so überzeugt ist, dass sie sich sogar ein „Vegan"-Tattoo auf den Oberarm hat stechen lassen. Umso größer war die Aufregung, als ihr bei der Zubereitung ihrer Hauptspeise „SUPER-Burger – asiatische Sojasauce mit Gluten-Burger, dazu Karotten-Fenchel-Salat, frittierte Tomaten und Basilikum-Chips" fast eine Fliege in den Backofen fliegt. Die Fleischbeilage kann die Buchhalterin gerade noch verhindern! Mehr lesen Sie über das vegane Super-Dinner …

Ich sollte heimgehen. Ich mag ja auch die anderen Koch-Sendungen nicht. Warum sollte man um die Wette kochen? Womit ich bei

Barbaras Programm „Wie Fleisch“ wäre. Und der Zuschauergesellschaft. Bei uns in Mitteleuropa. Wo wir fast alles, aber nie genug haben und nichts hergeben wollen. Wir schauen zu, wie Krieg ist. Wir wollen nicht sehen, dass da Menschen sind.

Meine Story ist fertig. Oskar wollte, dass ich ausnahmsweise pünktlich bin. Wie viel bin ich bereit, für ihn zu tun? Rechtzeitig heimzukommen sollte das Mindeste sein. Wahrscheinlich kocht er. Oder er hat etwas kommen lassen. Muss ja nicht von einem veganen Lieferservice sein.

Ich bin müde. Ich läute, sperre gleichzeitig die Tür auf. Es riecht gut. Ich habe trotzdem keinen Hunger. Aber ich werde es Oskar nicht merken lassen. Stimmen auf der Terrasse. Die Nachbarn? Haben sie wieder die Polizei geholt? Nein. Sie sind zum Glück auf Urlaub, das hat mir die Frau, die unter ihnen wohnt, erzählt. Vorher hätten sie sich noch darüber beschwert, dass durch die Abflussrohre laute Musik komme.

Ich gehe in unseren Wohnraum. Vesna umarmt mich. „Wir dachten, wir machen kleine Party für dich. Immerhin du hast mir vielleicht das Leben gerettet. Und sonst kochst immer du.“

Ich sehe in viele freundliche Gesichter. Karl, das neben ihm muss sein Freund Helge sein. Martina. Dominik Werder. Sogar Barbara Ülgen ist da. Und natürlich Hans. Und Oskar.

„Wir haben geräuchert. Helge ist schon den ganzen Tag da und erzählt Dinge über Temperatur und Garpunkt, ich hätte mitschreiben sollen“, sagt Hans.

„Das riecht so nach Fleisch“, erwidere ich und zwinkere Dominik zu.

„Glaubt ja nicht, dass ihr mich bekehren könnt. Ich habe köstliche Dinge von ‚Gut essen‘ mitgebracht.“

„Besser, wir machen keine Religion aus dem, was wir essen oder nicht“, sagt Martina und lächelt Dominik an.

„Da bin ich auch dagegen, aber eines ist klar: Es geht schon um Bewusstsein. Dem Ganzen gegenüber.“

„Du glaubst, dass wir Bauern das nicht haben? Ich sage dir, das Gegenteil ist der Fall. Wir leben mit der Natur, das ganze Jahr. Da geht es nicht um irgendwelche abgehobenen Konzepte von Leuten, denen fad ist im Kopf, sondern …"

„Dazu muss man Fleisch essen?"

Ich lache. Und kann gar nicht mehr aufhören. Martina und Dominik starren einander an und beginnen dann auch zu lachen und liegen einander in den Armen. Was soll daraus bloß werden?

„Mein neues Programm wird ‚Schwein gehabt' heißen", sagt Barbara Ülgen, als wir längst um den Tisch sitzen und essen. „Eine Türkin, die Schwein hatte. Und Flüchtlinge, die kein Schwein haben. Aber glatt eins essen würden. Zur Integration. Womit dann alle froh wären. Und … kann sein, ich kriege wieder böse Briefe. Wenn nicht mehr."

Die auf dem Bananenblatt gebratenen Branzino-Filets sind ein Gedicht. Helge strahlt. „Ist so verrückt, dass die Leute Alutassen nehmen, um ihr Grillgut vorm Verbrennen zu schützen. Es gibt Blätter, die können das viel besser. Und geben auch noch Aroma ab. Einfach alle paar Zentimeter einritzen und schon hast du die perfekte Unterlage. Der Fisch wird nur leicht gesalzen und mit Zitronensaft und Olivenöl bepinselt."

„Wachst aber nicht in unserem Wald, die Banane", spottet Vesna.

Karls Freund schmunzelt. „Auch aus so etwas sollte man keine Religion machen. Wobei … wir suchen nach geeigneten heimischen Blättern. Das Dumme ist, die wenigsten sind groß genug. Rhabarberblätter gehen ganz gut. Gibt's allerdings auch nicht im Wald."

Ich nehme noch einen Bissen vom geräucherten Ofenerdapfel. Ich gebe zu, die Entenbrust mit Orange im Zimtrauch war großartig und der Sellerie-Spieß mit Gartenkräutern eine angenehme Überraschung, selbst wenn Hans gemeint hat, ein paar Schinkenstücke hätten das Aroma noch interessanter gemacht. Aber am allerbesten schmeckt mir der Fisch mit den geräucherten Erdäpfeln. Was für ein Luxus, wenn man es sich aussuchen kann. Und was für ein Glück, solche Freunde zu haben.

Ich gehe nach drinnen, um eine neue Flasche Weinviertel DAC zu holen. Vui hat sich, gut gefüttert, auf meinen Laptop verzogen. Ich schubse ihn ein wenig zur Seite. Er hat wieder etwas geschrieben.

Eeedddeebbbbgggginnnm

Ende. Beginn. Oder beides. Wahrscheinlich liegt es im Auge der Betrachterin. Und heißt einfach, was es heißt.

Gewisse Dinge kann man nicht erfinden. Deswegen habe ich auch die Werbung für Zusätze zu veganer Tiernahrung einer real existenten Homepage entnommen.
Der Realität entspricht auch, dass im Entwurf zum „Österreichischen Bundesgesetz zur Umsetzung des gemeinsamen Meldestandards für den automatischen Austausch von Informationen über Finanzkonten (Gemeinsamer Meldestandard-Gesetz – GMSG)" (allein dieser Titel!) ein meldendes Finanzinstitut eines ist, „bei dem es sich nicht um ein nicht meldendes Finanzinstitut handelt". Der von mir sehr verehrte Franz Kafka wäre inspiriert gewesen …

Danke!

an Serdar Somuncu, einen herausragenden Künstler, der mit zeitgemäßen Mitteln an die große Tradition des politischen und gesellschaftspolitischen Kabaretts anknüpft. Manchmal bleibt einem das Lachen im Hals stecken. Ich durfte ihn kennenlernen, weil er bei mir zu Gast im „Café Sonntag" auf Ö1 war. Sein Programm im Wiener Stadtsaal hat mich zur Figur der Barbara Ülgen inspiriert. Weil: Was ist *noch* provokativer als ein gebürtiger Türke, der allen den Spiegel vorhält? Eine gebürtige Türkin.

www.somuncu.de

an Florentin Ladengruber, den Bezirkspolizeikommandanten von Mistelbach. *Natürlich* ist er in keiner Weise ident mit Bezirkspolizeikommandant Fritz Nemecek – meines Wissens hat er nicht einmal eine vegane Nichte. Und *nie* würde er gemeinsame Sache mit Mira & Co machen, selbst wenn es der Wahrheitsfindung und Deeskalation diente. Gemeinsam ist den beiden allerdings, dass sie trotz (oder auch wegen) ihres Jobs nichts für dumpfe Law&Order-Aktionen übrighaben. Ladengruber setzt sich stattdessen aktiv für die Integration von Flüchtlingen ein. Er hat mir gezeigt, wie die tschechisch-österreichische Polizeizusammenarbeit funktioniert und dass (was viele, die sich für Flüchtlinge engagieren, erlebt haben) zahlreiche PolizeibeamtInnen Menschen, die vor Krieg und Verfolgung fliehen mussten, mit Respekt und Verständnis begegnen.

an Universitätsprofessorin Andrea Berzlanovich. Die habilitierte Forensikerin an der MedUni Wien habe ich bei der Präsentation eines ganz besonderen Kochbuchs von Frauen aus Frauenhäusern kennengelernt. Und unser Gespräch am Rande dieser Veranstaltung (danke auch an die Geschäftsführerin der Autonomen Frauenhäuser, Maria Rösslhumer, für ihre Arbeit und ihre großartigen Vernetzerinnen-Eigenschaften!) hat mich dazu gebracht, das eine oder andere im Roman noch zu präzisieren. Sie weiß sowohl, dass Füchse bloß Aas fressen (wobei ihnen die Unterscheidung zwischen Mensch und Mit-Tier nicht wichtig ist), als auch, dass man mit dem eigenen Herzmittel herzleidende Menschen besonders unauffällig um die Ecke bringen kann.

an Gerda und Joschi Döllinger, unsere langjährigen Freunde und Lieblingswinzer (gemeinsam mit ihrem Sohn Matthias – der übrigens vor kurzem Katharina geheiratet hat – herzlichen Glückwunsch an die beiden!!! ... und wir haben Glück, weil das Weingut eine vielversprechende Zukunft hat). In diesem Fall nicht nur für die jedes Jahr wunderbare Wein-Sonder-Edition zum Krimi, sondern auch für ihr detailliertes Wissen um landwirtschaftliche Entwicklungen (und Altlasten) im Weinviertel und im Marchfeld.

www.doellinger.at

an den einzigartigen Manfred Buchinger von Buchingers Gasthaus „Zur Alten Schule", in dem ich immer noch, wenn ich Zeit habe, mitkoche. Das ist inspirierend – wo sonst könnte ich so viele unterschiedliche Menschen kennenlernen? Der Zugang von herkömmlichen Köchen zu Veganismus ist ja meist nicht ganz spannungsfrei ... und daraus lässt sich Spannendes gewinnen. Meinem langjährigen Kochfreund verdanke ich auch immer wieder Einblicke in die absurde Verbürokratisierung von allem Möglichen – und die Erkenntnis, dass es tatsächlich Nachbarn gibt, die wegen Grillens (tagsüber, privat, außerhalb der Öffnungszeiten), Falschparkens oder eines geöffneten Fensters die Polizei holen.

www.buchingers.at

an die vielen Buchhandlungen, Büchereien, Kultureinrichtungen und andere liebe Menschen, die sich für meine Romane interessieren und bei denen ich lesen darf. Zu Schauplätzen in diesem Roman hat mich meine inzwischen langjährige Zusammenarbeit mit dem Parkhotel Pörtschach gebracht. Auch ihre Partner-Unternehmen sind heiße Tipps für alle, die Wien nicht so gut kennen: „Das Triest" und seine Bar; und die inzwischen 125 Jahre alte „Conditorei" Sluka mit Speisen, die zwar nicht vegan, dafür aber handgemacht sind.
Und weil wir schon bei Hotels sind: Das „Enzian" in Zürs feiert heuer sein neunzigjähriges Bestehen. In Zeiten von „Pop-ups", wo etwas da ist, um gleich wieder weg zu sein, ein wunderbares Zeichen, dass Gutes auch Bestand haben kann. Die Lesungen samt großem Menü sind einer der Höhepunkte meiner jährlichen Tour, liebe Irene, lieber Richard, danke für Freundschaft und einen wunderbaren Rückzugsort!

www.parkhotel-poertschach.at; www.dastriest.at
www.sluka.at; www.hotelenzian.com

an Lothar Ruske und seinen wunderbaren Freund und Hebräisch-Übersetzer Eldad; Frankfurt mit euch ist immer ein Fest – nicht „nur“ wegen der Literatur, sondern auch wegen guten Lebens rundum …
Und dann noch, wie so oft, DANKE für alles, Rotraut, Michaela, Inge, Günter, Dierk, Ossy, Gerry, Lotte … und über die Monate, die ich mit „Gut, aber tot“ unterwegs bin, werden mir noch so viele einfallen, die ich *unbedingt* erwähnen hätte sollen!!!

an „die gastgeber“, Horst Sonntagbauer, Kontrabass, Gerd Rahstorfer, Trompete und Flügelhorn, Volkhard Iglseder, Klavier – das großartige Musik-Trio zwischen Jazz und Klassik, die jetzt schon zum dritten Krimi ein passendes Musikdrehbuch entwickelt haben. Mit euch unterwegs zu sein macht besonders viel Spaß!

an „meinen“ Stammverlag Folio und das gesamte Team, allen voran Marylou Thurner und mein Lektor Joe Rabl. Mit den Folios und Joe verbinden mich nicht nur die Bücher, sondern auch persönliche Freundschaft – so gehen Arbeit und das restliche Leben wunderbar zusammen, da hab ich einfach Glück!

www.folioverlag.com

an das noch immer privat und mit Herz und Verstand geführte Verlagshaus Lübbe, das seit vielen Jahren meine Taschenbücher herausbringt (auch wenn das Taschenbuchgeschäft in Zeiten von E-Books und Ähnlichem nicht leichter wird), insbesondere an Claudia Müller, meine Lektorin, die ich, weil sie eben in Köln sitzt und ich im Weinviertel, leider viel zu selten sehe.

www.luebbe.at

An Ernest – wie immer: DANKE, dass du von Anfang an bei jedem Roman mit dabei bist und mich begleitest … auf meinen Reisen und vor allem auch sonst seit mehr als zwanzig Jahren durchs Leben.

www.ernesthauer.at

Natürlich lese ich zur Recherche zahlreiche Bücher. Eines habe ich diesmal besonders spannend gefunden – und angenehm differenzierend: Tanja Busse: Die Wegwerfkuh. Wie unsere Landwirtschaft Tiere verheizt, Bauern ruiniert, Ressourcen verschwendet und was wir dagegen tun können, Blessing-Verlag: München 2015

EVA ROSSMANN – EINE AUTORIN AM PULS DER ZEIT

Dossier

Foto: © Buchhandlung Hofbauer, Leibnitz

Eva Rossmann im Gespräch mit ihrem Lektor Joe Rabl

Eva, Essen spielt in allen deinen Krimis eine große Rolle. In „Gut, aber tot“ prallen Fleischesser und militante Veganer aufeinander. Wird unser Umgang mit dem Essen zum Problem?

Das Problem ist, dass es viele zum Problem machen. Es wird nicht mehr das gegessen, was es in der Umgebung gibt, was gut ist und frisch ist. Es gibt Konzerne, die uns einreden wollen, was wir essen sollen – und auch, was nicht. Und dann gibt es offenbar die Sehnsucht nach Ersatzreligionen … Schlankheitswahn, Gesundheitswahn, Veganismus …

Du greifst, wie immer, ein gesellschaftlich brisantes Thema auf. Beim Kampf ums ethisch korrekte Essen geht es auch um Toleranz, um unseren Umgang miteinander. Brauchen wir mehr Toleranz?

Ganz sicher. Das geht weit über das Thema Ernährung hinaus. Ich beschreibe ja in „Gut, aber tot“ auch, wie Nachbarn mit absurden Anzeigen nerven, wie die Polizei allem nachgehen muss, weil man sie sonst selbst anzeigen könnte, wie gewissen Menschen grundsätzlich alles Fremde verdächtig ist. Andererseits stelle ich auch die Frage: Wie tolerant kann man Intoleranten gegenüber sein?

Wie kommst du eigentlich zu deinen Themen? Es gäbe ja genug andere Probleme in der Gesellschaft. Wird irgendein Thema mit der Zeit so drängend, dass du dir sagst, darüber muss ich jetzt schreiben?

Es gibt einfach Themen, die mich besonders beschäftigen. Und in diesem Fall hatte ich das Gefühl, dass sich über die Auseinandersetzung zwischen Veganern und Menschen, die Fleisch essen, eine Menge erzählen lässt: auch über die offenbar schwindende Toleranz anderen gegenüber. Auch über den Umstand, dass wir Kriegsflüchtlinge aussperren, während wir uns über Ernährungsgewohnheiten in den Haaren liegen.

Massentierhaltung auf der einen und der Hype um veganes Essen auf der anderen Seite: Ist nicht beides ein Riesengeschäft?

So ist es! Für mich ist aber auch nicht das eine schwarz und das andere weiß, es geht wie immer um die vielen bunten Farben dazwischen. Es gibt Menschen, die wirklich aus Mitleid mit Tieren nichts Tierisches essen, die sich sehr bewusst ernähren und dabei nicht einmal missionarisch sind. Und es gibt Menschen, die sich sehr wohl damit auseinandersetzen, welche tierischen Produkte sie essen. Ob auch sogenannte Nutztiere ein artgerechtes Leben haben, und ob im Einklang mit der Natur gewirtschaftet wird.

Mira Valensky kocht natürlich auch in „Gut, aber tot", sie experimentiert unter anderem mit veganen Gerichten. Hat die Recherche zu diesem Krimi auch dein Essverhalten verändert?

Ich probiere immer gerne Neues aus. Und es hat, auch für mich als Köchin, einen Reiz, etwas Veganes zu kochen, das trotzdem besser schmeckt als „Futter für Kuh" – wie das einer unserer Köche einmal ausgedrückt hat. Da gibt es eine Menge zu entdecken, ganz abseits von Moden, Marketing und Hypes.

Eva Rossmann, die vielseitige Autorin

Als Eva Rossmann 2014 den Leo-Perutz-Preis der Stadt Wien für Kriminalliteratur erhält, heißt es in der Begründung der Jury: „Das heute mit dem Leo-Perutz-Preis ausgezeichnete Buch ‚Männerfallen' ist ein Buch um Schein und Sein der Medien- und Kunstmarketingwelt, ein Buch über Vorurteile und über den Geschlechterkampf, aber auch ein, wie immer bei Eva Rossmann, akribisch recherchierter Kriminalroman, der aus dem Stoff gegenwärtiger Widerlichkeiten schöpft. In ‚Männerfallen' spielt Eva Rossmann mit uns in bewährt gemeiner Weise und führt uns an der Nase herum und in Richtung erlösendem Showdown. Sie schafft es mit klarer und sachlicher Sprache, Menschen aus Fleisch und Blut zu erschaffen, vergisst dabei aber nicht auf die spezielle Rossmann'sche Ironie."

Ironie und Haltung

Eva Rossmann gehört zu den bekanntesten und erfolgreichsten Autorinnen Österreichs. Neben dem ständig steigenden Erfolg ihrer Kriminalromane steht die Autorin selbst immer wieder und bewusst in der Öffentlichkeit. Sie beginnt als Verfassungsjuristin im Bundeskanzleramt, da die Arbeit zwar interessant, für sie aber zu bürokratisch-hierarchisch ist, wechselt sie in den Journalismus. Nach Zwischenstationen bei der *Neuen Zürcher Zeitung* und dem ORF-Hörfunk wird Eva Rossmann schließlich Leiterin der Wiener Redaktion der *Oberösterreichischen Nachrichten*. Im ORF-Fernsehen stellt sie in der „Pressestunde" Spitzenpolitikern kritische Fragen. Aber da sie keine Lust hat, sich bis an ihr Lebensende hauptberuflich mit österreichischer Innenpolitik zu beschäftigen („Ich fürchte, ich wäre entweder dumpf oder zynisch geworden!"), beschließt sie 1993, als freie Publizistin zu arbeiten. Immer schon couragiert und neugierig, schreibt sie einige Sachbücher zu Frauenthemen. Und sie setzt sich auch politisch für die Gleichstellung von Frauen ein: 1997 ist sie Mitinitiatorin des österreichischen Frauenvolksbegehrens, 1998 Koordinatorin des Bundespräsidentschaftswahlkampfes von Gertraud Knoll. Ihre Erfahrungen in diesem hautnah miterlebten Wahlkampf liefern ihr auch den Stoff für den allerersten Kriminalroman. 1999 erscheint der erste Fall der Wiener Journalistin Mira Valensky und ihrer bosnischstämmigen Putzfrau Vesna Krajner. Im Jahr 2000 wird Rossmann als erste Frau vom Public Relations Verband Austria mit dem Titel „Kommunikatorin des Jahres" ausgezeichnet. Gegenwärtig moderiert sie neben ihrer schriftstellerischen Tätigkeit regelmäßig die ORF-Radio-Talksendung „Café Sonntag". Und bis zur Einstellung war sie im Moderatorenteam des legendären „Club 2" im österreichischen Fernsehen.

Hauptfigur Mira Valensky

Seit 1999 schreibt Eva Rossmann jährlich einen Kriminalroman mit zunehmender LeserInnenschaft. Die Fangemeinde wächst, 2016 erscheint der 18. Band der Mira-Valensky-Reihe, seit 2002 erscheinen die Romane regelmäßig im Taschenbuch bei Bastei Lübbe. Insgesamt sind es 600.000 verkaufte Exemplare. Die Hauptakteurinnen der Krimis, die Journalistin Mira Valensky und ihre bosnischstämmige Freundin Vesna Krajner, sind starke Frauenfiguren: aktiv, neugierig, mit viel Gerechtigkeitssinn und sozialem Engagement, aber auch mit Hang zu gutem Essen. Auf die Frage, wie feministisch ihre Figuren sind, äußert sich die Autorin überraschend: „Ich wollte keine bewusste Feministin als Hauptfigur, aber Mira ist natürlich eine sehr eigenständige Frau, mit allen Zweifeln. Sie ist relativ politikfern, was sich dadurch erklären lässt, dass sie die Tochter eines Landesrats ist. Das kann einen möglicherweise schon von der Politik abbringen.

Aber natürlich beschäftigt sich Mira mit feministischen Fragen. Sie will sich ihre Unabhängigkeit bewahren, ist aber auch in einer Beziehung. Vesna lebt sowieso ihr eigenes Leben, sie ist abenteuerlustig, lässt sich nicht in irgendwelche Schablonen pressen. Die einzige ausgesprochene Feministin, auch im politischen Sinne, ist Vesnas Tochter Jana. Im realen Leben finde ich das Gejammere älterer Feministinnen, dass die Jungen angeblich nichts mehr tun, verzichtbar."

Österreichs Leserinnen und Leser wollen also unbedingt wissen, wie es weitergeht, auch nach dem tragischen Tod einer der wichtigsten Figuren im Krimi: der Katze Gismo (nach 17 Jahren starb sie einen Heldentod). Kein Wunder, dass die Fans Eva Rossmann mit ihrem konsequenten persönlichen Stil zum „Buchliebling" gekürt haben.

Vor allem will die Autorin über ein kleines Stück Welt erzählen, das immer etwas mit unserer Gesellschaft und unserem Alltag zu tun hat. Das macht die Figuren auch so realistisch und greifbar. Nach wie vor äußert sie sich als politischer Mensch zu aktuellen und wichtigen Themen, aber nie mit erhobenem Zeigefinger. „Das nervt schon im Leben, aber in einem Kriminalroman ganz besonders", so die freie Autorin und Publizistin.

Sie widmet sich Themen, die uns allen nahegehen: seien es dubiose Praktiken von Supermärkten, die irrationalen Ängste vor allem, was fremd ist, der Umgang mit Armut und Ausgrenzung, die Zukunft der Energieversorgung, die EU-Finanzkrise oder unfaire Erzeugungsbedingungen in der Textilbranche ... Immer ist ein sicheres Gespür der Autorin für gesellschaftliche Vorgänge ablesbar, für Themen, die uns unter den Nägeln brennen. In „Gut, aber tot", dem neuen Krimi, geht es um vegane Lebensweise und unseren Umgang mit Tieren.

Irres Hobby

Das Eintauchen in das jeweilige Thema beibt nicht immer ohne Folgen: zum Beispiel beim Fall der Recherche für den Gastronomiekrimi „Ausgekocht": Eva Rossmann packt im Haubenlokal „Zur alten Schule" von Manfred Buchinger im Weinviertel mit an und lernt tatsächlich von der Pike auf das Kochhandwerk. Das bedeutet eine Wende im Leben der Eva R.: Noch immer kocht sie dort mit, wann immer es ihr die Zeit erlaubt. Außerdem schreibt sie regelmäßig Geschichten übers Kochen und die Gastronomie im Magazin *A la Carte*. Sie selbst meint dazu: „Kochen ist ein harter Job. Wenn ein Lokal knallvoll ist und du in zwei Stunden 120 Essen servieren musst, die auch gut schmecken sollen, ist das härter als schreiben. Für mich ist es ein irres Hobby. Dafür muss man ein bisschen verrückt sein, aber das bin ich eben!"

Genuss und Kulinarik spielen auch in jedem der Mira-Valensky-Krimis eine große Rolle. Für die Autorin ist gutes Leben absolut verbunden mit gutem Wein, gutem Essen und dem gemeinsamen Genuss mit Freunden. Im Krimi hat das Kochen und Essen auch ein dramaturgisches Element: Mira denkt über ihre Fälle nach und bisweilen lädt sie auch Menschen ein, um mehr zu erfahren …

Weinviertel

Die liebliche, hügelige Weingegend bei Wien ist in jedem Krimi zumindest einer der Schauplätze. Manchen kommt das Weinviertel vielleicht langweilig vor, weil es keine Berge gibt, aber Eva Rossmann findet genau dort, zwischen ihren Lesereisen, Auftritten und Kochtagen, die Ruhe zum Schreiben: „Ich bin nicht der Bergtyp. Hügel sind meins, und wenn sie dann auch noch voller Wein sind, bin ich glücklich. Außerdem: Weingegenden sind grundsätzlich offene Gegenden. Wir haben hier unsere Freunde gefunden. Und ich lebe im südlichen Weinviertel, nicht weit von Wien entfernt. Ich

Eva Rossmann mit Manfred Buchinger, Foto: © Klaus Hartinger

Foto: Privat

möchte nicht so weit am Land wohnen, dass es eine lange Reise ist, bis ich in die nächste Stadt komme. Zudem bin ich sehr intensiv unterwegs, da gibt mir das Weinviertel Ruhe. Das merke ich beim Schreiben. Wenn ich im Sommer im Garten sitze und schreibe, komme ich in einen angenehmen Flow. Außerdem ist das Weinviertel so normal. Beim Heurigen treffe ich ‚normale' Leute, mit denen verstehe ich mich, und mit denen kann ich auch streiten."

2006 wurde Eva Rossmann zur „Weinviertel Botschafterin" ernannt. Gemeinsam mit Manfred Buchinger hat die Autorin 2012 „Auf ins Weinviertel – 55 Reiseverführungen" geschrieben, ihre Liebeserklärung ans Weinviertel, natürlich samt Rezepten. Zu jedem Krimi gibt es außerdem eine erlesene Weinedition vom Weingut Döllinger, und die jährliche Vorpremiere des Krimis findet beim Weinkeller der Döllingers im idyllischen Auersthal statt.

Und weil sie viel für ihre Umwelt übrighat, neugierig ist und Technik mag, fährt sie bereits seit Jahren ein Elektroauto. Kein Wunder, dass sie diese Passion inzwischen an Mira weitergegeben hat. Passt ja auch, denn mit so einem Gefährt kann man sich, wenn es denn sein muss, nahezu lautlos „anschleichen".

Presse

„Spannung pur!“ **Neues Deutschland**

„Das Innovative an Eva Rossmanns Krimis ist die Neudefinition des Schemas Sherlock Holmes/Watson.“ **Neue Zürcher Zeitung**

„Ein wahrer Leckerbissen für eingefleischte Krimi-Gourmets.“ **Brigitte**

„Unkonventionell, realistisch, menschlich und mit köstlichen Dialogen.“ **Die Presse**

„Dichter, subtiler Plot.“ **ORF**

„Prädikat: Mordsvergnügen für Genießer.“ **Profil**

„Rossmann erfindet nicht nur drauflos, sie betreibt, bevor sie sich ans Schreiben macht, intensive Recherchen zu Themen, die unsere Gesellschaft bewegen. So kommt im Jahresrhythmus ein Krimi heraus, und in der Folge bekommen wir ein anschauliches Bild über die Brennpunkte unserer Gegenwart. In Zukunft können Historiker auf diese Bücher zurückgreifen, um eine Vorstellung davon zu bekommen, wie unsere Gesellschaft tickt. (...) Wenn Eva Rossmann im Jahresrhythmus einen neuen Krimi vorlegt, hat sie mehr vor, als den Lesern ein paar spannende Stunden zu bescheren. Sie bleibt nah an den österreichischen Verhältnissen, schreibt darüber, was die Menschen im Land gerade antreibt. Sie ist eine politische Autorin mit Tarnkappe.“ **Salzburger Nachrichten**

Auszeichnungen

2000 „Kommunikatorin des Jahres“, gewählt vom Public Relations Verband Austria

2006 „Weinviertel Botschafterin“

2009 „Buchliebling“ in der Kategorie Krimi und Thriller für „Russen kommen“

2013 „Großer Josef Krainer Preis der Steiermark für Literatur“

2014 Leo-Perutz-Preis für Kriminalliteratur der Stadt Wien für den Krimi „Männerfallen“

2016 Prix Prato, Prix Culinaire (Kulinarisch dominierte Literatur) für „Fadenkreuz“

Die Mira-Valensky-Reihe

1 Wahlkampf. 1999/2006
2 Ausgejodelt. 2000 – Nominiert für den Frauenkrimipreis der Stadt Wiesbaden
3 Freudsche Verbrechen. 2001
4 Kaltes Fleisch. 2002
5 Ausgekocht. 2003 – Nominiert für den Frauenkrimipreis der Stadt Wiesbaden
6 Karibik all inklusive. 2004
7 Wein & Tod. 2005
8 Verschieden. 2006
9 MillionenKochen. 2007
10 Russen kommen. 2008
11 Leben lassen. 2009
12 Evelyns Fall. 2010
13 Unterm Messer. 2011
14 Unter Strom. 2012
15 Männerfallen. 2013
16 Alles rot. 2014
17 Fadenkreuz. 2015
18 Gut, aber tot. 2016

Foto: © Margarete Jarmer

Eva Rossmann, 1962 in Graz geboren, lebt im niederösterreichischen Weinviertel. Verfassungsjuristin, politische Journalistin, seit 1994 freischaffende Autorin und Publizistin. Seit ihrem Krimi „Ausgekocht" auch Köchin in Buchingers Gasthaus „Zur Alten Schule". Drehbuchautorin, Moderatorin der ORF-Radio-Sendung „Café Sonntag". Zahlreiche Sachbücher. *Gut, aber tot* ist der 18. Krimi. *Mira kocht* ist das Kochbuch zur Krimiserie, alle erschienen bei Folio.